Joan Aiken

Elizas Tochter

Roman

Aus dem Englischen von
Renate Orth-Guttmann

Diogenes

Titel der 1994 bei Victor Gollancz, London,
erschienenen Originalausgabe:
›Elizas Daughter‹

Die Übersetzung des Gedichtes
Rhyme of the Ancient Mariner
von Samuel Coleridge ist von
Wolfgang Breitwieser, entnommen dem Band
Ein Ding von Schönheit ist ein Glück für immer,
Reclam, Leipzig 1980.
Alle anderen Verse wurden von
Renate Orth-Guttmann übertragen.
Umschlagillustration: Francis Danby,
›View of the Avon Gorge, Bristol‹, 1822 (Ausschnitt)
Mit freundlicher Genehmigung
des City of Bristol Museum
und der Bridgeman Art Library, London

Für Julius

200/96/8/1
ISBN 3 257 06098 X

1

Heute habe ich mich entschlossen, zur Feder zu greifen, um meine Geschichte zu erzählen, denn jetzt, da ich gewissermaßen sicher und trockenen Fußes auf einer freundlichen Anhöhe stehe, kann ich auf die Sümpfe, Überschwemmungen, Stürme und tobenden Fluten meines bisherigen Lebens mit einiger Gelassenheit zurückblicken. Überdies mögen andere, denen das Schicksal zur Zeit nicht so wohlgesonnen ist, aus meinen Erlebnissen Nutzen ziehen oder sich zumindest damit zerstreuen.

Was aber im Schoß der Zukunft für uns verborgen liegt – wer mag das ermessen?

Und so will ich denn ohne weitere Vorrede beginnen.

Über die Umstände meiner Geburt habe ich keine Kenntnis, ja ich weiß nicht einmal, in welchem Land ich zur Welt kam und ob es darüber irgendwelche schriftlichen Unterlagen gibt.

Meine Erinnerungen reichen zurück bis ins Jahr 1797. Damals war ich etwa drei oder vier Jahre alt und aufgrund meiner Lebensumstände schon ein aufgewecktes kleines Mädchen. Als Kleinkind soll ich anfällig und schwächlich gewesen sein und wurde wegen meines unseligen Makels von den einen mißachtet, von anderen gefürchtet. Meine Pflegemutter Hannah Wellcome betreute damals außer mir mehrere Jungen, die größer waren als ich, und weil sie Angst hatte, ich könne durch sie zu Schaden kommen (und sie selbst dadurch ihres Pflegegeldes verlustig gehen), drückte sie mir, sobald ich laufen konnte, täglich einen Halfpenny in die Hand und schickte mich zum Pfarrhaus in die fragwürdige Obhut von Hochwürden Dr. Moultrie. Für den Halfpenny bekam ich beim Dorfbäcker drei Stückchen Kuchen als Mittagessen, und um von mir nicht durch Fragen gestört zu werden, beeilte sich der Herr Pfarrer, ein träger alter Kerl, der tagsüber viele Stunden in seinem Lehnstuhl verdämmerte, mich das Lesen zu lehren. Danach ließ er mich auf seine Bibliothek los. Die Bücher über *Tom Hickathrift, Jack Riesentöter* und *Goldlocks*, die wohl seinen inzwischen längst erwachsenen Kindern gehört hatten, waren schnell ausgelesen, so daß ich mich wohl oder übel an schwererverdauliche Kost wagen mußte – Goldsmiths *Englische Geschichte,* Sammelbände des *Spectator,* Shakespeares Dramen, Gedichte und theologische Abhandlungen, außerdem Berquins *Ami des Enfants* und einfache italienische Erzählungen (dank deren ich Geschmack an fremden Sprachen fand und mir erste Kenntnisse erwarb, die mir später gut zustatten kamen).

Einen Band nahm ich immer wieder zur Hand. Er hieß *König Arthurs Tod*, erzählte von Rittern und Schlachten, von Sir Beaumain, Sir Persaint, dem Zauberer Merlin und König Arthur und fesselte mich ganz ungemein. Wochenlang hielt mich das Buch in seinem Bann. Eines Tages aber fiel, als ich gerade atemlos las, wie der König Hermance zu Tode kam, ein großer Klecks Marmelade von meinem Törtchen auf die Buchseite. Dr. Moultrie kam dahinter, verabreichte mir eine so schreckliche Tracht Prügel, daß ich mich kaum nach Hause schleppen konnte, und schloß das Buch weg; ich habe es nie wieder gesehen.

Zu seiner Ehre sei gesagt, daß sich Hochwürden, da ich mich als gelehrige Schülerin erwies, jeden Tag ein, zwei Stunden aus seinem Dämmerzustand aufraffte, um mich die Anfangsgründe der griechischen und lateinischen Sprache zu lehren, mir Euklid nahezubringen und die Freude am Erwerb weiteren Wissens in mir zu wecken.

Doch ich greife vor.

Hannah Wellcome, meine Pflegemutter, konnte man auf den ersten Blick für eine muntere, gutherzige Frau halten; die vollen roten Wangen und die krausen weizenblonden Locken, die sich unter ihrer Haube hervorstahlen, mußten Fremde zu ihren Gunsten einnehmen. Ein gewisses Maß an angeborener Schläue hatte sie wohl dazu bewogen, eine Ehe einzugehen, was ihr einen ehrbaren Namen und den Stand einer verheirateten Frau einbrachte. Tom, ihr Ehemann, hielt sich im Hintergrund, man bekam ihn selten zu sehen. Er war ein dunkler, hagerer Mensch mit eingefallenen Wangen, der in finsteren Gassen zweifelhaften Geschäften nachging. Sie aber erweckte, wenn sie mit sauberer Schürze, Brusttuch und Haube lächelnd und knicksend unter der Tür ihres Strohdachhäuschens stand, durchaus den Eindruck wackerer Redlichkeit und hatte stets so viele junge Pfleglinge, als die kleine Behausung fassen konnte.

Das kleine, weiß getünchte Haus mit Garten stand am hintersten Ende eines lang hingestreckten Weilers, der in einer Talmulde an der Grenze zwischen Somerset und Devon lag. Wie die Falte einer zerknitterten grünen Bettdecke zog sich unsere unbefestigte Dorfstraße zwischen steil ansteigenden Weideflächen und dichten Waldstücken hin. Alles in allem hatte der Ort nicht mehr als zwanzig Häuser, dazu das alte Kirchlein, in dem Dr. Moultrie amtierte. Zu seinem Sprengel gehörte auch Over Othery, ein Dorf sieben Meilen weiter westlich, das auf einem windgezausten Hochmoor stand. Unser Dorf hieß eigentlich Nether Othery, aber in der ganzen Umgebung nannte man es nur Bankertheim.

Ich erzähle hier von längst vergangenen Tagen, als es unter den Damen der besseren Gesellschaft auch von bescheidenerem Stand, ja sogar unter den Frauen von Anwälten, Pfarrern und wohlhabenden Kaufleuten, üblich war, ihre Kinder nicht selbst zu stillen, sondern sie einer Amme anzuvertrauen. Der Busen einer Dame diente damals offenbar nicht praktischen Zwecken, sondern war ausschließlich zur Ansicht gedacht (und in der Zeit, von der ich spreche, war die Sicht auf das, was – allenfalls durch ein Fetzchen Schleierstoff und einen Streifen Batist verhüllt – aus knapp geschnittenen Kleidern mit hoher Taille hervorquoll, recht beachtlich; diese Mode und die Gewohnheit, außer Haus feuchte Unterröcke und dünne Ziegenlederschuhe zu tragen, dürfte zahlreiche junge Damen in ein frühes Grab gebracht und Pflegemüttern noch mehr Kundschaft zugetrieben haben). Man war damals aus unerfindlichen Gründen der Meinung, daß die Babys der Oberschicht besser gediehen und schneller wuchsen, wenn Frauen der Unterschicht sie stillten und pflegten, und so wurden die Neugeborenen sofort aus dem Haus gegeben, manchmal vielleicht nur von einem Ende des Dorfes zum anderen, zuweilen durch halb England auf irgendein großes Gut, wo sie dann zwei, drei oder gar vier Jahre in einer bescheidenen Kate aufwuchsen, ohne in dieser Zeit die eigene Mutter auch nur ein einziges Mal zu sehen. Gewiß, die Regel war das nicht, viele Mütter besuchten ihre Kinder sehr oft und sehr regelmäßig, es gab aber genug andere, bei denen das nicht der Fall war.

Unser Dorf war seit vielen Jahren wegen seiner vortrefflichen Ammen berühmt. Mag sein, daß diese ihre Qualitäten unter anderem auch den fleißigen Kühen des West Country verdankten, die so schöne fette Butter und Sahne lieferten. Seit zwanzig Jahren hatte Nether Othery auch noch in anderer Beziehung einen guten Namen – als entlegener, vor Klatsch und schädlichen Einflüssen sicherer Zufluchtsort mit mildem Klima in gesunder, unverdorbener Umgebung, wo unerwünschte, oft aber durchaus wohlgelittene leibliche Kinder hochstehender Persönlichkeiten (die diesem Nachwuchs häufig sehr zugetan sind, seine Existenz aber nicht an die große Glocke zu hängen wünschen) in natürlicher Umgebung, frischer Luft und aller Diskretion aufgezogen werden konnten.

So schickte beispielsweise Lord S. alle fünfzehn Kinder, die er mit seiner hübschen, entgegenkommenden Mätresse Mrs. R. zeugte, nach Nether Othery. Ebenso hielten es der Herzog von C., Mr. G.-H. und noch viele andere.

Folglich überstieg die tatsächliche und ständig schwankende Einwohnerzahl unseres Dörfchens das offizielle Ergebnis der jeweiligen Volkszählung stets bei weitem, und die meisten Einwohner waren jünger als zwölf.

Die ehelich geborenen Kinder kehrten gewöhnlich ins Elternhaus zurück, wenn sie drei oder vier waren; die anderen aber waren, wenn sie abgeholt wurden, meist schon elf oder zwölf; die Jungen kamen dann gewöhnlich aufs Internat, die Mädchen wurden je nach Stand bei einer Putzmacherin in die Lehre oder auf ein paar Jahre in ein Pensionat nach Bristol oder Exeter gegeben, um all das zu lernen, was sie später als Gouvernante in einem vornehmen Haus brauchen würden.

Als ich drei oder vier war – zu der Zeit also, da meine Geschichte beginnt –, hatte ich viele dieser Zugvögel kommen und gehen sehen, und es war mir, so jung ich war, durchaus bewußt, daß die meisten von uns erhebliche Beschwerlichkeiten und Ungemach erwarteten. Die Kinder von Bankertheim hielten zusammen; wir sprachen über unsere Hoffnungen und Ängste, tauschten das dürftige Wissen über unsere Herkunft aus und das, was an Nachrichten über das spätere Schicksal unserer Gespielinnen und Gespielen zu uns gelangte. Ich wähle diesen Begriff ganz bewußt, denn ich will nicht leugnen, daß unter den älteren Mitgliedern unserer Gruppe geschlechtliche Kontakte nicht selten waren. Da sie sich als Kuckuckseier im Nest von Nether Othery sahen, fühlten sie sich nicht an die Regeln einer Gesellschaft gebunden, die ihnen bislang noch keinerlei Wohltaten erwiesen hatte.

Die fünfzehn Anhängsel von Lord S., von denen meist mehrere gleichzeitig bei uns im Dorf lebten, korrespondierten regelmäßig miteinander, und die älteren, die sich inzwischen wieder in London aufhielten, schickten ihren jüngeren Geschwistern muntere Berichte über die unkonventionelle Lebensweise im Haus des Lords am Grosvenor Square. Ehefrau und Mätresse lebten dort einträchtig Seite an Seite, und zwischen den ehelichen und unehelichen Kindern, die zwanglos und unbefangen miteinander umgingen, wurden kaum Unterschiede gemacht. So gut sollten es die meisten von uns natürlich nicht treffen.

Über meine Herkunft war ich nur sehr unvollkommen unterrichtet. Meine Mutter sei bei meiner Geburt gestorben, so hieß es, was, wie man mir deutlich zu verstehen gab, im Grunde ein Glück für sie gewesen war, denn sie war mit sechzehn durchgebrannt und mit siebzehn von ihrem herzlosen Verführer im Stich gelassen worden. Über die Person dieses Mannes grübelte ich als Kind so manche Stunde nach, wenn der Regen an Dr. Moultries Fensterscheiben herunterrann und ich darauf wartete, daß er mich zu einer Lateinstunde rief, oder wenn ich im Nebel über die Brendon Hills streifte.

Denn wenn es mir auch in Bankertheim an Gesellschaft nie mangelte und zwischen den jungen Leuten, die gewissermaßen nur auf der Durchreise waren, und der Minderheit der ortsansässigen Kinder so etwas wie eine rauhe, aber herzliche Spiel- und Zweckgemeinschaft bestand, spürte ich ständig in mir eine Sehnsucht, ein heftiges Verlangen – nicht so sehr nach Einsamkeit als nach anderen Eindrücken, anderen Gesprächen als solchen, die mir meine jungen Freunde bieten konnten. Ein wenig immerhin legte sich meine innere Unruhe, wenn ich allein durch die hügelige, windzerzauste Landschaft streifte.

Meine Geschichte beginnt an einem Tag im Frühherbst. Das Laub hatte sich noch nicht verfärbt (unser salzgeschwängertes Küstenklima brachte ohnehin nur ein rostigstumpfes Braun zustande), aber die Sonne schien milde, die Blätter hingen müde und traurig an den Bäumen, die Vögel tschilpten vor sich hin, und die See war glatt wie ein Spiegel, als hätte sie noch nie etwas von Herbststürmen gehört.

Der dicke Mr. Moultrie hatte wieder einmal einen seiner Gichtschübe, die so schmerzhaft waren, daß er kein Wort herausbringen und keine Bewegung machen konnte. Er hatte mir gesagt, ich brauche erst in drei Tagen wiederzukommen, was ich aber Mrs. Wellcome wohlweislich verschwieg, weil ich wußte, daß sie für mich reichlich Arbeit im Haus finden würde. So klein ich war, stellte sie mich schon zum Bohnenpflücken, Hühnerfüttern und Jäten an; ich mußte den Talg für den Pastetenteig zerkleinern und den Buben die Strümpfe stopfen, wäre also bis zur Schlafenszeit vollauf beschäftigt gewesen, was ich überaus ungerecht fand, denn Will, Rob und Jonathan wurde so etwas nie abverlangt, sie durften nach Herzenslust im Bach fischen, durchs Moor streifen oder schwimmen gehen. Meist aber nahm Tom Wellcome sie mit zum Wildern oder lehrte sie andere Fertigkeiten, von denen ihre Familien sich nichts träumen ließen. Zwischendurch gingen sie in die Dorfschule, denn Dr. Moultrie hatte es abgelehnt, sie zu unterrichten, weil sie ihm zu laut und zu unruhig waren.

So freute ich mich denn meiner Freiheit und machte mich auf den Weg nach Ashett, der nächstgelegenen Stadt, die einen kleinen Fischereihafen hatte. Dort wollte ich den Hummerfischern beim Netzeflicken und beim Entladen ihrer Boote zusehen und mir die spanische Brigg anschauen, die unter dem Verdacht, ein Freibeuter- oder Schmugglerschiff zu sein, aufgebracht worden war.

Am Kai suchte ich mir einen umgedrehten Fischkorb als Sitzgelegenheit, mußte aber zu meiner Enttäuschung feststellen, daß die spanische Brigg schon wieder freigegeben worden war und abgelegt hatte. Es war Ebbe; ich sah Will, Rob und Jonathan mit ein paar Fischerjungen nackt auf dem schlammigen Strand östlich der Hafeneinfahrt herumlaufen und Unfug treiben.

Weil ich dabei nicht mittun wollte, ging ich weiter und blieb auf der hohen Buckelbrücke stehen, die das steinige Flüßchen Ashe an der Stelle überspannt, wo es in den Hafen mündet und die Farbe seines Wassers von einem klaren topasfarbenen Braun zu einem salzig-trüben Grün wechselt.

Die Brücke liebte ich sehr. Stundenlang konnte ich dort verweilen und schauen – manchmal flußaufwärts, wo sich der Fluß, von den Hochmooren kommend, durch die stille kleine Stadt schlängelte, dann wieder flußabwärts bis zu dem lebhaften Treiben im Hafen und zu der wogenden See.

Als ich heute dort stand – auf Zehenspitzen, damit ich Ellbogen und Kinn auf die steinerne Brüstung stützen konnte –, drang nach und nach in mein Bewußtsein, daß sich über meinen Kopf hinweg zwei offenbar männliche Wesen miteinander unterhielten.

Zuerst vernahm ich nur einzelne Wörter, ganz erstaunliche Wörter, denen ich bisher nur in Dr. Moultries Büchern begegnet war und von denen ich mir nie hätte träumen lassen, sie einmal im wirklichen Leben zu hören: Glitzern, Windhauch, Herausforderung, Wasserfall, Meditation, tyrannisch, spektral, bestirntes Firmament…

Die Wörter schlugen mich in ihren Bann wie Zauberformeln. Minutenlang hatte ich sogar den Eindruck, sie kämen aus den Tiefen meines eigenen Gemüts gleich Blasen, die aus dem Moor aufsteigen. Dann aber begriff ich, daß die beiden Männer neben mir auf der Brücke standen, gefesselt von dem Bild, das sich vor ihnen auftat, noch mehr aber von ihrem Gespräch, das schneller als der strudelnde Ashe dahinfloß.

Die Fremden waren beide so groß, daß ich mir den Hals verrenken mußte, um sie gründlich betrachten zu können. Ich sah sie heute zum erstenmal; Einheimische waren es gewiß nicht. Der Größere sprach rauh und abgehackt, wie es im Norden üblich ist, so daß ich zuerst Mühe hatte, ihn zu verstehen.

Die Stimme des anderen, etwas kleineren Mannes hatte vertraute Untertöne; der freundlich-behäbige Klang verwies auf Devon oder Somerset. Von der Erscheinung her aber war er der Auffallendere. Ich war von ihm ganz hingerissen. Dabei war er kein schöner Mann. Er hatte einen blassen Teint, einen breiten Mund und dicke Lippen, aber eine wunderbar hohe Stirn und strahlende Augen. Das dichte, schwarz glänzende Haar reichte ihm fast bis auf die Schultern. Er und sein Freund waren nach der Art feiner Leute gekleidet, aber Rock und Hose hatten bei beiden schon bessere Tage gesehen und saßen erstaunlich schlecht. Die Halstücher waren locker gebunden und nicht mehr ganz weiß, die Schuhe abgetreten. Beide hatten Mappen mit Papieren bei sich und alle Taschen voller Bücher. Der Größere, den der andere als ›Will‹ oder ›Bill‹ anredete, war hager und knochig und hatte eine so gewaltige Nase, daß man jeden Augenblick fürchten mußte, sie könne ihn aus dem Gleichgewicht bringen und zu Boden ziehen. Mit dem gespitzten kleinen Mund über dem fliehenden Kinn wirkte er – das war zumindest mein erster Eindruck – eine Spur selbstgerecht. Doch auch er hatte eine edle Stirn, und die Augen – nicht so dunkel und strahlend wie die seines Freundes – blickten klug und verständnisvoll. Beider Schwung und Begeisterung war so außerordentlich, daß ich mich im ersten Moment fragte, ob sie getrunken hatten. Aber ich sollte bald erfahren, daß die Wirkung des einen auf den anderen sie unweigerlich in diese Stimmung versetzte.

»Der wesentliche Unterschied ergibt sich nicht aus dem Metrum, nicht aus der Wortfolge, sondern aus der Sache selbst«, verkündete Bill im Brustton der Überzeugung, ja er trompetete es geradezu durch seine große Nase.

Sein Freund lachte. »Ich setz den Hut mir auf den Kopf und gehe flugs zum Strand, da treff ich einen andren Tropf, den Hut brav in der Hand«, sagte er.

»Genau. Oder so: ›Und du bist hager, lang und braun wie der See gerippter Sand.‹«

»Bravo, Bill, alter Freund, du hast mal wieder den Nagel auf den Kopf getroffen! Wie stellst du es an, daß dir ständig diese Perlen über die Lippen kommen? Warte, das muß ich gleich notieren.«

Er holte ein Büchlein heraus und schrieb eifrig.

Auch sein Freund lachte jetzt. »Aufgepaßt, mein lieber Sam! Unser getreuer Verfolger vom Innenministerium beobachtet aus der Ferne unser Tun und Treiben durch sein Perspektiv. Wahrscheinlich argwöhnt er, daß du dir Notizen über die Küstenbefestigungen machst, um einer französischen Invasion Tür und Tor zu öffnen.«

»Der Teufel hole den albernen Wicht! Achte gar nicht auf ihn. Aber höre, Bill, eins geht mir nicht aus dem Kopf: Wie um alles in der Welt sollen wir das Schiff wieder in die Heimat zurückbringen, wenn die ganze Mannschaft umgekommen ist? Du bist so viel scharfsinniger als ich, wenn es darum geht, diese praktischen Fragen zu lösen.«

»Zwei Ideen habe ich dazu schon«, sagte Bill. »Aber laß uns weitergehen, sonst ist der Tag hin. Außerdem arbeitet mein Verstand immer besser, wenn ich in Bewegung bin.«

Sie schlenderten weiter, und ich ging ihnen nach, wie von einem starken Magneten angezogen.

Auf dem steilen Klippenweg lief ich hinter ihnen her, und als sie oben innehielten, um Atem zu schöpfen und das Licht auf dem stillen, blauen herbstlichen Meer zu bewundern, hockte ich mich in der Nähe hin. Jenseits des Kanals zeichneten sich die walisischen Berge vor den Wolken ab wie eine Rüsche an den Röcken des Firmaments.

»Holla!« sagte Sam, als er mich bemerkte. »Wer ist uns denn da nachgeschlichen?«

»Ein Dorfkind.«

»Bist du eine Agentin des Innenministeriums, meine Kleine?«

»Nein, Sir, bitte, ich weiß nicht, was das ist.«

»Laß nur. Wie alt bist du, Kind?«

»Bitte, Sir, das weiß ich auch nicht genau. Ich bin nämlich Waise.«

»Du hast keine Eltern?« fragte Sam.

»Nein, Sir. Ich bin eine von denen aus Bankertheim.«

»Und wer zahlt für deinen Lebensunterhalt?« fragte Bill fürsorglich. »Auch ich verwaiste in jungen Jahren. Es ist ein schweres Schicksal.«

»Bitte, Sir, ein Gentleman, der Oberst Brandon heißt, zahlt für mich, aber er kommt mich nie besuchen, er schreibt mir nur, und auch das nicht sehr oft. Ich soll brav sein, schreibt er, und schön meine Gebete lesen.«

»Und liest du die?« wollte Sam wissen.

»Aber ja, Sir, und vieles andere auch.«

»Was denn? *Aschenbrödel?*«

»Aber nein, Sir. Cicero und Sir Roger de Coverley.«

Woraufhin beide anfingen zu lachen und mich mit einiger Verwunderung betrachteten.

»Und von wem bekommst du diese Lektüre, kleines Wunderkind?« fragte Bill.

»Von Dr. Moultrie, Sir, bei dem habe ich Unterricht, aber jetzt hat er die Gicht. Darf ich mit Ihnen kommen?«

»Wir gehen zu schnell, Kind. Außerdem schickt es sich nicht, daß ein kleines Mädchen in so zartem Alter mit zwei erwachsenen Männern herumstreunt.«

»Gott behüte, Sir, ich streune ja nicht erst seit heute! Mrs. Wellcome schert sich nicht darum, wenn sie mich nicht gerade zum Hühnerfüttern braucht. Bitte, lassen Sie mich mitkommen. Ich will Sie auch bestimmt nicht stören oder plagen.«

Sie wechselten einen Blick und zuckten die Achseln. »Sie wird bald nicht mehr Schritt halten können«, sagte Mr. Sam.

Aber da kannte er mich schlecht. Hin und wieder ging ich mit den Jungen auf Hasenhatz. Am liebsten war es mir zwar immer, wenn der Hase entkam, aber von all ihren Unternehmungen machte mir diese am meisten Vergnügen, weil ich dabei fast allen davonlaufen konnte, und wenn es in gleichmäßigen Trab übers Moor ging, hielt ich leicht mit den größeren Jungen mit.

»Ich will Sie gewiß nicht mit Fragen quälen, Dr. Moultrie leidet das auch nicht«, versuchte ich es noch einmal. »Aber wenn Sie so miteinander reden, ist das schöner als das schönste Bilderbuch.«

»Wer könnte da widerstehen«, sagte Mr. Sam lachend, und sie ließen mich gewähren.

Nie vorher und nie danach habe ich Menschen in dieser Art reden hören, zwei Menschen, von denen ich erst viel später erfahren sollte, daß es die berühmten Dichter Samuel Coleridge und William Wordsworth waren. Zahllose Themen wurden abgehandelt – Nachtigallen, Dichtung, Metaphysik, Träume, Nachtmahre, das Tastgefühl, der Unterschied zwischen Willen und Wollen, zwischen Einbildung und Phantasie ... Der schwarzhaarige Mr. Sam redete und redete, der glitzernde Schwall nur halb verständlicher Worte wollte kein Ende nehmen. Hin und wieder warf Mr. Bill eine Antwort ein, die meist knapp, stets aber treffend war. Und immer wieder erörterten sie ein gemeinsames Projekt, bei dem es um die Geschichte eines Schiffes und einer gespenstischen Seereise ging.

Ab und zu wandten sie sich auch an mich.

»Trifft es zu, Kleine, daß man in dieser Gegend Hasen für Hexen hält?«

»Aber ja, das weiß doch jedes Kind. Erst im August haben die Jungen auf dem Wildersmouth Head einen schwarzen Hasen gehetzt und gefangen, und in der nämlichen Woche lag Großmutter Pollard mausetot in ihrem Häuschen, und daneben saß ihr Hund und heulte zum Steinerweichen. Der Hase – das war sie gewesen.«

»Erstaunlich«, sagte Mr. Bill, »daß eine Frau, die ihr halbes Leben als Hase verbringt, sich einen Hund hält…«

»Mit Verlaub, Sir, das finde ich gar nicht. Jede Hexe hat ihren vierbeinigen Hausgenossen. Warum nicht mal einen Hund statt einer Katze?«

Mr. Sam kam auf Wechselbälger zu sprechen. »In einem Dorf, in dem so viele Kinder ohne Eltern aufwachsen, müßte es eigentlich auch Vermutungen geben, daß das eine oder andere ein Feenkind ist. Du zum Beispiel.«

Ich gab bereitwillig Bescheid. »Mich würde niemand für ein Feenkind halten, Sir, weil ich so häßlich bin mit meinen roten Haaren und wegen meiner Hände…« Ich spreizte die Finger vor ihnen, und beide nickten ernst. »Aber es heißt, die Großmutter von Squire Vexford, dem Gutsherrn, der in dem Herrenhaus in Growly Head wohnt, sei ein Wechselbalg gewesen.«

Und ich erzählte die Geschichte, die in Othery jedes Kind kannte, wie eines Tages, als die Amme die neugeborene Tochter des Gutsherrn an der Brust hatte, eine feine Dame ihr Häuschen betrat. Die Dame hatte ein Kleinkind im Arm, das in grüne Seide gehüllt war. »Gib meinem Herzblatt auch zu trinken«, sagt sie, und als die Amme das Kind nimmt, ist die feine Dame plötzlich verschwunden, als hätte sich die Erde unter ihr aufgetan. Die beiden Kinder wuchsen wie Zwillinge miteinander auf, und als eins kränkelte und starb, wußte niemand, ob es das Menschenkind oder das Feenkind war. Seit diesem Tag gibt es in jeder Vexford-Generation ein Mädchen, das blond, blaß und schwächlich ist, während die anderen Kinder dunkles Haar und rote Backen haben wie der Gutsherr.

»Das ist eine hübsche Geschichte, meine Kleine«, sagte Mr. Bill. »Und gibt es in der Familie des Gutsherrn zur Zeit auch wieder so ein Kind?«

»Nein, Sir, aber Lady Hariot ist schwanger, und die Leute sagen, es wird ein Mädchen, weil es so tief liegt.«

Auch Mrs. Wellcomes Tochter Biddy erwartete etwas Kleines, und beide Frauen machten sich Hoffnungen, daß sie das Kind des Gutsherrn würden stillen dürfen. Auch ich wünschte mir das sehr. Das Herrenhaus Kinn Hall auf Growly Head mit seinen Gärten und Koppeln, Höfen und Stallungen war verbotenes Terrain für mich, zog mich aber unwiderstehlich an. Wenn das Kleine des Gutsherrn in Biddy Wellcomes Obhut gegeben wurde, gab es gewiß ein lebhaftes Kommen und Gehen zwischen Dorf und Herrenhaus, da brauchte man sicher jemanden für Botschaften und Besorgungen, so daß sich womöglich das schmiedeeiserne Tor für mich auftun würde.

Ich weiß nicht mehr, wie lange mir die große Freude und Ehre vergönnt war, Mr. Bill und Mr. Sam auf ihren Streifzügen zu begleiten. Es kann gut und gern ein Jahr gewesen sein. Die Erinnerung an meine erste Begegnung mit ihnen steht mir noch heute in aller Deutlichkeit vor Augen, während die späteren Ereignisse wie in einen goldenen Nebel gehüllt sind. Durchaus nicht immer konnte ich entwischen, um die beiden Fremden zu begleiten, und nicht immer fand ich sie. Sie wohnten nicht zusammen und gingen nicht immer gemeinsam aus. Mr. Sam hatte eine Frau und ein kleines Kind, Mr. Bill eine Schwester. Manchmal verschwor sich das Wetter gegen mich, und die sturmgepeitschte See donnerte gegen die Steilküste, so daß ich im Haus bleiben mußte; manchmal forderte Dr. Moultrie energisch sein Recht. Trotzdem habe ich sie mindestens acht- oder neunmal auf langen Fußmärschen begleitet, denn beide waren begeisterte Wanderer. Der Weg führte uns an der Küste entlang nach Hurlhoe, übers Moor nach Folworthy oder an den gewundenen Ufern des Ashe entlang nach Ottermill. Die Freunde schwärmten für Flüsse, Bäche und Wasserfälle. Wasserrauschen konnte sie zu langen Umwegen veranlassen. Stundenlang konnten sie dann dastehen oder dasitzen und die in gischtenden Kaskaden zu Tal stürzenden Fluten betrachten. Unsere erste gemeinsame Wanderung – an die ich mich, eben weil es die erste war, deutlich erinnere – ging über mehrere Meilen an den baumbewachsenen Steilklippen entlang zu dem entlegenen Kirchlein St. Lucy of Godsend, zu dem ich mich nie allein getraut hätte, weil es dort angeblich spukte. Das war durchaus glaubhaft, denn die Kirche stand, von hohen Eichen umgeben, in einem tiefen Einschnitt zwischen steilen bewaldeten Hängen an einem Bach, der zwischen farnbestandenen Ufern dahineilte und weiter unten in eine schmale Bucht mündete. Die Bäume verdeckten die Sicht aufs Meer, das sich aber unüberhörbar bemerkbar machte. Das Seufzen der Tide war wie ein Herzschlag, und hin und wieder hörte man ein tiefes, drohendes Dröhnen oder einen dumpfen Aufprall, wenn ein besonders großer Brecher an die Felsen schlug.

»Ein furchterregender Ort«, sagte Mr. Sam, als die beiden, die barhäuptig die kleine Kirche (angeblich das kleinste Gotteshaus im ganzen Königreich) betreten hatten, wieder herauskamen, um den gezackten Schatten zu bestaunen, den sie in der Mittagssonne auf den kleinen Friedhof warf.

»Hier braucht man nicht zu beten«, sagte Mr. Bill. »Das Geräusch des Wassers sagt mehr als viele Worte.«

»Aber nachts«, wandte ich ein, »könnte man den Bach nicht hören. Wegen der Jammernden Sal.«

»Und wer, bitte, ist die Jammernde Sal?«

»Ein Mädchen, das sich mit ihrem Liebsten hier auf dem Friedhof traf, bis der Vater es ihr verbot. Ihr Liebster war nämlich der Gottseibeiuns, das hatte sie nur nicht gewußt. Sie hat sich dann doch wieder mit ihm getroffen und ihm drei Tropfen Blut von ihrem Finger geschenkt, und nun gehörte sie ihm auf immer und ewig. Aber eines Nachts blieb er weg, und sie grämte sich und welkte dahin. Man begrub sie unter Kies, und man begrub sie unter Sand, aber als Gespenst kommt sie immer wieder heraus, weil sie Sehnsucht nach ihrem Liebsten hat und böse auf ihren Vater ist, der sie von ihm getrennt hat. Es heißt, daß ihr Geist sich langsam hügelan zum Gehöft ihres Vaters bewegt. Einen Hahnentritt jedes Jahr.«

»Allmächtiger!« Mr. Sam zückte sein Notizbuch. »Und was geschieht, wenn sie ihr Ziel erreicht hat?«

»Das weiß ich nicht, Sir. Vielleicht ist dann schon Jüngstes Gericht.«

»Und was ist aus dem Vater der Jammernden Sal geworden?«

»Der ist längst gestorben, noch zu Zeiten der guten Königin Bess. Seither haben sechs Pfarrer mit der Bibel in der Hand versucht, den Geist zu bannen, aber das hat noch keiner geschafft. Die Jammernde Sal läßt sich nicht bannen.«

»Was für eine traurige Geschichte!«

Mr. Sam lehnte an der Kirchhofmauer und sah auf die strudelnden Wassermassen in dem schmalen Bachbett hinunter.

»Sam«, mahnte sein Freund nach einer Weile, »es wird Zeit umzukehren, die Sonne sinkt schon. Wir haben versprochen, nicht zu spät zu kommen. Und die Freunde dieser kleinen Dame werden sich Sorgen machen.«

»Ich weiß, ich weiß«, sagte Mr. Sam.

Aber es war, als könne er sich nicht trennen.

Im Frühjahr brachte Lady Hariot ihre Tochter Thérèse zur Welt. Sie wurde Biddy Wellcome anvertraut, die etwa zur gleichen Zeit niedergekommen war, und wuchs zusammen mit der kleinen Polly auf. Biddy war wie ihre Mutter eine derbe, füllige Frau mit roten Backen und von aufbrausendem Temperament. Pollys Vater war ein Matrose aus Dänemark gewesen (so hieß es jedenfalls, er kam nie wieder, so daß das Gegenteil nicht bewiesen werden konnte). Biddy verdiente sich wie die Mutter ihren Lebensunterhalt mit der Betreuung von Pflegekindern und hatte damals zwei Jungen aus einer Anwaltsfamilie in Exeter in ihrer Obhut, außerdem die mißgestaltete Tochter des Dekans von Wells. Die arme Charlotte Gaveston war nicht ganz richtig im Kopf – was man den verzweifelten Versuchen der Mutter zuschrieb, sich ihrer vor der Geburt zu entledigen –, so daß man ihr die Säuglinge nicht anvertrauen konnte, wenn Biddy das Haus verließ, um Besorgungen zu machen. Die Jungen kamen für so eine Aufgabe auch nicht in Frage, sie waren viel zu gedankenlos. Deshalb gab Biddy – sie wohnte direkt neben uns – die Körbchen mit den beiden Kleinen einfach bei ihrer Mutter ab, wenn sie Korn zum Mahlen in die Mühle brachte oder unten am Strand frisch gefangene Schellfische erstand. Meist wurden die Kinder dann mir anvertraut. Wie oft habe ich sie in Hannah Wellcomes Küche – oder später, als es wärmer wurde, draußen zwischen Kohlköpfen und Stachelbeerbüschen – gewiegt und eingelullt.

Die beiden kleinen Mädchen waren völlig unterschiedlich. Während Polly Wellcome gleich ihrer Mutter und Großmutter rote Backen, weizenblondes Haar und runde porzellanblaue Augen hatte, war Lady Hariots Tochter Thérèse hellblond. Das flachsfarbene Haar war fein wie Distelwolle, das Gesichtchen blaß, und ihre Augen schimmerten unbestimmt wie das Meer, bei dem man auch nie genau weiß, ob es grün oder grau ist. Wenn man die zartknochige Kleine vor sich sah, kam einem die alte Geschichte von der Fee und ihrem Kind in grüner Seide durchaus glaubhaft vor. Obgleich sie dünn und schwächlich war, weinte sie sehr selten, während die dicke Polly sich beim geringsten Anlaß die Lunge aus dem Leib schrie. Die kleine Thérèse lag still und nachdenklich in ihrem Körbchen, und die großen traurigen Augen schienen deutlich wahrzunehmen, was um sie herum vorging. Schon sehr früh erkannte sie mich offenbar und lächelte ein wenig, wenn ich sie aufnahm, wusch oder wickelte. Und ich gewann sie von Herzen lieb.

Wo aber war inzwischen Lady Hariot? Warum besuchte sie ihre Tochter nie? Die Ärmste hatte nach der Geburt das Kindbettfieber bekommen und schwebte wochenlang zwischen Leben und Tod, wobei sich, wie der alte Dr. Parracombe sagte, die Waage immer mehr dem Tode zuneigte. Viele Wochen ritt er täglich nach Kinn Hall. Hin und wieder schaute er dann bei uns vorbei, um nach der Kleinen zu sehen, und schien sehr verwundert, daß sie trotz der schweren Geburt so gut gedieh.

»Aber Sie und Ihre Tochter, Mrs. Wellcome«, sagte er dann, »sind ja auch beispielhafte Pflegemütter.« Worauf Hannah Wellcome ihn anstrahlte und knickste und sagte: »Jaja, Sir, wir schenken ihnen eben Liebe.«

Lady Hariot kam mit dem Leben davon, mußte aber monatelang das Bett hüten und war so schwach, daß man es für gefährlichen Leichtsinn gehalten hätte, ihr das Kind auch nur zu zeigen. Die Aufregung, befand man, hätte ihre Kräfte über Gebühr beansprucht. Sie reiste dann ins Ausland, auf die Insel Madeira, glaube ich, wo ihre Schwester lebte und die warme Sonne sie wieder gesund machen sollte. Monatelang hörten wir nichts mehr von ihr.

In großen Abständen kam mit schweren Schritten Squire Vexford, um sich nach dem Kind zu erkundigen. Er war ein jähzorniger Mensch mit harten Zügen, schmalen Lippen und bösen kleinen Augen. Im Dorf war bekannt, daß das Gut nur über die männliche Linie vererbt werden konnte, und er war deshalb sehr ungehalten, daß Lady Hariot nach all den Mühen nur eine Tochter zur Welt gebracht hatte und möglicherweise keine Kinder mehr bekommen würde. Wohlergehen oder Fortschritte seiner Tochter scherten ihn herzlich wenig. Meist steckte er nur den Kopf zur Tür herein, warf einen kurzen Blick auf die Wiege, stellte in barschem Ton die eine oder andere Frage und begab sich dann zur Otternjagd oder zum Lachsfischen am Oberlauf des Ashe. Manchmal kam Willsworthy, der Diener des Gutsherrn, vorbei, ein verschlossener, wortkarger Bursche, der sich von niemandem in die Karten sehen ließ. Nur wenn sein Blick auf Biddy Wellcome fiel, schillerten seine Augen zuweilen ganz seltsam – wie ein Stück Fisch, das zu lange in der Vorratskammer gelegen hat.

Weil ich so oft die beiden Kleinen hüten mußte, hatte ich immer weniger Zeit, draußen herumzustreifen und auf eine Begegnung mit Mr. Sam und Mr. Bill zu hoffen. Doch mit dem nüchternen Wirklichkeitssinn eines Kindes wußte ich wohl schon längst, daß ich auf die Expeditionen mit meinen beiden großen Freunden keinen selbstverständlichen Anspruch hatte, sondern daß sie ein seltenes, unverdientes Glück für mich waren. Daß sie mich mit Gedanken, Bildern und Vorstellungen versorgt hatten, die mir über so manche Unbill hinweghelfen würden, begriff ich erst später.

Noch ein Vorfall ist in meinem Gedächtnis mit diesen schönen Stunden verbunden. Er trug sich nach meiner Rückkehr von einem dieser Ausflüge zu. Wenn ich mich recht erinnere, waren wir bis zu den Kain-und-Abel-Steinen auf dem Ashe-Moor gewandert, die Mr. Sam dazu anregten, mir eine merkwürdige Geschichte über Kain und seinen kleinen Sohn Enos zu erzählen, in der der Junge seinen Vater fragt, warum die Eichhörnchen nicht mit ihm spielen wollen. Mr. Sams Geschichten hatten alle etwas Rätselhaftes, ich mußte mir tüchtig den Kopf zerbrechen, um ihren Sinn zu ergründen.

Ich kam spät heim und schob mich wie gewöhnlich so leise wie möglich durch die Küchentür, denn ich wußte, daß es ein paar kräftige Schläge mit Hannah Wellcomes Pantoffel setzen würde, wenn sie mich kommen hörte. Nicht so sehr, weil ihr meine Herumtreiberei nicht recht gewesen wäre, sondern wegen all der Arbeiten, die sie selbst hatte verrichten müssen, weil ich nicht dagewesen war. Zum Glück saß sie an diesem Abend mit Tom und Biddy in der Stube, wo alle drei fleißig dem heurigen Apfelwein zusprachen. Ich schlich die schmale Stiege hoch bis zu dem Winkel unter den Dachbalken, wo ich meinen Schlafplatz hatte. Ein Fenster gab es dort nicht, aber durch die Ritzen im Strohdach drang reichlich frische Luft.

Dabei kam ich an der Kammer der Jungen vorbei, die wie gewöhnlich dort balgten und Unsinn trieben.

»Holla, bist du das, Liza?« flüsterte Rob, als ich auf Zehenspitzen vorbeiging.

Rob Hobart war mein bester Freund. Ich nannte ihn Hob oder Hoby oder auch Hobgoblin, so hießen bei uns die Kobolde. Sein Vater war Postminister, seine Mutter hatte in London Muscheln auf der Straße verkauft. Hoby war ein magerer sommersprossiger Blondschopf mit flinker Zunge und scharfem Verstand, der die anderen Jungen ständig in die Klemme brachte und sie dann durch kühne

Kniffe und gescheite Einfälle wieder herausholte. Wenn wir beide allein waren, konnte er der liebste, beste Spielgefährte sein, aber weil er gesellig und sehr beliebt war, hatte er meist eine große Gefolgschaft um sich herum. Und dann machte er sich, genau wie die anderen Kinder, über mich lustig, nannte mich Hexenkrallen-Lizzie oder Missis Sechsfinger oder Wegweiser.

An diesem Abend aber schien er friedlich und milde gestimmt. Er setzte sich zu mir auf den Stiegenabsatz unterhalb meiner Schlafnische.

»Heute nachmittag ist eine Dame in einem Zweispänner durchs Dorf gefahren«, flüsterte er, »und hat gefragt, ob du hier wohnst.«

»Ach Hoby! Daß ich nicht da war...« Zum ersten und einzigen Mal bereute ich meine Streifzüge mit Mr. Bill und Mr. Sam. »Wer kann denn das bloß gewesen sein?«

»Sie hat keinen Namen genannt und mochte nicht anhalten. Neben ihr saß ein vornehmer Gentleman, der wollte unbedingt weiter. ›Sonst kommen wir nie vor Einbruch der Dunkelheit nach Bristol‹, hat er gesagt.«

»Bristol? Da waren sie aber weit vom Schuß... Wer war das wohl, Hoby?«

»Keinen Schimmer, aber sie war fein herausgeputzt, mit Federn am Hut und Ringen an den Fingern. Sie hätte dich gern gesehen, hat sie gesagt, und es täte ihr leid, daß es nicht sein sollte. Mir scheint, auf dich kann man sich verlassen, kleiner Mann, hat sie gemeint...« Er lachte in sich hinein, und ich lachte mit und dachte mir, daß sie auch mit diesem Urteil weit vom Schuß war. »...und dann hat sie mir ein Präsent für dich gegeben. Hier!«

Er reichte mir einen länglichen, dünnen, ziemlich kleinen Gegenstand in einer Hülle, die sich nach Rohseide anfühlte und mit vielen Fäden umwickelt war.

»Was kann das sein? Wie sah die Dame aus, Hoby? War sie hübsch?«

»Hm... ja...«, setzte er an, aber ich wußte schon, daß bildhafte Schilderungen nicht seine Stärke waren. In diesem Moment ging die Stubentür auf, und eine Lichtbahn fiel auf den Gang.

»Was soll das Gebrabbel und Gekrabbel?« dröhnte eine zornige Stimme.

»Linkmichel!« zischelte Hoby, und wir flüchteten uns schleunigst in unsere Schlafquartiere, während schwere Schritte die Stiege hinaufkamen. Das geheimnisvolle Geschenk schob ich in eine Höhlung des Strohdachs, das mir als Versteck diente, wenn ich einmal einen Apfel oder ein Stück Kuchen ergattert hatte.

Oben angekommen, blieb Tom Wellcome, schwer atmend und säuerliche Apfelweindünste verbreitend, einen Augenblick stehen, dann stapfte er wieder nach unten, ließ aber die Tür zur Stube offen, so daß ich mich nicht mehr aus meinem Winkel herauswagte.

Danach lag ich noch mindestens eine Stunde wach. Die Neugier ließ mich nicht schlafen. Wer mochte die unbekannte Dame gewesen sein? Die Frau von Oberst Brandon, der meinen Unterhalt zahlte? Und war der unbekannte Gentleman dann am Ende Oberst Brandon gewesen? Der aber hätte doch wohl angehalten, um zumindest ein paar Worte mit Hannah Wellcome zu wechseln. Oft hatte ich mir überlegt, warum er mich nicht besuchen kam, was andere Vormunde oder Gönner wenigstens hin und wieder taten. Auch Briefe oder Geschenke schickte er nicht. Nur das Geld kam regelmäßig von einer Bank in Dorsetshire, verbunden mit der Mahnung, ich möge brav sein und fleißig lernen. Das Päckchen in meinem Strohdachversteck – von der Größe und Form her konnte es ein Kamm oder eine Schere sein – war das erste Geschenk, das ich je bekommen hatte. Zitternd vor Aufregung befühlte und betastete ich es immer wieder, konnte aber in der Dunkelheit die vielen Fäden nicht lösen, so daß ich mich wohl oder übel bis zur Morgendämmerung gedulden mußte.

Lange vor dem ersten Hahnenschrei war ich wach und knabberte und nagte mit scharfen Kinderzähnen an den Fäden, bis die weißseidene Umhüllung einen Gegenstand freigab, den ich bei Dr. Moultrie im *Gentleman's Magazine* abgebildet, aber nie im wirklichen Leben gesehen hatte, denn die Frauen von Ashett und Othery besaßen so etwas nicht. Es war ein Fächer aus hauchdünnen Elfenbeinblättchen, die auf eine für mich völlig unbegreifliche Weise zusammengefügt waren und deren kostbare Schönheit ich zunächst gar nicht richtig ermessen konnte, weil ich es nicht fertigbrachte, ihn zu öffnen.

Nach dem Frühstück stöberte ich hinter dem Hühnerstall Hob auf und ging ihn um Hilfe an.

»Hier, du Gänschen. So macht man das.« Er schob den Riegel mit dem Daumen zurück, öffnete den Fächer und bewegte ihn hin und her. Dabei senkte er die dichten blonden Wimpern und warf mir schmachtende Blicke zu, so daß ich mich vor Lachen kaum halten konnte.

»Wie spaßig du bist, Hoby! Wo hast du das bloß her?«

»Kann dir egal sein.« Geschickt klappte er den Fächer zu und gab ihn mir zurück. »Die lustigen Damen in Bristol machen es so, aber mit solchen Spielchen kannst du dir gut und gern noch zehn Jahre Zeit lassen.«

Hobys Vater unternahm gelegentlich Dienstreisen durch die westlichen Grafschaften, die er gewöhnlich mit einer Vergnügungstour in Gesellschaft seines Sohnes verband.

»Aber ich hab jetzt was bei dir gut, Kleines«, fuhr er fort. »Wäre Biddy Wellcome im Haus gewesen, hättest du den Fächer nie in die Hand bekommen. Am besten suchst du dir ein Versteck für deinen Schatz.«

Den Fächer im Haus zu verstecken erschien mir nicht sicher genug. Ich ging damit in das Wäldchen, in dem wir manchmal Feuerholz sammelten, und steckte ihn dort in eine hohle Eiche.

Wenn ich mich unbeobachtet wußte, fächerte ich mich genüßlich und warf, getreulich Hobys Beispiel folgend, schmelzende Blicke in die Runde.

Mr. Bill und Mr. Sam zeigte ich meinen Schatz nicht. So jung ich war, spürte ich doch, daß sie sich für derlei Tand nicht interessierten. Für sie zählte nur die Natur; Wildnis, Wasserfälle und Stürme, Felsen und Regenbogen – das war ihnen wichtig, nicht aber ein so triviales Weiberding wie ein Fächer. So lernte ich früh, die einzelnen Bereiche meines Lebens sorgfältig gegeneinander abzugrenzen und mich verschiedenen Menschen gegenüber ganz unterschiedlich zu geben.

Der nächste Vorfall, der des Berichtens wert ist, ereignete sich zu Michaelis, als ich sieben oder acht war. Mr. Bill und Mr. Sam waren zu meinem großen Kummer nicht mehr in unserer Gegend. Sie waren ins Ausland gegangen, nach Deutschland, wenn ich nicht irre, und das tat meinem Kinderherzen sehr weh. Wenn ich in Ashett war, hielt ich an jeder Straßenecke Ausschau nach Mr. Sams wallenden schwarzen Locken und feurigen Augen, nach Mr. Bills hochgewachsener Gestalt und seiner Römernase. Ich konnte noch nicht ganz fassen, daß sie nie wiederkommen würden, und malte mir unermüdlich aus, wie ich ihre Rückkehr feiern, was für Geschichten ich ihnen erzählen, welch wunderbare geheime Orte ich ihnen zeigen würde. Es dauerte viele Jahre, bis ich endgültig begriffen hatte, daß aus all diesen schönen Plänen nie etwas werden konnte.

Inzwischen waren Thérèse und Polly zu blondgelockten Kleinkindern herangewachsen, die vom Wesen her völlig unterschiedlich waren, sich aber in einer Hinsicht ähnelten: Beide lernten ungewöhnlich spät sprechen. Das kann unter anderem auch daran gelegen haben, daß sich Biddy Wellcome, wenn sie lustlos im Haus herumwerkelte, nie die Mühe machte, ein richtiges Gespräch mit ihnen zu führen. Sie beschränkte sich auf barsche Anweisungen oder Verbote. Polly war überdies, genau wie ihre Mutter, von Natur aus ein wenig einfältig und lernte langsam. Thérèse (deren unbequem fremdländischer Name ganz Bankertheim längst zu dem praktischen Triz zurechtgestutzt hatte) war alles andere als dumm, blieb aber zart und ein wenig teilnahmslos. Lieber versagte sie sich irgend etwas Schönes, als sich dafür anzustrengen, und eben deshalb verzichtete sie auch aufs Sprechen. Ich mußte Triz immer gegen die gefräßige, eigensüchtige Polly in Schutz nehmen, die schnell dabei war, sich irgendeinen Leckerbissen zu schnappen. In ihrer stillen Art hing Triz deshalb sehr an mir.

Sie hatte einen besonderen Namen für mich. »Alize«, sagte sie leise und lächelte mich vertrauensvoll an, wenn ich auf sie zuging. »Alize …«

Es war, wie gesagt, Michaelistag. Dr. Moultrie war zu einer Beerdigung nach Over Othery gerufen worden und führte bewegte Klage über die Rücksichtslosigkeit seines Pfarrkindes, das sich ausgerechnet an diesem Tag von der Welt hatte verabschieden müssen. Mir bescherte das einen schulfreien Tag. In Ashett war der dreitägige Dienstbotenmarkt in vollem Gange. Aus dem ganzen Land strömten Schäfer, Landarbeiter und Milchmädchen herbei, die sich zu verändern und nach Möglichkeit zu verbessern suchten. Auch Gaukler hatten sich eingefunden, es gab Guckkastenbühnen, Musik und Tanz, wahrsagende Zigeunerinnen und Buden, an denen man Spielzeug und Geschenke kaufen konnte. Mich zog nichts nach Ashett; der Anblick der Straßen, auf denen mir kein Mr. Bill und Mr. Sam mehr begegnen würde, stimmte mich traurig. Außerdem hatte ich kein Geld.

Die Jungen von Bankertheim wollten natürlich alle hin. Sie hatten sich Geld zusammengespart (das meist aus trüben Quellen, vor allem vom Wildern, stammte) und waren fest entschlossen, sich damit einen schönen Tag zu machen.

»Kannst mitkommen, Kleines«, sagte Hoby großmütig. »Ich schenk dir auch 'nen Sixpence.«

»Was sollen wir denn mit *der*?« maulten seine Gefährten. »Die ist doch bloß ein Klotz am Bein.« Ich schüttelte den Kopf. In meinem Hals saß ein dicker Kloß, und nur mühsam brachte ich heraus: »Nein, ich mag nicht.«

»Nicht auf den Jahrmarkt? Hannah und Tom sind hin, um Werkzeug und Stoff zu kaufen. Alle wollen hin.«

»Ich aber nicht.«

»Die ist doch verdreht, die Krallenlizzie«, sagte Jonathan verächtlich. »Nicht ganz richtig im Oberstübchen. Komm, laß sie gehen, mit der ist eh nichts anzufangen.«

Hoby hatte noch nicht aufgegeben. »Es wird dir gefallen, Liza, bestimmt.«

Je länger er auf mich einredete, desto bockiger wurde ich, und schließlich lief ich einfach weg und versteckte mich in Bauer Dunleighs Heuschober, bis die Jungen außer Sicht waren. Ein bißchen reute es mich schon, daß mir der Jahrmarkt entging, und ich wußte, daß Hoby es gut mit mir meinte, aber ich wußte auch, daß die Jungen, wenn sie reichlich dem Apfelwein zugesprochen hatten, über die Stränge schlagen würden und ich dann in ihrer Gesellschaft schlechter dran war als allein.

Langsam ging ich über die verlassene Dorfstraße. Tom und Hannah hatten sich frühzeitig auf den Weg gemacht, weil sie hofften, dann besonders vorteilhaft einkaufen zu können. Biddy hatte sich ihnen wohl angeschlossen, jedenfalls war ihre Haustür verriegelt. Ich wunderte mich ein bißchen, daß sie Polly und Triz nicht bei mir abgegeben hatte, war aber nicht böse, einmal ganz frei und ungebunden zu sein. Vorbei an der Pferdeschwemme und den Obstgärten mit den krummen, windschiefen Apfelbäumen, die zum Herrenhaus gehörten, machte ich mich auf den Weg nach Growly Point, einem meiner Lieblingsplätze. Auf dem höchsten Punkt der Landzunge thronte hinter einem Bestand sturmgezauster Buchen das Herrenhaus, daneben standen eine Kapelle und die Stallungen. Der Garten zog sich in Terrassen am Hang entlang. Ein Bach durchschnitt ihn, der weiter unten die Grenze der Ländereien von Kinn Hall markierte und neben dem öffentlichen Fußweg herlief. Das war ein mit Steinen befestigter Pfad, der durch ein sogenanntes Wunschtor und vorbei an Weide- und Ackerland zu den Klippen führte. Beim Durchschreiten des Törchens wünschte ich mir, wie immer, ›daß Mr. Bill und Mr. Sam wiederkommen‹, und ging dann rasch weiter. Links sah man einen kleinen Ausschnitt des Gartens mit einer Fülle später Margeriten, Rosen und rosa-weißen hochstieligen Blumen, deren Namen ich nicht kannte. Der größte Teil der Gartenanlagen aber war hinter hohen immergrünen Hecken verborgen. Erst als ich die Anhöhe erreicht hatte und zurückblickte, konnte ich das Haus selbst sehen; groß und bedrohlich kam es mir vor mit seinen beiden hohen gedrehten Backsteinschornsteinen, die aussahen wie Wolfsohren, und den vielen Fenstern, die mit funkelnden Augen aufs Meer hinausblickten.

Der Fußpfad war kein verbotenes Terrain, trotzdem bekam ich auch heute beim Anblick dieser großen, wachsamen Fenster wieder eine Gänsehaut. Nach einer Biegung führte der Pfad zwischen den Felsen steil nach unten zum

Strand. Ich aber wandte mich nach Westen und ging hügelan zu einer kleinen Mulde. In diesem behaglichen Nest hielt ich mich häufig auf, seit Mr. Sam und Mr. Bill fort waren. Stundenlang konnte ich hier, geschützt zwischen Disteln und trockenem Gras, Schlehen und Brombeergerank, sitzen und Ebbe und Flut wechseln sehen, was hier ein beachtliches Schauspiel war.

Von Ashett her führte ein Fußweg am Meer entlang, der aber von den Einheimischen nur mit Vorsicht benutzt wurde und auf dem trotz eindringlicher Warnungen jedes Jahr etliche leichtsinnige Ortsfremde zu Tode kamen. Denn die Küste war hier, jenseits der Landspitze, sehr gefährlich. Es gab keinen Sandstrand, sondern nur seltsam geschichtete flache Felsen, die komplizierte Muster bildeten. Manche waren so regelmäßig, daß man sie für Menschenwerk halten konnte, andere sahen aus wie die konfusen Krakel eines Riesenbleistifts. Mr. Sam hatte oft hier oben gestanden und versucht, eine Beschreibung dieser Muster in seinem Notizbuch festzuhalten. Zwischen den Felsvorsprüngen konnte man leicht von der Flut abgeschnitten werden, die meist sehr schnell hereinkam, und das Wasser in den unterschiedlich tiefen Rinnen zwischen den Felsen bewegte sich in unberechenbaren Strudeln und Strömungen.

Unterhalb meiner Mulde verliefen die Felsmuster in großen, konzentrischen Kreisen, die aussahen wie die Zeichnung auf der Schale einer gewaltigen Auster. Blaue halbmondförmige Tümpel ließen erkennen, daß die Flut hereinkam. Möwen und Austernfischer hatten sich dort versammelt, stießen kreischend auf die Wasseroberfläche nieder und labten sich rasch noch an Muscheln, Krebsen und Schnecken, ehe die Flut sie wieder zudeckte.

Ich hatte große Sehnsucht nach Mr. Bill und Mr. Sam. Jene Verszeile von Mr. Bill fiel mir wieder ein: »...hager, lang und braun wie der See gerippter Sand...« Vielleicht hatte Mr. Bill dabei an diesen Strand gedacht, dessen bogenförmige Felsformationen tatsächlich an die Rippen eines großen Tieres erinnerten. Über der nächsten Landzunge stieg langsam ein großer blasser Vollmond auf, und ich dachte daran, wie sehr Mr. Sam den Mond geliebt hatte. »Es ist der einzige Freund«, sagte er, »der dich begleiten kann, ohne mit dir zu gehen.«

Wenn ich groß bin, schwor ich mir, wenn ich eine erwachsene Frau bin und eigenes Geld habe, mache ich mich auf die Suche nach den beiden. Ich malte mir aus, wie ich zu Geld kommen würde. Stücke würde ich schreiben und Romane und Verse wie meine beiden Freunde. Ein Verlag würde meine Romane herausbringen, und ich würde mit einem Schlag berühmt sein. Und so schön, daß alle Leute mich lieben und überhaupt nicht auf meine Hände achten würden.

So saß ich und träumte. Und der Nachmittag zog dahin wie eine flüchtige Wolke, die über den Himmel segelt. An die Jungen und den Jahrmarkt verschwendete ich keinen Gedanken mehr, auch wenn es mir schwergefallen war, Hoby abzuweisen und ihn damit zu kränken. Manchmal begleitete er mich hierher, und dann war er wie umgewandelt. Aber er würde sein Angebot und meine Weigerung bald genug vergessen und sich damit trösten, daß ich eben eine sonderbare kleine Person voller Grillen und Launen sei.

»Wie still du sitzest, Kind«, sagte eine Stimme über mir. »Seit zwei Stunden beobachte ich dich, und in der ganzen Zeit bist du keinen Zoll zur Seite gerückt.«

Ich fuhr zusammen und wäre um ein Haar über den Klippenrand gestürzt.

»Was haben Sie mich erschreckt, Ma'am!«

»Fall mir nicht herunter«, sagte sie lachend. »Ich wollte dir keine Angst einjagen. Aber dieser Satz, den du eben getan hast, macht die zwei Stunden Reglosigkeit leicht wieder wett.«

Sie mußte ebenso unbeweglich dagesessen haben wie ich, denn ich bemerkte die Dame, die jenseits meiner kleinen Mulde auf einem Rasenstück saß, erst in diesem Augenblick. Kleid und Umschlagtuch waren graugelblich gestreift, der Sonnenschirm war grün, als habe sie es darauf angelegt, sich ganz ihrer Umgebung anzupassen, sich möglichst unsichtbar zu machen. Das schmale Gesicht war sonnengebräunt, das schlicht frisierte Haar so hell, daß es fast weiß wirkte. Sie kam mir bekannt vor, wahrscheinlich war ich ihr irgendwann mal im Dorf begegnet. An einem Samtband hatte sie sich einen kleinen Feldstecher um den Hals gehängt.

Sie hatte sehr seltsame Augen.

»Lauf nicht gleich weg, Kind«, sagte sie, als ich mich hastig erhob. »Du sitzest mindestens mit dem gleichen Recht hier wie ich. Bist du aus Ashett?«

»Nein, Ma'am. Aus Bankertheim, will sagen aus Nether Othery.«

»Ja, richtig, ich meine dich dort schon gesehen zu haben. Hast du … bist du Waise?«

»Ja, Ma'am. Ich wohne bei Mrs. Wellcome.«

Ihr Gesicht leuchtete auf, es war, als wollte sie mir weitere Fragen stellen, aber dann ließ sie es doch sein.

Die Augen der fremden Dame ließen mich nicht los, ich betrachtete sie mit der unbefangenen Neugier eines Kindes. Sie waren dunkelgrau und sehr schön, aber das linke war gleichsam seitlich verschoben, so daß es, während das rechte auf mich gerichtet war, über meine Schulter blickte, was sehr befremdlich wirkte und den Eindruck erweckte, als sei sie nie ganz bei der Sache, wenn sie sich mit einem unterhielt.

»Ich habe Vögel beobachtet«, sagte sie lächelnd und deutete auf den Feldstecher. »Auch mir macht es große Freude zu verfolgen, was um mich herum vorgeht. Aber in Zukunft werde ich weniger Muße dafür haben.«

»Das tut mir leid, Ma'am«, sagte ich höflich. »Wenn es Ihnen doch Freude macht...«

»Nein, nein, es war eine erzwungene Ruhepause. Morgen beginnt ein neues Leben.«

Ich hörte ihr gern zu. Ihre Ausdrucksweise, ihre leise, wohltönende Stimme erinnerten mich an meine verlorenen Freunde. Doch dabei spürte ich ständig das große Haus mit seinen aufgestellten Ohren und den wachsamen Augen im Rücken. Als sie aufstand, setzte ich mich eilig in Bewegung. Sie seufzte.

»Leb wohl, Kind.«

»Guten Abend, Ma'am.« Wo mochte die Dame wohl hingehören? Ich knickste und hatte es plötzlich sehr eilig, nach Hause zu kommen.

Dort herrschten Aufruhr und Verwirrung. Hannah und

Tom waren vom Jahrmarkt zurück. Als ich den dicken Ballen Kattun sah, wußte ich, aus welchem Stoff die Kleider der nächsten zwei Jahre sein würden. Tom hatte sein Werkzeug wohl schon in den Schuppen geschafft. Die Jungen drückten sich in der Küche herum, das Wohnzimmer war voller Nachbarn. Alle starrten Biddy an, die in Tränen aufgelöst am Kamin saß.

»Meine kleine Polly… So ein Unglück… Nie wieder werde ich eine glückliche Stunde haben.«

Zu ihrem Publikum gehörten nicht nur die Leute aus dem Dorf, sondern auch Mr. Willsworthy vom Herrenhaus – was hatte der wohl hier zu suchen? – und Dr. Moultrie, der die Beerdigung in Over glücklich hinter sich gebracht hatte.

»Ich war am Strand, Muscheln sammeln… für eine Muschelpastete…«

Ich wunderte mich sehr. Muscheln sammeln, Muschelpastete – das klang ganz und gar nicht nach Biddy Wellcome. In der Küche machte sie sich allenfalls mal eine Tasse Tee und kochte ihren Pflegekindern einen Topf Kartoffeln als Nachtessen.

»Die kleine Triz hatte ich auf den Arm genommen, sie sollte sich nicht die zarten Füßchen an den scharfen Muschelschalen schneiden…«

Seit wann nimmst du Triz auf den Arm, dachte ich. Und wo soll sich das alles abgespielt haben?

Die Muschelbänke lagen alle an den Stränden östlich von Ashett.

»Haben Sie die Küstenwache verständigt?« fragte Willsworthy mit seiner rauhen, heiseren Stimme.

»Ja, natürlich. Das heißt... ich hab Frank und Charley Tedburn mit einer Nachricht hingeschickt. Ach, mein armer Liebling, meine arme Polly. Werde ich sie denn nie wiedersehen?«

Sie fing hysterisch an zu schluchzen.

»Geheimnisvoll sind Gottes Wege«, sagte Dr. Moutrie.

Aller Augen waren auf Biddy gerichtet, niemand merkte, wie ich mich in die Küche schlich. Dort standen Hoby, Will und Jon vor einem Binsenkörbchen mit einem schlafenden Kind.

Mit Herzklopfen ging ich näher heran. Da lag Polly Wellcome mit roten Backen und offenem Mund und schlief so fest, daß mir der Verdacht kam, ihre Mutter habe ihr ein paar Tropfen Laudanum unter Daffys Elixir gemischt, das sie ihr gelegentlich verabreichte, wenn sie abends ungestört ausgehen wollte.

»Wo ist Triz?« Meine Zähne schlugen aufeinander, so daß ich kaum sprechen konnte.

»Triz? Da is' sie doch!« sagte Will. Er war ein großer, dicker, dummer Junge, der mit seinen fast zwölf Jahren noch nicht lesen und schreiben konnte. »Polly is' abgesoffen.«

Ich sah Hoby an.

»Biddy behauptet, daß Polly ertrunken ist«, bestätigte er. »Und ich rate dir, ihr nicht zu widersprechen, sonst bekommst du es mit dem alten Willsworthy zu tun.«

»Aber... aber...«

»Biddy wird ja wohl ihr eigenes Kind kennen. Wenn sie sagt, daß die Kleine ertrunken ist...«, schaltete Jonathan sich ein. Er war recht verständig, aber so kurzsichtig, daß er alles, was weiter als eine Elle von seiner Nase entfernt war, nur noch verschwommen wahrnahm. Beim Pfeilschießen oder beim Murmelspiel verlor er immer. Bestimmt hatte er beide Kinder noch nie genau angesehen.

»Was ist denn nun wirklich passiert, Hoby?« fragte ich. »Was sagt Biddy?«

Hoby kratzte sich stirnrunzelnd am Kopf. »Daß sie mit den beiden kleinen Mädchen drunten am Growly Point beim Muschelsammeln war, als jählings die Flut hereinkam, so daß Polly durch eine Rinne ins offene Meer gerissen wurde. Aber irgendwas«, fuhr er nachdenklich fort, »stimmt an der Geschichte nicht.«

»Warum nicht, Hoby?«

»Weil Biddy bis um drei auf dem Jahrmarkt war, ich hab selber gesehen, wie sie dort auf einen alten Gauner mit goldenen Ohrringen eingeredet hat. Bis sie zum Strand kam, war die Flut längst da, und die Muschelbänke standen unter Wasser. Und vorher kann sie dort auch nicht gewesen sein, wir haben sie mit den beiden Mädchen in Richtung Ashett gehen sehen, Will und Jon können's bestätigen.«

Die beiden nickten.

Ich überlegte. »Was hat Willsworthy hier zu suchen?«

»Heute früh ist eine Nachricht von Kinn Hall gekommen, daß Lady Hariot von dieser Insel, von diesem Madehra oder wie es heißt, zurück ist. Und weil sie sich jetzt wieder ganz wohl fühlt, soll die kleine Triz gleich morgen ins Herrenhaus gebracht werden, zu ihrer richtigen Mutter...«

»Barmherziger Himmel! Und nachdem Biddy heute die

kleine Triz verloren hat, schickt sie ihre Polly ins Herrenhaus.«

So ganz wollte mir die Sache trotzdem nicht einleuchten. Warum war Biddy ausgerechnet heute, als diese Nachricht gekommen war, mit Triz zum Strand gegangen? Und warum hätte sie ihr eigenes Kind ins Herrenhaus schicken sollen? Biddy war gewiß keine hingebungsvolle Mutter, aber hin und wieder hatte sie doch primitive Anwandlungen von Zärtlichkeit, dann hob sie Polly unversehens hoch und gab ihr ein paar schmatzende Küsse. Triz gegenüber hatte sie nie die mindeste Zuneigung erkennen lassen. Was steckte in Wirklichkeit dahinter? Wollte sie sich von ihrem eigenen Kind trennen? Und glaubte sie, niemand würde den Tausch bemerken oder auch nur Verdacht schöpfen?

»Wo hat sie angeblich ihre Muscheln gesammelt?«

»Am Strand von Growly Point.«

»Da war sie nicht«, erklärte ich mit allem Nachdruck. »Ich hab den ganzen Nachmittag oben auf den Klippen gesessen. Am Strand war keine Menschenseele. Dort oben war... war noch eine Dame, die könnte das bestätigen.«

»Du willst dich doch nicht etwa hinstellen und Biddy Lügen strafen?« fragte Hoby mit seinem listigen Lächeln. Die Augen unter den hellen Wimpern glitzerten.

»Was hat sie wirklich mit Triz gemacht, Hoby? Was meinst du?«

Er zuckte die Schultern. »An die Zigeuner verkauft vielleicht. Angeblich mögen die ja solche Feenkinder, wie Triz eins ist.«

»Das wäre...« Ich überlegte. »Glaubst du das wirklich?«

Hoby verdrehte die Augen und zuckte erneut die Schultern.

»Ich gehe nach Ashett«, sagte ich mit trockenem Mund. »Zu den Zigeunern. Wenn sie... wenn ich ihnen sage, wie es wirklich war...«

»Zu den Zigeunern?« wiederholte Jonathan fassungslos. »Willst du dir den Bauch aufschlitzen lassen? Erst mal findest du sie gar nicht, und dann möcht ich nicht in deiner Haut stecken, wenn Biddy und Hannah erfahren –«

»Das ist mir egal.«

Ich dachte an die arme Triz, die so allein bei den Zigeunern Todesängste ausstehen mußte.

Ich selbst war mit Zigeunern noch nie in Berührung gekommen, aber bei den Einwohnern von Othery standen sie – ob verdient oder unverdient – in sehr schlechtem Ruf. Es hieß, daß sie Kinder stahlen oder kauften. Niemand wußte, warum, sie hatten schließlich selbst genug.

»Ich gehe«, sagte ich beherzt. Hinter dem Haus hörte man jämmerliche Rufe; die arme beschränkte Charlotte Gaveston und Biddys Pflegesöhne Charley und Frank verlangten lautstark nach ihrem Abendessen. Bei diesem Tumult fiel es gar nicht auf, daß ich mich wegschlich. Ich war noch nicht weit gegangen, da hörte ich Schritte hinter mir.

»Ich komme mit«, sagte Hoby. »Du bist total verrückt und von allen guten Geistern verlassen, und wenn du Triz findest, gibt es bestimmt einen Höllenkrach. Aber daß du zu deinen Freunden hältst, gefällt mir an dir, Kleines. Könnte sein, daß du Hilfe brauchst.«

Ich war sehr froh über seine Begleitung. Es dunkelte schon, als die Lichter von Ashett unter uns auftauchten, doch auf dem von Fackeln und Kienspänen beleuchteten Jahrmarktsplatz herrschte noch lebhaftes Treiben, es wurde getanzt und musiziert, man hörte Trommeln und Pfeifen und trunkenes Geschrei.

»Wo waren die Zigeuner?« fragte ich Hoby.

»Vorhin haben sie auf der Folworthy Road gerade ihr Zeug zusammengepackt.«

Doch als wir uns mühsam über den Jahrmarkt gekämpft hatten, vorbei an halb abgebauten Buden und Gruppen lärmender Betrunkener, war dort zu meiner Bestürzung alles dunkel und leer; die Zigeuner waren schon weitergezogen.

»Ja, sie sind weg in Richtung Folworthy«, bestätigte ein Mann, bei dem wir uns erkundigten. »Werden wohl auf dem Folworthy-Moor ihr Lager aufschlagen wollen. Das fahrende Volk hält es nie lange in der Stadt.«

Ich weinte fast vor Enttäuschung, und Hoby riet mir nachdrücklich zur Rückkehr. »Wir haben getan, was wir konnten, Liz. Es ist schon spät. Jetzt kriegen wir sie doch nicht mehr zu fassen.«

»Noch ein, zwei Meilen, Hoby. Vielleicht lagern sie ja gar nicht weit von hier. Kehr du ruhig um, wenn du müde bist. Ich gehe weiter.«

Aber er mochte mich nicht allein lassen, und so liefen wir weitere zwei, drei Meilen nach Westen, über die Bucht von Hoe und die steile Anhöhe hinauf zur Umberleigh Down. Die Füße taten mir weh, und es war sehr kalt geworden. Ein großer blasser Mond zog über uns hin – derselbe Mond, der am frühen Abend so freundlich auf mich herabgeblickt hatte.

Mr. Sam würde diesen Mond mögen, dachte ich, Mr. Sam wäre mit meiner Mission einverstanden.

Hoby war sehr geduldig. Klaglos ging er neben mir her.

Und dann fanden wir die Zigeuner.

Sie hatten ihre Wagen und ein paar verschlissene Zelte im Kreis aufgestellt und ein unordentliches Lager aufgeschlagen. In der Mitte brannte ein Feuer. Verwilderte Hunde mit fahlem Fell und geschmeidige bunte Katzen schlichen herum.

Aus dem Topf über dem Feuer duftete es würzig nach geschmortem Kaninchen.

»Was wollt ihr hier, *gadscho*-Kinder?« fragte eine schwarzhaarige Frau, als wir am Rand des vom Feuer beschienenen Runds zögernd stehenblieben, und musterte uns feindselig.

Ich dachte an Mr. Sam. Wie hätte er sich in so einem Moment verhalten? »Bitte, Ma'am, ich möchte den... Ihren obersten Anführer sprechen. Der hier das Sagen hat.«

Als sie mich stirnrunzelnd ansah, muß ich wohl bittend die Hände ausgestreckt haben. Von einer Minute zur anderen war die Frau wie ausgewechselt. Sie führte uns zu einem Wagen, der ein wenig größer war als die übrigen. Auf den Stufen saß ein Mann, der noch nicht alt war, aber hager und wettergegerbt. Er hatte eine Hakennase, blanke Augen, goldene Ohrringe und einen üppigen grauen Schopf.

»Das ist der Mann, mit dem Biddy so heimlichgetan hat«, flüsterte Hoby mir zu.

»Was wollt ihr, *gadscho*-Kinder?«

»Sir«, sagte ich, denn ich dachte mir, daß hier wohl die

gleiche Ehrerbietung angebracht war wie bei einem Richter oder einem Pfarrer. »Sir, ist hier ... hat eine Frau heute ein Kind bei Ihnen abgegeben? Ein kleines Mädchen mit hellen Haaren, das aussieht wie ein Feenkind?«

»Wie soll es heißen?« Er sah mich scharf an.

»Thérèse.«

Und irgend etwas trieb mich dazu, mit hoher, schriller Stimme nach ihr zu rufen. So rief ich hin und wieder die Kühe oder Schweine von der Weide, aber sonst hatte diese Töne noch niemand von mir gehört.

Bis auf Triz, die ich damit zum Lachen bringen konnte.

»Triz?! Holla, Triz, bist du da? Hörst du mich?«

Und da kam sie schon aus einem der Zigeunerwagen gepurzelt, stürmte über den Platz, auf dem das Feuer flackerte, und warf sich in meine Arme.

»Alize! Alize!«

»Sie ist Ihnen aus Versehen übergeben worden«, sagte ich zu dem Mann mit den Ohrringen. »Es war ein Irrtum.«

»Und mein Geld?« fragte er ingrimmig. »Kannst du das zurückzahlen?«

Ich breitete die Hände aus. »Von Geld weiß ich nichts. Wir haben keins.«

Hoby stülpte zur Bestätigung seine zerlumpten Taschen von innen nach außen.

Doch der Mann mit den Ohrringen starrte – wie vorhin die Frau – auf meine Hände.

Er sagte halblaut etwas zu ihr – in einer Sprache, die ich nicht verstand –, und sie machten beide eine Bewegung, als wollten sie den bösen Blick abwehren.

»Und du kannst singen?« fragte er mich.

»Singen? Ich weiß nicht... Warum?«

Er sang eine fremdartige Tonfolge, fast eine Melodie, die mit sehr tiefen Tönen begann und mit sehr hohen Tönen aufhörte. »Sing mir nach!« Ich gehorchte.

»Noch einmal.« Ich wiederholte die Tonfolge.

»Nun gut«, entschied er, »das mit dem Geld soll vergessen sein. Du bist eine –« Und da war wieder das fremde Wort.

Er nahm meine Hände, die Triz nur widerwillig freigab. Die seinen waren rauh, schmutzig und rissig wie Borke, fühlten sich aber warm und tröstlich an.

»So geht denn in Frieden, *gadscho*-Kinder. Ihr habt noch einen langen Weg vor euch.«

Und es sollte wirklich ein langer Weg werden. Meine Füße schmerzten immer mehr. Der Mond war jetzt ingwergelb und im Untergehen. Abwechselnd trugen wir Triz, die uns trotz ihrer feenhaft zarten Figur erstaunlich schwer vorkam.

Hoby hatte mit seiner Voraussage recht behalten: Zu Hause gab es einen Höllenkrach. Die Familie hatte sich zu einer Art Totenwache zusammengefunden und Kummer und Leid in einer hochgefährlichen Mischung aus Apfelwein und geschmuggeltem Weinbrand ertränkt. Biddy schmähte mich als boshafte kleine Schlange, die nur darauf aus sei, jedermann einen Tort anzutun.

»Vorzugeben, das sei Triz! Daß ich nicht lache! Wer sagt mir, daß die Kleine, dir ihr mitgebracht habt, kein Zigeunerkind ist? Das wird ja immer schöner!«

Mit dieser Behauptung aber kam sie nicht mehr weiter,

als Polly, von dem Lärm aus ihrem schweren Schlaf gerissen, »Tiz! Tiz!« lallte und – ein für sie ganz ungewöhnlicher Beweis der Zuneigung – der Pflegeschwester um den Hals fiel.

Triz zuckte zurück, als Biddy sich ihr näherte. Hatte sie, so jung sie war, womöglich begriffen, daß ihre Pflegemutter sie wie einen Welpen oder ein junges Kätzchen weggegeben und bedenkenlos Wildfremden überlassen hatte?

Danach waren alle zu müde und wohl auch zu betrunken zum Weiterstreiten. Dr. Moultrie und Mr. Willsworthy, die hier immerhin als Respektspersonen galten, waren nicht mehr da, und ich beschloß, mein durchschlagendstes Argument zunächst für mich zu behalten, daß ich nämlich den ganzen Nachmittag auf den Klippen verbracht und Biddy unten am Strand nicht gesehen hatte (und daß die Dame mit dem Silberblick meine Aussage bestätigen konnte – falls ich herausbekam, wer sie war). So sagte ich nur: »Triz kann bei mir schlafen, wenn ihr sie hier nicht haben wollt!«, und nahm sie mit in mein Schlafquartier unter dem Dach. Eng aneinandergeschmiegt – denn mein Winkel bot ja kaum Platz für eine Person – verbrachten wir dort den Rest der Nacht. Sie schlief, die dünnen Ärmchen um meinen Hals gelegt, vor Erschöpfung sofort ein, während mich die Sorge noch stundenlang wach hielt.

Ich wußte sehr wohl, daß ich nur ein Kind und die Macht der Erwachsenen groß und unberechenbar war, und fürchtete deshalb für den nächsten Tag noch Schlimmeres: daß Biddy am Ende Triz doch nicht anerkennen und zu den Zigeunern zurückschicken, daß man letztlich ihr mehr glauben würde als mir, daß, wie ich es so oft erlebt hatte, das Unrecht und die Verderbtheit triumphieren würden.

Doch dann kam alles ganz anders, als ich erwartet hatte – so geht es mir fast immer, und trotzdem bin ich nie darauf gefaßt!

Zunächst schliefen alle, erschöpft von Anstrengung und Streit, heurigem Apfelwein und Weinbrand, länger als gewöhnlich.

Lautes Klopfen an der Tür und ungeduldiges Rufen rissen mich aus dem Schlaf.

»Aufmachen! Wo steckt Mrs. Wellcome? Und die junge Mrs. Wellcome? Hurtig! Tummelt euch! Die Gattin des Herrn ist da und will ihre Tochter haben!« Schlaftrunken stolperte ich die Stiege hinunter und machte auf, während im Haus Hannah und Tom grummelnd und stöhnend versuchten, sich besuchsfein zu machen.

Vor dem Haus stand eine Chaise. Jeff Diswoody, der Stallmeister auf Kinn Hall, den ich vom Sehen kannte, hielt die Pferde. Er war es auch gewesen, der uns mit seinem Hämmern und Rufen geweckt hatte.

»Teufel auch, was ist denn hier los? Wo Mylady selber kommt, um ihren Liebling nach Hause zu holen, denk ich, ihr seid alle mit dem ersten Hahnenschrei auf, und die Kleine steht bereit, herausgeputzt wie eine Maikönigin. Aber nein – keine Seele rührt sich im Haus.«

Ich sah an ihm vorbei. In der Chaise saß die Dame von den Klippen, fein ausstaffiert in gelber Seide, mit Handschuhen und seidenem Sonnenschirm. Ich erkannte sie sofort – an dem Silberblick und auch an ihrem Lächeln. Das also war Lady Hariot. Ich hätte es mir denken können.

Blitzschnell ergriff ich meine Chance.

»Wenn Sie sich einen ganz kleinen Moment gedulden möchten, Mylady...« Ich hastete die Stiege hoch, wo Triz wie ein zerrupfter junger Vogel in meinem unordentlichen Nest saß und sich blinzelnd die Augen rieb.

»Komm schnell, Triz, deine Mutter wartet auf dich, es ist eine feine Dame in Samt und Seide, und zwei hübsche Schimmel bringen dich heim.«

Ich trug sie die Treppe hinunter. Die arme Kleine, noch halb im Schlaf und von dem Abenteuer des Vortags mitgenommen, fing an zu weinen, und als Jeff Diswoody sie mir abnehmen wollte, vergrub sie den Kopf an meiner Schulter und klammerte sich an mich.

»Alize!« rief sie. »Alize!«

»Na, na, was soll denn das? Willst du nicht zu deiner Mama?«

Natürlich wollte sie nicht.

»Arme Kleine.« Lady Hariot hatte die Situation sofort erfaßt. »Kein Wunder, daß sie sich nicht gern von ihren Freunden trennt. Aber ich weiß etwas. Wie heißt du, Kind?«

»Liza, Ma'am.«

»Am besten kommst du jetzt erst mal mit Thérèse ins Herrenhaus, Liza, dann fühlt sie sich dort nicht so fremd, denn ich merke schon, daß sie sehr an dir hängt. Wenn sie sich dann ein bißchen eingewöhnt hat, kann einer der Reitknechte dich ins Dorf zurückbringen.«

»Danke, Mylady, aber das schaff ich auch allein, da ist gar nichts dabei.« Hochbeglückt über diese Lösung kletterte ich mit Triz in die Chaise. »Es tut mir leid, daß sie so schlimm aussieht, aber Biddy und Hannah sind gestern abend erst spät vom Jahrmarkt gekommen und –«

»Das ist ganz unwichtig«, sagte Lady Hariot zerstreut. »Oben liegt alles für sie bereit, was sie braucht.« Mit einem Auge betrachtete sie liebevoll ihre Tochter, das andere blickte zurück zum Haus, wo Hannah, die wohl noch nie im Leben so schnell Toilette gemacht hatte, breit lächelnd dastand und knickste.

»Ach Ma'am! Ach Mylady! Welche Freude, daß Sie wieder zu Hause sind. Und wie wohl Sie aussehen...«

»Danke, Mrs. Wellcome. Und ich bin Ihnen verbunden, daß Sie sich um meine Tochter gekümmert haben. Machen Sie sich weiter keine Umstände. Guten Tag!« Jeff ließ die Peitsche knallen, und die Pferde setzten sich in Trab. Hannahs Gesicht war sehenswert. Ich wagte kaum daran zu denken, was mich erwarten mochte, wenn ich zurückkam, aber die Gelegenheit, Triz wohlbehalten in ihr rechtmäßiges Heim zu bringen und mich gleichzeitig dort noch ein bißchen umzusehen, wollte ich mir nicht entgehen lassen.

Was im einzelnen nach unserer Ankunft im Herrenhaus geschah, kann ich nicht mehr genau sagen. Ich weiß noch, daß uns Squire Vexford knurrig und in übelster Laune empfing. »Ich habe unsere Tochter heimgeholt, Godric«, sagte Lady Hariot. »Ist sie nicht deiner Tante Tabitha, deren Porträt auf der oberen Galerie hängt, wie aus dem Gesicht geschnitten?«

»Wenn sie meinem Onkel Thomas nachschlüge, wär's mir lieber«, murrte er nur. Lady Hariot seufzte leise und führte mich in das Reich ihrer Tochter. Die Räume mit Blick auf die Bucht waren mit allem ausgestattet, was ein

Kinderherz erfreuen konnte. Eine lächelnde Kinderfrau wartete mit Kleidung über dem Arm.

»So, mein Lämmchen«, sagte Lady Hariot zärtlich zu der kleinen Triz, die sich stumm und staunend umsah. »Jetzt bist du zu Hause, und alles gehört dir.«

Sie zeigte ihrer Tochter ein Spielzeug, ich weiß nicht mehr, was es war, ein Holzpferdchen vielleicht. Triz, die noch nie in ihrem Leben Spielsachen besessen hatte, wußte nichts damit anzufangen, und weil ich mich nicht einmischen mochte, kniete Lady Hariot sich hin und führte es ihr vor. Triz sah schweigend zu und musterte sie mit großen, ernsten Augen.

»Ich geh dann jetzt, Mylady«, sagte ich. »In diesen schönen Räumen wird sich Triz gewiß bald sehr wohl fühlen.«

Aber da klammerte sich Triz wieder bitterlich weinend an mich und wollte sich nicht trösten lassen.

»Meiner Seel, Herzchen!« rief die Kinderfrau. »So freu dich doch an deinem Zimmer und all den schönen Sachen. Laß das Mädel gehen, mit der hast du nichts mehr zu schaffen.«

Triz war offensichtlich anderer Meinung.

»Alize, Alize«, jammerte sie und streckte die Arme nach mir aus.

Ich sagte nichts, aber ich dachte an die Waisen von Bankertheim, von denen die meisten nie solche Räume und all die schönen Dinge kennenlernen würden, für die sich Triz so gar nicht interessierte. Ich dachte an den Fächer in der hohlen Eiche, meinen größten Schatz. Lady Hariot besaß gewiß ein Dutzend davon, und auch Triz würde es später an derlei Dingen nicht fehlen.

Ich mochte nicht gehen, solange sie so jämmerlich weinte.

»Hör zu, Liebchen«, sagte Lady Hariot und streichelte die Kleine, »deine Alize, wie du sie nennst, soll morgen wiederkommen, ja? Sie soll mit dir im Garten spazierengehen, und du sollst ihr dein neues Spielzeug zeigen. Bist du jetzt zufrieden?«

Triz dachte eine Weile nach, dann nickte sie ernsthaft und wischte sich mit den kleinen Fäusten die Tränen aus den Augen. Mein Herz tat einen Sprung.

»Sie soll gleich morgens kommen, nachdem du gefrühstückt hast. Wird das gehen, Kind?« fragte Lady Hariot mich.

»Wenn Dr. Moultrie es erlaubt. Ich lerne nämlich bei ihm, Ma'am.«

»So? Ich werde mit ihm sprechen.«

Mittlerweile zeigte Triz doch noch ein wenig Interesse an dem Spielzeug, das ihre Mutter in der Hand hielt, und Lady Hariot winkte mir, ich möge gehen.

Von der gekiesten Auffahrt aus blickte ich neugierig auf die Gartenanlage, die man von der Straße und vom Fußpfad her nicht sehen konnte. Gern wäre ich stehengeblieben, um alles in Muße zu betrachten, aber das ging natürlich nicht an. Macht nichts, sagte ich mir, morgen kann ich zusammen mit Triz den Garten erkunden, und wenn ich Glück habe, darf ich vielleicht einmal wiederkommen.

Auf dem Heimweg war ich zwischen Triumph und Furcht hin- und hergerissen. Letztere war nicht unbegründet, denn Hannah empfing mich mit finsterer Miene.

»Also, Miss: Was hast du Lady Hariot erzählt?«

»Nichts habe ich ihr erzählt.«

»Wer's glaubt! Wo du den Jungs weisgemacht hast, du hättest oben auf den Klippen gesessen und Biddy nicht am Strand gesehen...«

Dumme Tröpfe, dachte ich ärgerlich. Warum konnten sie den Mund nicht halten? Doch Triz war glücklich im Herrenhaus gelandet, das war die Hauptsache, und im nachhinein hatte es wenig Sinn, der Frage nachzugehen, was Biddy getan oder vorgehabt und warum sie es getan hatte. Allerdings stand für mich so gut wie fest, daß sie nach der überraschenden Nachricht, Lady Hariot wolle ihr Kind abholen, der Versuchung nicht hatte widerstehen können, der eigenen Tochter ein Dasein in lebenslangem Wohlstand zu sichern. Deshalb hatte sie rasch das andere Kind weggegeben, um Fragen oder Vergleichen aus dem Weg zu gehen.

Inzwischen waren die Zigeuner längst über alle Berge. Ich konnte nichts beweisen. Der eine oder andere im Dorf mochte sich darüber wundern, daß ein angeblich ertrunkenes Kind plötzlich wieder munter herumsprang, aber es sollen schon merkwürdigere Dinge passiert sein.

»Ich habe gestern tatsächlich oben auf den Klippen gesessen und Biddy nicht am Strand gesehen«, sagte ich, »aber das habe ich Lady Hariot nicht erzählt. Sie war gestern selbst dort oben. Ich wußte nicht, wer sie war, aber wir haben miteinander gesprochen.«

Hannah hatte es, was selten vorkam, offenbar die Sprache verschlagen. Ohne ein weiteres Wort ging sie zu ihrer Tochter hinüber, und was dort gesprochen wurde, habe ich nie erfahren. Doch am nächsten Tag zeigte sich, daß Biddy sich ohne Abschied davongemacht hatte.

Zunächst blieb Hannah nichts weiter übrig, als sich selbst um Charlotte, Charley und Frank zu kümmern, bald aber fanden sich Nachbarn, an die sie die verlassenen Kinder weitergeben konnte.

»Was wird Biddy jetzt anfangen?« fragte ich Hoby.

»Sie wird Matrosen fragen, ob sie Seife brauchen«, antwortete er geheimnisvoll.

»Und wo?«

»In Exeter oder Plymouth vielleicht. Oder sie ist nach London gegangen, um dort ihr Glück zu machen.«

»Gibt es denn in London auch Matrosen?«

»Zumindest feine Herren gibt es dort.«

»Und wozu brauchen die Seife?«

Er wollte sich ausschütten vor Lachen. »Ach, Liza, wie naiv du bist! Sie ist eine Hure geworden, du Dummchen.«

Ich war gekränkt. »Warum hast du das nicht gleich gesagt? Ich weiß doch, was eine Hure ist.«

»Das schickt sich aber nicht für dich. Was weißt du denn darüber?«

»Fanny Huskisson hat mir alles erklärt.« Fanny, eine lebensfrohe junge Person, die sich als meine Freundin bezeichnete, war sieben Jahre bei Mrs. Pollard im Gasthaus Zum Grünen Mann gewesen und hatte letztes Jahr das Dorf verlassen. »Sie hat mir erzählt, daß sie sich für Geld zu Männern legen.«

»Sie legen sich nicht bloß zu Männern, sie treiben es mit ihnen.«

»Ich weiß. Und kriegen trotzdem keine Kinder, weil sie

Mutterkorn schlucken. Ich finde, es ist eine recht armselige Art, seinen Lebensunterhalt zu verdienen.«

Ich hatte eine sehr geringe Meinung von Männern; Mr. Sam und Mr. Bill waren Ausnahmen.

»Da könnte ich dir noch sehr viel mehr erzählen«, sagte Hoby.

»Ich will aber nichts hören.«

Auch ich hätte Hoby noch sehr viel mehr erzählen können. Wenn ich gewollt hätte.

2

Ich habe über einige Begebenheiten meiner frühen Kindheit ziemlich ausführlich berichtet, weil sie für das, was in der Folge geschah, womöglich von Belang sind. Meinen nächsten Lebensabschnitt aber gedenke ich nicht so weitschweifig zu behandeln. Ich möchte die Geduld meiner geneigten Leserinnen und Leser nicht überfordern.

Überdies bin ich meiner Sache zuweilen nicht ganz sicher. Hin und wieder sehe ich ganze Handlungsabläufe so deutlich vor mir, als hätte ich sie selbst erlebt, und dann frage ich mich: Ist dieses oder jenes wirklich passiert, oder habe ich es mir nur eingebildet? Und manches von dem, was ich erlebt habe, werde ich ohnehin schön für mich behalten...

Triz – oder Thérèse, wie sie jetzt genannt wurde – gewöhnte sich schnell auf Kinn Hall ein, was kein Wunder war, da sie bei Biddy Wellcome nicht gerade ein Übermaß an Zuwendung erfahren hatte. In der neuen Umgebung, wo ständig jemand mit ihr sprach oder spielte, ihr etwas vorsang oder ihr Fragen stellte, lernte sie auch rasch sprechen. Nach wie vor aber hing sie sehr an mir und wollte mich alle paar Tage sehen. So kam es, daß ich bald nahezu meine ganze Zeit droben im Herrenhaus verbrachte. Ob Triz, als sie älter wurde, noch etwas von dem Abenteuer mit den Zigeunern am Michaelistag wußte, kann ich nicht sagen; sie sprach nie darüber. Mag sein, daß die Erinnerung tief in jenes Nebelgewaber herabgesunken war, das uns die

Sicht auf die frühe Kindheit versperrt, ich denke aber, daß sich ihre große Anhänglichkeit auch aus meinem damaligen Eingreifen erklärt, das ihr bewußt oder unbewußt im Gedächtnis geblieben sein mag.

So manche Mutter wäre eifersüchtig geworden, wenn das ihr gerade erst zurückgegebene Kind sich einer Fremden gegenüber so anhänglich gezeigt hätte. Nicht so Lady Hariot. Sie besaß ein hohes Maß an Gerechtigkeitssinn und Einfühlungsvermögen und hatte während ihrer Kindheit viel Zeit gehabt, lange und gründlich über Dinge nachzudenken, denen die meisten Menschen wenig Aufmerksamkeit schenken. Sie begrüßte alles, was ihrer Tochter guttat und ihr Anregungen bot, und nahm mich deshalb mit großer Herzlichkeit auf. Sie war wie eine Mutter zu mir – eine weit bessere Mutter, als es Biddy Wellcome je ihrer kleinen Polly gewesen war, die sich jetzt in der recht unbefriedigenden Obhut ihrer Großmutter befand. Wenn Hannah nüchtern war, konnte sie sehr lieb zu der Kleinen sein, immer öfter aber traf man sie jetzt sinnlos betrunken an.

Auch deshalb hatte Lady Hariot mir vorgeschlagen, auf Dauer nach Kinn Hall zu kommen. Nether Othery sei nicht mehr das richtige für mich, sagte sie und schrieb in diesem Sinn an meinen Vormund, Oberst Brandon, dessen Adresse Hannah in einem ihrer klaren Momente herausgerückt hatte.

Sie mußte lange auf eine Antwort warten, und der Brief, der dann kam, war nicht von Oberst Brandon, sondern von seinen Anwälten in Dorchester. Oberst Brandon habe sich im vergangenen Jahr wieder seinem alten Regiment, dem

33. Infanteriebataillon unter General Wellesley, angeschlossen, und sei jetzt mit seiner Gattin in Seringapatam, wohin die Post mehrere Monate brauchte. In seiner Abwesenheit seien sie nicht befugt, mir die Übersiedlung ins Herrenhaus zu gestatten.

»Machen Sie sich nichts draus, Ma'am«, sagte ich zu Lady Hariot. »Es war sehr freundlich von Ihnen, aber ich komme schon zurecht.«

Meine Gefühle in dieser Sache waren zwiespältig. »Laß uns Busenfreundinnen sein, du und ich«, hatte Fanny Huskisson gedrängt, ehe sie aus Bankertheim wegging, ich aber hatte mich dazu nicht überwinden können. Ganz abgesehen davon, daß Fanny zwar munter und sehr gutmütig, aber auch recht dumm war und gern unflätige Reden führte, widerstrebte mir eine solche Bindung grundsätzlich. Es war die gleiche Überlegung – der Wunsch, mich abseits zu halten, von niemandem abhängig, völlig frei und ungebunden zu sein –, die mich damals bewogen hatte, nicht mit zum Jahrmarkt zu gehen. So lieb mir Hoby auch war, wußte ich doch, daß er und seine Kumpane so manchen groben Streich aushecken würden. In so etwas mochte ich mich nicht hineinziehen lassen.

Bei Fanny verhielt es sich einfach so, daß sie sich als meine beste Freundin betrachtete, während ich fand, daß wir kaum Gemeinsamkeiten hatten.

Und so war es auch mit meinem Leben auf Kinn Hall.

Das fing schon damit an, daß mir die scheelen Blicke, mit denen der Herr des Hauses mich bedachte, natürlich nicht verborgen blieben. Da er alles andere als ein zärtlicher Vater oder liebevoller Gatte war, ließ er sich nie in den Räumen seiner Tochter sehen und kümmerte sich auch kaum um sie. Wenn ich mit Triz Schlagball spielte oder ihr Pony führte und er meiner ansichtig wurde, verzog er den Mund und warf mir einen angewiderten Blick zu, so daß auch der Dümmste merken mußte, daß er eine heftige Abneigung gegen mich gefaßt hatte. Sein Kammerdiener stand ihm darin nicht nach. Wenn Triz und ich etwas angestellt hatten, was ja bei Kindern hin und wieder vorkommt – ob es sich um ein zertretenes Blumenbeet, einen abgeknickten Rosenzweig oder ein im Regen vergessenes und angerostetes Spielzeug handelte –, konnte ich sicher sein, daß Mr. Vexford davon erfuhr, sobald Willsworthy seinen Herrn hatte erreichen können, und dann hatte Lady Hariot ihre liebe Not, mich zu verteidigen, was sie aber stets beherzt tat.

Hinzu kam, daß ich – obwohl Lady Hariot wirklich sehr lieb zu mir war, stets staunte, wieviel Wissen ich mir dank Dr. Moultrie bereits angeeignet hatte, sich rührend bemühte, mir zu weiteren Fertigkeiten zu verhelfen, und mich zusammen mit der kleinen Triz in Musik und Tanz, Französisch und Italienisch unterrichten ließ (was für die arme Kleine ein großer Segen war, denn sie lernte langsam, und es fiel ihr oft leichter, das Gelernte zu begreifen oder sich zu merken, wenn ich es noch einmal mit ihr wiederholte) –, daß ich trotz aller Wohltaten, die ich auf Kinn Hall genoß, immer sehr froh war, wenn ich abends, aller Zwänge ledig, zu meinem dürftigen, aber ungebundenen Leben in Bankertheim zurückkehren konnte. Man mißverstehe mich nicht. Ich begriff sehr wohl, welch kostbare

Gaben mir tagtäglich zuteil wurden. Unter Lady Hariots liebevoller Aufsicht eignete ich mir Redeweise und Benehmen der besseren Kreise an und konnte sehr bald das Ländlich-Dörfliche ablegen, wenn die Umstände es verlangten.

Es dauerte nicht lange, bis mir bewußt wurde, daß Lady Hariot von Herkunft und Geburt höher stand als ihr Gatte.

»Ich habe ihn geheiratet, weil ich keine andere Wahl hatte«, sagte sie eines Tages gelassen, während Jeff Diswoody versuchte, Triz in die Geheimnisse der Reitkunst einzuweihen.

Gerade war der Squire mißlaunig und verdrießlich wie immer an uns vorbeigeritten. Ich wartete, bis er außer Hörweite war, und wiederholte: »Keine andere Wahl, Ma'am? Wie kann das sein, so schön und gütig, wie Sie sind?«

Aber natürlich wußte ich ganz genau, was sie meinte.

»Ich war eine von fünf Schwestern«, fuhr sie fort. »Mein Vater, der Graf, war nicht reich und konnte uns nicht viel mitgeben. Und kein vernünftiger Mann hält um ein Mädchen an, das schielt. In vielen Ländern könnte ich allein um dieses Makels willen noch heute als Hexe verbrannt werden.«

Ich nickte verständnisvoll und dachte an die Zigeuner.

»Ich habe also noch Glück gehabt. Das Los einer unverheirateten Frau ist bitter. Als alte Jungfer, als arme Verwandte wird man auch ohne ein körperliches Gebrechen verlacht und verachtet. Weil ich aus gutem Hause kam, war Mr. Vexford bereit, über mein unzulängliches Äußeres hinwegzusehen. Ich fürchte allerdings, daß er inzwischen glaubt, ein schlechtes Geschäft gemacht zu haben.«

Seufzend sah sie dem untersetzten Reiter nach, der auf dem Weg zur Otternjagd in Folworthy war. Bei derlei Unternehmungen blieb er jetzt immer öfter und immer länger Kinn Hall fern.

»Das ist ja hier das reinste Krüppel- und Siechenhaus«, hatte ich ihn einmal schreien hören. »Verdammt, da kann man ja gleich in der Irrenanstalt Logis nehmen. Bloß weg hier, sage ich immer.«

Lady Hariot in ihrer Herzensgüte hatte tatsächlich die Neigung, in ihre Dienste vor allem solche Menschen zu nehmen, die ebenfalls eine körperliche Behinderung aufwiesen und denen es sonst im Leben schlecht ergangen wäre. Ihre Zofe Prue hinkte stark, Mrs. Lundy, die Wirtschafterin, stotterte, Jeff Diswoody war seit einem Sturz in der Kindheit schwerhörig. Und in meinem Fall waren die Abneigung des Gutsherrn und die Gunst von Lady Hariot wohl nicht zuletzt auf meine ungleichen Hände zurückzuführen, die sie gewiß schon bei unserer ersten Begegnung an dem bewußten Nachmittag bemerkt hatte.

»Eine sehr ungewöhnliche, vielleicht sogar einzigartige Erscheinung«, sagte sie seufzend, als Triz und ich zu unserer ersten Klavierstunde angetreten waren und Mr. Godfinch, der Musiklehrer, eine konsternierte Bemerkung darüber fallenließ. »Daß die eine Hand so viel größer ist als die andere und einen sechsten Finger hat, habe ich noch nie gesehen. Beim Klavierspielen mag es ja von Vorteil sein, aber sonst hat es dir sicher schon viel Hohn und Spott eingetragen.«

»Ach du meine Güte, ja, Ma'am, alle Kinder haben diese Spottnamen für mich, Hexenkrallen-Lizzie und noch manche andere, und früher haben sie gesungen: ›Drei, sechs, neun, die Gans trank Wein, sechs Finger hast du an der Hand, deine Mutter kommt aus Nixenland.‹ Aber ich höre nicht drauf. Manche haben Angst vor mir, weil sie denken, ich könnte sie verzaubern, aber die meisten sind eigentlich ganz nett.«

Nach diesen bitteren Erfahrungen war mir klar, daß ich wohl keinen Mann bekommen würde, und Hoby und die anderen hatten mir das oft genug bestätigt. Wer wollte schon eine Frau mit zwei ungleichen Händen – oder Kinder, denen sie diesen Makel vielleicht vererben würde –, selbst wenn sie schön wie Venus wäre? Venus war mir nie die liebste unter den römischen Gottheiten gewesen, von denen Dr. Moultrie mir erzählt hatte, weil ich mir sagte, daß die Göttin der Liebe und Schönheit ihrerseits mit mir wohl auch nicht viel im Sinn gehabt hätte. Ich erwählte mir die kluge Athene zur Schutzpatronin und bat sie vor jeder Unternehmung um Hilfe, die sie mir auch oft gewährte.

Beim Klavierspielen taten mir die besonders große rechte Hand und ein zusätzlicher Finger gute Dienste. Mühelos konnte ich eine Oktave greifen, während die zierlichen Hände der kleinen Triz und das dünne Stimmchen, das nicht kräftiger klang als das Summen eines Wasserkessels, Mr. Godfinch zur Verzweiflung brachten. Auch über meine Stimme staunten Lady Hariot und unser musikalischer Mentor.

»Fünf Oktaven!« verwunderte er sich. »Das ist beispiellos. Besonders schön ist Miss Elizas Stimme nicht, Lady

Hariot, wenn auch kräftig, klar und tonrein. Aber dieser Umfang... Wir sollten sie zur Opernsängerin ausbilden lassen. Es wäre schade um so ein Talent.«

Doch davon mochte Lady Hariot nichts hören. Opernsängerinnen, sagte sie, seien in ihren Augen nicht viel besser als Dirnen, kein Mensch von Sitte und Moral würde einem anständigen Mädchen so ein Leben zumuten. Und ich sei zweifellos guter Herkunft. Oberst Brandon, mein Vormund, habe eine Miss Marianne Dashwood geheiratet, die aus einer sehr achtbaren – wenn auch nicht vermögenden – Familie in Sussex kam, er selbst sei ein hoch angesehener Mann mit einem schönen Gut in Dorset, das Delaford heiße. Nein, auf keinen Fall dürfe ich Opersängerin werden, allein schon wegen der Verbindung zu Oberst Brandon, obschon darüber keine Einzelheiten bekannt waren.

Dennoch ließ es sich Mr. Godfinch nicht nehmen, meine Stimme gründlich und gewissenhaft zu schulen. Er war ein ebenso begeisterungsfähiger wie praktisch veranlagter kleiner Mann, der in Exeter und Taunton auch als Tanzmeister wirkte und mit einem großen Muttermal auf einer Wange geschlagen war. Vermutlich schätzte er meine Aussichten, mich zu verheiraten, ebenso gering ein wie ich selbst, und wollte mich deshalb in den Stand setzen, mir meinen Lebensunterhalt selbst zu verdienen.

Lady Hariot machte sich weiterhin Gedanken wegen meiner derzeitigen Umgebung.

»Ich habe allerlei Zweifelhaftes über Dr. Moultrie gehört«, sagte sie. »Er ist ein träger alter Tropf und kann nicht gut für dich sein, Kind. Außerdem trinkt er unmäßig. Am letzten Sonntag war ich ganz entsetzt über den

Branntweingeruch, der mir entgegenschlug, als er die Kommunion austeilte. Versprichst du dir denn jetzt noch etwas von seinem Unterricht?« Jetzt, da du im Herrenhaus Sitte und Manieren lernst, ergänzte ich für mich, denn ich wußte ganz genau, in welche Richtung Lady Hariots Gedanken gingen.

»Er ist sehr klug, Ma'am«, versicherte ich, »und bringt mir viel bei. Literatur und Latein und die Geschichte des Altertums und vieles andere. Ich glaube wirklich, es gibt keine Frage von mir, die er nicht beantworten könnte.«

Überdies würde er sehr ungehalten sein, wenn ich nicht mehr ins Pfarrhaus käme. Meine Besuche auf Kinn Hall hatten ihn anfangs sehr verdrossen, und erst nach langen Beschwichtigungsversuchen und vielen schönen Worten glaubte er mir, daß ich mich nicht ganz von ihm trennen und ihn vor allem nicht beim Gutsherrn anschwärzen würde, denn bei ihm in Ungnade zu fallen war für den guten Doktor eine fürchterliche Vorstellung.

Lady Hariot seufzte. »Ich weiß, Gelehrsamkeit geht nicht zwangsläufig mit einem edlen Charakter zusammen. Und Gelehrsamkeit ist nie zu verachten, besonders in unserer entlegenen Gegend, wo wir das Beste aus dem Gebotenen machen müssen.«

Vermutlich kam ihr dabei ihr Gatte in den Sinn, der abends regelmäßig schon über der ersten Seite der Zeitung einschlief.

So durfte ich denn den Unterricht im Pfarrhaus fortsetzen, wo ich noch ganz andere Sachen lernte, als Lady Hariot sich träumen ließ. Die Stunden, die ich dort verbrachte, waren keine ungetrübte Freude, aber ich hatte mir nun einmal vorgenommen, soviel Wissen wie möglich zu erwerben in der Hoffnung, das eine oder andere davon werde mich später einmal für die damals erlittene Unbill entschädigen.

Am glücklichsten war ich, wenn ich mit Triz im Park oder am Strand herumstreifen konnte. Wenn wir ans Wasser wollten, mußten wir uns allerdings endlose Warnungen und Verbote anhören. Lady Hariot war die Geschichte von dem Kind aus dem Dorf, das angeblich von der Flut mitgerissen worden und ertrunken war, zu Ohren gekommen, und wir durften deshalb nur bei Ebbe an den Strand hinunter.

Noch mit sechs war Triz klein und zart, ihre Haut blaß, das Haar spinnwebdünn. Sie aß wie ein Vögelchen und war sehr anfällig für Erkältungen. Von nassen Schuhen oder Strümpfen bekam sie immer schnell Husten oder Schnupfen, für unsere Ausflüge kamen deshalb nur die wärmsten, mildesten, windstillsten Tage in Betracht. So manches Mal dachte ich sehnsüchtig an die meilenweiten Wanderungen, die ich bei Wind und Wetter mit Mr. Bill und Mr. Sam unternommen hatte. Doch meine Expeditionen mit Triz hatten ihren eigenen Reiz.

Sie hörte für ihr Leben gern Geschichten. Als Stoff boten sich zunächst die Abenteuer von *Gold-Locks* und *Jack, der Riesentöter* und dem englischen Eremiten Philip Quarll aus Dr. Moultries Bibliothek an, die aber bald abgehandelt waren. Danach erinnerte ich mich an die seltsamen Geschichte, die Mr. Sam und Mr. Bill gemeinsam ersonnen hatten, und ich erzählte ihr, hin und wieder einen Vers rezitierend, der sich in meinem Gedächtnis festgesetzt hatte, von den Abenteuern des Seemanns und seiner unglücklichen Gefährten, die zum Südpol segeln, wie der Held des Gedichts den großen Meeresvogel tötet und was für ein schreckliches Schicksal ihn daraufhin ereilt. Diese Erzählung schlug Triz ganz in ihren Bann, ich konnte sie ihr nicht oft genug erzählen. Doch wie der Süchtige, der nicht von seinem Laudanum lassen kann, verlangte sie ständig nach neuem Stoff, so daß ich mich auf historische Ereignisse – wahre und erfundene – verlegen mußte. Ich erzählte ihr von den Angelsachsen und Normannen, von Hereward the Wake und Robin Hood, Johanna von Orléans und der Königin, die in Britannien gegen die Römer kämpfte. Am liebsten aber waren ihr die Geschichten von König Arthur und seiner Tafelrunde aus dem Buch mit dem Marmeladenklecks. Obgleich Dr. Moultrie es mir sofort nach diesem Malheur entzogen hatte, waren sie mir noch so deutlich in Erinnerung – denn auch ich liebte sie –, daß ich sie in allen Einzelheiten an Triz weitergeben konnte.

Immer wieder mußte ich erzählen, wie sich der Arm aus dem See reckt, um das Schwert aufzufangen, als der verwundete König sterbend auf dem Schlachtfeld liegt, wie die schönen Damen in der Zauberbarke herbeieilen, um ihn zu retten, und wie er Bedivere verspricht, er würde eines Tages wiederkommen, um seine Herrschaft fortzusetzen, denn es war diese Szene, die uns beide immer am meisten gefangennahm.

»Und was hat Sir Bedivere gemacht, als das Boot davongefahren war?« fragte sie seufzend. Aber das wußte ich nicht mehr oder hatte es nie gewußt. »Wohin mag er sich gewendet haben? Ob er König Arthur je wiedergesehen hat?«

Östlich und in der Luftlinie nicht weit von Nether Othery entfernt liegt der Hügel bei Glastonbury, unter dem, wie es heißt, König Arthur schläft, bis man ihn weckt, damit er seinem Volk zu Hilfe kommt. Das hatte Mr. Sam mir damals erzählt, und jetzt erzählte ich es Triz.

»Da möchte ich zu gern einmal hin«, hauchte sie sehnsüchtig.

Statt dessen spielten wir oft König Arthur und Sir Bedivere. Wenn Triz König Arthur war, gab sie mir ihr Schwert (ein Binsenrohr vom Teichrand), ich versprach, es ins Wasser zu schleudern, hielt aber zweimal inne – der kostbaren Juwelen am Griff wegen –, und erst nachdem mir der sterbende König bittere Vorwürfe gemacht hatte, schleuderte ich es auf die Wasserfläche hinaus. Dann taten wir, als sähen wir die Zauberbarke mit sieben ganz in Schwarz gekleideten Königinnen – in der Geschichte, die ich gelesen hatte, waren es nur drei, für Triz aber mußten es sieben sein –, Triz stieg in die eingebildete Barke, wandte sich noch einmal um und sagte: »Ich will ins Tal von Avalon, meine schwere Wunde zu heilen.« Worauf ich weinend auf die Knie fiel und rief: *»Kommt wieder, geliebter Herr und König Arthur, kommt wieder!«*, indes Triz sich – in Ermangelung einer wirklichen Zauberbarke – im Schilf versteckte. Dieses Stück spielten wir – mit wechselnden Rollen – immer wieder, ohne je die Lust daran zu verlieren.

Außer Triz wüßte ich keinen Menschen in meinem Leben zu nennen, bei dem ich nicht hin und wieder die Geduld verloren hätte. Mit Ausnahme des Stückes von König Arthur gab beim Spielen ich den Ton an. Was ich sagte, galt. Triz hätte mir bedenkenlos alles geschenkt, was sie besaß, wenn ich auch nur den leisesten Wunsch danach geäußert hätte. Ich sah in ihr so etwas wie eine kleine Schwester, ein zartes, zerbrechliches Wesen, das mit liebevoller Fürsorge umhegt werden mußte.

Nie sprach ich barsch oder aufbrausend mit ihr. Worum sie mich bat, das tat ich. Wenn eine Lektion oder eine Rechenaufgabe zu erklären war, wenn Gedichtzeilen wiederholt, ein Absatz in einem Buch aufgefunden und gekennzeichnet werden mußten, besorgte ich das freundlich und ohne Aufschub, sooft es nötig war.

Wen wundert es da, daß meine Füße, wenn der Tag zu Ende ging, schneller und schneller Bankertheim zustrebten, mein Atem rascher ging und ich mich, wenn ich das liederliche Dörfchen betrat, fühlte wie ein Fisch, der endlich wieder in sein angestammtes Element kommt?

Mein Aufenthalt in Othery endete jäh und unter dramatischen Umständen.

Wieder war es Herbst geworden. Ich war wohl zwölf oder dreizehn und Triz, noch immer blaß und zart, inzwischen aber sehr hübsch, sieben oder acht. Auf Kinn Hall standen die Dinge nicht zum besten. Der Gutsherr zeigte seine Abneigung gegenüber Lady Hariot jetzt ganz unverhohlen, während sie ruhig und zurückhaltend blieb und sich nicht provozieren ließ. Wenn er nicht da war, erwähnte sie ihn nie. Die beiden sprachen nur noch miteinander, wenn irgendwelche Anordnungen in Haus und Garten zu treffen waren. Es war kein glückliches Heim. Wir Kinder aber führten – wie Vögel oder kleines Waldgetier vor dem Gewitter – unser gewohntes Leben fort und kümmerten uns nicht weiter um das Treiben der Erwachsenen.

Eines Tages war der Squire zur Hirschjagd aufs Hochmoor nach Ottermill geritten. Wir atmeten auf, da wir ihn aus dem Haus wußten, erledigten rasch unsere französische und lateinische Lektion und gingen hinaus; alles strahlte und funkelte, denn ein nächtliches Gewitter hatte viele Blätter von den Bäumen gefegt, und die Luft war nach dem Regen frisch und rein.

»Papa hat günstiges Wetter für seine Jagd«, sagte Triz.

Erstaunlicherweise – denn er beachtete sie kaum und sprach mit ihr nur, wenn es etwas zu tadeln gab – hatte sie Mr. Vexford auf eine stille, resignierte Art sogar ganz gern. Sie spürte wohl, daß er ein schwacher und nicht sehr intelligenter Mensch war, der sich in dem Wissen, seiner Frau gegenüber im vornherein im Nachteil zu sein und in Auseinandersetzungen mit ihr stets den kürzeren zu ziehen, nur mit Schmähungen und Geschrei zu helfen wußte.

Lady Hariot hatte sich mit Kopfschmerzen auf ihr Zimmer zurückgezogen – beim Frühstück hatte es offenbar wieder einmal heftigen Streit gegeben –, deshalb sagten wir Prue, nachdem wir eine Weile im Garten gespielt hatten, wir wollten auf die Klippen zum Brombeerenpflücken.

»Daß ihr mir nicht an den Strand hinuntergeht«, mahnte Prue. »Die Flut kommt bald.«

Die Kenntnis der Gezeiten war für die Küstenbewohner so selbstverständlich wie das Atmen. Wir versprachen, vorsichtig zu sein, und liefen mit unseren Körben über den mit glitschigen, abgetretenen Steinen befestigten Pfad, der zwischen den Weideflächen bis zu den geduckten Büschen am Klippenrand führte, wo ich Lady Hariot zum erstenmal gesehen hatte. Was mochte aus Biddy geworden sein? Niemand in Othery hatte je wieder etwas von ihr gehört.

Ich war traurig, denn Hoby hatte heute früh aus einem Brief seines Vaters erfahren, daß er ein Stipendium für Eton bekommen hatte. Er sollte sich unverzüglich dorthin auf die Reise machen.

Hoby freute sich. »Das kommt mir gerade recht. Bestimmt geben sie mir danach ein Stipendium für das King's College, dann kann ich in Cambridge studieren und habe Aussicht auf einen Sitz im Parlament oder eine Stellung im Staatsdienst. Schließlich will ich ja nicht in Bankertheim versauern.«

»Ja, aber wenn sie dich nun in Eton ganz furchtbar schinden und plagen, Hoby? Denk nur an Dickie Chester«, wandte ich ein.

Dickie, einer der fünfzehn Sprößlinge von Lord S., war bereits in Eton und schrieb seinen Schwestern lange Briefe, in denen er Klage über die fürchterlichen Zustände im Großen Schlafsaal, dem Long Chamber, führte. Dort wurden alle Internatsschüler von acht Uhr abends bis sieben Uhr früh ohne Aufseher oder Lehrer eingeschlossen, so daß Zuchtlosigkeit, Brutalität und üblen Streichen Tür und Tor geöffnet war. Und Ascot Heath, der Direktor, schrieb Dickie, konnte siebzig Schüler nacheinander prügeln, ohne müde zu werden.

»Ich kann mich schon wehren«, sagte Hoby beherzt und ballte die Fäuste. Er war inzwischen fast so groß wie ein Erwachsener, was er wohl hauptsächlich gewildertem Fasan und Lachs als Zubrot zu verdanken hatte; von Hannahs unregelmäßigen Mahlzeiten konnte man beim besten Willen nicht groß und stark werden.

Ich wußte schon jetzt, daß Hoby mir sehr fehlen und ich mich um ihn grämen würde. Auch wenn er mich hänselte, immer wieder Dinge tat, die mich in Wut brachten, und andere, mit denen ich nicht einverstanden sein konnte, waren wir gute Freunde und wußten unsere Geheimnisse bei dem anderen gut aufgehoben. Ich befürchtete, daß er wegen seines bäurischen Benehmens in Eton in geringem Ansehen stehen würde, denn anders als ich hatte er – abgesehen von den kurzen Besuchen seines Vater – nie den Umgang mit besseren Kreisen kennengelernt und mein Anerbieten, seine Redeweise zu korrigieren, stets verächtlich abgelehnt.

»Was zum Henker macht es aus, wie einer redet?«

Während ich Brombeeren in meinen Korb pflückte und mich wegen Hoby sorgte, sah ich ihn plötzlich in höchster Eile über das holprige Gelände am Rand der kleinen Senke laufen, in der Kinn Hall stand.

Fünf, sechs Jungen aus Bankertheim rannten hinter ihm drein, und bald waren sie alle bei Triz und mir angekommen. Triz sah ihnen verwundert und etwas ängstlich entgegen, denn sie kam jetzt nie mehr mit den Kindern aus dem Dorf in Berührung, und die ihrerseits machten gewöhnlich einen Bogen um sie.

»Das wird ein Mordsspaß«, stieß Will hervor. »Da kommt ein Hirsch angerannt, er will zum Wasser, gleich könnt ihr ihn sehen.«

»Da ist er!« rief Jon. »Kommt mit auf den Weg nach Ashett … nein, wartet, er rennt hierher. Und der Gutsherr ihm nach. Er scheint furchtbar in Zorn zu sein. Will er etwa dem Hirsch den Weg abschneiden?«

Ein mächtiger Hirsch sprang, gefolgt von der aufgeregt kläffenden Meute, in großen Sätzen über die Wiese. Das schöne Tier hatte den Kopf hoch erhoben, als fürchte es, die Last des Geweihs könne es bei einem Blick nach unten zu Boden ziehen und zu Fall bringen. Die Hundeschwänze peitschten durch die Luft wie Zweige im Sturm.

»Der Ärmste!« rief Triz. »Wo will er denn hin?«

»Ins Wasser will er«, erklärte Will. »Aber der alte Vexford versucht, ihn vorher abzufangen.«

Der Gutsherr galoppierte auf seinem Grauen dahin wie von Furien gehetzt. Er hatte einen Bogen nach Westen geschlagen und ritt jetzt links von dem Hirsch am Klippenrand entlang. Der lief, ohne ihn zu beachten, geradewegs auf den Einschnitt in den Klippen zu, der zum Ufer führte.

Von der übrigen, weit abgeschlagenen Jagdgesellschaft drang lautes Rufen, Geschrei und Hörnerklang zu uns herüber.

Und dann passierte alles gleichzeitig und sehr schnell.

Der Hirsch tat einen entschlossenen Sprung vom Klippenrand in die zwanzig Ellen unter ihm liegende tosende See, doch das Wasser war nicht tief genug. Wir sahen ihn auf die Felsen schlagen, und die Wellen warfen den nur noch leise zuckenden Leib hin und her.

»Gottverdammich!« brüllte der Gutsherr.

In diesem Moment stolperte sein Grauer auf einem lockeren Überhang, und Roß und Reiter stürzten wie der Hirsch auf die knapp mit Wasser bedeckten Felsen.

»Herrje, seht euch das an! Mit dem Gutsherrn ist's aus«,

stieß Hoby hervor. »Kommt, Jungs, wir müssen ihn rausziehen.«

Sie rannten die grob in die Klippen geschlagenen Stufen zum Strand hinunter. Die anderen Jäger waren inzwischen herangekommen und saßen bestürzt ab. Einige folgten den Jungen, andere liefen ins Dorf, um Stricke, Branntwein, ein Traggestell zu holen.

Squire Vexford aber war nicht mehr zu helfen. Er hatte sich an einem Felsbrocken den Schädel eingeschlagen. Der arme Graue hatte zwei Beine gebrochen und mußte erschossen werden.

Der jüngere Bruder des Gutsherrn, Frank Vexford, erbte das Herrenhaus. Er war ein unvermögender Mann, der sich bisher mehr recht als schlecht in Moretonhampstead mit einer Landwirtschaft durchgeschlagen hatte und sich, noch ehe die Blumen auf dem Grab verwelkt waren, auf Kinn Hall einstellte, um sein Erbe zu fordern. Von dem Erblehen abgesehen hatte der Squire kaum eigenes Geld gehabt – die Hälfte davon gehörte ohnehin Lady Hariot –, aber wegen ihrer schlechten Beziehungen hatte er alles, was er besaß, anderen Verwandten hinterlassen, wie er in einem bei einem Advokaten in Taunton hinterlegten rachsüchtigen Brief erläuterte.

»Weil meine pflichtvergessene, tadelnswürdige Frau Hariot mir seit der Geburt ihrer Tochter die ehelichen Pflichten verweigert, enterbe ich hiermit beide und erkläre, daß sie von mir keinen Penny zu erwarten haben.«

»Dieser gemeine alte Kerl«, sagte Hoby, als sich diese Nachricht im Dorf herumgesprochen hatte, was natürlich sehr bald der Fall war. »Wo will die arme Lady Hariot denn hin?«

»Zu ihrer Familie, nehme ich an.«

Erst als Triz mich dringend zu sich rufen ließ, wagte ich es, das Herrenhaus wieder zu betreten.

Ich war wie gewöhnlich durch eine Terrassentür hereingekommen, die zu Lady Hariots Lieblingssalon führte, in dem wir Kinder unsere Klavierstunden gehabt hatten. Weil niemand zu sehen war, setzte ich mich an das Instrument und begann, um Triz wissen zu lassen, daß ich da war, eine schwermütige kleine Haydn-Sonate zu spielen.

»Hol's der Henker, das ist ein hübsches Stück«, rief plötzlich jemand. »Und du bist mir ein hübsches kleines Ding mit deinen roten Wangen und dem Kupferhaar. Ganz was anderes als meine schlappe, kaulquappige Nichte. Aber wer zum Teufel bist du denn eigentlich?«

Der Mann, der mich über den Flügel hinweg anstarrte, hatte ein rotes Gesicht, einen bösen kleinen Mund und eng beieinanderstehende Augen. Er ähnelte dem Gutsherrn wie ein Ei dem anderen und konnte nur sein Bruder sein. Ich sprang auf. »Bitte um Verzeihung, Sir! Ich wußte nicht, daß jemand hier ist, und werde mich sofort entfernen.« Aber er kam rasch auf mich zu und liebkoste mich auf eine mir sehr unwillkommene Art und Weise.

»Nicht so hastig, meine Schöne, du brauchst doch keine Angst –« Und dann fiel sein Blick auf meine rechte Hand, und er wich zurück wie von einer Natter gebissen. »Teufel auch…«

Ich hätte am liebsten laut herausgelacht über diesen jähen Sinneswandel, hielt es aber doch für besser, mich schnell nach oben ins Kinderzimmer zurückzuziehen, während er unten herumpolterte und schrie: »Wer ist die Person? Schafft mir das Monster aus dem Haus!«

Triz und Lady Hariot waren beim Packen.

»Liebste Lady Hariot! Was wird denn jetzt aus Ihnen?«

Sie lächelte matt. »Ja, Kind, wir müssen nun, wie es im Märchen heißt, in die weite Welt hinaus. Ich kann von Glück sagen, daß meine Schwester, Anna Foliot, versprochen hatte, uns aufzunehmen für den Fall, daß... daß es einmal so kommen sollte. Wir gehen nach Lissabon.«

»Nach Lissabon? Das ist in Portugal...«

»Da siehst du mal, wie gut es ist, wenn man sich auf dem Globus auskennt! Ein spanisches Schiff wird am Donnerstag in Ashett erwartet, bei Morgengrauen gehen wir an Bord. Es ist mir nicht unlieb, daß es schon diese Woche kommt, denn unsere Mittel gehen zur Neige, und mein Schwager Francis möchte uns so schnell wie möglich aus dem Haus haben.«

Die Kehle war mir wie zugeschnürt. »Aber... aber hier ist Ihr Zuhause«, brachte ich mühsam heraus.

»Nicht mehr, liebes Kind. Du kennst doch das Lied: ›Die Frau baut das Nest, der Mann kriegt das Erbe, da bleibt ihr kein Rest, hojo!‹«

Lady Hariot versuchte, sich möglichst munter zu geben, um Triz abzulenken, die leichenblaß und verweint war und heftig zitterte.

Ich war hellauf empört darüber, daß jemand wie Lady Hariot, die dem Hauswesen so umsichtig und gewissenhaft vorgestanden hatte, von einem Tag auf den anderen aus ihrem Heim vertrieben werden konnte. Sie war eine gute, rücksichtsvolle Herrin und im Dorf sehr beliebt gewesen.

Jetzt endlich hatte Triz ihre Stimme wiedergefunden. »Kann... kann Alize nicht mit uns nach Portugal kommen?«

»Nein, Liebchen«, sagte Lady Hariot freundlich, aber der Blick, den sie mir zuwarf, war so eindeutig, daß der kleine Hoffnungsfunke in meinem Herzen erlosch. »Unser Geld reicht gerade für die Reise, und noch einen Kostgänger können wir Tante Anna nicht zumuten. Außerdem ist es Lizas Freunden gewiß nicht recht, wenn sie mit zwei bettelarmen Frauen in der Welt herumzieht. Wenn Liza meinem Rat folgt...«, Lady Hariot faltete rasch und geschickt einen Schal und legte ihn in einen Reisekorb, »...geht sie jetzt zu ihren Verwandten und bleibt nicht einen Tag länger als nötig in Nether Othery.«

Triz begann lautlos zu weinen. Ich nahm sie in die Arme und hielt sie fest.

»Verlaß mich nicht, Alize. Bitte verlaß mich nicht«, flüsterte sie mit erstickter Stimme.

»Es geht nicht anders, mein Herz. Wir sind Kinder, wir haben keine Wahl. Aber sobald ich deine Adresse in Portugal weiß, schreibe ich dir ganz oft und ausführlich. Du wirst dich dort gewiß wohl fühlen, die Sonne scheint so warm, daß dich bestimmt nie mehr dieser häßliche Husten und Schnupfen plagt. Und wenn wir beide groß sind, komme ich dich besuchen...«

Lady Hariot sah mich dankbar an. »Und jetzt«, sagte sie sachlich, »muß Liza zu Dr. Moultrie gehen und ihm sagen, daß Schluß ist mit dem Unterricht. Gib dem guten Doktor das hier, mein Kind...« Sie überreichte mir ein Goldstück, »das wird den Schlag lindern. Und du selbst, Kind, nimm das...« Sie gab mir eine zweite Guinee, »...und sichere dir für morgen einen Platz auf der Postkutsche von Ashett nach Dorchester. Diesen Brief gibst du den Anwälten von Oberst Brandon.«

»Aber Lady Hariot, können Sie denn das ent –«

»Du hast soviel für Thérèse getan, liebstes Kind, daß ich wünschte, ich könnte dir zwanzigmal soviel geben. Und ich hoffe gleich dir, daß wir uns eines Tages wiedersehen. Und nun bitte ich dich – verliere keine Zeit. Ohne uns, ohne den Rückhalt dieses Hauses, ist Othery nicht mehr der richtige Ort für dich. Und um ihretwillen...« Sie legte ihrer Tochter sanft eine Hand aufs Haar – »...sollten wir es mit dem Abschied kurz machen.«

Das leuchtete mir ein, denn Triz verging fast vor Kummer. Ich umarmte sie ein letztes Mal, brachte ein mühsames ›Leb wohl‹ heraus und hastete die Treppe hinunter.

Als ich Dr. Moultrie ausrichtete, was Lady Hariot gesagte hatte, bekam er einen richtigen Koller. Schon seit langem war er hochrot im Gesicht, kurzatmig und wassersüchtig, aber ich war doch recht bestürzt, als ich sah, wie er sich keuchend auf dem Boden wand. Ich rief seine Wirtschafterin, die alte blinde Mutter Fothergill, und holte Dr. Parracombe, der ihn zur Ader ließ, ihm ein Klistier verpaßte und Blutegel setzte.

Erst am Donnerstag nahm ich die Postkutsche nach Dorchester und widersetzte mich damit Lady Hariots Wünschen. Doch ich brauche Zeit, um mich auf meine Art von all den Orten zu verabschieden, an denen ich mit Mr.

Sam und Mr. Bill gewesen war. Hoby war schon in Eton, und sonst gab es niemanden, von dem ich schmerzlichen Abschied hätte nehmen müssen. Ich wusch und flickte meine Sachen, so gut ich konnte, und versuchte mich manierlich herzurichten. Ich holte meinen Fächer aus der hohlen Eiche, legte ihn ganz unten in mein kleines Bündel und überlegte wieder einmal, wer wohl die Dame gewesen sein mochte, die ihn mir geschenkt hatte.

Lady Hariot gegenüber hatte ich sie nie erwähnt.

»Na, hoffentlich weißt du, was du tust«, sagte Hannah Wellcome in einem ihrer klaren Momente grämlich. »Wenn die in Delaford dich nun nicht haben wollen? Wenn sie dich vor die Tür setzen? Denk bloß nicht, daß ich dich wieder aufnehme!«

»Dann muß ich mir eben Matrosen suchen, die Seife brauchen.«

Am Donnerstag stand ich lange vor Tagesanbruch auf und ging nach Ashett. Hinter hoch aufgetürmten Fischernetzen verborgen, sah ich zu, wie Lady Hariot, Triz und Prue in einem traurigen kleinen Zug mit ihrem Gepäck an Bord des spanischen Schiffes gingen.

Ob ich weinte oder nicht, tut hier nichts zur Sache.

Es gibt, wie gesagt, gewisse Dinge, über die ich nicht sprechen mag, denn sie gehen nur mich etwas an.

Als die Santa Maria die Anker gelichtet und Segel gesetzt hatte, wandte ich dem Hafen den Rücken und bestieg schweren Herzens die Postkutsche nach Dorchester.

3

Die Postkutsche setzte mich in Dorchester ab, und ich fragte mich zur South Street durch, in der die Anwälte von Oberst Brandon, die Firma Melplash, Melplash & Grisewood, ihre Kanzlei hatten. Natürlich waren sie durchaus nicht beglückt, als unvermutet ein zerzaustes Mädel mit einem schmutzigen Bündel bei ihnen auftauchte, dessen einzige Empfehlung in einem sachlich-geschäftlich abgefaßten Schreiben von Lady Hariot Vexford bestand.

Die beiden Anwälte, die mich in Empfang nahmen, Mr. Melplash, ein älterer Herr, und der bedeutend jüngere Mr. Grisewood, berieten über Lady Hariots Brief.

»Lady Hariot schreibt hier – übrigens sehr schicklich und sachdienlich formuliert –, daß Othery kein Domizil mehr für dich ist.« Mr. Melplash musterte mich über den Rand seiner Brille hinweg. »Du hast viel Zeit in Lady Hariots Haus bei ihrer Tochter verbracht.«

»Lady Hariot war sehr gut zu mir«, sagte ich dankbar, »aber jetzt muß sie ins Ausland, nach Portugal. Squire Vexford ist gestorben, und sein Bruder erbt das Gut.«

»Hm. Hm. Ja. Hab von diesem Vexford aus Othery schon gehört.« Und offenbar nichts Gutes, dachte ich bei mir.

»Aber was um Himmels willen fangen wir nun mit dir an, Kind?«

»Wie soll ich das verstehen, Sir?«

»Ja, siehst du, wir haben unlängst erfahren, daß Oberst

Brandon mit seinem Regiment aus Indien nach England zurückkehren soll, aber es kann Monate dauern, bis er hier eintrifft.«

»Ja dann...« Der Mut drohte mich zu verlassen. »Könnte ich nicht vielleicht bis dahin... zur Schule gehen?«

Diesen Vorschlag hatte Lady Hariot gemacht. Er klang respektabel.

Die beiden Associés wechselten einen Blick. Mr. Melplash, der Ältere, trug eine kleine Flachsperücke und einen grauen Kammgarnanzug mit Schößchenweste. Mr. Grisewoods Perücke war so winzig, daß sie aussah, als sei ein vorüberfliegender Wattebausch versehentlich auf seinem Kopf gelandet. Darunter sah sein braunes Haar hervor, das mit einem Band im Nacken zusammengebunden war.

»Möchte zur Schule gehen, das Mädel«, sagte Mr. Grisewood. »Nicht unbillig, wie?«

»Lady Hariot schreibt, daß sie eine gute Vorbildung hat und singen und Klavier spielen kann. Wär schade, wenn das alles verlorenginge, was?«

»Und alt genug, sich ihren Lebensunterhalt zu verdienen, ist sie noch nicht.«

»Eben, eben...«

Ich dachte an Fanny Huskisson, an Matrosen und Seife.

»Der Haken ist nur – «, Mr. Grisewood legte den Kopf in den Nacken, als mustere auch er mich über eine unsichtbare Brille hinweg, »der Haken ist nur, daß keine Mittel dafür zur Verfügung stehen.«

»Und mit dem Oberst können wir uns erst wieder in Verbindung setzen, wenn er in England ist.«

»Gibt es niemanden, der inzwischen für ihn die Geschäfte führt?« fragte ich schüchtern.

Die beiden Herren sahen sich nachdenklich an.

»Weiß sich gut auszudrücken für ihr Alter, das Mädel.«

»Und was sie sagt, hat Hand und Fuß«, ergänzte Mr. Melplash.

»Vielleicht sollten wir uns mit Mr. und Mrs. Ferrars besprechen.«

Ich spitzte die Ohren. War Mrs. Ferrars womöglich die Dame mit dem Fächer?

»Mrs. Ferrars ist Mrs. Brandons Schwester«, erläuterte Grisewood, und Melplash ergänzte. »Mr. Ferrars ist der Pfarrer von Delaford und trifft in Oberst Brandons Abwesenheit notwendige geschäftliche Entscheidungen.«

»Vielleicht würde er mich zur Schule schicken?« fragte ich hoffnungsvoll.

Nach einem stummen Gedankenaustausch zwischen den beiden Herren sah Melplash auf seine Taschenuhr. »Zu spät, heut abend noch nach Delaford zu fahren«, sagte Grisewood.

»O ja, in der Tat, viel zu spät«, bestätigte Melplash. Diesmal musterten sie mich mit deutlichem Mißvergnügen, denn ich hatte ihnen ein lästiges Problem aufgebürdet. Schließlich sagte Melplash: »Also meinetwegen mag sie bei mir übernachten, Mrs. Tasker kann sich um sie kümmern.«

»Das wäre wirklich die beste Lösung«, sagte Grisewood erleichtert.

Ich begleitete, als die beiden wenig später die Kanzlei verließen, Mr. Melplash zu seinem Haus in der Durngate Street, wo eine ältere Haushälterin mich nicht unfreundlich, aber sehr verwundert mit kaltem Fleisch, Butterbrot und Tee versorgte. »Meiner Seel, was es aber auch alles gibt…«, hörte ich sie flüstern. Dann brachte sie mich in eine Dachkammer, in der ich die ganze Nacht über jede Viertelstunde die Kirchenglocken schlagen hörte. Solange ich denken konnte, hatte ich noch keine Nacht außerhalb von Othery verbracht. Ohne Triz und Lady Hariot, ohne Hoby, ohne meine gewohnte Umgebung, ohne all das, was mich noch an Mr. Bill und Mr. Sam erinnerte, war mir das Herz schwer wie Blei, und ich kam mir so schutzlos vor wie eine Schnecke ohne Haus.

Am nächsten Morgen brachte Mrs. Tasker mir mein Brusttuch, das sie abends mitgenommen hatte, gewaschen, gestärkt und gebügelt zurück, kämmte mir die Haare und flocht sie so fest, daß es mir förmlich die Augen zur Seite zog.

Nach dem Frühstück teilte Mr. Melplash mir mit, er habe eine Chaise bestellt und Mr. Grisewood würde mich in das zwölf Meilen südwestlich von Dorchester gelegene Delaford begleiten.

»Und ich hoffe von ganzem Herzen, daß Mr. und Mrs. Ferrars mit dir etwas anzufangen wissen«, sagte er gedrückt. Offenbar waren ihm über Nacht wegen seines Eintretens für mich erhebliche Bedenken gekommen, wohingegen Mr. Grisewood sehr aufgeräumt war. Vielleicht freute er sich auf die Kutschfahrt, die ihm das Schicksal an diesem milden Herbsttag unvermutet beschert hatte.

»Delaford House ist ein vornehmes altes Herrenhaus«, erzählte er, »aber jetzt, wo der Oberst im Ausland ist, haben sie es leider zugesperrt. Es hat das beste Obst landauf, landab, einen schönen alten Maulbeerbaum und einen hübschen Taubenschlag. Aber das Pfarrhaus ist auch nicht übel. Es steht am Kanal, und der Fluß ist fischreich. Bist du noch nie aus Othery herausgekommen?«

»Solange ich denken kann nicht.«

»Hm... ja... Othery...« Er verfiel in ein Schweigen, bei dem ich mir mein Teil denken konnte. Dann fing er wieder an. »Und weißt du etwas über deine Eltern, Kind?«

»Nein, Sir. Nur, daß meine Mutter durchgebrannt und bei meiner Geburt gestorben ist.«

»Und über deinen Vater ist dir gar nichts bekannt?«

»Nicht das mindeste, Sir.« Ich zögerte einen Augenblick, dann fragte ich schüchtern. »Könnte es sein, daß... ist vielleicht Oberst Brandon mein Vater?«

»O gütiger Himmel, nein«, erwiderte Mr. Grisewood ganz entsetzt. »Gütiger Himmel, nein«, wiederholte er. »Allein die Vorstellung... Oberst Brandon ist ein Mann von untadeligem Ruf. Die Vorstellung... Großer Gott, nein, schon der Gedanke...«

»Entschuldigen Sie vielmals, Sir, ich wollte nicht... Sehen Sie, ich kenne Oberst Brandon überhaupt nicht, er war nie in Othery.«

»Ja, das habe ich gehört.«

Die Kutsche passierte Toller Valence und Winterbourne Cheney. Wir fuhren durch eine grüne, leicht gewellte Landschaft mit engen Tälern und schnell dahinströmenden kleinen Flüssen. Sie war ganz anders als die Umgebung von Othery. Sanfter. Zahmer.

»Ich hab mir immer überlegt, warum Oberst Brandon mich nie besucht hat«, sagte ich leise.

»Es… es gab da gewisse Schwierigkeiten«, sagte Mr. Grisewood nach einer Weile. »Einwände. Das heißt… jemand, der Oberst Brandon sehr nahestand, hatte… äh… triftige Gründe, die… die Verbindung nicht wieder aufleben zu lassen…«

Die Sache war mir noch immer ein Rätsel.

»Meinen Sie, daß Oberst Brandon nicht nach Othery kommen wollte?«

»Nein, nicht direkt.«

»Daß jemand ihn davon abhielt?«

»Hm… ja… gewissermaßen«, räumte Mr. Grisewood vorsichtig ein.

»Ich verstehe…«

In Wirklichkeit verstand ich überhaupt nichts, aber da Mr. Grisewood offenbar nicht bereit war, deutlicher zu werden, hatte es keinen Sinn, ihm weiter zuzusetzen. Außerdem waren wir inzwischen von der Landstraße abgebogen und demnach fast am Ziel. Wir fuhren durch ein hübsches Dorf, das nicht so groß wie Othery, aber sehr viel ordentlicher war. Unter stattlichen Bäumen standen graue Strohdachhäuser, zwischen denen sich ein Fluß und ein Kanal hinzogen. Auf einer kleinen Anhöhe sah man ein ansehnliches Herrenhaus. Die Kirche lag am Kanal, und neben der Kirche stand das Pfarrhaus, ein Backsteinbau von bescheidener Größe.

»Es wäre vielleicht am besten, wenn du zunächst in der Kutsche bliebest«, überlegte Mr. Grisewood. »Nur für den Fall, daß… ja, so werden wir es machen…«

Ich wartete in der Chaise, während der Kutscher die Pferde bewegte.

Zehn Minuten später kam Mr. Grisewood an das weiße Gartentor. »Ah – Miss … Miss Eliza«, rief er. »Bitte kommen Sie doch herein.«

Das Haus war klein und kalt und roch nach Rosen- und Lavendelpotpourri. Von der Straße aus gelangte man unmittelbar in ein enges, holzgetäfeltes Wohnzimmer, dem man auf den ersten Blick ansah, daß hier keine reichen Leute wohnten. Vorhänge und Möbel waren geschmackvoll, aber sehr abgenutzt und spartanisch schlicht.

In diesem Raum erwarteten mich merklich nervös ein Mann und eine Frau, die beide Anfang Dreißig sein mochten. Der Mann war untersetzt, hatte bereits ergrauendes blondes Haar und ein längliches, kummervolles, wettergegerbtes Gesicht – das Gesicht eines Landpfarrers, der die meiste Zeit zu Pferde unterwegs ist. Die Frau mußte früher einmal hübsch gewesen sein und hatte noch immer feine Züge, aber sie wirkte matt und schwunglos. Auch in ihr Haar mischten sich bereits graue Strähnen, und ihre Kleidung war abgetragen. Als sie mich sah, ging über das blasse Gesicht ein leichtes Zucken – wie ein Windhauch über eine ruhige See. Sie holte tief Luft.

Die beiden hatten sich wie abwehrend erhoben, als ich hereinkam. Auf dem runden Tisch, um den harte, hochlehnige Stühle standen, sah ich drei sehr kleine geleerte Gläser.

»Mr. und Mrs. Ferrars«, sagte Mr. Grisewood förmlich, »dies ist das junge Mädchen, von dem ich Ihnen erzählte: Miss Eliza.«

Mrs. Ferrars räusperte sich. »Hast du keinen Nachnamen, Kind?« fragte sie.

»Man ruft mich Eliza Williams, Ma'am, aber ich weiß nicht, ob das mein richtiger Name ist.«

»Und wie alt bist du, Kind?« erkundigte sich Mr. Ferrars nicht unfreundlich.

»Auch das weiß ich nicht genau, Sir, aber so um die Dreizehn.«

»Und du möchtest zur Schule gehen?«

»Ja, bitte, Sir, damit ich mir später meinen Lebensunterhalt verdienen kann. Das Schulgeld könnte ich ja vielleicht später zurückzahlen. Wenn's beliebt, Sir: Ich kann ganz gut Klavier spielen und singen.«

Als ich gedankenlos die Finger spreizte, hörte ich Mrs. Ferrars erschrocken nach Luft schnappen. Rasch legte ich die Hände wieder auf den Rücken, aber mir schien, daß sie jetzt freundlicher wurde, als habe mein Makel sie milder gestimmt, während zuerst offenbar schon mein Anblick sie in Zorn gebracht hatte. Warum wohl?

»Höre, Kind«, sagte Mr. Ferrars ernst, »du könntest uns etwas vorspielen, während wir uns in dieser Angelegenheit beraten. Nebenan ist ein Klavier, auch Noten findest du dort.«

Seine Frau streifte ihn mit einem raschen Blick, als sei ihr der Vorschlag nicht ganz recht, aber da sie keinen Einspruch erhob, knickste ich höflich und ging in das noch kleinere Nebenzimmer, das nicht viel mehr enthielt als Bücherregale an allen Wänden und das Instrument. Viel lieber hätte ich mir natürlich die Bücher auf den Regalen angesehen und ließ, während ich zum Klavier ging, schnell meinen Blick über die Titel wandern. Es waren ausschließlich Essays und theologische Werke. Auf dem Notenständer fand ich eine Sonate von Paradisi, die ich mit Mr. Godfinch geübt hatte. Ich spielte sie leise und spitzte – leider vergeblich – die Ohren, um etwas von dem zu hören, was nebenan mit gedämpfter Stimme verhandelt wurde.

Nach zehn Minuten kam Mr. Ferrars mich holen.

»Du spielst nicht übel, Kind. Schade, daß meine Schwägerin dich nicht hören kann, ihre Fertigkeiten auf diesem Instrument waren ganz außerordentlich...« Er unterbrach sich, und auf seinem Gesicht lag ein seltsam wehmütiger Zug.

Mr. Grisewood befand sich offenbar im Aufbruch. »Ich weiß Sie hier in den besten Händen, Miss Eliza«, sagte er merklich erleichtert. »Mr. und Mrs. Ferrars sind so gütig, Sie in Mrs. Haslams Pensionat nach Bath zu schicken, das... Aber das werden sie Ihnen alles selbst erzählen. Das Schulgeld wird Mr. Ferrars aus einem Fonds zahlen, den Oberst Brandon für – äh – Unvorhergesehenes eingerichtet hat. Und Mrs. Ferrars wird dafür sorgen, daß Sie anständig – äh – wird Sie angemessen ausstatten.«

Ich knickste abermals und bedankte mich sehr.

Mein Gesicht war von so viel Höflichkeitsbekundungen und von dem straff geflochtenen Haar schon ganz steif geworden.

Mr. Grisewood verbeugte sich, schüttelte allen die Hand und ging, nicht ohne mich zu ermahnen, brav zu sein und meinen Wohltätern Ehre zu machen.

Er war kaum draußen, als Mr. Ferrars auf die Uhr sah. »Ich muß zu dem alten Goodman Boyce, Elinor. Seine Frau hat mir ausrichten lassen, daß er es nicht mehr lange macht. Ich hätte schon vor einer Stunde da sein sollen. Alle

Dispositionen wegen Eliza kann ich wohl getrost dir überlassen.«

»Natürlich, Lieber«, sagte sie ruhig. Während er eilig das Haus verließ, musterte sie mich prüfend. »Vor allem brauchst du Kleidung. Ist das Bündel alles, was du besitzest, Kind?«

Ich nickte beschämt.

»Da kann ich zum Glück Abhilfe schaffen. Mrs. Haslam sieht es gern, wenn ihre Schülerinnen reichlich mit Kleidung ausgestattet sind, allerdings sollen es solide Stücke sein, keine unpraktischen Fähnchen. Meine Tochter Nell, die seit zwei Jahren diese Schule besucht, ist zwar jünger, aber größer als du. Ihre ausgewachsenen Sachen kommen da wie gerufen. Ich habe sie oben mottensicher verwahrt.«

Mit einem schmalen Lächeln – dem ersten, das ich an ihr sah – fügte sie hinzu: »Weggeworfen wird in diesem Haus nichts.«

Mrs. Ferrars holte aus dem Obergeschoß einen Kasten mit reinlichen grauen Wollkleidern, Kattununterröcken, Hemden und dergleichen, die alle für mich geändert werden mußten. Nell Ferrars war demnach wirklich ein großes Mädchen. Auch ein Mantel fand sich, eine Haube, sogar kunstvoll gestopfte Strümpfe und Handschuhe.

Mrs. Ferrars, die sich als wahre Künstlerin mit Nadel und Faden erwies, gab mir Unterröcke zum Umnähen, hielt aber offenbar nicht viel von meinen Fertigkeiten. Unter ihrem kritischen Blick bemühte ich mich aber nach Kräften, ihren Ansprüchen gerecht zu werden. Bei der Arbeit kam ein Gespräch in Gang. Auf ihre Frage nach meinem Leben in Nether Othery antwortete ich mit recht sparsamen und kräftig geschönten Auskünften, erzählte dafür aber um so ausführlicher von Lady Hariot, deren Schicksal Mrs. Ferrars' Mitgefühl weckte.

Dann gab ich mir einen Ruck und fragte: »Können Sie mir irgend etwas über meine Eltern sagen, Ma'am?«

Sie sah mich erschrocken an, als sei das eine für mich äußerst unziemliche Frage, und überlegte einen Augenblick. Dann sagte sie: »Deine Mutter war, soweit ich weiß, eine Base von Oberst Brandon. Über deinen Vater... vermag ich dir nichts zu sagen.«

»Danke, Ma'am.« Ich seufzte.

»Du kannst mich Base Elinor nennen. Und meinen Mann Vetter Edward. Wir sind eigentlich nicht verwandt – Oberst Brandon ist mein Schwager –, aber vielleicht fühlst du dich dann ein bißchen heimischer bei uns.«

Die Ärmste! Ich hatte natürlich schon gemerkt, daß sie mich nicht gern im Haus hatte, aber sie hielt sich tapfer.

»Wann soll ich zur Schule, Base Elinor?« fragte ich.

»Am Samstag schicke ich mit dem Fuhrmann immer Obst und Gemüse nach Bath. Bis dahin werden deine Sachen fertig sein, denke ich, dann kannst du mitfahren. Mein Dienstmädchen Cerne soll dich begleiten. So entstehen Oberst Brandon die geringsten Kosten.«

»Ich denke, er ist ein reicher Mann«, platzte ich unbedacht heraus.

»Um so mehr Grund, mit seinem Geld sparsam umzugehen. Und... reich ist wohl nicht der richtige Ausdruck. Er hat sein bequemes Auskommen.«

Ich merkte rasch, daß Sparsamkeit das Leitmotiv im Pfarrhaus von Delaford war. Man sah es überall: an den gestopften Vorhängen, den abgetretenen Teppichen, dem einfachen und nicht sehr reichlichen Essen. Sobald Mr. Ferrars von den Besuchen bei seinen Pfarrkindern zurück war, ging er in den Garten zu seinen Gemüsebeeten.

Nach einer Weile kamen ein Dienstmädchen, dessen Gesicht Schläue, Schicksalsergebenheit und Humor verriet, und eine zierliche alte Dame herein, die mit ihrer Seidenpelerine und einer hübschen Haube viel vornehmer gekleidet war als Mrs. Ferrars. Allerdings wirkte ihre Erscheinung ein wenig nachlässig, und ihr Blick war leer und unstet.

»Hattest du Freude an deinem Spaziergang, Mutter?« begrüßte Base Elinor sie.

Das Dienstmädchen nickte gewichtig. »Bis zur Chaussee sind wir gekommen. Da wird ihr das Abendessen schmecken.«

»Cerne war sehr unverschämt«, fauchte die alte Dame.

»Sie wollte unbedingt bei Metzger Ford ein Schinkenviertel und acht Pfund Wurst bestellen«, erläuterte Cerne und lächelte etwas grimmig.

»Du weißt genau, wie gern ich Schweinefleisch esse, Elinor«, nörgelte die alte Dame. »Ich hätte gern ein Stück Braten zum Abendessen.«

»Schweinefleisch ist viel zu fett für dich, Mutter, du sollst ein schönes Hammelragout haben.« Mrs. Ferrars wandte sich an mich. »Das ist meine Mutter, Mrs. Dashwood.«

Jetzt erst sah die alte Dame mich an. »Marianne!« sagte sie ganz beglückt.

»Nein, Mama, das ist nicht Marianne, wenn sie ihr auch

ein bißchen ähnlich sieht. Aber schau doch, sie hat ja eine ganz andere Haarfarbe! Deine Marianne kommt bald wieder – auch wir freuen uns schon darauf –, und dann kannst du zurück ins Herrenhaus. Das ist Miss Eliza Williams, sie bleibt ein paar Tage bei uns und kommt dann ins Pensionat nach Bath. Zu Nell.«

»Nell mag ich nicht, sie ist unmanierlich und rücksichtslos. Manchmal stößt sie mich. Und sie nimmt sich immer das größte Stück Kuchen. Ist das wirklich nicht Marianne? Irgendwie... irgendwie hab ich bei ihrem Gesicht an Marianne denken müssen... als wir alle in Barton zusammen waren... und so glücklich... so glücklich...« In Mrs. Dashwoods Gesicht zuckte es, sie fing leise an zu weinen.

»Jetzt legen wir erst mal Hut und Mantel ab, Ma'am«, sagte Cerne nicht unfreundlich, »und dann bekommen Sie Ihr geschlagenes Ei mit Rum.«

Langsam, von Cerne sanft, aber bestimmt angetrieben, gingen sie die Treppe hinauf.

»Es ist ein Vogel im Haus«, hörte ich die alte Dame rufen. »Ein Vogel!«

»Nein, Ma'am, hier ist kein Vogel.«

»Hier ist ein Vogel, sag ich dir. Haus! Haus! Wo hast du den armen Vogel versteckt?«

»Ich seh keinen Vogel, Mrs. Dashwood.«

Oben klappte eine Tür.

Base Elinor fädelte ihre Nadel neu ein. »Wenn meine Schwester Marianne im Lande ist, wohnt Mutter bei ihr im Herrenhaus, da hat sie es bequemer. Und Marianne war immer ihre Lieblingstochter. Ich sage dir das, Eliza, weil du für dein Alter erstaunlich verständig bist.«

»Danke, Base Elinor. Wann ... wann kommt denn Base Marianne zurück?«

»In einem Jahr, hoffen wir. Sie und Oberst Brandon fehlen mir sehr. Sie sind ja unsere Nachbarn und unsere lieben Freunde. Aber aus ... aus verschiedenen Gründen hatte er entschieden, sich wieder seinem Regiment anzuschließen. Und man hielt es für das beste ... das heißt, meine Schwester hat sich entschlossen, ihn zu begleiten. Sie ist sehr ... sehr unternehmungslustig.«

»Haben die beiden keine Kinder?«

»Nein.« Base Elinor seufzte. »Das war ein großer Kummer für den Oberst. Aber vielleicht war es besser so. Ich hoffe sehr, daß mein Schwager, wenn er wieder hier ist, seinen Abschied nimmt und endlich seßhaft wird. Aber falls man General Wellesley zum Kampf gegen Bonaparte nach Europa schickt, fürchte ich, daß der Oberst, pflichtbewußt wie er ist, im aktiven Dienst bleibt, und was Marianne dann machen wird, weiß ich nicht. Sie ist ihrem Mann sehr ergeben.«

Base Elinor machte stirnrunzelnd einen Knoten in ihren Faden. Sie muß sehr einsam sein, dachte ich, wahrscheinlich fehlt ihr die Schwester als Gesprächspartnerin, und sie betrachtet mich als einen (wenn auch sehr unzulänglichen) Ersatz. Mrs. Dashwood war offenbar nicht ganz richtig im Kopf, Mr. Ferrars war die meiste Zeit entweder in seiner Gemeinde unterwegs oder im Garten – ein himmelweiter Unterschied zu Dr. Moultrie. Allerdings schienen die Eheleute – anders als die Vexfords – sehr aneinander zu hängen.

Um Base Elinor von ihren trüben Gedanken abzulenken, fragte ich nach dem Pensionat in Bath.

»Es ist mit seinen fünfzig Schülerinnen ein eher kleines, aber sehr angesehenes und exklusives Institut. Oberst Brandon ist so lieb – er ist der gütigste, großherzigste Mensch, der sich denken läßt –, das Schulgeld für unsere Tochter zu zahlen. Margaret, meine zweite Schwester, unterrichtet dort. Ich hoffe, Eliza, du hältst es nicht für unbillig, wenn…«

Sie unterbrach sich verlegen, biß sich auf die Lippen, legte das Leinenhemd, das sie gerade säumte, zusammen und faltete es wieder auseinander.

Ich wartete höflich.

»Wir haben dich nicht fürs Internat angemeldet. Mr. Ferrars hielt es nicht für richtig, Oberst Brandon ohne Rücksprache so hohe Kosten aufzubürden. Ich habe deshalb an Mrs. Haslam geschrieben, deine… deine Lage geschildert und dich als Tagesschülerin eintragen lassen.«

Mir fiel ein Stein vom Herzen. Die Vorstellung, fünf Jahre lang praktisch wie in einem Gefängnis zu leben, hatte mir schwer auf der Seele gelegen. Ich versuchte mir meine Erleichterung nicht anmerken zu lassen.

»Bei wem werde ich wohnen, Base Elinor?«

»Dein Vetter Edward und ich haben eine Tante, die in Bath wohnt, das heißt, sie ist die Tante meiner Mutter, Mrs. Montford Jebb. Sie ist Witwe, lebt in… in etwas beengten Verhältnissen und ist bereit, dich aufzunehmen. Von ihrem Haus in der New King Street kommst du leicht zu Fuß in das Pensionat am Queen Square. Mr. Ferrars wird dir noch Geld geben, damit du dir einen Schirm kaufen kannst, denn in Bath regnet es häufig.«

»Sie sind beide so gut zu mir, Ma'am.«

»Nein, nein, Kind, es ist...« Sie unterbrach sich verlegen und murmelte etwas von ihrer Schwester Marianne, was ich nicht verstand. Dann fügte sie hinzu: »Wir tun nur unsere Pflicht, da wir deine nächsten Angehörigen sind. Deine einzigen Angehörigen.«

»Ich freue mich schon auf meine Base Nell«, sagte ich höflich.

»Nell ist zwei Jahre jünger als du, Kind«, sagte sie ein wenig skeptisch. Sie ist in einer anderen Klasse. Vielleicht... vielleicht wartest du besser, bis sie dich anspricht. Nell hat...« Base Elinor umstach sorgfältig ein Knopfloch und setzte neu an. »Man merkt, daß sie ein Einzelkind ist. Ihr Bruder ist mit fünf Jahren nach einem Sturz vom Pferd gestorben.«

»Wie schrecklich«, sagte ich ehrlich erschüttert.

»Ja. Mr. Ferrars ist nie darüber weggekommen. Und deshalb ist unsere Tochter... Nun ja, wir werden sehen.«

Nach diesen Andeutungen versprach ich mir nicht viel von meiner Base Nell.

Nach einem frugalen Mahl – Erbsenbrei in Molke, geschmorte Äpfel und Brunnenwasser – machte ich mich im Garten mit Laubfegen nützlich. Edward Ferrars wußte offenbar nicht, daß ich direkt unter dem Fenster arbeitete, denn ich hörte ihn zu seiner Frau sagen: »Am besten kommt sie nicht zu oft hierher. Sie kann die Ferien bei Tante Jebb verbringen.«

»Wegen der Ähnlichkeit? Glaubst du, *er* könnte erfahren –«

»Es könnte Gerede geben. Die Ähnlichkeit ist frappant. Oberst Brandon war sie bei Marianne schon aufgefallen.

Deshalb hat er ja... Und wie du sagst, hat deine Mutter ebenfalls...«

»Pst. *On croit que la petite est au dehors, pas loin d'ici*«, sagte Base Elinor, die ja nicht wissen konnte, daß ich wahrscheinlich besser Französisch sprach als sie.

Nach dem, was ich bei dieser Gelegenheit aufgeschnappt hatte, überlegte ich, ob ich vielleicht Marianne Brandons Kind war. Kein Wunder, daß Mr. und Mrs. Ferrars mich nicht im Haus haben wollten, sich aber verpflichtet fühlten, für mich zu sorgen.

Aber wer war mein Vater?

Alles in allem war ich sehr froh, als ich mit zwei Gemüsekisten und dem Reisekorb, der meine geänderte Garderobe enthielt, auf dem Fuhrmannskarren saß und gen Bath rollte. Ich hatte das Gefühl, als hätte man auch an mir kräftig herumgeändert, aber mein altes Ich war noch da und hielt sich bereit zu neuen Taten.

Auf der Fahrt unterhielt ich mich mit Cerne, die nicht unfreundlich war.

»Um Miss Nell machen Sie am besten einen großen Bogen, Miss«, riet sie mir. »So ein eigennütziges, verzogenes Balg gibt's nicht noch mal! Und hoffärtig. Die grüßt keine, die nicht an jedem Haar einen Diamanten sitzen hat. Im Dorf haben sie aufgeatmet, als die Jungfer Hochgemut ins Pensionat kam. Der einzige, mit dem sie sich gut verstand, war der junge Ralph Mortimer, und der ist jetzt in Harrow. Möcht wissen, was der Junge an ihr gefunden hat.«

Ich erkundigte mich nach Mrs. Jebb. »Ist sie eine freundliche Dame?«

Cerne krauste nachdenklich die Nase. »Sie hat sich mächtig verändert, seit sie im Gefängnis war.«

»Im Gefängnis?«

»Hat Mrs. Ferrars Ihnen davon nichts gesagt?«

»Kein Wort. Mr. Ferrars hat einmal dazu angesetzt, mir etwas zu erzählen, aber dann wurde er zu einem Kranken gerufen.«

»Dann hören Sie es jetzt eben von mir«, entschied Cerne, »weil Sie nämlich sonst am Ende bei der armen Frau mit irgendwas ins Fettnäpfchen treten. Vor fünf Jahren war das«, begann sie mit offenkundigem Behagen, »da hat Mr. Jebb noch gelebt, und er hat treu zu ihr gehalten durch dick und dünn, aber das hat seine Gesundheit zerrüttet, er hat sich nie davon erholt. Wie er mal mit seiner Frau spazieren war, hat sie in einer Tuchwarenhandlung bei der Trinkhalle eine Lage Spitze gekauft, und plötzlich kommt der Besitzer hinter ihnen her und behauptet, Mrs. Jebb meint *zwei* Lagen Spitze in ihrem Päckchen. Und Mr. Jebb meint, das ist ja Unsinn, aber der Mann soll ruhig nachsehen, und was soll ich Ihnen sagen – da ist die zweite Lage Spitze. Der Wachtmeister wurde geholt, und die Ärmste mußte im Gefängnis von Ilchester einsitzen und ihr Mann mit, denn der war fest entschlossen, sie in dieser Not nicht allein zu lassen. Wäre sie schuldig gewesen, hätte sie hängen können oder wär nach Botany Bay deportiert worden. Die Spitze war fünf Shilling wert. Acht Monate hat sie im Gefängnis von Ilchester gesessen, und bei der Verhandlung haben die dann auf ›Nicht schuldig‹ befunden, in noch nicht mal einer Viertelstunde war alles vorbei. Es sei nur ein übler Trick des Ladenbesitzers gewesen, hat's geheißen, der habe die Spitze in das Päckchen geschmuggelt und gedacht, Mr. Jebb – der in sehr guten Verhältnissen lebte und ein angesehener Mann war – würde ihm Schweigegeld zahlen. Aber der dachte gar nicht dran. Mr. Ferrars schätzt, daß er für Gerichte und Advokaten über zweitausend Pfund ausgegeben hat. Na, das gab ein Geschluchze und Geküsse und Hurrageschrei, als das ›Nicht schuldig‹ rauskam! Aber er hat nicht mehr viel davon gehabt, der Ärmste, er hat Bankrott gemacht, und dann ist er gestorben. Seither lebt sie sehr zurückgezogen, denn obschon das Gericht ihre Unschuld festgestellt hat, wird sie von vielen ihrer Bekannten jetzt geschnitten. Sie hat das große Haus verkauft und ist in die New King Street gezogen.«

»Die Ärmste! Das ist ja eine schreckliche Geschichte!«

Ich hatte das Leben im Pfarrhaus von Delaford mit seiner Sparsamkeit, Pedanterie und penetranten Großherzigkeit als sehr anstrengend empfunden und sah deshalb mit größter Spannung meiner Zukunft im Hause von Mrs. Montford Jebb entgegen.

4

Mrs. Montford Jebb bewohnte ein kleines Haus in der New King Street.

»Als mein lieber Mann noch lebte«, sagte sie, »sah das natürlich anders aus, da hatten wir ein stattliches Haus in Paragon, aber für eine arme, unglückliche Witwe wie mich wäre das in höchstem Maße unpassend.«

Ich hätte Mrs. Jebb weder als arm noch als unglücklich bezeichnet. Fast jeden Abend kamen ihre Freundinnen Mrs. Langley, Mrs. Chamberlayne und Mrs. Busby zum Whistspielen, oder sie ging zu ihnen. Auch tagsüber war sie häufig zu Fuß oder mit der Sänfte unterwegs, um die Brunnenkur zu machen, einzukaufen und sich mit Bekannten in der Trinkhalle oder einer Leihbücherei zu treffen. Sie hatte ihr gutes Auskommen, zwei Hausmädchen und einen Diener.

»Nimm den Hut ab, Kind«, befahl Mrs. Jebb, als ich vor ihr im Salon stand, »und laß dich anschauen.«

Ich legte den Strohhut, den Mrs. Ferrars mir geschenkt hatte (bis dahin war meine einzige Kopfbedeckung eine ausgefranste breitrandige Schute aus Schilfgras gewesen, von der Elinor gemeint hatte, sie sei gewöhnlich und gehöre aufs Gartenfeuer), sorgsam auf einen Stuhl. Er war mit weißen Bändern geputzt und mein ganzer Stolz.

Mrs. Jebb betrachtete mich ausgiebig, und ich betrachtete sie.

Früher mußte sie eine imposante Frau gewesen sein. Inzwischen schien sie, vielleicht durch ihr fortgeschrittenes Alter und die Schicksalsschläge, die sie getroffen hatten, ein wenig geschrumpft, doch ihre Stimme und ihr Auftreten waren noch immer imposant. Sie hatte ein großes, kantiges, recht unschönes Gesicht mit blasser Haut, runzligen Lippen und einer knochigen Nase. Die hellgrauen, tiefliegenden Augen blickten scharf und hellwach. Das dünne Haar war schlicht frisiert und ihre Kleidung nicht so modisch wie bei den vornehmen Damen, die ich während der Fahrt auf den Straßen von Bath gesehen hatte, aber geschmackvoll und von guter Qualität. Ihr Schmuck war wunderschön.

»Schau dir das Mädel genau an, Pullett«, sagte Mrs. Jebb unvermittelt zu dem Dienstmädchen, das mich eingelassen hatte. »Hat sie eine Farbe? Einen Ring? Wie findest du sie? Geht Licht von ihr aus? Oder Dunkelheit?«

Verblüfft musterte ich Pullett, die mit ihren vorstehenden braunen Augen, dem langen, hageren Gesicht, dem unter dem Häubchen hervorquellenden Wuschelhaar und dem aufgesperrten Mund recht einfältig, ja fast beschränkt wirkte. Aber sie antwortete sogleich völlig vernünftig (auch wenn ich den Sinn des Gesagten nicht begriff): »Ja, Ma'am, sie hat einen Ring. Einen guten Ring. Hellblau.«

»Dann mag sie bleiben«, entschied Mrs. Jebb. »Bring ihre Sachen nach oben ins Hinterzimmer, Pullett. Und du, Kind, setz dich auf diesen Stuhl und beantworte meine Fragen.«

»Entschuldigen Sie, Ma'am, aber darf ich erst austreten gehen? Wir sind lange gefahren, und unterwegs war keine Gelegenheit...«

Mrs. Jebb nickte. Sie wirkte ein wenig überrascht, als sei sie genötigt, ihre Vorstellung von mir zu revidieren.

Als ich wiederkam, las sie gerade den Brief, den mir Base Elinor für sie mitgegeben hatte.

»Scheinst ja schon einiges gelernt zu haben, Kind. Freust du dich auf die Schule?« fragte sie sehr direkt.

»Nicht sehr, Ma'am. Aber ich weiß, daß es sein muß, da ich mir ja später einmal meinen Lebensunterhalt selbst verdienen muß.«

»Hm«, sagte sie wieder. »Zeig deine Hände.«

Ich gehorchte. Stolz oder falsche Scham waren bei Mrs. Jebb unangebracht. Sie war ein sehr geradliniger Mensch.

»Tja, das ist Pech. Einen Mann kriegst du nie, das steht fest. Aber meine Nichte schreibt, daß du eine leidliche Singstimme hast und recht gut Klavier spielst. Bei Mrs. Haslam kommen dann die Harfe und sicher noch andere Instrumente dazu, so daß du später als Musiklehrerin bestimmt dein Auskommen hast.«

Ich nickte höflich. Daß ich diesen Beruf um keinen Preis ergreifen wollte, behielt ich für mich.

»Was hat Ihr Dienstmädchen mit dem blauen Ring gemeint, Ma'am?«

Mrs. Jebb nickte wieder. »Hab schon gemerkt, daß du meinst, Pullett sei nicht ganz richtig im Oberstübchen, aber das täuscht. Sie mag ein bißchen langsam sein, aber auf ihr Urteil kann man sich verlassen. Muß einen Schuß Zigeunerblut haben, denk ich mir. Pullett sieht die Menschen in Farben. Kannst von Glück sagen, Kind: Blau ist eine gute Farbe.«

»Und welche Farben wären schlecht?«

»Schwarz… Lila… gewisse Rottöne. Wer sich so einen Menschen ins Haus holt, ist selber schuld.«

»Ist das Ihr Ernst, Ma'am?«

»Ja, gewiß.«

»Was hätten Sie gemacht, wenn ich einen roten Ring gehabt hätte?«

»Dich vor die Tür gesetzt.«

Ich muß wohl ziemlich bestürzt ausgesehen haben, und sie gab meinen Blick halb grimmig, halb belustigt zurück. Ich überlegte, ob es in Bath auch Matrosen gab, die Seife brauchten. Und ob Mrs. Jebb und Pullett vielleicht doch ein bißchen verrückt waren – einen Dachschaden hatten, wie das in Bankertheim hieß. Aber weder Mr. Ferrars noch seine Frau hatten jemals eine Andeutung in dieser Richtung gemacht. Und Mrs. Jebb benahm sich durchaus vernünftig.

»Da sich aber Pullett für dich verbürgt«, sagte sie in aller Ruhe, »werden wir vermutlich gut miteinander auskommen. Ich kann junge Leute nicht lange um mich haben. Du wirst außer zu den Mahlzeiten auf deinem Zimmer bleiben, sofern ich dich nicht ausdrücklich herunterbitte, und wirst, wenn deine Zeit es zuläßt, Besorgungen für mich machen. In Bath mußt du dich auf eigene Faust zurechtfinden, meine Dienstboten haben genug zu tun und können dich nicht begleiten. Aber du bist es ja wohl gewohnt, dich allein durchzuschlagen.«

»Gewiß, Ma'am.«

»Hm, ja…« Sie las weiter in Base Elinors Brief. »Von Lady Hariot und diesem Tölpel Vexford mußt du mir mal ausführlich erzählen. Aber nicht jetzt. Morgen ist Sonntag und keine Schule. Vormittags wirst du mich zur Kirche begleiten, und nachmittags kannst du dich mit dem Weg zum Queen Square vertraut machen. Es ist nicht weit. Im übrigen erwarte ich von dir ein höfliches, wohlerzogenes Benehmen und strikte Wahrheitsliebe.«

»Natürlich, Ma'am.«

»Pullett merkt sofort, wenn jemand lügt«, ergänzte Mrs. Jebb und sah mich durchdringend an. Jetzt erst fiel mir die Geschichte von ihrer Verhaftung und der angeblich gestohlenen Spitze wieder ein. Wer hatte in dieser Sache wohl die Wahrheit gesagt?

Ich muß mich mit Pullett gut stellen, dachte ich. Schwindeln war für mich so selbstverständlich wie Atemholen, und ich versprach mir nichts davon, ausgerechnet jetzt von dieser Gewohnheit abzugehen.

»Werden Sie mich am Montag zur Schule begleiten, Ma'am, oder soll ich allein hingehen?«

»Was wäre dir lieber?« fragte sie zu meiner Überraschung.

Ich überlegte. »Lieber würde ich allein gehen, Ma'am. Falls Sie das nicht für ungehörig halten.«

»Ich wüßte nicht, warum. Mrs. Haslam erwartet dich, Elinor Ferrars hat ihr geschrieben. Und behaupten mußt du dich dort sowieso ohne Hilfe. Nell wird dir bestimmt nicht beistehen. Eher noch deine Base Margaret, dieses gutmütige Schaf...«

Mrs. Jebb schniefte verächtlich.

»Sie meinen Mrs. Ferrars' Schwester Margaret Dashwood? Sie unterrichtet bei Mrs. Haslam?«

Mrs. Jebb zog erneut die Nase hoch. »Geschichte und

Literatur. Als sie vor zehn Jahren nach Bath kam, hat sie natürlich gedacht, sie könnte sich hier einen Ehemann angeln, die Ärmste. Aber welcher Mann heiratet schon aus freien Stücken eine Lehrerin für Geschichte und Literatur? Zumal, wenn sie so dumm ist wie Mag Dashwood. Jetzt geh auf dein Zimmer, Kind, du hast mich ermüdet. Ich muß ruhen, ehe meine Freundinnen kommen.«

»Jawohl, Ma'am.« An der Tür blieb ich noch einmal stehen. »Ich bin Ihnen sehr dankbar, daß Sie mich aufgenommen haben, Mrs. Jebb«, sagte ich und stellte mich beherzt ihrem scharfen Blick.

»Hast du eine Vorstellung, wer dein Vater war?« fragte sie plötzlich barsch.

»Nein, Ma'am, nicht die mindeste.«

»So? Na gut. Das war alles. Du kannst gehen.«

In meinem Zimmer hatte Pullett inzwischen meine bescheidene Habe ausgepackt und ordentlich in Schränken und Kommoden verstaut. Da ich an solche Dienste nicht gewöhnt war, dankte ich ihr von Herzen. Sie lächelte breit, und das unscheinbare Gesicht war plötzlich wie verwandelt.

»Zuerst werden Sie's hier bestimmt ein bißchen hart haben, wo Sie doch ans Land gewöhnt sind«, sagte sie gutmütig (denn ich war gleich ans Fenster gegangen, hatte es aufgemacht und mich hinausgelehnt. Über den Dächern der Stadt erhob sich ein stattlicher bewaldeter Hügel – seinen Namen Beechen Cliff erfuhr ich erst später –, und weit draußen, wo die Sonne sank, meinte ich die Berge von Somerset zu erkennen).

Pulletts Mitgefühl gab mir fast den Rest. Ich fand Bath

riesengroß, schwarz und häßlich. Nie hätte ich mir träumen lassen, daß eine Stadt so groß sein konnte. Bankertheim, Growly Head, Kinn Hall, Hoby, Triz und Lady Hariot schienen unerreichbar weit weg und schon Teil einer fernen Vergangenheit.

»Ich komm auch aus einem kleinen Ort, aus Emborough. Hab ewig gebraucht, mich an die vielen Häuser und gepflasterten Straßen zu gewöhnen und an diese Menschenmassen überall«, fuhr Pullett fort. »Aber Sie haben eine gute Farbe, Miss Liza. Nicht daß bei Ihnen immer alles wie am Schnürchen ginge, bewahre, aber *einen* Menschen wird es immer geben, der Sie liebhat. Also quälen Sie sich nicht, und wenn Sie mal traurig sind, kommen Sie einfach in die Küche, Thomas und Rachel und ich werden Sie schon auf andere Gedanken bringen.«

»Was wird aber Mrs. Jebb dazu sagen?«

»Die merkt das gar nicht«, sagte Pullett ungerührt.

Am Samstagvormittag begleitete ich in einem abgelegten schwarzen Wollkleid von Nell Ferrars (zu lange, zu weit) Mrs. Jebb in die Kirche und ließ unzählige Choräle, Orgelstücke, Gebete und fromme Ansprachen über mich ergehen, die mich nach Dr. Moultries stets sehr knapp gehaltenen Gottesdiensten schier endlos dünkten.

Einmal mußte Mrs. Jebb mir einen kräftigen Rippenstoß geben, weil ich eingenickt war. In der langen Nacht hatte ich kein Auge zugetan. Das städtische Gebrumm und Geratter und die Rufe des Nachtwächters hatten mich wach gehalten.

Nach der Kirche wurde ich auf dem Abbey Green den

Bekannten von Mrs. Jebb präsentiert. Das waren sämtlich ältere Damen in Witwentracht oder alte Herren, die am Stock gingen oder von Dienern in Rollstühlen geschoben wurden.

Zu meiner Überraschung stellte Mrs. Jebb mich diesen Herrschaften als »Miss FitzWilliam« vor.

Als ich in der Monmouth Street neben ihrer Sänfte herging, sagte ich: »Ich denke, ich heiße –«

»Pst! Kein Wort weiter«, unterbrach sie mich streng.

Erst in ihrem Salon in der New King Street kam sie wieder auf die Sache zurück. »Mr. Ferrars und ich haben uns darauf geeinigt, dich FitzWilliam zu nennen«, erklärte sie. »Erstens klingt das besser –«

»Und zweitens, Ma'am? Und warum –«

»Das braucht dich nicht zu kümmern. Schweig schön still und füg dich in das, was die Erwachsenen zu deinem Besten entscheiden. So, und jetzt kannst du Pug ausführen. Zum Queen Square, wo Mrs. Haslams Institut ist, geht es durch die Chapel Row. Du solltest wissen, wie lange du brauchst, denn morgen früh um neun mußt du dich dort einstellen.«

Und so zog ich denn los – mit Pug und mit meinem neuen Namen. Zunächst war ich recht trüber Stimmung, denn es war ein feuchter, dunstiger Nachmittag, aber allmählich fand ich Gefallen an der Stadt, die so malerisch an einem steilen Hang lag und so viele stattliche Häuser hatte. Die zum Teil kreis- oder halbmondförmig angelegten Straßen waren schön anzusehen und voll von elegant gekleideten Menschen, Sänften und prächtigen Kutschen. Es gab Arkaden und Geschäfte und eine prunkvolle Markthalle, die heute, am Sonntag, geschlossen war und die ich staunend betrachtete, weil ich so etwas noch nie gesehen hatte. Auch ein paar schöne Gärten entdeckte ich, in denen das Herbstlaub leuchtete. Es gab eine wunderbare Brücke, die mit Läden und Wohnhäusern bebaut war, und unter der ein rauschender Fluß dahinströmte. Auf der anderen Seite der Brücke führte eine vornehme Straße aufs offene Land hinaus.

Was wohl Mr. Bill und Mr. Sam von Bath gehalten hätten? Nicht viel vielleicht, da ihr Herz an Wasserfällen und Wildnis hing, aber Brücke und Fluß hätten ihnen gefallen.

»Sträußchen gefällig, die Dame?« An einer Straßenecke streckte mir ein Bettlermädchen ein jämmerliches Gesteck aus ein paar Beeren und welken Buchenblättern hin. Ich sagte ihr in der Sprache von Bankertheim, was sie mit ihrem Sträußchen machen konnte, und sie sah mich verblüfft und voller Hochachtung an. Sie hatte mich für eine feine Dame gehalten.

Pug winselte – er war wohl so lange Ausflüge nicht gewohnt –, und ich machte mich auf den Rückweg zur New King Street.

Am nächsten Morgen stellte ich mich korrekt gekleidet und mit Schirm versehen in ›Haslams Seminar für Junge Damen‹ am Queen Square ein.

Was kann ich über die Zeit sagen, die ich dort verbrachte? Sie war nicht ohne Nutzen für mich. Allerdings lernte ich dort vor allem Dinge, die nicht im Lehrplan standen. Wie man sich in guter Gesellschaft bewegt, wußte ich dank Lady Hariot bereits. Mrs. Haslams Institut machte mich mit der Scheinheiligkeit und Heimlichtuerei der guten Gesellschaft, mit ihren Anfeindungen und Ranküne vertraut. Ich lernte, daß junge Damen vornehme Kleider und sanfte Stimmen haben und sich aufführen können wie Mädchen aus der Gosse. Ich lernte, daß man Schlachten um Nadeln und Spulen schlagen, mit Pfeilen der Bosheit und des Dünkels eine Rüstung aus Musselin, Spitze und Batist durchbohren kann.

Es war mein Glück, daß ich mich abends aus der gespannten Atmosphäre der Schule in das beschauliche Heim von Mrs. Jebb zurückziehen konnte. Die Internen dünkten sich natürlich den Tagesschülerinnen (die weniger Schulgeld zahlten) himmelhoch überlegen und schmähten und verhöhnten sie, wo sie nur konnten, was diese sich begreiflicherweise nicht widerspruchslos gefallen ließen. Die Internen hießen Queensers, die Tagesschülerinnen aus unerfindlichen Gründen die Pillihens. Außerdem gab es noch viele andere raffinierte Unterscheidungen zwischen den bessergestellten und den weniger wohlhabenden Schülerinnen. An der Spitze der Rangskala standen diejenigen, deren Eltern das volle Schulgeld zahlten und die fünf oder sechs Jahre die Schule besuchten, um sich die für eine Ehe notwendigen damenhaften Fertigkeiten anzueignen und auch, um die Kreise ihrer Familien nicht zu stören, bis es an der Zeit war, die Tochter bei Hofe vorzustellen, sie zu den Gesellschaften bei Almack's zu führen und sich mit ihr in die Beschwerlichkeiten einer Londoner Saison zu stürzen mit dem Ziel, nach Möglichkeit einen wünschenswerten Ehemann einzufangen. Unter ihnen standen diejenigen, deren Familien – sei es, weil sie gute Bekannte von

Mrs. Haslam waren oder an der Schule unterrichteten – ein ermäßigtes Schulgeld zahlten. Es folgten die Schülerinnen, die sich – wie ich – keine Hoffnung auf eine Ehe machen konnten und deshalb genug Wissen erwerben mußten, um andere unterrichten zu können. Den Bodensatz bildete eine Gruppe, für die der Staat oder eine wohltätige Einrichtung in Bath zahlte. Diese armen Wesen wurden von allen anderen verachtet und mußten für die jungen Damen der Spitzengruppe Dienstmädchendienste leisten.

Mrs. Haslam, die Gründerin, spielte an ihrer Schule schon lange keine aktive Rolle mehr. Sie erschien zur Morgenandacht, eine unbestimmt nickende, verwirrte alte Dame, rosig gepudert und in eine Vielzahl von Schals gehüllt, danach sahen wir sie den ganzen Tag nicht mehr. Die Verwaltung des Instituts oblag ihrer Stellvertreterin, Miss Orrincourt, die das erste Gespräch mit mir führte. Sie war eine hagere, vertrocknete Person mit sauertöpfischer Miene, die am Stock ging und auf deren üppigem Spitzenfichu eine gewaltige Granatbrosche prangte.

Nachdem sie mich eine Weile aus halbgeschlossenen Augen angesehen hatte, sagte sie: »Die Schülerinnen dieses Instituts, Miss FitzWilliam, sind sehr vornehme junge Damen, andere könnte ich hier nie aufnehmen oder dulden. Das Niveau ist außerordentlich hoch und soll auch so bleiben. Ihre Hand... zeigen Sie doch mal her. Ja, ja, ein sehr unglücklicher Umstand...«

»Ich bin so zur Welt gekommen, Ma'am«, platzte ich verärgert heraus.

»Ich habe Sie nicht um Ihre Meinung gebeten, Miss FitzWilliam.« Jedesmal, wenn sie meinen Namen nannte, hob sie das *Fitz* besonders hervor, als wollte sie mir zu verstehen geben, daß sie sehr wohl wußte, was es damit auf sich hatte. »Ihr – äh – Bücherwissen scheint beachtlich zu sein. Ob es Ihnen gelingt, sich dem Leben der guten Gesellschaft anzupassen, bleibt abzuwarten.«

Ich versicherte, daß ich mir die größte Mühe geben würde.

»Vom Lehrstoff her… äh… kämen Sie wohl in der Oberstufe mit. Aber da die anderen Schülerinnen – äh – alle sehr viel älter sind als Sie, wäre das nicht recht schicklich. Ich habe Sie deshalb zunächst der Mittelstufe zugeteilt, die Miss Bush untersteht. Ja. Hm. Alles Weitere werden Sie von Miss Bush erfahren. Der Raum am Ende des Ganges. Guten Tag, Miss FitzWilliam.«

Ich knickste und wandte mich zum Gehen, aber da rief sie mich noch einmal zurück. »Ihre Tante… äh… Mrs. Montford… ist bei guter Gesundheit?«

Ich bejahte.

»Und Ihr… äh… Vormund, Oberst Brandon?«

Er sei auf der Rückreise von Indien, sagte ich, so daß ich ihr über seinen Gesundheitszustand leider keine Auskunft geben könne.

»Hm. Ja. In unserem Institut, Miss FitzWilliam, gilt es als unfein, über die Familienmitglieder anderer Schülerinnen… zu… äh… sprechen. Klatsch ist einer Dame unwürdig.«

Ich sollte später noch oft an diese Worte denken, denn die Wirklichkeit sah ganz anders aus. In jeder freien Minute – im Garten, in den Pausen, auf der Treppe, auf den Gängen und wenn wir in langer Reihe, immer zwei und zwei, zu einem Konzert in Bath gingen – waren die Familienverhältnisse der Schülerinnen das wichtigste, ja im Grunde das einzige Gesprächsthema. Ausführlich wurde erörtert, wessen Onkel, der Herzog, im Weißen Hirsch abgestiegen war; wessen Tante, die Gräfin, ein Haus in Paragon gemietet hatte; wessen Eltern ihre Tochter zu einer Fahrt nach Wells abholen würden; wessen schmucker Bruder sich mit einer westindischen Erbin verlobt hatte. Ich konnte mir deshalb Miss Orrincourts Hinweis nur so erklären, daß ich nicht über meine Angehörigen sprechen sollte.

Was ich auch nicht zu tun gedachte.

Meine erste Begegnung mit Nell Ferrars versprach nicht viel Gutes für die Zukunft.

Mrs. Jebb hatte mir gesagt, daß in Mrs. Haslams Institut kein Mittagessen für die Tagesschülerinnen vorgesehen sei und ich mich damit selbst versehen müsse (demnach will sie mich, folgerte ich sehr richtig, zum Mittagessen nicht im Haus haben). Am ersten Tag hatte Mrs. Rachel, die Köchin, mir eine Birne und ein Butterbrot mitgegeben, und ich ging damit in den Schulgarten, ein hübsches, recht weiträumiges Gelände mit Blumenbeeten und gekiesten Wegen. Hier setzte ich mich auf das Mäuerchen vor einem Rosenbeet, aß die Birne und dachte sehnsüchtig an mein friedliches Plätzchen auf Growly Head, als ich zwei junge Damen auf mich zukommen sah. In der Größeren mit dem länglichen Gesicht erkannte ich auf den ersten Blick die Tochter von Edward Ferrars. Sie sah ihm sehr ähnlich, aber das, was seinen Zügen etwas zugleich Achtunggebietendes und Vertrauenswürdiges verlieh, wirkte bei ihr hochfahrend und herrisch. Sie war so groß wie ihre Mutter, strahlte aber nicht deren Distinguiertheit aus, die trotz der abgetragenen Kleidung bei Elinor unübersehbar war. Im übrigen war Nell viel besser gekleidet als ihre Mutter, was mit Sicherheit auf deren Kosten ging.

»Du bist wohl Eliza FitzWilliam, die neue Pillihen«, sagte sie, und dann machten sie und ihre Begleiterin (ein schlankes, elegant gekleidetes Mädchen mit sehr schmalen Händen und Füßen) sich kichernd und tuschelnd über den von mir gewählten Picknickplatz lustig. Ich bejahte die Frage, aß in aller Ruhe meine Birne auf und wischte mir die Finger an dem Mulltuch ab, in das Mrs. Rachel mein Mittagessen eingewickelt hatte. Dann stand ich auf und spülte mir die Hände in einem kleinen Springbrunnen hinter dem Rosenbeet. Damit hatte ich (wie ich später erfuhr) Miss Ferrars gründlich das Konzept verdorben. Sie hatte darauf gesetzt, daß ich meinerseits Fragen stellen würde, woraufhin sie die Genugtuung gehabt hätte, mir zu sagen, daß Neue nie unaufgefordert das Wort ergreifen dürften.

Danach bemühte sich Nell nach Kräften, mich bei ihren Freundinnen lächerlich zu machen. Daß ich weder tanzen noch feine Handarbeiten machen konnte, nichts vom Kartenspiel verstand und nicht mitreden konnte, wenn es um den neuesten Londoner Klatsch ging – all das wurde bespöttelt und belacht, und erst nach einigen recht unbehaglichen Monaten hatte ich mich auf diesem Gebiet so weit vervollkommnet, daß die gnadenlosen Hänseleien aufhörten.

Die Geringschätzung, die man mir entgegenbrachte, war für mich ein zusätzlicher Ansporn, mir das nötige

Wissen so schnell wie möglich anzueignen. Aber auch Miss Ferrars – das wurde mir sehr bald klar – mußte sich gehörig anstrengen, um bei den reichen jungen Damen anzukommen, auf deren Gesellschaft sie so großen Wert legte. Da sie mit Garderobe, Schulmaterial, Nähkästchen, Tanzschuhen und dergleichen nicht so gut ausgestattet war wie ihre sogenannten Freundinnen, erwarteten diese von ihr Botengänge, ständige Anwesenheit und ein wahres Feuerwerk an Klatsch und Tratsch und billigen Witzchen.

Ich konnte mich nie für Nell erwärmen, dazu war sie für meinen Geschmack zu sehr auf ihr eigenes Wohl bedacht, aber später tat sie mir fast ein bißchen leid, weil ihre krampfhaften Bemühungen, sich beliebt zu machen, nur so dürftige Erfolge zeitigten und weil ihr diese Dinge so schrecklich wichtig waren. Daß ich selbst kaum Freundinnen in Mrs. Haslams Institut hatte, störte mich im Grunde nicht; denn meine eigene Gesellschaft war mir allemal lieber.

Einige junge Damen kamen nach einer Weile trotz meiner ungleichen Hände und meiner zweifelhaften Herkunft von selbst auf mich zu, aber dem Vergleich mit meinen früheren Freunden, mit Mr. Bill und Mr. Sam, Hoby, Triz und Lady Hariot, hielten sie allesamt nicht stand. Ich wies sie zwar nicht ab, suchte aber nie von mir aus ihre Freundschaft. Diese Unabhängigkeit hat mir nicht geschadet; ich glaube vielmehr, daß ich zum Schluß in der Schule nicht unbeliebt war.

Der Unterricht war nicht übel, wenn man die gebotenen Möglichkeiten nutzte, und besonders die Musikstunden brachten mich voran, allerdings wußte ich nach wie vor nicht, was ich später mit dem Gelernten anfangen sollte. Der Gedanke, Musiklehrerin zu werden, war mir noch immer zuwider, und wegen meines körperlichen Makels kamen Oper oder Bühne wohl kaum in Betracht.

Natürlich hatte ich mich auch nach Nells Tante, Mrs. Ferrars' jüngerer Schwester Margaret, umgesehen. Doch meine erste Begegnung mit ihr eine Woche nach meiner Ankunft war recht enttäuschend.

Miss Dashwood gab den Literaturunterricht in der Oberstufe, und eines Vormittags war ich auf dem Weg in den Garten – wo ich nach wie vor mein Mittagessen verzehrte, bis es zu kalt wurde –, als ich zu meinem größten Erstaunen durch die halb geöffnete Tür ihrer Klasse vertraute Töne hörte:

Das Eis war hier, das Eis war dort
Und Eis rings um den Rumpf –
Es stöhnt und sirrt und dröhnt und klirrt –
Doch wie geknebelt dumpf.

Gebannt blieb ich unter der Tür stehen, bis die Lehrerin mich sah. »Hallo, wen haben wir denn da?« fragte sie verwundert.

»Das ist die Neue, Miss Dashwood«, sagte jemand. »Liza FitzWilliam.«

»Unser Gedicht gefällt dir wohl sehr, Kind?«

»Ja, Ma'am, aber ich kannte es schon.«

»Du kanntest es schon? Wie ist das möglich?«

Die Pausenglocke übertönte meine Antwort, aber Miss Dashwood kam, neugierig geworden, in den Garten und sprach mich darauf an. Ich erzählte ihr von Mr. Bill und Mr. Sam.

»Du Glückliche! Wie wunderbar muß es sein, diese großen Männer persönlich zu kennen. Ihre Werke sind jetzt in einem Band mit dem Titel *Lyrische Balladen* erschienen. Würdest du ihn gern lesen?«

»Ja, Ma'am, sehr, sehr gern.«

Miss Dashwood war eine dunkelhaarige Dame von sechsundzwanzig oder siebenundzwanzig Jahren mit empfindsamen Zügen, die aber grob und unregelmäßig waren, so daß sie nie hübsch gewesen sein konnte. Deshalb hatte sie wohl – anders als ihre Schwestern – nicht geheiratet. Sie schien recht freundlich und gutherzig zu sein, hatte aber etwas schrullig Absonderliches, Überspanntes an sich, das mich störte. Ich fand, daß sie unzuverlässig aussah, und hätte ihr nie ein Geheimnis anvertraut. Mit ihrer Nichte hatte sie nicht die mindeste Ähnlichkeit. Das Verhältnis zwischen den beiden war gespannt, denn auch über ihre unverheiratete Tante machte Nell sich erbarmungslos lustig.

Miss Dashwood bat mich, ihr Mr. Sam und Mr. Bill zu beschreiben, und hörte mir mit gespannter Aufmerksamkeit zu, wobei sie immer wieder lautstark ihr Erstaunen über das mir zuteil gewordene Glück und ihre Bewunderung für die beiden zum Ausdruck brachte.

»Ein solches Dichterpaar hat unser Land seit vielen Jahren nicht mehr gehabt! Und deinen eigenen Vater hast du nie kennengelernt, du armes Kind? Er war nämlich auch ein wunderbarer, ein ganz wunderbarer Mann.«

»Gütiger Himmel!« sagte ich ganz verstört. »Sie kennen meinen Vater?«

»Aber ja, Kind. Er war ein guter, ein sehr guter Freund meiner älteren Schwester Marianne.«

Doch dann besann sie sich, legte rasch eine Hand über den Mund und sah mich mit erschrocken aufgerissenen Augen an. »Großer Gott, was hab ich getan? Ich hatte Anweisung, niemals ein Wort davon zu erwähnen.«

»Anweisung von wem, Ma'am?«

»Von meinem Schwager Edward Ferrars. Ein so rechtschaffener, verständiger Mann. Er sagte... er schrieb... ach, wie peinlich... Bitte vergiß, was ich sagte, liebes Kind, ich hätte nie davon anfangen dürfen, es war sehr ungehörig. Ich bin eine Gans und schnattere zu viel. Aber jetzt... jetzt... jetzt muß ich schleunigst zu Cecilia Castleforth und ihren Text abhören.«

Eilig stolperte sie davon und nahm zu meinem großen Kummer auch den Gedichtband mit, auf den ich mich schon gefreut hatte. Danach mied sie mich geflissentlich, ich hatte sogar den Eindruck, daß sie sich entfernte, sobald ich einen Raum betrat. Wenig später hörte ich, Miss Dashwood sei als *dame de compagnie* mit Miss Helen Smythe-Burghley zu deren erster Saison nach London gefahren – ein Amt, für das sie vermutlich sehr viel besser bezahlt wurde als für den Unterricht bei Mrs. Haslam. Früher oder später würde sie aber an die Schule zurückkehren – spätestens dann, wenn Helen einen Heiratsantrag bekommen hatte, womit allerdings niemand so bald rechnete.

Man kann sich wohl vorstellen, wie sehr mich dieses für mich viel zu kurze Gespräch aufgewühlt hatte. War Miss Dashwood vielleicht nur nach London gegangen, weil sie fürchtete, sich den Zorn ihres Schwagers zuzuziehen, wenn sie versehentlich noch mehr ausplauderte? Oder war es einfach mein Pech, daß ich sie gerade jetzt nicht weiter befragen konnte?

Seit ich zusammenhängend denken konnte, hatte ich verständlicherweise immer wieder überlegt, was für ein Mensch mein Vater wohl sein möchte. Später dann, als ich älter und weniger gutgläubig war und mir die Anschauungen und Maßstäbe von Bankertheim zu eigen gemacht hatte, war mir natürlich klar, daß ein Mann, der es fertigbringt, eine Siebzehnjährige zu entjungfern und dann sitzenzulassen, keinen Anspruch auf Bewunderung oder Zuneigung hat, sondern ein ausgemachter Schuft sein muß, den kennenzulernen mir weder Freude noch Nutzen bringen würde – falls er nicht längst bei irgendwelchen Händeln ums Leben gekommen, im Schuldgefängnis verdorben und gestorben oder zu den Antipoden deportiert worden war. So hatte sich zwar ab und zu noch die Neugier in mir geregt, aber ernsthaft hatte ich mich seit Jahren nicht mehr mit ihm beschäftigt.

Jetzt aber fragte ich mich natürlich, wie sich die Vorstellung von meinem Vater als ausschweifendem, herz- und charakterlosem Tunichtgut mit Miss Dashwoods Beschreibung von einem »wunderbaren, einem ganz wunderbaren Menschen« und »einem guten, einem sehr guten Freund meiner älteren Schwester Marianne« vereinbaren ließ. Mein früherer Verdacht lebte wieder auf. War ich in Wirklichkeit die Tochter dieser Marianne, die sich zur Zeit als Oberst Brandons Frau in Indien befand (oder vielmehr schon auf dem Rückweg nach England war)? Konnte das der Grund für diese Geheimniskrämerei sein, für die Eile, mit der man mich aus Delaford weggeschickt hatte, für das Margaret Dashwood auferlegte Schweigeverbot? Wie hatte Base Elinor gesagt? »Glaubst du, *er* könnte erfahren…« Wer? Mein Vater? Sie hatten von einer Ähnlichkeit gesprochen – aber mit wem? Im Wohnzimmer des Pfarrhauses von Delaford hing eine Miniatur. »Meine Schwester«, hatte Mrs. Ferrars gesagt, als sie sah, wie ich davorstand und sie bewunderte. Auf dem Bild war eine schöne Frau mit bräunlicher Haut, strahlenden dunklen Augen und schwarzen Locken zu sehen. Wohlmeinende Mitmenschen hätten vielleicht meine Haarfarbe als Kastanienbraun bezeichnet, bei den Jungen von Bankertheim allerdings hieß ich, wenn sie mich nicht gerade Hexenkrallen-Lizzie riefen, nur Rotfuchs oder »die mit den roten Pfannen auf dem Dach«. Daß ich die Tochter dieser strahlend schönen Brünetten war, hielt ich für sehr unwahrscheinlich, auch wenn in den Zügen und der Gesichtsform eine auffallende Ähnlichkeit nicht zu leugnen war.

Während meines kurzen Aufenthaltes im Pfarrhaus hatte ich mich bei den Dorfbewohnern vorsichtig nach meinem Vormund Oberst Brandon und seiner Frau erkundigt. Über ihn gab es nur eine Meinung: Er war ein vortrefflicher Gutsherr, zwar ernsthaft und verschlossen, aber auch gütig und rücksichtsvoll. Mrs. Brandon, die, als sie mit Oberst Brandon getraut wurde, erst achtzehn und damit halb so alt wie der Bräutigam war, galt als eine sehr liebenswürdige junge Dame, die ihm sehr ergeben war. Die vom Wesen her so unterschiedlichen Partner – sie war so munter und gesprächig, wie er nüchtern und schweigsam war – verstanden sich so gut, daß man sich in der ganzen

Grafschaft darüber verwunderte. Und als er sich wieder seinem Regiment anschloß, ließ sie es sich nicht nehmen, ihre Koffer zu packen und ihn nach Indien zu begleiten, ungeachtet des garstigen Klimas, der bösen Eingeborenen und der Warnungen aller Freunde und obgleich sie sich offensichtlich in Delaford sehr wohl gefühlt und viel Gutes im Dorf getan hatte. Daß sich noch kein Nachwuchs ankündigte, war zwar bedauerlich, aber da sie gerade erst dreißig war, hatte sie damit ja noch ein wenig Zeit, und in der Fremde ein Kind zur Welt zu bringen war sicher nicht erstrebenswert.

War es denkbar, daß sie mich vor ihrer Heirat mit dem Oberst geboren hatte?

Mir hatte man erzählt, meine Mutter sei bei meiner Geburt erst siebzehn gewesen. Daß sie nur wenige Monate danach Brandons Frau geworden war, schien kaum vorstellbar.

Demnach war meine Mutter doch nicht Mrs. Brandon. Aber wer dann?

Daß Nell Ferrars Näheres über meine Herkunft nicht bekannt war, stand für mich fest, denn sonst hätte sie mich damit gewiß gehänselt und gequält. Sie nannte mich zwar stets mit höhnischer Betonung *Miss FitzWilliam*, als bezweifle sie mein Recht auf diesen Namen, aber hätte sie wirklich etwas gewußt, hätte sie das ebensowenig für sich behalten können, wie sie es fertigbrachte, einer unter ihr stehenden Person höflich oder mit einer höhergestellten ohne Kriecherei zu begegnen.

Ich argwöhnte, daß Mrs. Jebb mehr wußte, als sie sagte, aber sie ließ sich nichts entlocken. Mit ebensoviel Aussicht auf Erfolg hätte man versuchen können, die Steinfiguren von Petrus und Paulus am Portal der Abtei von der Stelle zu bewegen.

Wenn ich also etwas über meine Herkunft erfahren wollte – und das war mein sehnlichster Wunsch –, konnte ich nur auf meine eigene Findigkeit bauen.

Die Jahre an Mrs. Haslams Institut in Bath schleppten sich träge dahin, gekennzeichnet nur durch den unermüdlichen, gewissenhaften Erwerb von immer mehr Wissen, immer besserer musikalischer Leistungen, bis mir eines Tages der Zufall zu Hilfe kam.

Doch ich greife vor.

Über Weihnachten war Mrs. Haslams Institut stets eine Woche geschlossen, und in meinem ersten Jahr dort fragte ich mich, nachdem ich erfahren hatte, daß Nell heimreisen würde, ob ich womöglich über die Feiertage mit einer Einladung ins Pfarrhaus von Delaford rechnen konnte. Doch sehr bald wurde ich eines Besseren belehrt.

»In Ansehung aller Umstände«, schrieb Elinor Ferrars in einem durch den Fuhrmann übermittelten Brief, »insbesondere im Hinblick auf den angegriffenen Gesundheitszustand meiner Mutter, das unwirtliche Wetter, die Reisekosten, die schlechten Straßenverhältnisse und mit Rücksicht auf Tante Jebb, die so große Freude an deiner Gesellschaft hat, halten wir es für vorteilhafter, wenn Du über Weihnachten in Bath bleibst.«

Was sie schrieb, war mir weitgehend neu. Die Unbilden der Witterung und schlechte Straßen galten doch wohl nicht nur für mich, sondern auch für Nell, und daß Mrs.

Jebb so große Freude an meiner Gesellschaft hatte, wagte ich, auch wenn wir uns recht gut verstanden, denn doch zu bezweifeln. Im Grunde aber hatte ich nichts dagegen, in der New King Street zu bleiben. Eine ganze Woche Nells Feindseligkeiten auf engstem Raum ausgesetzt zu sein war keine angenehme Aussicht, auch wenn in Delaford Spaziergänge im Grünen und frische Landluft lockten.

»Bitte übermittele Mrs. Jebb unsere herzlichsten Weihnachtswünsche«, schrieb Base Elinor weiter in ihrer zierlichen Spinnenschrift, »und überreiche ihr beiliegendes Nadelkissen, das ich ihr gearbeitet habe. Es ist mit Kaffeegrund gefüllt, der in höchstem Maße wirksam gegen Rost ist. Ich wäre Dir sehr verbunden, wenn Du mir mitteilen könntest, was sie sonst noch an bescheidenen Gaben – etwa einem Nadelbüchlein oder Kartenständern – oder handgestrickten Kleidungsstücken erfreuen könnte. Und ich hoffe, liebe Eliza, daß auch Du zum Dank für ihre Wohltaten eine kleine, aber geziemende Weihnachtsgabe für sie vorgesehen hast…«

Wohltaten? Ja, Pfeifendeckel! (Bei solchen Anlässen griff ich gern auf den mir liebgewordenen Bankertheim-Sprachschatz zurück.) Schließlich wird mein Logis bei Mrs. Jebb bezahlt, überdies führe ich zweimal am Tag ihren Mops aus, lese ihr aus der Zeitung und den Werken von Mrs. Edgeworth vor, singe für sie, spiele an vier von fünf Abenden für ihre sauertöpfischen Freundinnen auf der Harfe, schreibe ihre Mitteilungen und trage sie aus, kaufe ihr Kuchen bei Sally Lunn und hole ihr Romane aus der Leihbibliothek, ganz zu schweigen von der schwarzen Satinhaube, die ich neu mit Federn besetzt, und dem großen Schultertuch, das ich ihr gesäumt habe. Hieße ich Margaret Dashwood, könnte ich für meine Dienste als *dame de compagnie* ein stattliches Salär fordern.

(Und danke dem Schicksal, wenn das nicht deine künftige Bestimmung ist, flüsterte mir eine innere Stimme zu.)

Als ich Mrs. Jebb »mit den besten Empfehlungen von Base Elinor Ferrars« das spitzenbesetzte Nadelkissen überreichte, bedachte sie mich über den Rand ihrer Brille hinweg mit einem scharfen Blick.

»Sollst wohl gut Wetter bei mir machen?«

Es sei schließlich üblich, seinen Mitmenschen zu Weihnachten eine kleine Freude zu machen, versetzte ich milde.

»Hm. Aber dich mit der faden Miss Nell zusammen über Weihnachten ins Pfarrhaus zu bitten haben sie offenbar nicht für nötig gehalten...«

»Ich bleibe gern in Bath, Ma'am.«

»Kann ich dir nicht verdenken. Ich habe nur einmal dort übernachtet, und das hat mich vor lauter Gliederreißen und Gallenkrämpfen fast ins Grab gebracht. Ein derart kaltes Gemäuer ist mir mein Lebtag noch nicht untergekommen, und freiwillig setzte ich dort keinen Fuß mehr hinein. Aber ich weiß schon, woher der Wind weht: Die armen Geschöpfe erwarten ein stattliches Erbteil von mir. Wenn sie dich fragen sollten – allerdings sind sie vermutlich zu vornehm, um das offen und geradeheraus zu tun –, kannst du ihnen sagen, daß du keine Kenntnis über meine letztwilligen Verfügungen hast. Aber gib ihnen ruhig zu verstehen, daß sie sich keine Hoffnungen zu machen brauchen. Du übrigens auch nicht, Kind – falls sie dir einen Floh ins Ohr gesetzt haben sollten.«

»Nein, Ma'am, das haben sie nicht, und ich würde auf so einen Gedanken auch gar nicht kommen.«

Daß ihre Familie ›etwas zu erwarten hätte‹, hatte Nell allerdings häufig angedeutet.

»Freut mich«, sagte sie trocken. »Du machst das also alles nur aus Liebe, wie?«

»Nicht aus Liebe. Sagen wir: aus Freundschaft. Und weil Sie mir ein behagliches, achtbares Heim bieten.«

Ich hatte die ungebeugte und unbeugsame alte Dame auf meine unsentimentale Art wirklich gern, ja, ich hatte das Gefühl, daß sie mir in manchem durchaus wesensverwandt war. Und auch wenn man mir, wenn ich die New King Street Nummer 2 betrat, nicht gerade einen roten Teppich auslegte, wußte ich doch in diesem Haus wenigstens, wohin ich gehörte.

Wenn Mrs. Jebb mit ihren Whist-Damen allein zu sein wünschte, setzte ich mich in mein Zimmer mit dem Blick auf die fernen Berge, oder ich ging in die Küche hinunter. Pullett und Mrs. Rachel, die Köchin, waren immer gern bereit, mir die Karten zu legen oder aus Teeblättern die Zukunft vorauszusagen.

»Werde ich jemals meinen Vater finden?« war bei diesen Zusammenkünften immer meine erste Frage. Leider war Mrs. Rachels Antwort nie so recht zufriedenstellend.

»Ich sehe hier zwei Gestalten, Liebchen, einen alten König und eine alte Königin. Viel Geld und Gut bringen dir die beiden nicht. Aber da ist ein Haus… und da ein ganz kleines Kind, wie ein Zwerg… und hier ein Bursche, der aussieht, als hätte er die Pocken gehabt, hab noch nie eine so narbige Stirn gesehen, vielleicht ist er Bergmann… und eine Menge Geld schwappt herum wie Wasser auf einem Schiffsdeck. Dieser Mann kann dir viel nützen oder viel schaden, am besten bringst du ihn nicht gegen dich auf...«

»Wenn ich nur wüßte, wer er ist...«

»Das wirst du schon noch erfahren, wart's nur ab. Aber da schellt die Herrin. Schau nach, was sie will, Tom.«

»So«, sagte Mrs. Jebb und machte ein finsteres Gesicht wie stets, wenn man nicht merken sollte, daß etwas sie bewegte. »Ich weiß sehr wohl, wie es tut, in der Weihnachtszeit allein zu sein und keine Zuflucht zu haben. Jetzt geh, Kind, und nimm Pug mit, sonst passiert ihm noch ein Malheur auf meinem Orientteppich.«

Am Weihnachtstag begleitete ich Mrs. Jebb zweimal zur Kirche und durfte mich dann mit Pug in den Sydney Gardens vergnügen. Es war ein feuchter, dunstig-frostiger Tag, an dem außer mir keine Seele unterwegs war.

Später saß ich mit Mrs. Jebb feierlich bei Tisch, aß Braten und Weihnachtspudding und dachte an Bankertheim, wo man von diesem Fest so gut wie gar keine Notiz genommen hatte. Daß ein besonderer Tag war, merkten wir allenfalls daran, daß es meist überhaupt nichts zu essen gab, weil Hannah, noch mitgenommen von dem Zechgelage des Vorabends, mittags schon sinnlos betrunken war.

Ich schlich mich hinauf in mein kaltes Zimmer und schrieb zwei lange Briefe. Der eine ging – zu Händen von Anna Foliot – an Lady Hariot und Triz in Lissabon, von denen ich ein- oder zweimal eine kurze Nachricht erhalten hatte. Jetzt hieß es, Bonaparte habe, nachdem er seine Streitkräfte schon in ganz Europa stationiert hatte, den

General Junot mit einem Heer nach Portugal geschickt. Portugal war unser Verbündeter, aber ein kleines, hilfloses Land. Würden meine Freunde dort sicher sein? Würden sie nach England zurückkehren?

Mein zweiter Brief ging an Hoby, und auch er war mit Unsicherheiten befrachtet. Ein Bruder von Tilly Percival aus meiner Klasse war in Eton, von ihr hatte ich die Adresse. Ich fragte, wie es ihm ergangen war, und erzählte ihm das eine oder andere von mir, von dem ich meinte, daß es ihn interessieren könnte.

Bedrückt saß ich noch eine Stunde auf meinem Zimmer und lauschte dem Regen, der an die Fensterscheiben schlug, dann rief man mich nach unten, um den alten Damen Balladen vorzusingen.

5

In meinem vierten Jahr an Mrs. Haslams Institut war ich so weit, daß ich jüngeren Schülerinnen Klavier- und Gesangsstunden geben konnte, in meinem fünften unterrichtete ich auch Gleichaltrige. Dazu mußte ich mir häufig boshafte Bemerkungen von Miss Nell anhören, denn wir waren uns nicht nähergekommen, im Gegenteil, unsere gegenseitige Abneigung hatte sich mit den Jahren noch verstärkt. Genüßlich verbreitete Nell in der Schule, ich verdankte diesen Aufstieg einzig und allein der Tatsache, daß ich bei dem Musiklehrer einen Stein im Brett hätte, was aber nicht stimmte, auch wenn ich mich mit Mr. Tregarron, einem gutaussehenden, zur Schwermut neigenden Mann, sehr gut verstand. Als ich siebzehn war, wurde er in einen Ehrenhandel verwickelt, der mit einem Duell endete. Eine Kugel traf Mr. Tregarron am Schenkel, die Wunde wurde brandig, und man fürchtete um sein Leben. Er kam noch einmal davon, das Bein aber war nicht zu retten.

Miss Orrincourt war begreiflicherweise äußerst indigniert. Wäre Mr. Tregarron nicht so ein beliebter und tüchtiger Lehrer gewesen und hätte er nicht so gute Verbindungen zu den höchsten Kreisen in Bath gehabt, hätte sie sich gewiß von ihm getrennt. Da aber die Schule ihren Ruf vor allem dem ganz vorzüglichen Musikunterricht verdankte, mußte sie wohl oder übel ein Auge zudrücken, auch wenn sie ihm die peinliche Affäre nie verzieh.

Dank seiner Beziehungen hatte Mr. Tregarron dem

Schulchor Engagements bei den wöchentlichen Winterkonzerten in den Gesellschaftsräumen verschafft, und auch das war der Reputation des Instituts natürlich sehr förderlich. Sie schluckte deshalb ihre Entrüstung hinunter und begnügte sich damit, einen Teil seiner Obliegenheiten mir zu übertragen. Damit schien, sofern ich nicht bald etwas Entscheidendes unternahm, meine Zukunft vorgezeichnet – eine entmutigende Aussicht, wie ich fand.

Doch das Schicksal wollte es anders.

Einigen Schülerinnen, darunter auch mir, war bei den Konzerten ein Solopart zugedacht. »Nicht daß mit Ihrer Stimme allzuviel Staat zu machen wäre, Miss Fitz«, sagte Mr. Tregarron freimütig, »aber sie ist laut und klar und sauber, und mehr verlangen die säuerlichen alten Weiber im Publikum wohl auch gar nicht.«

Natürlich äußerte sich Miss Nell auch zu dieser Bevorzugung recht offenherzig. Zum Glück für mich erhielt sie aber just zu dieser Zeit die heißersehnte Einladung, auf die sie lange hingearbeitet hatte: Sie durfte ihre Busenfreundin, die hübsche, aber scharfzüngige Lady Helen Lauderdale, in deren Elternhaus nach London begleiten. Ich gestehe gern, daß ich darüber sehr erleichtert war und aufrichtig mit ihr auf die Erfüllung ihres Herzenswunsches hoffte, sie möge bei den Lauderdales am Berkeley Square die Aufmerksamkeit eines heiratswilligen jungen Mannes aus gutem Hause auf sich lenken.

Einige Schülerinnen hatten schreckliches Lampenfieber, andere waren stolz wie die Pfauen; ich nahm es eher gelassen.

Eine Jugend in Bankertheim fördert die Seelenstärke,

und im Vergleich mit so manchem Erlebnis meiner Kindheit oder mit den Demütigungen und Quälereien, die der arme Hoby vier Jahre lang in Eton hatte erdulden müssen, war die Teilnahme an einem öffentlichen Konzert für mich die reinste Kinderei. (Hoby schrieb zwar nicht oft, aber ein-, zweimal im Jahr antwortete er doch auf meine Briefe, und bei dem, was dort auf fleckigem Briefpapier in seiner fehlerstrotzenden Krakelschrift von dem bösen Treiben im Großen Schlafsaal zu lesen war, konnten einem vor Entsetzen die Haare zu Berge stehen. Dank eines gnädigen Schicksals aber hatte er offenbar bisher alles überlebt und gelernt, selbst tüchtig auszuteilen. Er freue sich sehr, daß ich in Bath so anständig untergekommen sei, schrieb er, und das fand ich besonders deshalb bemerkenswert, weil er früher so ein fades Leben verhöhnt hätte.)

Als Mrs. Jebb und Pullett erfuhren, daß ich bei einem öffentlichen Konzert auftreten sollte, steckten sie die Köpfe zusammen und kamen zu dem nicht überraschenden Schluß, daß meine Garderobe unzureichend sei.

»Sie soll doch der New King Street Ehre machen«, erklärte Mrs. Jebb. »Du kannst nicht in einem vor fünf Jahren von Nell Ferrars geerbten Sonntagskleid vor dein Publikum treten, Kind.«

»Leider habe ich nichts Besseres, Ma'am.«

Um meine Garderobe hatte ich mir nie viel Gedanken gemacht. Ich war zufrieden, solange in den Sachen keine Löcher waren, und das war auch gut so, denn die von Oberst Brandon für Notfälle bereitgestellte und für meinen Lebensunterhalt und meine Ausbildung verwendeten Mittel waren offenbar inzwischen erschöpft.

»Mein Schwager hat, nachdem er in der Schlacht von Gavilghar schwer verwundet wurde, Indien verlassen«, schrieb Elinor Ferrars, »aber über seinen und meiner Schwester derzeitigen Aufenthalt wissen wir im Moment gar nichts. Wir nehmen an, daß sie auf der Rückreise nach Europa irgendwo Station gemacht haben, vielleicht, damit er sich einer neuerlichen ärztlichen Behandlung unterziehen oder einige Monate ausruhen kann, um seine Wunde vollständig auszuheilen.«

Vielleicht ist er aber auch gestorben, dachte ich.

Zur gleichen Zeit kam ein Brief von seinen Anwälten.

»Wir bedauern sehr, Miss FitzWilliam«, schrieb Mr. Melplash, »daß wir weitere Mittel für Ihre Ausbildung nicht freistellen können, da uns keine entsprechenden Weisungen von Oberst Brandon vorliegen.«

Da ich jetzt gut drei Viertel meiner Zeit an Mrs. Haslams Institut selbst unterrichtete, war meine Stellung dort nicht gefährdet. Miss Orrincourt fand mich zu nützlich, als daß sie auf meine Dienste hätte verzichten wollen, und dank der Privatstunden, die ich mittlerweile in Bath gab, konnte ich Mrs. Jebb weiterhin eine kleine Summe für Kost und Logis zahlen. Da mußte es eben ohne neue Garderobe gehen. Seit meiner Ankunft in Bath war ich nicht mehr wesentlich gewachsen, und die abgelegten Kleider aus dem Fundus von Mrs. Ferrars waren aus festen, schier unverwüstlichen Stoffen, die das Stopfen und Flicken, Auslassen und Ändern nicht übelnahmen. Nell Ferrars war es längst müde geworden, ihre Witzchen darüber zu machen. Mein einziges gutes Kleid aber, ein inzwischen arg verschossener geblümter Musselin mit blauem Besatz, mochte gut genug sein, wenn ich abends für Mrs. Jebb und ihre Whist-Damen spielte und sang, war aber als Werbung für Mrs. Haslams Institut wahrlich nicht geeignet. Mrs. Orrincourt hatte ihrer diesbezüglichen Sorge bereits Ausdruck gegeben und die Hoffnung geäußert, ich hätte ›etwas Angemessenes‹ anzuziehen. Darum brauche sie sich keine Gedanken zu machen, hatte ich sie beruhigt.

»Vielleicht könnten Sie auf Ihr Geld diesmal bis Samstag warten, Ma'am...«, sagte ich zu Mrs. Jebb. »Wir sollen ja für unseren Auftritt ein Honorar bekommen...«

»Papperlapapp, Kind, das wird sich alles finden. Ich gehe gern mal wieder zu Wetherell, der hat gewiß einen passenden Stoff für dich. Pullett kann ihn dir nähen.« Als ich das Glitzern in ihren Augen und Pulletts besorgtes Gesicht sah, fiel mir ein, daß die Spitze seinerzeit angeblich in Wetherells Tuchhandlung in der Stall Street gestohlen worden war. Mrs. Jebb machte es offenbar Spaß, sich hin und wieder dort sehen zu lassen und das Personal in Angst und Schrecken zu versetzen. Sie hatte, auch wenn sie selten lächelte, einen ganz speziellen, etwas galligen Sinn für Humor.

Bei Wetherell gab es zunächst keine besonderen Vorkommnisse. Wir kauften einen schönen Musselin mit kleinen Tupfen und feinem schwarzem Besatz.

»Mit Rücksicht auf dein Haar und deinen Teint«, bemerkte Mrs. Jebb nüchtern wie immer, »wirst du gut daran tun, nie bunte, grelle Farben zu wählen.«

Mehrere Paar Handschuhe wurden anprobiert und verworfen. Handschuhe waren für mich immer ein Problem. »Notfalls könnte ich dir wohl ein altes Paar von mir leihen«, sagte Mrs. Jebb, deren Schenkfreudigkeit sich stets in engen Grenzen hielt. »Deine Füße sind hinter dem Flügel nicht zu sehen, auf Schuhe und Strümpfe brauchen wir also keine besondere Sorgfalt zu verwenden.«

Auf dem Heimweg ging Mrs. Jebb mit Pug voraus. Sie hatte einen seltsam gravitätischen Gang und setzte die Füße stets so fest und flach auf, als fürchte sie einen Aufstand der Pflastersteine gegen ihre Person.

»Der Mann aus der Tuchwarenhandlung kommt hinter uns her«, flüsterte ich Pullett zu, die mit unseren Einkäufen neben mir ging. »Merkwürdig, findest du nicht?«

Pullett warf einen Blick über die Schulter und riß erschrocken die Augen auf. »Was mag er wollen, Miss?«

Mrs. Jebb drehte sich um. »Was habt ihr beiden da zu tuscheln?«

Sie zog an Pugs Leine, er kläffte, und sie ließ den Muff fallen, mit dem sie sich zusätzlich zu ihrem Regenschirm versehen hatte, denn in Bath herrschte, wie so oft, kaltes Nieselwetter. Ich hob den Muff auf, wischte den Schmutz ab und gab ihn Mrs. Jebb just in dem Augenblick zurück, als der Mann aus der Tuchwarenhandlung uns eingeholt hatte und sich so vor uns aufbaute, daß wir nicht weiterkamen.

»Was soll das, guter Mann?« sagte Mrs. Jebb. »Warum verlegen Sie uns den Weg? Haben Sie am Ende festgestellt, daß Sie mir zu viel Geld abgenommen haben?«

»Nein, Ma'am.« Mr. Wetherell war ein nervöses, bläßliches Männchen mit der Angewohnheit, die Hände in die Taschen zu stecken, schnell wieder herauszuziehen und aneinander zu reiben. »Nein, Ma'am, aber weil mir da eine

Sache keine Ruhe läßt, habe ich mir erlaubt, Ihnen nachzugehen und Mr. Sunwill, den Wachtmeister, vom Polizeiposten zu holen...« – in diesem Moment tauchte wie durch Zauberei ein zweiter Mann hinter ihm auf – »... weil mir, wie gesagt, diese Sache keine Ruhe gelassen hat, wollte ich nicht zugeben, Ma'am, daß Sie... das heißt, Ma'am, daß Sie nicht...«

»Was wollten Sie nicht zugeben, Sie lästiger Mensch?« fuhr ihn Mrs. Jebb ungeduldig an. »Hören Sie gefälligst auf, im Regen Unsinn zu schwatzen, und lassen Sie mich vorbei.«

Wachtmeister Sunwill, in Zylinder und schäbigem Überrock, sagte entschuldigend: »Mr. Wetherell glaubt gesehen zu haben, Ma'am, wie Sie ein paar schwarze Seidenhandschuhe, die auf dem Ladentisch lagen, in Ihren Muff gesteckt haben. Vielleicht aus Versehen, so was kommt vor. Sie haben doch sicher nichts dagegen, wenn wir mal eben reinsehen, Ma'am, in den Muff?«

Mrs. Jebb blieb völlig ruhig. »Das ist eine unsinnige und empörende Anschuldigung. Und daß Sie es nur wissen: Jawohl, ich habe sogar sehr viel dagegen.«

Und dann standen wir alle im Nieselregen herum und versperrten die Straße.

Pullett warf mir einen beschwörenden Blick zu und wandte sich dann an ihre Herrin. »Warum tun Sie nicht einfach, was der Mann verlangt, Ma'am? Ich meine... damit würden wir uns doch viel Zeit und Verdruß sparen.«

Jetzt griff ich entschlossen ein.

»Es muß sich um einen dummen Irrtum handeln. Wir haben uns in dem Geschäft tatsächlich ein Paar Seidenhandschuhe angesehen, ich erinnere mich sehr deutlich...« – ich hatte sie sogar anprobiert, der linke paßte leidlich, der rechte aber war, ganz abgesehen von der Schwierigkeit des sechsten Fingers, entschieden zu klein – »...aber Mr. Wetherell hat sie dann selbst vom Ladentisch genommen. Ich meine mich zu erinnern, daß er sie in die Tasche gesteckt hat.«

»Hört sich ziemlich unwahrscheinlich an. Wie käme er denn dazu, Miss?« sagte der Wachtmeister.

»Das weiß ich nicht. Ich fand es auch sonderbar.«

»Warum lassen Sie ihn nicht in den Muff schauen, Ma'am«, bat Pullett, »sonst stehen wir morgen früh noch hier.«

Inzwischen hatte sich der Nieselregen zu einem richtigen Wolkenbruch ausgewachsen.

Sehr ungnädig reichte Mrs. Jebb dem Wachtmeister den grauen Fellmuff und sah angewidert zu, wie er mit seinen großen knotigen Händen darin herumwühlte. Mit Ausnahme einer kleinen Tüte Weinbrandkugeln aber fand er nichts.

»Und jetzt ist Mr. Wetherell sicher so freundlich, uns zu zeigen, was *er* in seinen Taschen hat«, sagte ich energisch.

Mr. Wetherell geriet in helle Aufregung. »Eine Zumutung! Wie kommen Sie mir denn vor? Schließlich sind es *meine* Sachen, die gemaust worden sind...«

»Nun stellen Sie sich nicht so an«, mahnte der Wachtmeister. »Die Dame hat uns schließlich auch ihren Muff überlassen. Und von Mausen kann zunächst mal keine Rede sein.«

Ohne weitere Umstände ging ich auf Mr. Wetherell zu

und griff ihm in die Taschen. Tatsächlich steckte in der rechten ein Paar mit schwarzer Seidenkordel zusammengebundener Seidenhandschuhe.

»Was habe ich gesagt?« Ich übergab meinen Fund dem Wachtmeister. »Jeder ist mal zerstreut. Der Mann hat sie in die eigene Tasche gesteckt, ohne es zu merken. So, und jetzt können wir wohl unseren Weg fortsetzen.«

Im Vorbeigehen versetzte ich Mr. Wetherell noch einen tüchtigen Tritt vors Schienbein, eine Kunst, in der ich es in Bankertheim zu wahrer Meisterschaft gebracht hatte, wo es überlebenswichtig gewesen war, unauffällig anzugreifen und dann schnellstens den Rückzug anzutreten.

Unsere kleine Gruppe setzte sich wieder in Bewegung; Mr. Wetherell blieb, blaß vor Schmerz und Wut, zurück.

Diese törichte Tat, mit der ich mir nur eine wohlfeile Genugtuung verschafft hatte, sollte ich später noch bereuen.

Mrs. Jebb sprach nie über den Vorfall, aber sie lieh mir als Ergänzung zu dem hübschen schwarzweißen Musselinkleid, das Pullett und ich aus Wetherells Stoff schneiderten, ein sehr schönes Kaschmirtuch. Pullett häkelte mir schwarze Filethandschuhe mit einem zusätzlichen Finger für die rechte Hand.

Ich selbst fand, daß meine Darbietung am Konzertabend nichts Außergewöhnliches war, und Mr. Tregarron (der Ärmste mußte im Rollstuhl in den Konzertsaal gefahren werden) bestätigte das, aber das unberechenbare Publikum fand großen Gefallen daran und erbat eine Zugabe nach der anderen. Ich hatte zunächst einige Volksweisen und *Come away, come away, death* von Shakespeare nach einer selbstkomponierten Melodie gesungen. Als die vornehm gekleideten Honoratioren nicht müde wurden, »Zugabe! Zugabe!« zu rufen, brachte ich zum Abschluß ein Lieblingslied von Mr. Sam und Mr. Bill, das ich hundertmal mit ihnen gesungen hatte:

Wer schaut denn da zum Fenster raus,
So hold und morgenhell?
Und wer schaut da zum Fenster rein,
Welch schwarzer, schmucker Gesell?
Hojo, hojo, du kohlschwarzer Schmied,
Was ist mir das für ein törichtes Lied?
Meinst gar, ich geb mein Kränzlein her?
Das tu ich nie und nimmermehr...

Auch viele meiner Zuhörer kannten es und stimmten begeistert mit ein. Im *Bath Echo* hieß es am nächsten Morgen: »Es war ein in den Annalen der Winterkonzerte bisher beispielloses Ereignis...«

»Damit habe ich nicht gerechnet«, jammerte Mrs. Jebb, »daß all diese alten Herren daherkommen, um mir ihre Aufwartung zu machen – Lord Glastonbury, Lord Frome, und jetzt auch noch der Bischof! Wo soll ich bloß das viele Gebäck und den Madeira hernehmen?«

Im Grunde aber unterhielt sie sich sehr gut und mochte an die gute alte Zeit in Paragon denken. Ich war, wenn die Gentlemen Visite machten, meist nicht mehr im Haus, sondern fleißig bei der Arbeit in Mrs. Haslams Institut, worüber ich gar nicht traurig war. Lord Glastonbury und der Bischof, zwei schnurrbärtige Siebziger, erinnerten mich mehr, als mir lieb sein konnte, an den alten Dr. Moultrie.

Dann aber erlebte auch ich mein Abenteuer.

Sehr bald war mir nach den Konzerten ein Grüppchen junger Männer aufgefallen, die mich interessiert musterten, als hätten sie mich gern kennengelernt. Ich hätte ihnen sagen können, daß sie vergeblich hofften. Miss Orrincourt hatte strikte Anweisungen gegeben, die jungen Damen nach ihrem Auftritt sogleich aus dem Saal führen zu lassen. In einer Mietkutsche rollten wir zurück zum Queen Square, und wenn die Schülerinnen unter ihren Napoleondecken im Bett lagen (die mit Bändern versehen waren, damit man sie im Fall einer überraschenden nächtlichen Invasion durch die Franzosen als Oberbekleidung anlegen konnte), war ich in Gnaden entlassen und mußte zusehen, wie ich in die New King Street zurückkam.

Hin und wieder standen die jungen Galane vor Mrs. Haslams Institut und klatschten, wenn wir vom Konzert kamen, doch wurden sie durch den Pedell auf Distanz gehalten. Weil ich, auf meinen bislang unbefleckten Ruf in der Gesellschaft Bath bedacht, nachts nicht allein auf der Straße sein mochte, hatte ich für diese Abende Thomas, Mrs. Jebbs Diener, zum Queen Square bestellt, der mich für ein wöchentliches Salär von einem Sixpence bereitwillig nach Hause begleitete. Seine Herrin, die mir ja gleich bei unserer ersten Begegnung eröffnet hatte, ich könne auf derlei Dienste nicht rechnen, durfte davon freilich nichts wissen.

Ich verließ das Schulgebäude unauffällig durchs Gartentor, wo Thomas mich in Empfang nahm, und war bisher noch nie entdeckt worden.

Die jungen Damen des Instituts schwärmten natürlich

von den schmucken Bewunderern, und das ging nicht ohne endloses Kichern und Seufzen ab.

»Die Stutzer von Bath nennen sie sich«, klärte Miss Celine Artingstall mich auf. »Lord Edward Weatherspill, Augustus Link, Daniel Dane-Fotherby – allesamt bildhübsch, aber ganz besonders Lord Harry Ffinch-ffrench!«

»Jetzt singen Sie bitte Ihre Tonleitern, Miss Artingstall!«

»Wie kann ich Tonleitern singen, wenn ich an Lord Harry denken muß? Haben Sie ihn sich mal genauer angesehen, Miss FitzWilliam?«

»Nein.«

»Er ist so romantisch mit seinen wirren Locken und den funkelnden schwarzen Augen. Ganz wie Lord Byron. Kennen Sie seine *Hours of Idleness*, Miss FitzWilliam?«

Ich hatte das Werk gelesen, fand aber, daß Byrons Verse an die meiner beiden Freunde bei weitem nicht heranreichten.

»Die C-Dur-Tonleiter, Miss Artingstall.«

»Er ist der jüngere Sohn des Herzogs von Flint.«

»C-Dur.«

»Ach, gehen Sie mir doch mit Ihrem dummen C-Dur...«

»Miss Orrincourt sagt, daß eine junge Dame sich keine Hoffnung auf gesellschaftlichen Erfolg machen kann, wenn sie nicht zumindest gewisse musikalische Grundkenntnisse mitbringt.«

Widerstrebend fügte sie sich. »Ich verstehe einfach nicht, wie Sie so hartherzig sein können, Miss Fitz. Beim Gedanken an Lord Harry wird mir ganz schwach...«

Was mich vor ähnlichen Gefühlen bewahrte, war weniger Hartherzigkeit als mangelndes Interesse. In der

Gruppe hatten die jungen Stutzer mit ihrem selbstzufriedenen Lächeln und ihren halblaut geäußerten Anzüglichkeiten mir nicht imponieren können. Als ich dann aber eines Tages Lord Harry allein begegnete, wendete sich das Blatt.

Die Winterkonzerte waren zu Ende. Nur zögernd und mit viel Regen hielt der Frühling in den Straßen und Gärten von Bath Einzug. Ich hatte meine Gewohnheit, mit Pug einen Abendspaziergang im Green Park zu machen, wiederaufgenommen. Dort führte ein kleines schmiedeeisernes Tor in ein Gärtchen, das wohl früher zu einem Privathaus gehört hatte. Hierher zog ich mich mit dem indessen alt und asthmatisch gewordenen Pug gern zurück, weil die in diesem geschützten Winkel schon früh blühenden Krokusse und Schneeglöckchen mich schmerzlich an den Park von Kinn Hall erinnerten, wo man an dem von hohen Ufern umgebenen Bach, der sich von Terrasse zu Terrasse schlängelte, häufig schon im Januar oder sogar im Dezember Frühjahrsblumen fand. Wie mochte es Triz und Lady Hariot gehen? Ob sie noch in Portugal waren? Ich hatte lange nichts mehr von ihnen gehört. Die Franzosen hatten indessen Oporto erreicht und ganz Spanien eingenommen, Napoleon hatte in Madrid seinen Bruder Joseph auf den Thron gesetzt. Vielleicht waren die beiden in Lissabon nicht in Gefahr; noch standen dort britische Truppen, und jetzt hieß es, Sir Arthur Wellesley solle auf die Halbinsel geschickt werden, um gegen die Franzosen unter Soult und Ney zu kämpfen. Ich wußte, daß Oberst Brandon in Indien unter Wellesley gedient hatte. Würde er sich (falls er inzwischen genesen war) seinem früheren

Kommandeur anschließen? Und würde Mrs. Brandon in diesem Fall ihren Mann begleiten oder nach England zurückkehren?

Doch das waren nutzlose Spekulationen, die mir nur das Herz schwermachten. Von Mrs. Ferrars hatte ich nichts über den derzeitigen Aufenthaltsort von Oberst Brandon gehört. Was ich vom Kriegsgeschehen wußte, verdankte ich Mrs. Jebb, die jeden Morgen in der Trinkhalle eine halbe Stunde die Zeitung studierte und Sir John Moores Rückzug nach Coruña heftig mißbilligt hatte. »So einen Pfusch bringt nur ein Mann zustande. Unter einer Frau hätte es das nicht gegeben, wir hätten diesen Soult das Fürchten gelehrt und Bonaparte auch.«

»Sie hätten zu den Horseguards gehen sollen, Ma'am«, neckte ich, aber sie blieb ganz ernst. »Recht hast du, Kind! Kriege – törichte, kostspielige Kriege – wird es geben, solange nicht Frauen die Regierungsgeschäfte führen. Und das werden wir beide nicht mehr erleben.«

Als ich im Dämmerlicht des Februarabends den kleinen Garten verließ, blieb ich mit dem Handschuh an dem rostigen Riegel des Gartentörchens hängen. An dem Versuch, mich zu befreien, ohne die Fäden zu zerreißen, wurde ich durch den schnaufenden, ungeduldig an der Leine zerrenden Pug immer wieder gehindert.

»Darf ich mir erlauben, Ma'am ...«, sagte jemand höflich hinter mir, und eine kräftige Männerhand löste geschickt die verhakten Fäden von dem rauhen Riegel. »Ruhig, Kleiner«, ermahnte dieselbe Stimme Pug. »Siehst du nicht, daß deine Herrin in der Klemme steckt?«

Verblüfft und eingeschüchtert hörte Pug auf zu zerren.

»Ich bin Ihnen sehr verbunden, Sir.« Ich war sehr froh, daß es meine linke, makellose Hand war, die er in diesem Moment zu Gesicht bekam. Die rechte, mit der ich Pugs Leine hielt, versteckte ich rasch unter meinem Umhang.

»Keine Ursache, Verehrteste. Ich habe, seit ich Sie singen hörte, auf eine Gelegenheit gewartet, mit Ihnen bekannt zu werden. Miss FitzWilliam, nicht wahr? Ich bin Harry Ffinch-ffrench und weiß alles über Sie, weil eine Base von mir, Maria Glanville, Mrs. Haslams Institut besucht und Wunderdinge über Sie erzählt. Unter anderem, daß Sie die Dichtkunst genauso lieben wie ich. Ich kann Ihnen nicht sagen, wie sehr ich die Gelegenheit herbeigesehnt habe, mit Ihnen über meine Lieblingsdichter und ihre Werke zu sprechen.«

Er hatte eine sehr angenehme, einschmeichelnde Stimme.

Wie gern lassen wir uns doch täuschen, wenn jemand uns auf eine unserer Lieblingskapricen anspricht! Harry Ffinch-ffrench hätte kein für mich reizvolleres Thema wählen können. Und während wir durch den Green Park zurückgingen, plauderten wir angeregt über Mr. Scott und Lord Byron, erörterten, ob es erlaubt sei, ihre Werke zu vergleichen, und ob Schottland als Schauplatz für die Schilderung ritterlich-dramatischen Geschehens genauso gut geeignet sei wie die romantischen Täler und Gebirge Italiens und der Türkei.

Ich erlaubte mir die Frage, ob ihm die Werke meiner Freunde Mr. Bill und Mr. Sam bekannt seien. Er äußerte Überraschung darüber, daß ich sie kannte, sagte, er selbst habe sie nicht gelesen, sich aber sagen lassen, es handele sich um rohe bäurische Verse, die überdies voll gefährlicher, umstürzlerischer Ideen steckten. Ich lachte herzlich und drängte ihn, sich schnell mit diesen Werken vertraut zu machen, ehe er mit seiner Fehleinschätzung noch weiteren Kreisen seine Unwissenheit verriet.

Mein neuer Bekannter schien darüber sehr betroffen. Er wandte sich um und sah mich in der Dämmerung fragend an. Bei dieser Gelegenheit konnte ich feststellen, daß Miss Artingstalls Lobeshymnen seinem Aussehen durchaus gerecht wurden. Außerdem – und das sprach, wie ich fand, noch mehr für ihn – hatte er mit seinen großen tiefliegenden Augen und den malerisch wirr frisierten schwarzen Locken eine gewisse Ähnlichkeit mit meinem lieben Mr. Sam. (Genaugenommen war er sogar hübscher als Mr. Sam, der ziemlich dicke Lippen hatte und, wenn er in Erregung geriet, häufig mit offenem Mund dastand.) So oberflächlich die Ähnlichkeit auch sein mochte – sie empfahl den neuen Bekannten meinem Wohlwollen ebenso wie die Tatsache, daß ich endlich einmal einem Mann begegnet war, mit dem ich über Dinge sprechen konnte, die mich interessierten. Ich hatte in den letzten Jahren viele Stunden, Tage, Wochen und Monate – ein halbe Ewigkeit, wie mir schien – damit verbracht, mir triviale Gespräche über denkbar uninteressante Themen anzuhören. In Bankertheim sprachen wir über Dinge, die unmittelbar unser Leben berührten – einem Dorfbewohner war die Frau gestorben, einem anderen ein Schwein weggelaufen, einem dritten das Dach eingestürzt –, und berieten, was in jedem einzelnen Fall zu tun sei. Hier in Bath aber schien Konversation Selbstzweck zu sein. Man sammelte Gesprächsstoff wie Feuerholz, das man dann – welche Verschwendung! – allein dazu benutzte, eine Flamme zu entfachen. Aber wozu? Nur, um Geräusch zu erzeugen, die Stille zu vertreiben, die Zeit hinzubringen, die sich, so dachte ich bei mir, tausendmal zweckmäßiger hätte nutzen lassen. Die alten Damen, mit denen Mrs. Jebb verkehrte, die Schülerinnen und Lehrerinnen in Mrs. Haslams Institut lasen Bücher und besuchten Theatervorstellungen nicht, weil sie das Buch oder das Theaterstück interessierte, sondern nur, um Gesprächsstoff zu haben.

»Sie müssen Konversation machen können, meine Damen«, prägte Miss Orrincourt ihren Schützlingen unermüdlich ein. »Ihre Ehemänner, Väter, Freier wollen stets unterhalten sein. Sie, meine Damen, haben dafür zu sorgen, daß die Herren, sofern sie nicht gerade jagen, schießen, regieren, Gesetze erlassen oder Kriege führen, nicht unter Langeweile leiden. Sie müssen stets einen Fundus an Gesprächsthemen bereit haben, um Ihre Umgebung zerstreuen zu können.«

Ich hatte mir diese Sermone stets recht skeptisch angehört und an Lady Hariot gedacht, deren Mann ihr profundes Wissen, ihren Witz und ihre Intelligenz so gar nicht unterhaltsam gefunden hatte. *Ich* werde mir einen Mann suchen, der *mich* zu fesseln versteht, hatte ich mir vorgenommen. Oder, wie die Lady in der Ballade, unvermählt in die Grube fahren.

Was vermutlich ohnehin der Fall sein würde.

Doch o Wunder – hier war nun ein Mann, der sich Mühe gab, mich zu interessieren, der, während wir nebeneinander hergingen, von Crabbe und Cowper und Sir Charles

Grandison sprach. Als wir uns am Eingang zum Park trennten, zog er unvermittelt ein Blatt Papier aus der Brusttasche. »Ich suche, wie gesagt, schon lange nach einer Gelegenheit, mit Ihnen bekannt zu werden, Miss FitzWilliam«, sagte er bittend, »und komme nicht unvorbereitet. Dieses Blatt Papier, das inzwischen ein wenig warm und zerknittert ist, wie Sie sehen, begleitet mich schon seit Wochen durch Bath in der Hoffnung, der Zufall möge es zu einer Begegnung wie der heutigen kommen lassen.«

Seit Wochen? Ich stutzte, denn er hatte mir erzählt, daß er in Cambridge studierte, und ich fand es recht verwunderlich, daß er offenbar seine Bücher so lange im Stich lassen konnte, um sich in Bath die Zeit zu vertreiben.

»Wie habe ich mich auf den Moment gefreut, Miss FitzWilliam, da Ihr Blick auf diesem Blatt ruhen würde. Ich werde nichts unversucht lassen, um so bald als möglich in Erfahrung zu bringen, was Sie davon halten. Gehen Sie oft um diese Zeit hier spazieren?«

Hin und wieder, erwiderte ich zurückhaltend, aber ich könne nicht frei über meine Zeit verfügen. Er verbeugte sich mit Schwung, riß sich den Hut von den kunstvoll zerzausten Locken, hätte mir wohl gern die Hand gedrückt (doch in der hielt ich ja das Blatt, das er mir überreicht hatte) und war gleich darauf in der Dämmerung verschwunden.

Da es mittlerweile zum Lesen nicht mehr hell genug war, mußte ich meine begreifliche Neugier zügeln, bis ich in meinem Zimmer in der New King Street war. Dort erwartete mich eine kleine Enttäuschung.

Ich wär so gern
Der Liebste dein,
Der Glitzerschmuck
Im Öhrchen fein.
Ich teilt' dein Lager die ganze Nacht,
Gäbe gut auf deinen Atem acht,
Und sagst du mir: »Das kannst du nicht!«,
So wär ich gern Spiegel für dein Gesicht,
Denn dann – o Wonne! nicht auszudenken! –
Tätst täglich du mir ein Lächeln schenken.

Ich konnte nicht umhin, diesen Erguß, der noch mehrere Verse hatte, für ein recht wertloses Machwerk zu halten, das der Intelligenz meines neuen Freundes nicht angemessen war und meinen Erwartungen nicht gerecht wurde. Daß jemand, der mit so viel Bewunderung und Anteilnahme von Cowper oder Scott sprach, eine so mittelmäßige Arbeit hatte abliefern können, fand ich erstaunlich. Überdies kam mir das Gelesene irgendwie bekannt vor. Wenn damit eine Huldigung an mich beabsichtigt war, hätte Lord Harry eigentlich merken müssen, daß ich keine Ohrringe trug. (Mrs. Jebb besaß ein Paar Ohrstecker aus Silber und Jett und war ein paarmal offenkundig drauf und dran gewesen, sie mir zu leihen, hatte sich aber bisher noch nicht dazu durchringen können, und inzwischen hatte ich die Hoffnung fast aufgegeben.)

Andererseits, überlegte ich, machte es natürlich einen gewaltigen Unterschied, ob man literarische Werke fachkundig zu beurteilen verstand oder selbst in der Lage war, sie zu verfassen. Es gab sehr kluge Literaturkritiker, die ebensowenig einen einzigen Vers hätten schreiben wie zum Mond fliegen können. Wenn Lord Harry Talent bei anderen großherzig zu würdigen verstand, war das schließlich schon viel wert. Er würde bald seine Grenzen erkennen lernen, und es war gewiß nicht meine Aufgabe, ihm die Augen darüber zu öffnen, daß er kein Genie war. Zu dieser Erkenntnis würde ihm die grausame Welt schnell genug verhelfen.

Solche und ähnliche Gedanken gingen mir durch den Kopf, als ich für Mrs. Jebb und ihre Freundinnen Arien aus Mademoiselle Duvans *Suite de Les Génies* sang und Händel-Variationen auf der Harfe spielte. Mir kam es vor, als vergingen die Stunden schneller und angenehmer als sonst, und als ich zu Bett ging, klang mir seine schmeichelnd wohllautende Stimme in den Ohren. »Ich weiß sehr viel über Sie, Miss FitzWilliam«, hatte er gesagt. Was mochte Maria Glanville ihm erzählt haben? Sicher nichts eben Schmeichelhaftes. Sie hatte ein Spatzenhirn, konnte eine Note nicht von der anderen unterscheiden und verlor bei der simpelsten musikalischen Frage die Contenance. Vermutlich hatte sie mich ihrem Vetter als Drachen geschildert. Es wäre unterhaltend, ihm das Gegenteil zu beweisen... Mit diesem Gedanken schlief ich ein.

Ich erspare mir eine ausführliche Schilderung des Fortgangs meiner Freundschaft mit Lord Harry Ffinch-ffrench und will nur soviel sagen: Einsam, wie ich war, und dadurch wohl auch ein wenig unbedacht, freute ich mich jedesmal auf unsere nächste Begegnung und ging sooft wie eben möglich – oder sooft es das Wetter erlaubte, denn es war ein ungewöhnlich regnerisches Frühjahr – in den Green Park.

Nicht immer war er da. Und jetzt, da die Abende länger wurden und mehr Spaziergänger unterwegs waren, hatten wir immer seltener Gelegenheit zu einem unbeobachteten Gespräch, sofern ich meinen Spaziergang nicht in den späten Abend verlegte, was weder Pug noch Mrs. Jebb lieb war.

Ich scheute davor zurück, Mrs. Jebb von meinem neuen Bekannten zu erzählen. Es handelte sich zwar strenggenommen nicht um heimliche Treffen, aber Miss Orrincourt wäre gewiß sehr aufgebracht gewesen, wenn sie gewußt hätte, daß sich eine ihrer Lehrerinnen regelmäßig mit einem Gentleman traf, auch wenn die Situation noch so harmlos, der Gentleman noch so achtbar und von noch so untadeliger Herkunft war, was meiner Meinung nach Lord Harry für sich durchaus in Anspruch nehmen konnte. Allein aufgrund des Standesunterschiedes aber hatte unsere Bekanntschaft einen Hauch des Anrüchigen. Ich versuchte, mir über diese Seite unserer Beziehung nicht allzu viele Gedanken zu machen. Daß wir Freunde waren und gern miteinander über Literatur sprachen, genügte mir damals. Fragen nach meiner Herkunft beantwortete ich ausweichend. Ich machte ihm nie den Vorschlag, mich bei Mrs. Jebb zu besuchen; sie hätte ihn sicher nicht empfangen, und er selbst schlug nie einen anderen Treffpunkt als den Park vor.

Nur hin und wieder war mir, als hörte ich Fanny Huskisson sagen: »Höre, Lizzy, das ist mir ein schöner Knicker und Pfennigfuchser! Nicht mal eine Tasse Schokolade beim Pastetenbäcker oder einen Apfel beim Krämer spendiert er dir. Mit so einem würd ich mich nicht abgeben, und wenn er tausendmal der Sohn von einem millionenschweren Herzog ist.«

Aber Fanny Huskisson war eben ein einfaches Mädchen, das von der Harmonie verwandter Seelen nichts verstand, ja diesen Begriff vermutlich noch nie gehört hatte.

Nachdem ich von Lord Harry erfahren hatte, daß er in Eton zur Schule gegangen war, überlegte ich, ob ich ihn nach Hoby fragen sollte, ließ es dann aber doch lieber sein, es hätte am Ende zu unwillkommenen Enthüllungen geführt. Ich würde mich bei Hoby, der indessen am King's College in Cambridge studierte, in meinem nächsten Brief nach Lord Harry erkundigen. Seine Ansicht konnte aufschlußreich sein.

Manchmal überlegte ich, wo wohl Lord Harrys Freunde, die übrigen Stutzer von Bath, geblieben waren, und fragte ihn nebenbei auch einmal danach. Kürzlich habe er sie noch gesehen, sagte er unbestimmt, man sei zusammen beim Rennen gewesen. Seine Freunde seien alle unheilbar der Wettleidenschaft verfallen, setzte er lachend hinzu. Wenn sie nicht auf Pferde setzen konnten, wetteten sie, welche Farbe der erste Hund hatte, der aus der Markthalle kam, oder wie viele Schwäne am Seeufer in den Parade Gardens herumliefen. »Ned Weatherspill und Gus Link haben mal eine Wette um fünfhundert Pfund abgeschlossen, bei der es darum ging, wie viele Haare der Schmied von Corsham in seinem Bart hat«, fuhr er fort und lachte noch herzhafter.

»Gütiger Himmel! Und wie haben sie herausbekommen, wie viele es waren?«

»Ned hat dem Burschen Geld gegeben, damit er sich den Bart scheren läßt.«

»Und das hat er freiwillig getan?«

»Nicht ganz, sie mußten ihn erst betrunken machen. Ned hat die Wette gewonnen, der Barbier mußte die Haare dreimal zählen.«

Die Geschichte schockierte mich ein wenig und ging mir nach. Von Hoby und seinen Kumpanen in Bankertheim war ich Ärgeres gewohnt, aber den behütet aufgewachsenen Söhnen von Lords und Grafen hätte ich so derbe Späße eigentlich nicht zugetraut.

»Inzwischen sind die anderen wohl wieder in Cambridge, und für mich wird es auch höchste Zeit. Aber ich habe mich sündhaft lange in Bath verweilt«, fügte er mit schmachtender Stimme hinzu. »Konnte mich einfach nicht trennen. Können Sie erraten, was mich hier hält?« Er warf mir aus seinen großen dunklen Augen einen schrägen Blick zu und wiederholte: »Können Sie es erraten? Wollen Sie mich nicht fragen, was ich meine?«

Mir wurde unbehaglich zumute. Nach einer langen Regenwoche war das Wetter an diesem Abend mild und heiter, so daß wir den protestierenden Pug jenen schönen bewaldeten Hang hochgeschleppt hatten, den die Einwohner von Bath Beechen Cliff nennen und der mich immer an die Wanderung mit meinen beiden Freunden zu der Kirche St. Lucy's of Godsend erinnerte. Allein wäre ich nie so weit gegangen; für eine junge Dame galten derlei Unternehmungen als unschicklich, und von Mrs. Haslams Schülerinnen wagten auch zu zweit oder zu dritt nur die wenigsten eine so lange Expedition.

»Lord Harry«, sagte ich zögernd, um das Schweigen zu brechen, das uns plötzlich wie ein Kokon zu umschließen schien, »ich möchte Ihnen schon lange etwas sagen… das heißt, ich möchte es eigentlich gar nicht, aber es muß gesagt werden…«

»Aber bitte…« Er legte seine Hand auf meinen Arm, sie war heiß und zitterte heftig, »aber bitte, müssen wir denn immer noch so förmlich miteinander reden? Warum nennen Sie mich nicht Hal wie all meine Freunde? Und darf ich nicht… darf ich nicht Eliza zu Ihnen sagen?«

Ich sah mich um. Wir hatten eine kleine Lichtung im Buchenwald erreicht und standen vor einer Bank. Von dort aus sah man tief unten das eindrucksvolle Panorama der Stadt mit ihren Dächern und Türmen und dem kurvenreichen Fluß.

Er bat mich mit einer Handbewegung, Platz zu nehmen, dann setzte auch er sich, und zwar so, daß er mir ins Gesicht sehen konnte.

Ich war aufgeregt, aber entschlossen. Bei unserer letzten Begegnung hatte ich mit einem Geschick, das Miss Orrincourts Kunst der Konversation alle Ehre machte, das Gespräch von einem bestimmten gefährlichen Gebiet stets auf harmlosere Themen gelenkt. Jetzt aber schienen wir uns so nah, daß die Wahrheit heraus mußte.

»Gut denn… Hal…«

»Wie anziehend, wie bezaubernd dieses Wort aus Ihrem Munde klingt«, sagte er mit bebender Stimme. »Hal… das hat eine Anmut, einen Widerhall… nie hätte ich gedacht, daß… von heute an wird mir der Name um so lieber sein.«

»Hoffentlich ändern Sie Ihre Meinung nicht, wenn Sie hören, was ich Ihnen zu sagen habe. Denn ich fürchte, mein lieber Hal, daß Ihr Talent nicht auf dem Gebiet der Dichtkunst liegt. Sie werden sich gewiß als Kritiker, als Essayist bewähren, als Philosoph, als Gelehrter...«

Er sah mich unverwandt an, sein Mund stand ein wenig offen – wie bei Mr. Sam, dachte ich unwillkürlich –, seine Augen waren dunkel vor Erregung und seine Stirn schweißnaß, obschon es nicht sehr warm war. Er war so blaß geworden, daß mir das Gewissen schlug. Traf es ihn so hart, daß ich seine poetischen Hoffnungen zunichte gemacht hatte?

»Eliza...«, stammelte er, »ich... ich muß Ihnen auch etwas... verdammt, wie schwer das ist... noch nie war ich in einer so verteufelten Verlegenheit...«

Sein Gesicht zuckte wie im Fieber, er war zwischen Angst, Erregung, Kummer und Verlegenheit hin- und hergerissen.

Doch die Angst überwog. Angst wovor? Vor mir?

Ich hatte von klein auf sehr wache Sinne. Ob mir diese Gabe angeboren ist oder ob sie sich in Bankertheim herausbildete, wo es überlebenswichtig war, ständig auf der Hut zu sein, weiß ich nicht, aber Gesicht, Gehör, ja auch der Geruchssinn sind bei mir so ausgeprägt wie bei einem Fuchs oder bei einem Hasen. Und in diesem Moment schickten mir meine Sinne drei Botschaften gleichzeitig: Ich hörte ein Knacken im Gebüsch und etwas, was wie ersticktes Lachen klang. Ich sah, wie Pug rasch den Kopf drehte, erkannte eine verräterische Bewegung im Schritt von Lord Harrys engen Beinkleidern und roch seinen

Schweiß, der Angst, Scham und körperliche Erregung verriet.

Ich packte Pug und sprang auf.

Auch Lord Harry erhob sich eilig, und jetzt sah man noch deutlicher, wie es um ihn bestellt war. »Geliebtes Wesen, geh nicht, ich flehe dich an«, stieß er hervor, griff ungeschickt nach mir und zog mir das Tuch von den Schultern. Ich verpaßte ihm einen kräftigen Puff – nach den Maßstäben von Bankertheim nicht mehr als einen leichten Katzenkopf –, ließ das Schultertuch fahren und floh ins Unterholz. Instinktiv mied ich den Fußpfad und die Richtung, aus der die Geräusche gekommen waren, und lief statt dessen bergauf zu einer Gruppe junger Büsche. Dort hockte ich mich hin und hielt Pug die Schnauze zu.

Jetzt hörte ich ganz deutlich Rufe, Schritte, Flüche.

»Verdammich, wo ist die Dirne hin?«

»Ich dachte, Hal hätte sie soweit…«

»Hol der Henker das Weibsbild. Sie ist in Deckung gegangen.«

»Heda, Süße, wo hältst du dich verborgen?«

Lord Harrys Freunde, die Stutzer von Bath, stapften suchend herum und machten ihrem Kumpan bittere Vorwürfe, weil er das Tête-à-tête verpfuscht hatte. »Hol dich der Henker, Hal, warum hast du es mit der Kleinen so langsam angehen lassen? Warum keine direkte Attacke? Sapperlot noch mal, jetzt stehen wir dumm da…«

»Ich mußte sie doch irgendwie rumkriegen«, verteidigte sich Hal. »Alles ging prächtig, bis –«

»Rumkriegen? Dummes Zeug hast du geschwafelt, bis sie den Braten gerochen hat und uns entwischt ist.«

»Himmel noch eins, da hat mir so eine verfluchte Brombeerranke den Strumpf zerrissen...«

»Mistress Fitz, Mistress Fitz! Wo hast du dich versteckt, kleine Schönheit?«

»Komm heraus, Liebchen, daß wir dich sehen können...«

»Joho... joho...«

Alkoholschwaden lagen in der Luft. Ein paarmal wäre einer der jungen Burschen fast über mich gefallen. Zum Glück schienen sie alle schon leicht benebelt zu sein. Schließlich gaben sie die Suche auf und machten sich streitend und wüste Verwünschungen ausstoßend auf den Weg zurück zur Stadt, weil sie wohl vermuteten, ich sei in diese Richtung geflohen.

»Dabei hab ich ständig mit ihr über diese faden Verseschmiede geschwatzt«, verteidigte sich Harry Ffinch-ffrench gekränkt, während sie, hin und wieder hoffnungsvoll mit ihren Spazierstöcken auf die Brombeerranken einschlagend, im Gänsemarsch hügelab polterten. »Tagelang hab ich's nur noch mit der Poesie gehabt, ich konnte kaum das Essen bestellen, ohne daß es sich reimte... Und jetzt war alle Mühe umsonst, weil ihr dämlichen Schafsnasen nicht zehn Minuten lang ruhig im Gebüsch liegen konntet...«

Trampeln und Fluchen verhallten in der Ferne. So mit das letzte, was ich hörte, war eine Bemerkung über ›das Wettgeld im Weißen Hirschen‹.

Als alles wieder ruhig war, ging ich zurück zu der Bank, um mein Tuch zu holen. Doch das hatten sie mitgenommen.

Frierend, zornig, zerzaust und sehr gedrückt ging ich mit Pug, der sein Mißfallen durch vorwurfsvolles Schnaufen zum Ausdruck brachte, zurück zur New King Street.

Doch sein Mißfallen war gar nichts im Vergleich zu dem, was mich bei meiner Ankunft erwartete.

Es war spät geworden.

»Wir waren drauf und dran, die Wache zu verständigen«, sagte Mrs. Jebb, während sie Pug beschwichtigend streichelte. Die Alkoholschwaden im Salon waren womöglich noch stärker als die im Wald. »Armer kleiner Kerl! Mußtest so lange in der Dunkelheit herumlaufen… Wo ist dein Tuch, Kind? Und was um Himmels willen hast du angestellt?«

Das Norwich-Tuch, das sie mir geschenkt hatte, war zwar gestopft und abgetragen, aber noch immer sehr ansehnlich.

»Mir ist ein Mißgeschick passiert, Ma'am. Ich werde Ihnen alles erzählen.«

Pullett, die hereingekommen war, um mir ein warmes Getränk zu bringen, blieb im Zimmer und hörte mit großen Augen zu.

Als ich fertig war, sog Mrs. Jebb scharf die Luft ein.

»Sie haben dich also nicht entehrt?«

»Nein, Ma'am, obgleich das offenbar ihre Absicht war. Und ich habe Master Harry einen tüchtigen Puff versetzt, so daß ihm zumindest ein blaues Auge bleiben dürfte.«

»Du törichtes Kind.«

Mrs. Jebb machte mir keine Vorwürfe, sie sprach sachlich und gemessen wie immer. »Diese Männer haben dein Tuch und werden in ganz Bath herumerzählen, sie hätten sich dort im Wald allesamt an dir vergnügt.«

»Das wäre gelogen.«

»Wie wolltest du das beweisen?«

»Ich könnte wohl… einen Arzt…« Die Stimme versagte mir, als ich an die Demütigungen, die Schwierigkeiten dachte, die mit so einem Rechtfertigungsversuch verbunden wären. »Mrs. Orrincourt wird mich jetzt gewiß entlassen«, sagte ich mutlos.

»Nicht, wenn sie eine vernünftige Frau ist, und dafür halte ich sie.« Mrs. Jebb funkelte mich an. »Du hast in der Tat überaus töricht gehandelt. Und ich dachte immer, du wärst weit über deine Jahre hinaus verständig und besonnen. So kann man sich irren. Laß dir das eine Lehre sein: Höre nie auf einen Mann, der behauptet, deine Interessen und Neigungen zu teilen, das sind nur schändliche Lügen, mit denen er seine eigenen Ziele zu erreichen sucht. Zumindest hast du heute etwas gelernt, was du immer wieder gebrauchen kannst.«

Sie holte ein Blatt Papier aus ihrem Retikül. »So, wie die Dinge stehen, kommt dieser Brief sehr gelegen. Eigentlich hatte ich Edward Ferrars' Ansuchen ablehnen wollen. Wie käme ich dazu, ihm einen Gefallen zu tun? Jetzt aber ist es wohl am besten, seiner Bitte nachzukommen, und die arme Elinor wird den Nutzen davon haben.«

»Mrs. Ferrars?«

Sie faltete das Blatt auseinander.

»In Delaford war eine schwere Überschwemmung. Es ist ein feuchtes, ungesundes Nest. Eine Woche Regen, und der Kanal tritt über seine Ufer. Das halbe Dorf liegt mit Faulfieber darnieder, mehrere Frauen sind schon gestorben, und deine Base Elinor (ich nenne sie so, weil Edward

Ferrars sich jetzt, da er dich braucht, dieses Ausdrucks bedient) ist todkrank und hat nur eine schwachsinnige Magd zu ihrer Pflege.«

»Mein Gott, die Ärmste! Und in ihrer Not haben sie nach mir geschickt?« Ich überlegte. »Aber warum läßt sie nicht ihre Tochter kommen?«

Mrs. Jebb lachte kurz und bitter auf. »Ebensogut könnten sie das Sternbild Andromeda um Hilfe angehen. Natürlich hat Nells Vater zuerst an sie geschrieben, aber sie war offenbar gerade dabei, mit ihren vornehmen Bekannten eine Reise in den Norden anzutreten.«

»Wenn ich dort wirklich etwas nützen kann«, sagte ich ein wenig skeptisch, »fahre ich natürlich hin. Base Elinor – ich meine Mrs. Ferrars – zu helfen ist gar nicht so einfach. Aber es ist das mindeste, was ich tun kann. Und –«

»– und du kommst weg aus Bath, bis der Klatsch sich gelegt hat. Morgen ist Samstag, da läßt du dich am besten gleich von dem Fuhrmann mitnehmen. Auf jeden Fall müssen wir verhindern, daß die Leute gewisse Parallelen ziehen.«

»Parallelen, Ma'am?«

Doch mehr mochte Mrs. Jebb nicht sagen. »Geh zu Bett, Kind, ich bin müde.«

Man sah es ihr an; sie wirkte wie hundert. Mir schlug das Gewissen.

»Es tut mir sehr leid, Ma'am, wenn Ihnen meine Handlungsweise Ungelegenheiten oder Sorgen bereitet hat. Ich ... ich habe es nicht böse gemeint. Ich dachte, ich hätte einen Freund gefunden.«

Aus verhangenen Augen traf mich ein ungehaltener

Blick. Mrs. Jebbs Gesicht sah aus wie ein verwitterter, von tiefen Wasserrinnen durchzogener Fels.

»So denken wir alle, Kind, das ist ja das Verhängnis. Wenn du in deinem ganzen Leben einen einzigen Freund findest, kannst du dich glücklich schätzen. Dann bewahre ihn dir und danke Gott auf den Knien für dieses Geschenk. Jetzt geh.«

Als ich später im Schlafzimmer niedergeschlagen meine Kratzer und Prellungen zählte, kam Pullett mit heißem Wasser und Kompressen herein.

»Keine Sorge, Miss, ich schreib dem seinen Namen auf ein Stück Papier, das werf ich in den Bach, und dann werden wir ja sehen.«

»Was redest du da?« fragte ich müde.

»Lassen Sie's gut sein, Miss Liza. Wir werden schon sehen.«

Sie nickte energisch und ging auf Zehenspitzen hinaus.

6

Und so rollte ich denn recht niedergeschlagen auf dem Kärrnerfuhrwerk gen Delaford.

Ich hatte Miss Orrincourt geschrieben, Mrs. Ferrars sei schwer krank und ich müsse sie pflegen. Daß Gerüchte über mein Mißgeschick bereits bis zu Mrs. Haslams Institut gedrungen waren, schien unwahrscheinlich. Sie schrieb denn auch in einem von dem Stiefelputzer der Schule übermittelten Brief sehr liebenswürdig zurück, man würde mich sehr vermissen, aber es sei natürlich meine Pflicht, ans Krankenbett meiner gütigen Wohltäterin zu eilen. Im Interesse meiner Schülerinnen hoffe sie, mich bald wiederzusehen, und lasse Mr. und Mrs. Ferrars ihre besten Wünsche übermitteln.

Von Nell oder Margaret Dashwood war in dem Brief keine Rede. Vielleicht war auch Miss Orrincourt der Meinung, daß die beiden in Delaford nicht viel würden ausrichten können.

»Was hast du denn da, Davey?«

Er hatte noch einen zweiten, zu einem Dreispitz gefalteten rosa Brief mitgebracht. Etwa eine Entschuldigung von Lord Harry Ffinch-ffrench? Ich betrachtete den Brief so mißtrauisch, als könne er sich jeden Augenblick öffnen und einen vergifteten Pfeil auf mich loslassen.

»Weiß nicht, Miss. Eine Dame hat ihn in der Schule abgegeben, und da hat Miss Orrincourt gesagt, ich soll ihn gleich mitnehmen.«

Eine Dame? Also doch nicht Lord Harry – falls er nicht eine Komplizin hatte.

Liebe Miss FitzWilliam,

Ich habe Sie beim letzten Konzert der Wintersaison singen hören und war tief ergriffen – nicht nur von dem Glanz Ihrer Stimme, sondern auch von Ihrer auffallenden Ähnlichkeit mit einer heißgeliebten und schmerzlich vermißten Freundin, einer gewissen Miss Eliza Williams. Sie müssen eine Verwandte von ihr sein! In meiner leider schon etliche Jahre zurückliegenden Jugend war sie meine beste Freundin und Vertraute (damals hieß ich Clara Partridge, jetzt bin ich Mrs. Jeffereys). Ich würde mich glücklich schätzen, Ihre Bekanntschaft zu machen und vielleicht auf diesem Wege Neues über meine geliebte Freundin zu erfahren.

Als Absender war ein Haus in der Walcot Street angegeben.

Daß dieser Brief ausgerechnet jetzt kam, da ich nicht darauf reagieren konnte, war bedauerlich, aber ich nahm mir vor, von Delaford aus an Mrs. Jeffereys zu schreiben und sie aufzusuchen, sobald ich wieder in Bath war. Es sah so aus, als könnte sie mir Näheres über meine Mutter und vielleicht auch über meinen Vater sagen. Dieser Hoffnungsschimmer lenkte mich ein wenig von der niederschmetternden Tatsache ab, daß ich, die ich mich wunder wie gescheit gedünkt hatte, in die Falle gegangen war wie eine naive Internatsschülerin. Verdruß und Demütigung drückten mich nieder, bis wir in Delaford waren und der trostlose Zustand dieses einst so hübschen kleinen Ortes mich alles andere vergessen ließ.

Daß die Überschwemmung Delaford schwer getroffen hatte, sah man noch an den schlammigen Wassermarken hoch oben an den weißgetünchten Wänden der kleinen Häuser. Überall lagen abgerissene Zweige und Tierkadaver herum, und ein Geruch nach Fäulnis hing über dem ganzen Dorf. Noch immer war das Wasser nicht zurückgegangen, auf der kopfsteingepflasterten Dorfstraße stand es mehrere Zoll hoch. Weit und breit war kein Mensch zu sehen. Es war totenstill.

»Teufel auch, das ist eine schöne Bescherung«, sagte der Fuhrmann bestürzt. Er setzte mich vor dem Pfarrhaus ab, dem es, da es leicht erhöht lag, ein wenig besser ergangen war als seinen bescheideneren Nachbarn. Das Wasser war offenbar bis über den Türsturz, aber nicht bis zu den Fenstern gestiegen.

Durch knöchelhohen Schlamm watete ich zur Haustür und betätigte den Türklopfer, aber nichts rührte sich. Ich wußte, daß im Pfarrhaus nie abgeschlossen wurde, stieß deshalb ohne weitere Umstände die Tür auf und trat ein.

Das kleine Wohnzimmer war schmutzig und ungepflegt, auf dem Backsteinboden lag eine dünne Schlammschicht, der Teppich war durchweicht, der Gestank kaum auszuhalten.

»Heda!« rief ich. »Jemand zu Hause?«

Keine Antwort. Rutschend und glitschend ging ich über den kleinen Gang in die Küche. Der Herd war kalt, zwischen Schlamm und faulendem Gemüse stand schmutziges Geschirr. Ein zerlumptes weibliches Wesen stand mit dem

Rücken zu mir am Fenster und drehte sich langsam um, als sie meine Schritte hörte. Ich kannte die schwachsinnige kleine Sal von meinem ersten Besuch; sie ging hin und wieder Cerne, dem Dienstmädchen der Ferrars, bei groben Arbeiten zur Hand.

»Guten Tag, Sal«, sagte ich. »Erinnerst du dich noch an mich? Wo ist Cerne?«

Sie sah mich verständnislos an und schüttelte den Kopf, und mir fiel ein, daß sie kaum sprechen konnte.

Sehr betroffen ging ich die Treppe hinauf. »Base Elinor?«

Aus dem Schlafzimmer kam ein schwacher Laut. Ich stieß die Tür auf. Wie unten standen auch hier schmutzige Schüsseln und Teller, über Stühlen hingen ungewaschene Handtücher, es roch nach Krankheit und gebrauchter Bettwäsche. Ich hatte Mühe, in der abgezehrten Gestalt auf dem Bett mit dem fahlen Gesicht und dem strähnig fettigen Haar Mrs. Ferrars zu erkennen.

»Wasser...«, stieß sie heiser hervor. »Wasser...«

Die Gefäße, die im Zimmer herumstanden, waren leer. Ich griff mir so viele, wie ich tragen konnte – alle fühlten sich glitschig an –, und sagte: »Bin gleich wieder da, Base Elinor!«

»Ist Wasser im Haus?« fragte ich Sal, die sich nicht vom Fleck gerührt hatte. »Wasser?« wiederholte ich. Sie schüttelte den Kopf und deutete unbestimmt in den Garten hinaus. Vom Fenster aus konnte ich den Ziehbrunnen am Ende des Gartens sehen, der aber noch sechs Zoll unter Wasser stand. Dann fiel mir ein, daß Edward Ferrars unter der Treppe ein paar Flaschen Wein aufbewahrte, die für spezielle Anlässe gedacht waren (ein solcher Anlaß war während meines damaligen Besuchs im Pfarrhaus nicht eingetreten), sowie ein Faß Apfelwein, von dem er sich nach einem schweren Tag in der Gemeinde hin und wieder abends ein Gläschen gönnte.

Ich suchte und fand einen Korkenzieher, machte eine Flasche Burgunder auf, füllte ein Glas und hielt es Elinor an die Lippen. Mühsam trank sie ein paar Schluck, hob kurz die schweren Lider und sah mich ratlos an.

»Nell?« flüsterte sie. »Nell?... Nein...«

Behutsam ließ ich sie in das schmutzstarrende Bett zurücksinken.

In den nächsten drei Stunden arbeiteten die arme Sal und ich so hart wie wohl noch nie in unserem Leben. Nach einem verbissenen Kampf mit feuchten Spänen und nassem Holz gelang es, den Küchenherd in Gang zu bringen, ich kochte Wasser ab, wusch Bettwäsche und scheuerte das schmutzige Geschirr. Ein mageres Huhn aus der kleinen Schar, die traurig am oberen Ende des Gartens herumpickte, mußte sein Leben lassen und wanderte in den Kochtopf. Das Wasser, das ich für die Suppe brauchte, ließ ich Sal aus dem Brunnen des Herrenhauses holen, bis zu dem die Fluten nicht vorgedrungen waren, da es auf einem Hügel lag, und schickte sie immer wieder hin, um unseren Vorrat aufzufüllen, da sie für andere Arbeiten kaum zu gebrauchen war.

Alle zehn Minuten flößte ich der armen Elinor, die inzwischen immerhin in einem sauberen Bett lag und frisches Nachtzeug anhatte, ein paar Schluck Wein ein. Nach drei Stunden hatte sie fast zwei Glas getrunken, und in ihrem Gesicht war ein Hauch von Farbe. Der Wein hatte ihr zu einem tiefen, ein wenig trunkenen Schlaf verholfen.

Inzwischen dunkelte es. Es hätte wenig Sinn gehabt, Sal nach Edward Ferrars zu fragen, sie wußte wahrscheinlich gar nicht, wo er steckte, und hätte es auch nicht ausdrücken können. Er wird in der Gemeinde unterwegs sein, dachte ich mir, und in diesem Moment hörte ich den müden Hufschlag seiner alten Mähre, sah durchs Küchenfenster, wie er absaß und das Tier in den Schuppen führte, der gleichzeitig als Stall, Scheune und Hühnerhaus diente.

Nach ein paar Minuten betrat er das Haus. Er schien mir um zehn Jahre gealtert, sein Haar war noch schütterer geworden und noch stärker ergraut, das Gesicht noch hagerer. Meine Anwesenheit und die Veränderungen im Haus nahm er ohne eine Miene zu verziehen und wie selbstverständlich zur Kenntnis. Er war sichtlich mit seiner Kraft am Ende.

»Meine Frau… Mrs. Ferrars… wie geht es ihr?« fragte er müde.

»Sie schläft. Ich habe es ihr ein bißchen bequemer machen können.«

Er nickte, wollte sich schon setzen, besann sich und ging mit schweren Schritten nach oben. Wenig später kam er äußerst ungehalten wieder herunter.

»Du hast eine Flasche Wein geöffnet? Wer hat dir das gestattet?«

»Es war kein Trinkwasser im Haus.«

Woraufhin er mir eine lange Predigt über die Notwendigkeit des Sparens und der Achtung vor dem Eigentum anderer Menschen hielt. Mittendrin ließ ich ihn einfach stehen. Gegen fixe Ideen kann man nicht anreden, und eher könnte man noch einen granitenen Torpfosten von der Stelle bewegen als Edward Ferrars von seinen vorgefaßten Meinungen abbringen.

Ich holte ihm einen Teller Hühnerbrühe und ein Stück von dem Hafermehlfladen, den ich über dem Feuer gebacken hatte. (Zum Glück lag die Vorratskammer mit den Mehlsäcken zwei Steinstufen höher als das Haus; so weit waren die Fluten nicht gekommen – wohl aber die Mäuse.) Zum Ansetzen von Sauerteig hatte ich noch keine Zeit gehabt.

Eine Weile aß Mr. Ferrars wortlos, dann sagte er: »Aber das ist Fleischbrühe. Woher hattest du das Fleisch?«

»Ich habe ein Huhn geschlachtet.«

»Ein Huhn geschlachtet? Waren denn keine Kartoffeln oder Rüben mehr da?«

Doch, die hatte ich gefunden, aber sie waren fast alle verfault, und ich hatte sie dem traurigen Hühnervolk hingeworfen. Auch siebzehn Töpfchen mit ranzigem Rindertalg, sauer gewordene Milch und etliche ekelhafte, mit Schimmel überzogene undefinierbare Klumpen fanden bei dem Federvieh großen Anklang.

Ich ließ mich auf kein Streitgespräch ein und bemerkte nur, Mrs. Ferrars brauche jetzt kräftige Kost. Hunger, Durst und mangelnde Pflege hatten Elinor an die Schwelle des Todes gebracht, und so etwas hatte es nicht einmal in Bankertheim gegeben, wo es gewiß nicht üppig zuging.

Seufzend gab er sich geschlagen und fuhr sich mit dem schmutzigen Rockärmel über die Stirn. »Ich werde mich jetzt zurückziehen«, sagte er.

»Ich habe Ihnen das Bett in Cernes Kammer bezogen.

Für Base Elinor ist es besser, wenn sie ungestört schlafen kann. Wo ist übrigens Cerne?«

»Sie hat sich bei ihrer Schwester mit dem Fieber angesteckt. Heute habe ich beide begraben.«

(Später erfuhr ich, daß er an diesem Tag noch zwei Pfarrkinder beerdigt und an drei Sterbebetten gesessen hatte.)

»Das tut mir sehr leid«, sagte ich. »Cerne war eine liebe Frau, Base Elinor wird sie sehr vermissen.«

Dazu wußte er nichts zu sagen. »Ich muß morgen fünf Minuten vor sieben zum Frühgottesdienst in der Kirche sein. Sorge bitte dafür, daß ich rechtzeitig geweckt werde«, verlangte er.

Ich ging in die Küche und setzte einen Topf mit Hafermehl und Wasser aufs Feuer, das ich sorgfältig mit Asche abgedeckt hatte, damit es in der Nacht nicht ausging. Sal war schon längst heimgegangen, und ich hatte mir ein Lager in Nells Kammer zurechtgemacht, wo ich auch bei meinem ersten Besuch geschlafen hatte.

Es war ein Segen, daß am nächsten Tag Mr. Grisewood, Oberst Brandons Anwalt, in Geschäften seines Mandanten nach Delaford kam. Als er im Pfarrhaus vorsprach, um Edward Ferrars seine Aufwartung zu machen, saß der schon wieder am Bett eines kranken Pfarrkindes.

Mr. Grisewood war entsetzt über die schrecklichen Zustände im Dorf. »Barmherziger Himmel! Ich hatte wohl von der Überschwemmung gehört, hätte mir aber nie träumen lassen, daß es Delaford so schwer getroffen hat. Das muß ich sofort Oberst Brandon schreiben.«

»Wissen Sie, wo der Oberst sich zur Zeit aufhält?«

Er zögerte. »Nein, meine liebe Miss FitzWilliam, genau wissen wir das nicht. Vor einigen Monaten erhielten wir einen Brief von ihm, der lange Zeit unterwegs gewesen war und in dem er uns mitteilte, er wolle auf der Heimreise in Lissabon Station machen. Ich werde an die Adresse unserer dortigen Botschaft schreiben, er muß erfahren, wie es hier steht. Vielleicht kommt er dann auch gleich zurück.«

»Das war ursprünglich nicht seine Absicht?«

»Nein. Er erwog offenbar, sich wieder seinem Regiment anzuschließen.«

»Wäre es wohl möglich, Mittel für die Unterstützung der Bewohner zur Verfügung zu stellen?« Als ich heute auf der Suche nach Hilfe für das schwer heimgesuchte Pfarrhaus im Dorf gewesen war, hatte ich gesehen, daß es den anderen Familien ebenso schlecht, wenn nicht noch schlechter ging. »Die Not ist groß«, fuhr ich fort, »die Vorräte hat das Wasser mitgerissen oder zerstört, und das Fieber hat zahlreiche Opfer gefordert.«

Daß Mr. und Mrs. Ferrars die Hilfe fast ebenso dringend brauchten wie ihre Pfarrkinder, erwähnte ich nicht, beschloß aber, von den Hilfslieferungen einen angemessenen Anteil für das Pfarrhaus abzuzweigen.

Wie sich herausstellte, hatte der Oberst vor seiner Abreise Vorkehrungen für solche Fälle getroffen (Überschwemmungen – wenn auch nicht in diesem Ausmaß – kamen hier häufiger vor). Mr. Grisewood versprach, sogleich Kohle, Kleidung und Lebensmittel von Dorchester anliefern zu lassen, und fragte, ob er kurz bei Mrs. Ferrars vorbeischauen könne.

Ich nickte. Sie war heute klarer, hatte mich nach ein paar

Sekunden der Ratlosigkeit erkannt, sich widerspruchslos waschen und kämmen lassen und ein, zwei Löffel Haferbrei zu sich genommen.

Mr. Grisewood kam ganz erschüttert aus ihrem Zimmer. »Es ist ein großes Glück, daß Sie gekommen sind, Miss FitzWilliam, denn sonst... ich wage kaum daran zu denken, was... warum hat mich denn Ferrars nicht verständigt?« sagte er halb zu sich.

»Er ist am Ende seiner Kräfte, Sir. Von morgens bis abends kümmert er sich um seine Gemeinde. Und – er ist ein sehr stolzer Mann.«

»Dummer Tropf«, brummelte Grisewood.

Ich hatte den Eindruck, daß er eine kleine Erfrischung erwartete, und dachte an die Gläschen, die ich seinerzeit auf dem Tisch hatte stehen sehen. »Darf ich Ihnen ein Glas Apfelwein anbieten, Sir?« fragte ich. »Mr. Ferrars hat nur noch sehr wenig Wein, und den hebt er für... für Notfälle auf.«

Doch mit dem Apfelwein des Pfarrers hatte Mr. Grisewood offenbar seine Erfahrungen. »Nein, danke, liebes Kind, ich muß weiter. Vielleicht treffe ich Mr. Ferrars unterwegs. Wo ist übrigens die alte Mrs. Dashwood?«

»Soweit ich weiß, Sir, ist sie einige Wochen vor der Überschwemmung zu einem Verwandten, Sir John Middleton, gereist, und Sir John hat ausrichten lassen, sie könne bei ihm bleiben, bis sich die Lage hier gebessert hat.«

Er nickte. »Ja, Sir John ist sehr gutherzig und wird sich um die alte Dame kümmern, solange es nötig ist. Könnte ich Ihnen wohl den Schlüssel zum Herrenhaus anvertrauen, Miss FitzWilliam? Ich wollte ihn eigentlich Mr.

Ferrars geben, aber da er ohnehin schon überlastet ist… … und Sie sind ja offenbar eine verständige junge Dame… Es ist ein großes Glück, daß sich alles so gefügt hat.«

Ich dachte an Lord Harry Ffinch-ffrench und meinen lädierten Ruf, sagte aber nur höflich, ich sei gern bereit, Mr. Grisewood einen Dienst zu erweisen.

»Der Oberst möchte ein Stück Land verkaufen. Da kein Erbe vorhanden ist, hat er beschlossen – aber das tut nichts zur Sache. Es könnte sein, daß ich in diesem Zusammenhang einige Landkarten aus seinem Arbeitszimmer brauche. Ich würde Ihnen, wenn es soweit ist, eine Nachricht zukommen lassen.«

Ich versprach, ihm das Gewünschte herauszusuchen, er müsse mir nur genaue Anweisungen geben. Mr. Grisewood verbeugte sich, machte Anstalten, mir die Wange zu tätscheln, besann sich dann aber und sagte nur: »Ich bin sehr froh, daß Sie hier sind, Miss FitzWilliam«, und ging davon.

Erst zwei oder drei Tage später, nachdem Kohle und Lebensmittel angeliefert und verteilt worden waren, kam Mr. Ferrars auf Mr. Grisewoods Besuch zu sprechen. »Wie ich höre, hat dir Mr. Grisewood den Schlüssel zum Herrenhaus anvertraut«, sagte er feindselig.

»Ja, Sir, da Sie gerade nicht im Haus waren. Er hängt am Haken über dem Kaminsims in der Küche.«

Daß Mr. Ferrars mich nicht mochte, war mir wohl bewußt, und ich hatte das Gefühl, daß seine Abneigung mit jedem Tag stärker wurde, auch wenn er sich sehr zu beherrschen verstand. Den vielfachen und komplizierten Ursachen dieser Antipathie auf den Grund zu gehen wäre ein mühseliges Unterfangen gewesen; ich versuchte es gar nicht erst. Er war ein schwieriger, unzufriedener Mann, der wohl schon früh im Leben eine große Enttäuschung erlebt hatte. Ein gewisses Maß an Wärme und Herzlichkeit brachte er allenfalls für seine Frau auf, an der er in seiner freudlosen Art offenbar sehr hing; ansonsten ließ er sich nur von der Pflicht leiten. Im Dorf wurde er nicht geliebt, stand aber als guter und verläßlicher Mann bei dessen Bewohnern in hohem Ansehen.

Er warf einen Blick auf den Schlüssel. »Hm... soso... nun gut, mag er dort hängen bleiben. Haben die Familien in Crouch End Kohle und Viehfutter erhalten?«

»Ja, Sir. Amos Pollard hat sie hingefahren.«

Amos Pollard war der alte Mann, der für die drei mageren Kühe des Pfarrers sorgte.

»Wie geht es meiner Frau heute abend?«

»Etwas besser, sie kann jetzt wieder lesen.«

»Andachtsübungen täten ihr besser.«

»Dafür bleibt ihr noch genügend Zeit«, sagte ich kurz angebunden.

Inzwischen nahm Elinor, von mir mit geschlagenem Ei in Rum und Hühnerbrühe hochgepäppelt, auch wieder wahr, was um sie her vorging.

»Wo ist Cerne?« war eine ihrer ersten Fragen gewesen. Hätte ich ihr etwas vormachen sollen? Ich hielt Elinor für eine starke Persönlichkeit und hatte mich nicht in ihr getäuscht. Sie könne nur hoffen, sagte sie seufzend, daß Cerne ihren wohlverdienten Lohn im Jenseits erhalten werde, für das Pfarrhaus sei sie ein großer Segen gewesen.

Vorsichtig brachte ich Elinor bei, wie es in Delaford

stand. Mittlerweile ging es dort zum Glück wieder aufwärts. Der Märzwind trocknete den Schlamm, von den am Fieber Erkrankten waren die Schwächsten gestorben, die anderen befanden sich, wie Elinor, auf dem Weg der Besserung, was Edward Ferrars' tägliche Arbeit ein wenig erleichterte. Trotzdem war er tagsüber meist nicht im Haus, so daß Elinor und ich Zeit für lange Gespräche hatten, und in dieser Zeit lernte ich sie achten und schätzen. Gleich ihrem Mann hatte sie ein ausgeprägtes Pflichtgefühl, bei Elinor aber kam durchaus auch ein Sinn für trockenen Humor hinzu, der sich allerdings nur gelegentlich zeigte – und nie, wenn ihr Mann dabei war.

Als wir eines Tages zusammen Wolle aufwickelten, fragte sie: »Fühlst du dich wohl bei Tante Montford Jebb? Da du jetzt über vier Jahre bei ihr bist, muß das wohl der Fall sein…«

Ich überlegte. »Wohl fühlen wäre vielleicht zuviel gesagt, aber ich weiß es zu schätzen, daß ich mit einer vernünftigen Frau in einem anständigen Haus leben darf. Sie hat ihre Eigenheiten, und die respektiere ich. Zum Beispiel ist es ihr wichtig, daß in ihrem Hauswesen alles nach ihren Wünschen geht.« Ich machte ein Pause. »Und das ist schließlich ihr gutes Recht.«

»Hast du es warm dort? Hast du gut zu essen?«

»Aber ja…« Wärmer und besser zu essen als du, dachte ich mitleidig.

Errötend und ohne von ihrer Wolle aufzusehen, fragte Elinor: »Weißt du zufällig… hat meine Tante jemals eine Andeutung gemacht, wie sie… was sie testamentarisch verfügt hat?«

Und ich weiß auch, wer dich zu dieser Frage angestiftet hat, dachte ich. Du selbst hättest dich nie dazu überwunden.

Sie tat mir herzlich leid in ihrer Verlegenheit. »Nein, Base Elinor. Mrs. Jebb hat mir nie konkret etwas von ihren Absichten gesagt.« Daß sie hin und wieder bissige Bemerkungen über Leute machte, die »nur drauf schauen, wo es was zu erben gibt«, verschwieg ich wohlweislich. »Aber sie lebt recht bescheiden; ich glaube nicht, daß sie viel Vermögen besitzt.«

Elinor antwortete nicht. Vielleicht dachte sie bei sich, eine frugale Lebensweise lasse erst recht auf Ersparnisse hoffen. Am liebsten hätte ich ihr wörtlich wiederholt, was Mrs. Jebb gesagt hatte: »Gib ihnen ruhig zu verstehen, daß sie sich keine Hoffnungen zu machen brauchen...« Aber in ihrem geschwächten Zustand mochte ich ihr das nicht zumuten. »Ich an deiner Stelle würde nicht fest auf etwas rechnen«, sagte ich vorsichtig.

Elinor seufzte, dann sagte sie unvermittelt: »Eigenartig... ich spreche mit dir so viel mehr und so viel zwangloser als mit Nell.«

»Vielleicht bist du solche Gespräche einfach nicht mehr gewohnt«, wandte ich ein. »Nell ist so selten daheim...«

»Nach Möglichkeit überhaupt nicht...«

Ja, Nell liebt eben ihre Bequemlichkeit, dachte ich.

Sehr viel mehr als die Tochter schien Elinor ihre Schwester zu vermissen. Viele ihrer Geschichten und Reminiszenzen begannen mit den Worten »Marianne sagt...« oder »Marianne hat immer...«. Aus diesen Bemerkungen erstand für mich das Bild einer lebhaften, gefühlvollen, poetisch veranlagten Frau, die im Wesen ganz anders war als Elinor. Und diese Marianne hatte einen fast zwanzig Jahre älteren Mann geheiratet und war mit ihm nach Indien gegangen. Warum wohl?

Allmählich erkannte ich auch, daß Edward Ferrars seinem Schwager und seiner Schwägerin im Herrenhaus gegenüber einen tiefen Groll hegte, auch wenn er tapfer versuchte, dieses Gefühl zu unterdrücken. Auch hier stellte ich mir die Frage nach dem Warum. Weil sie so viel besaßen und er so wenig? Weil sie nach Indien hatten gehen können, während er sich mit den Sorgen und Nöten des Dorfes, mit Krankheit und Naturkatastrophen herumschlagen mußte – und das bei einer mehr als dürftigen Besoldung? Dabei war Oberst Brandon nach allem, was ich gehört hatte, ein gütiger, mildtätiger Mann. Hätte er nicht bessere Vorkehrungen treffen können? Wenn Edward Ferrars ›das Herrenhaus‹ erwähnte, tat er das stets in verächtlichem Ton und mit einem bitteren Zug um den Mund.

Nach vier oder fünf Tagen begann Elinor wieder der Frau zu ähneln, die ich von meinem ersten Besuch in Erinnerung hatte. Eines Nachmittags überraschte sie mich mit der Bitte, ihr aus einer Kommode, deren Schlüssel sie mir gab, ein Bündel Papiere zu holen.

»Nein, nicht das«, sagte sie und gab mir den Packen zurück, den ich ihr gebracht hatte. »Das Bündel, das ich meine, hat ein grünes Band, und auf der ersten Seite steht *Charlotte.*«

Nach dieser Beschreibung hatte ich keine Mühe mehr, unter den fünf oder sechs Packen in der Schublade den richtigen zu finden. Sie mußte immer noch das Bett hüten, konnte sich aber, mit Kissen gestützt, inzwischen aufsetzen. Der Packen war mehrere Zoll dick, auf einem der Blätter erkannte ich Elinors Spinnenschrift.

Meine Neugier siegte über den Takt. »Ist es ein Roman?« fragte ich.

»Ja«, erwiderte sie mit leisem Lächeln und einem nachdenklichen Seufzer. »*Charlotte* war mein zweiter, und ich halte ihn noch immer für den besten. Solange ich genötigt bin, hier tatenlos herumzuliegen, könnte ich ihn zumindest überarbeiten und ins reine schreiben. Große Hoffnungen auf eine Veröffentlichung mache ich mir ja nicht, aber wir könnten das Geld so gut gebrauchen…«

So viel Fleiß und Phantasie machten mir großen Eindruck, zumal ich besonders letzteres bei Elinor nicht erwartet hätte.

»Weiß Mr. Ferrars davon? Hat er deine Romane gelesen?«

»Barmherziger Himmel, nein. Er lehnt es ab, Romane zu lesen, die sind in seinen Augen seicht und vulgär.«

Später sah ich, daß sie die Seite, an der sie gerade arbeitete, rasch unter einem Löschblatt verschwinden ließ, wenn er mit dem unverkennbaren Schlagen der Haustür seine Heimkehr ankündigte, und dafür einen angefangenen Brief an ihre Schwester, Mutter oder Tochter hervorholte.

»Kennst du denn auch Verlage, an die du dich wenden könntest?« fragte ich.

»Zu schade, daß mein Schwager nicht da ist, er ist so belesen und gebildet und könnte mich bestimmt beraten. Aber meine Schwester las gern Romane und besitzt selbst einige, sie stehen oben im Haus. Dort könnte ich mir Verlagsadressen abschreiben.«

Ich bat sie um das Manuskript, das ich an zwei Abenden in meiner Kammer verschlang.

»Ich bewundere dein Talent, Base Elinor«, sagte ich. »Und auf diese Geschichte bist du wirklich ganz allein gekommen? Wie lebendig die Figuren sind und wie amüsant sie reden. Diese erschreckend ordinären Schwestern, die der armen Miss Charlotte so zusetzen... und die wunderliche alte Dame... und der dumme Stutzer, der nur seine Schnupftabakdosen im Kopf hat... und das geizige Ehepaar, das sich von seinem Geld nicht trennen kann... Du mußt viel in Gesellschaft gewesen sein, daß du sie so anschaulich schildern kannst.«

»Nein, nur dieses eine Mal«, sagte sie seufzend, »aber solche Menschen begegnen einem überall, nicht nur in den sogenannten vornehmen Kreisen.«

Ich nickte. Auch in Bath traf man sie auf Schritt und Tritt.

»Es wäre wirklich ein Jammer, wenn dieser Roman in der Schublade verstauben müßte, Base Elinor. Er ist so unterhaltend, viel unterhaltender als das, was Mrs. Jebb so liest.«

»In unserer prekären Lage wäre mir jeder Zuschuß zu unserem Einkommen recht. Vielleicht würde unter diesen Umständen sogar Edward seine Einwilligung geben. Wolltest du nicht heute ins Herrenhaus, um Landkarten für Mr. Grisewood herauszusuchen?«

»Ja, am Nachmittag, vorher müssen noch die Flanellunterröcke verteilt werden.«

»Dann wäre ich dir sehr dankbar, wenn du mir aus den Büchern in Mariannes Salon (er liegt im ersten Stock mit Blick auf den Rosengarten) die Adressen einiger Verleger herausschreiben könntest. Es macht dir doch keine Mühe?«

»Aber natürlich nicht…«

In der Küche von Mrs. Jebbs Haus in der New King Street hatte ich mir einiges bei Mrs. Rachel abgeguckt, und dieses Wissen gab ich jetzt an Mrs. Ashcott weiter. Die Ärmste hatte bei der Epidemie Mann und Sohn verloren und war froh, im Pfarrhaus Arbeit und ein wenig Ablenkung zu haben. Nachdem Elinor und Edward sich mittags mit der unter meiner Aufsicht bereiteten nahrhaften Suppe gestärkt hatten und der Pfarrer wieder in seine weitläufige Gemeinde aufgebrochen war, machte ich mich auf den Weg ins Herrenhaus von Delaford.

Ich will nicht verhehlen, daß ich schon lange auf eine Gelegenheit wartete, mir das Heim von Oberst Brandon und Mrs. Brandon anzusehen, das durch eine hohe Backsteinmauer und dicht belaubte Bäume vor neugierigen Blicken geschützt war. Nur hier und da sah man zwischen Baumwipfeln das Dach durchschimmern. Über die leicht ansteigende Auffahrt näherte ich mich langsam dem großen Haus, das an die zweihundert Jahre alt sein mochte. Rechter Hand war eine Obstplantage, links ein ummauerter Garten. Die Fenster waren mit Sprossen versehen, die Tür unter dem Backsteinbogen wirkte schwer und massiv, aber ich hatte keine Mühe, sie mit dem großen Schlüssel zu öffnen, und betrat das Haus mit jenem beklemmenden Gefühl des Zauderns und der Scheu, das sich stets einstellt, wenn man ein Haus in Abwesenheit seiner Besitzer betritt.

Eisige Kälte schlug mir entgegen, und alles war eingestaubt. Auch der Hausverwalter war dem Fieber zum Opfer gefallen, und einen Nachfolger gab es noch nicht. Ich lief die breite Eichentreppe hinauf – vielleicht, dachte ich hoffnungsvoll, ist es oben nicht ganz so kalt –, suchte und fand am Ende des breiten Ganges Mariannes Boudoir. Es wirkte sehr anheimelnd mit seinen modernen Möbeln, Chintzvorhängen, Bücherregalen, den vielen Aquarellen an den Wänden (ich erkannte Bilder aus der Umgebung, die meisten hatte wohl Marianne selbst gemalt) und einem Piano. An den Fenstern sah man in den ummauerten Garten mit dem großen Maulbeerbaum und einer Eibenlaube. Man konnte sich vorstellen, daß die Schwestern in diesem Raum an so manchem Frühjahrsmorgen oder Herbstnachmittag viele Stunden mit Plaudern, Lesen, Klavierspielen oder Singen verbracht hatten, und erst jetzt begriff ich ganz, was Elinor durch Mariannes Abreise verloren hatte. Bisher hatte ich immer gewisse Vorbehalte Marianne Brandon gegenüber gehabt – sie besaß so viel und ihre Schwester so wenig –, jetzt aber begann ich mich für sie zu erwärmen, überlegte, ob sie wohl Heimweh und Sehnsucht nach Elinor hatte. Womit mochte sie sich in Indien oder jetzt in Portugal die Zeit vertreiben? Sehnte sie sich nicht nach ihren Büchern, ihrem Piano, dem lauschigen Rosengarten mit dem Maulbeerbaum?

Rasch und befangen wie ein unbefugter Eindringling schrieb ich aus mehreren Büchern die Verlagsadressen ab. (Warum hatte Elinor sich nicht einfach das eine oder andere mitbringen lassen? Marianne konnte doch sicher nichts dagegen haben.)

Als ich den ersten Band von *Evelina* zuklappte, fiel ein Blatt Papier heraus.

Die Bleistiftzeichnung – offenkundig von derselben Hand, die den größten Teil der Bilder an den Wänden gemalt hatte – zeigte einen jungen Mann mit dunklem Haar, glänzenden schwarzen Augen, einem gefühlvollen Mund und schöner hoher Stirn, in die eine windverwehte Haarsträhne hing. Der unerwartete Fund berührte mich ganz seltsam. Daß das Porträt nicht an der Wand hing, sondern zwischen Buchseiten verborgen war, deutete darauf hin, daß es für die Besitzerin eine besondere Bedeutung hatte. Konnte das Oberst Brandon sein? Nein, ein Bild von ihm und seiner Frau hing im Pfarrhaus. Oberst Brandon hatte graue Augen und braunes Haar, das sich bereits lichtete, so daß es auch kein Jugendbildnis von ihm sein konnte. Außerdem hatte Marianne ihn als jungen Mann nicht gekannt, bei ihrer ersten Begegnung war er, wie ich von Elinor wußte, schon fünfunddreißig gewesen. Und die Zeichnung stammte bestimmt von Marianne, sie war ganz ähnlich ausgeführt wie die Bilder von Elinor und Mrs. Dashwood, die an der Wand hingen. Also nicht Oberst Brandon ... Ich sah mir die Zeichnung des hübschen Unbekannten noch einmal genauer an und meinte zwischen der gerüschten Manschette ein rasch hingekritzeltes W zu erkennen. Hatten die Schwestern Dashwood Bekannte, deren Namen mit W anfing? Ich würde bei nächster Gelegenheit Elinor danach fragen. Zu gern hätte ich gewußt, wer dieser Mann war, nicht zuletzt, weil ich fand, daß er ein wenig Ähnlichkeit mit meinem lieben Mr. Sam hatte. Dann rief ich mich zur Ordnung und legte das Bild in sein Versteck zurück. Daß ich bei einem Mann eine Ähnlichkeit mit Mr. Sam entdeckt hatte, hatte mir schon einmal Unglück gebracht.

Verstohlen wie eine Diebin lief ich wieder nach unten, um in Oberst Brandons Arbeitszimmer nach den gewünschten Landkarten zu suchen.

Als ich an der Kellertür vorbeikam, fiel mir ein, was Edward Ferrars mir aufgetragen hatte. »Wenn du schon im Herrenhaus bist«, hatte er frostig gesagt, »könntest du nachsehen, ob am Ende Wasser in den Keller eingedrungen ist. Vergiß nicht, eine Kerze mitzunehmen.«

In den Kellerräumen war keine Spur von Wasser zu sehen, dafür erblickte ich an allen Wänden Regale, die bis zu der gewölbten Decke reichten und dicht an dicht mit staubigen Flaschen gefüllt waren. Portwein, Burgunder, Malaga. Kapwein. Kognak. Diabolino. Warum hatte sich Edward Ferrars, als wegen des verseuchten Wassers das große Sterben in seinem Dorf einsetzte, nicht aus diesem Überfluß bedient?

Ich hatte gute Lust, ein paar Flaschen mitzunehmen, um mich und Elinor damit zu trösten und zu stärken. In Bankertheim hätte ich bedenkenlos zugegriffen; hier aber hielt mich etwas zurück, was ich mir selbst nicht recht erklären konnte.

Ich ging wieder nach oben, blies die Kerze aus und betrat das große, kalte, ordentliche Büro mit dem großen Schreibtisch, von dem aus Oberst Brandon seinen Besitz verwaltete. So nüchtern und farblos es auch war, vermittelte es mir ein seltsam tröstliches Gefühl. In so einem

Zimmer, dachte ich, könntest auch du deine Geschäfte führen und dich nützlich machen.

Und dann erlebte ich die zweite Überraschung.

An der Wand hinter dem aufgeräumten Schreibtisch hingen zwei ovale Miniaturen in schlichtem Goldrahmen. Zunächst schienen sie dieselbe junge Frau darzustellen, als ich aber näher hinsah, merkte ich, daß sie sich durch die Haarfarbe unterschieden. Die eine blickte ernst drein und war dunkel wie Marianne Dashwood auf dem Bild im Pfarrhaus. Die andere hatte tizianrotes Haar, lächelte – und war mir wie aus dem Gesicht geschnitten. Lange stand ich fassungslos vor diesem Bild, dann suchte ich die erbetenen Landkarten heraus, machte die Tür des Arbeitszimmers hinter mir zu, lief, am ganzen Leibe zitternd, die Auffahrt hinunter und zurück zum Pfarrhaus.

Auch dort bot sich mir ein unerwartetes Bild.

Elinor, die seit einigen Tagen nachmittags aufstand und sich ankleidete, war zum erstenmal wieder nach unten gekommen, und Edward, ungewohnt früh von seiner Runde durch die Gemeinde zurück, saß bei ihr. Ich hatte sie offenbar bei einer Auseinandersetzung überrascht.

»Und ich sage dir ein für allemal, daß ich es nicht dulde«, erklärte er kalt und entschieden. »Es wäre höchst unschicklich. Wer einem Geistlichen verbunden ist, dürfte von Rechts wegen gar nicht auf die Idee kommen, eine so anstößige… ein solches Vorhaben in Betracht zu ziehen.«

Er verstummte, als ich hinter dem Wandschirm hervorkam, den ich aufgestellt hatte, um die Zugluft, die von der Haustür kam, ein wenig abzuhalten.

»Du bist es«, sagte er unnötigerweise. »Und du hast die

Karten mitgebracht. Hoffentlich sind es die richtigen. Mr. Grisewoods Bote wartet in der Küche.«

Als ich von dort zurückkam, war Edward – wie üblich lautstark mit der Tür schlagend – in den Garten gegangen. Ich sah durchs Fenster, wie er sich mit dem Spaten an dem schweren, nassen Boden abmühte.

»Du bist nicht warm genug angezogen, Base Elinor«, sagte ich. »Du zitterst ja. Warte, ich hole dir ein dickeres Tuch. Und das Feuer glimmt nur noch.«

Edward brachte – wie die meisten Männer – kein vernünftiges Feuer zustande. In seiner Sparsamkeit legte er immer nur ein paar spärliche Scheite nach. Als ich Elinor warm eingepackt hatte (bekümmert sah ich, daß ihr Kattunkleid aussah, als sei es für eine Frau von doppeltem Umfang gemacht) und das Feuer einen hellen, heiteren Schein verbreitete, sagte ich: »Ich habe dir die Adressen mitgebracht.«

Sie seufzte. In dem fein geschnittenen, sorgenvollen Gesicht regte sich nichts. »Du bist umsonst gegangen, Kind. Mr. Ferrars will von meinem Plan nichts wissen.«

»Er hat es dir *verboten*?«

Mein Blut geriet in Wallung. Am liebsten wäre ich in den Garten hinausgelaufen und hätte den verbissen Grabenden zur Rede gestellt. Mit welchem Recht legte er seiner Frau Steine in den Weg? Dabei dachte sie doch vor allem an ihn…

»Edward hat Familie in London«, sagte Elinor ruhig. »Seine Mutter, eine reiche Dame der Gesellschaft, seinen Bruder und seine Schwägerin. Ihnen wäre es nicht recht, wenn bekannt würde, daß eine Verwandte von ihnen Romane schreibt. Und er ist … er ist schließlich ein geistlicher Herr …«

»Romane zu schreiben ist nichts Unrechtes. Fanny Burney soll ja sogar Hofdame sein.«

»Das wäre in Mr. Ferrars' Augen keine Empfehlung.«

»Du könntest das Buch anonym drucken lassen. ›Von einer Dame‹ … Das liest man oft.«

»Ja«, sagte sie zögernd, »das ginge wohl. Aber wie sollte ich den Roman dem Verleger zustellen? Oder eine Korrespondenz mit ihm führen? Und ich glaube nicht, daß ich Edwards ausdrücklichen Wünschen zuwiderhandeln könnte.«

»Aber … es ist so ungerecht!«

Sie sah mich aus ihren grauen Augen, die noch größer wirkten, weil sie tief in den Höhlen lagen, lange an.

»Auch Edward hat in seinem Leben viel Ungerechtigkeit erfahren, Eliza. Er war der älteste Sohn einer wohlhabenden Mutter, aber dank der bösartigen Machenschaften eines … eines Familienmitgliedes erhielt er nur das, was einem jüngeren Sohn zugestanden hätte – eine äußerst dürftige Summe. Hätte uns Oberst Brandon nicht so großherzig geholfen, wären wir bettelarm. Und Edward hat sich von jeher schwer damit getan, von anderen etwas anzunehmen. Mir macht es nichts aus, weil ich Marianne so lieb habe. Wir haben keine Geheimnisse voreinander, kennen weder Neid noch Groll. Aber Edward und der Oberst haben, so aufrecht und rechtschaffen sie beide sind, nur wenig Gemeinsamkeiten. Es kränkt Edward, daß er, um überleben zu können, auf Zuwendungen aus dem Herrenhaus angewiesen ist.«

Und auch die halten sich in Grenzen, dachte ich. Es tat mir jetzt doch leid, daß ich nicht eine Flasche Kapwein mitgebracht hatte.

»Zuwendungen? Er arbeitet härter als ein Gutsverwalter.«

»Es hat keinen Sinn, Eliza. Ich hätte gar nicht davon anfangen dürfen. Sprechen wir von etwas anderem.«

Ich hätte sie gern gefragt, wer der junge Mann war, dessen Bild ich in *Evelina* gefunden hatte, aber das wäre mir wie ein Vertrauensbruch vorgekommen. Der schöne Unbekannte war Mariannes Geheimnis.

Eine andere Frage aber konnte ich guten Gewissens stellen: »Wer sind die jungen Damen auf den Miniaturen, die über dem Schreibtisch in Oberst Brandons Arbeitszimmer hängen?«

Elinor wurde totenblaß. »Ich habe dieses Zimmer nie betreten… wenn ich im Herrenhaus war, ergab sich nie die Gelegenheit…« Ich sah förmlich, wie ihre Gedanken sich überstürzten. Denn natürlich konnte sie sich denken, wer die beiden waren.

»Die eine… die eine sah mir so ähnlich«, stammelte ich. »Kann das… könnte das meine Mutter gewesen sein? Und die andere? Waren es Schwestern?«

Es gab eine längere Pause. Dann sagte sie: »So leid es mir tut, Eliza – ich darf deine Fragen nicht beantworten. Damit mußt du dich schon an Oberst Brandon selbst wenden.«

»Wie könnte ich das? Er ist doch nicht da!«

Die Tür klappte; Edward Ferrars war hereingekommen. Wir hörten, wie er an der Küchentür ungeduldig die

Schuhe abbürstete. Dann betrat er das Wohnzimmer und wischte sich die Nässe aus dem Haar.

»Es regnet zu stark, ich kann draußen nichts mehr ausrichten. Und von Bath her kommt jemand angefahren.« Er runzelte die Stirn. »Es scheint Thomas, Mrs. Jebbs Diener, zu sein.«

7

In mancher Hinsicht war es mir recht lieb, daß ich jetzt mit Thomas nach Bath zurückfahren konnte, wobei ich mich unterwegs immer wieder an dem Anblick golden leuchtender Narzissen in einem Vorgarten oder eines Primeltuffs unter einer Hecke freute.

Niemand fühlt sich gern als ungebetener Gast, und dieses Gefühl hatte mir Edward Ferrars in letzter Zeit zunehmend vermittelt. Er mied meinen Blick – immer ein schlechtes Zeichen –, und mehrmals hatte ich ihn, wenn er mich außer Hörweite glaubte, zu Elinor sagen hören: »Jetzt können wir doch auf sie verzichten, du kommst bestimmt mit Mrs. Ashcott allein zurecht.« Dieser Satz brachte mich regelmäßig in Rage, denn ich wußte, daß Elinor ihrem Mann nie widersprechen würde, obgleich sie noch lange nicht ganz genesen war. Sobald die Aufsicht fehlte, würde sehr bald das Feuer im Kamin zu einem müden Glimmen verkümmern und das Bettzeug ungewaschen bleiben, erneut würden sich Schüsselchen mit übelriechenden Essensresten in der Speisekammer ansammeln und als nächste Mahlzeit wieder aufgetischt werden, weil in der Küche niemand war, der die nötige Tatkraft oder Phantasie entwickelt hätte, um sich etwas Gehaltvolleres einfallen zu lassen.

Ich hatte Elinor liebgewonnen und fand, daß sie Besseres verdient hatte als dieses entbehrungsreiche Leben an der Seite eines schwermütigen, enttäuschten Mannes. Als ich hörte, daß Nell zusammen mit den Lauderdales wieder in London eingetroffen war, legte ich einem Brief von Elinor an ihre Tochter eine kurze Mitteilung bei, in der ich Nell schrieb, es sei ihre Pflicht und Schuldigkeit, nach Delaford zu kommen und ihre Mutter eine Weile zu entlasten.

(Die Einmischung in anderer Leute Angelegenheiten hat weder mir noch ihnen je irgendwelchen Nutzen gebracht, aber diese betrübliche Tatsache fiel mir meist erst wieder ein, wenn es schon zu spät war.)

Ja, ich war von Herzen froh, Delaford hinter mir zu lassen. Ich hatte den ständigen Geruch nach Schlamm, durchweichten Strohdächern und faulendem Gemüse so satt, mir fehlten die Musik (das Klavier der Ferrars war, nachdem es zehn Tage einen halben Zoll tief im Wasser gestanden hatte, kaum mehr zu gebrauchen), das Singen, Lernen, selbst meine trägen Schülerinnen. Mir fehlten die nüchtern und praktisch gesinnte Mrs. Jebb, das freundschaftliche Beisammensein mit Mrs. Rachel, Pullett und Thomas in der Küche, ja sogar Pug, der alte Mops.

Als ich aber hörte, was Thomas aus der New King Street zu berichten hatte, war es mit meiner Freude vorbei.

»Ich hab mir die Freiheit genommen, Sie zu holen, Miss Liza«, erläuterte er, »weil die Missus nicht mehr so wie früher ist, seit Sie weg sind. Oder eigentlich ... doch so wie früher. Wie sie schon mal war nämlich ...«

Thomas fiel es schwer, sich ohne Gesten auszudrücken. Er legte die Zügel aus der Hand und ballte die Fäuste. Zum Glück waren unsere Pferde alt und lammfromm. »So wie damals, als sie hat einsitzen müssen.«

Er meinte die acht Monate Gefängnis in Ilchester, ehe man sie wegen Diebstahls vor Gericht gestellt hatte.

»Wie war sie denn damals, Thomas?«

»Ganz schlimm dran.« Er schüttelte den Kopf und konnte gar nicht wieder damit aufhören. »Laudanum noch und noch. Und Branntwein. Der arme Mr. Jebb konnt's gar nicht mit ansehen, aber wenn sie nicht Laudanum schluckte, war's nicht auszuhalten mit ihr. Auf zwei Quarts die Woche hat sie's gebracht, in doppelt gebranntem Brandy. Danach war sie dann immer ganz dumm im Kopf. Nach dem Freispruch hatte sie sich ja berappelt, aber jetzt nimmt sie's wieder, dieses Teufelszeug, und ich muß ihr immer mehr bei Mr. Watkyns holen. Wir in der Küche sind da sehr traurig drüber, Miss Liza.«

Mr. Watkyns hatte die Apotheke an der Ecke Cheap und Union Street.

»Das ist ja schlimm, Thomas. Und ist sie denn jetzt auch dumm im Kopf?«

»Und wie! Es ist ein Jammer, Miss, und ich und Rachel und Pullett haben bloß noch eine Hoffnung, daß Sie ihr da irgendwie raushelfen können.«

Warum nicht, dachte ich in jugendlicher Zuversicht. Wenn ich mich in Delaford hatte nützlich machen können, warum nicht auch in Bath?

Beim Anblick von Mrs. Jebb aber fuhr mir doch der Schreck in die Glieder, nachdem mich vorher schon ein an sich unbedeutender Vorfall einigermaßen aus dem Gleichgewicht gebracht hatte. Als ich vorsichtig, um nicht den Korb mit den Eiern umzustoßen, den ich aus Delaford mitgebracht hatte, in der New King Street aus der Kutsche stieg, stand ich plötzlich Mrs. Busby, einer von Mrs. Jebbs Whist-Freundinnen, gegenüber. Sie richtete sich hoch auf, drehte den Kopf weg und trippelte eilig davon.

»Was hat sie denn?« fragte ich Thomas.

»Pullett wird's Ihnen sagen, Miss«, versetzte er mit sorgenvoller Miene und führte die Pferde in den Mietstall.

»Gehn Sie erst zur Herrin, Miss«, sagte Pullett, »danach sollen Sie alles erfahren.«

Mrs. Jebb lag im abgedunkelten Salon auf dem Sofa.

»Die Gnädigste ist also wieder da...« In ihrer Stimme schwangen Bitterkeit und Hohn. »Hast du deine tugendhaften Verwandten satt? Oder haben sie dich vor die Tür gesetzt?«

Die schweren Lider senkten sich halb über die Augen, die mir kleiner vorkamen und schiefgezogen waren wie bei einer Asiatin. Ihr Gesicht war bleigrau, der Mund höhnisch verzogen, als sei sie entschlossen, meine Antworten von vornherein in Zweifel zu ziehen.

»Es tut mir leid, daß es Ihnen nicht gutgeht, Ma'am«, sagte ich. »Und ich dachte, Sie sind unterwegs und freuen sich an dem schönen Frühlingstag.«

»Hat sich was! Wie kann von Freuen die Rede sein, wenn sämtliche Bekannten einem ausweichen wie einer Pestkranken?«

Ein schrecklicher Verdacht beschlich mich. Während der schweren Wochen in Delaford hatte ich mein Abenteuer mit Harry Ffinch-ffrench und seinen Freunden weitgehend verdrängt; ich hatte an Wichtigeres zu denken. War demnach diese dumme Geschichte inzwischen doch noch nicht in Vergessenheit geraten?

Wie gewöhnlich, wenn sie einen zu tadeln wünschte, antwortete sie nicht direkt, sondern zog ganz allgemein über dünkelhafte, eigensüchtige, aufgeblasene Personen her, die sich mit ihrem durchaus mittelmäßigen Talent in der Öffentlichkeit großtaten und denen es nur um Putz und schöne Kleider zu tun war. Eitelkeit, nichts als Eitelkeit. Und wozu? Um sich in der Bewunderung alter Narren und junger Rüpel und Trunkenbolde zu sonnen.

Wenn sie in dieser Stimmung war, hatte es keinen Sinn, ihr mit Vernunftgründen oder Entschuldigungen zu kommen. Mochte sie mich ruhig abkanzeln, wenn es ihr guttat!

»Vielleicht haben Sie Hunger, Ma'am«, sagte ich – denn das war oft der Fall, wenn sie streitsüchtig wurde. »Ich lasse Ihnen ein wenig Gebäck und ein Glas Kapwein bringen.«

»Willst mich beschwatzen, wie? Aber das soll dir nicht gelingen.« Immerhin trank sie den Wein, den Pullett brachte – das Gebäck wies sie mit einer schroffen Handbewegung zurück –, und schlief dann unvermittelt ein. Ihre Reglosigkeit und das laute Schnarchen erschreckten mich, und das Herz tat mir weh. So hatte ich mir meine Heimkehr nicht vorgestellt.

Auch der Abschied von Elinor war schmerzlicher gewesen, als ich gedacht hatte.

»Du wirst mir fehlen, Eliza«, hatte sie, die sonst nie von ihren eigenen Gefühlen sprach, zu meiner Überraschung gesagt. »Ich wünschte, du wärst meine Tochter.« Behutsam legte sie die Hand auf das Abschiedsgeschenk, das ich ihr gearbeitet hatte, einen Muff aus dem Rest einer Roßhaardecke, gefüttert mit Schafwolle. Es war eine recht klägliche, aber sicher nicht ganz unnütze Gabe, denn ihre Hände waren immer kalt, und sie hatte die Angewohnheit, sie fröstelnd in die Armgruben zu schieben.

»Und du wärst mir als Mutter auch sehr recht, Base Elinor.« (Aber nicht, wenn ich damit auch Edward Ferrars am Hals hätte, dachte ich. Gut möglich, daß Nells Selbstsucht und Gehässigkeit auch etwas mit dem freudlosen Wesen ihres Vaters zu tun hatte.)

»Was aber deine leibliche Mutter betrifft«, setzte Elinor noch schnell hinzu, »kann ich dir nur raten, nicht mehr über sie nachzugrübeln, es führt zu nichts. Schlag sie dir ein für allemal aus dem Kopf, das ist das beste für alle Beteiligten. Aber da ruft Edward. Leb wohl, Kind, du warst mir ein großer Trost. Jetzt geh.«

Sie hob den plumpen Muff vor die zuckenden Lippen.

»Leb wohl, Base Elinor. Ich... hoffe, daß wir uns bald wiedersehen.«

Doch ihr resigniertes Kopfschütteln schien eine solche Möglichkeit eindeutig zu verneinen.

Himmel noch mal, dachte ich zornig, was führen doch die Frauen für ein erbärmliches, geplagtes Leben! Und warum? Da ist die arme Elinor, die sich frierend und halb verhungert durchs Leben schlagen muß, nur weil dieser Klotz, den sie zum Mann genommen hat, von seinem dummen Stolz und seiner Knauserei nicht lassen kann. Und da ist Mrs. Jebb, die Freunde, ein eigenes Haus und ein gutes Auskommen hat und trotzdem wegen einer eingebildeten Ungerechtigkeit krank und elend geworden ist.

Oder hatte ihr Trübsinn etwa andere Gründe?

Ich befragte Pullett, die dabei war, meine Sachen auszupacken.

»Barmherzigkeit, Miss Liza, Ihre Hemden! Hatten die in Delaford denn keine Wäscherin für feines Zeug?«

»Ich mußte mehrere Hemden übereinander tragen, Pullett, sonst hätte ich mich zu Tode gefroren. Und zum Waschen hatten wir nur kaltes Wasser. Aber was um Himmels willen ist denn Mrs. Jebb zugestoßen? Und wo ist Pug?«

»Dem hat jemand mit einem Ziegelstein den Schädel eingeschlagen.« Pullett machte schmale Lippen. »Schätze, es war dieser Wetherell.«

»Aber warum denn, um alles in der Welt?«

»Um der Herrin eins auszuwischen. Er will ihr unbedingt nachweisen, daß sie seine Sachen gemaust hat, und läßt ihr keine Ruhe. Ab und zu entwischt sie mir oder Thomas, dann läuft sie in seine Tuchhandlung und wühlt aus lauter Schabernack in den Sachen auf dem Ladentisch herum. Sie kann recht boshaft sein, unsere Herrin, und je schwermütiger sie wird, desto schlimmer ist es mit der Boshaftigkeit.«

Ich hatte durchaus Verständnis für Mrs. Jebb, denn dieser Wetherell war wirklich ein fader, sauertöpfischer Mensch, aber die Schuld lag im Grunde auf beiden Seiten.

»Und warum hat Mrs. Busby mir die kalte Schulter gezeigt?«

Pulletts Gesicht wurde noch grimmiger. »In Bath erzählt man sich schöne Geschichten über Sie, Miss.«

»Über mich? Wegen dieser dummen Sache mit Lord Harry und seinen feinen Freunden?«

Sie nickte bekümmert. »Ja, Miss. Dieser junge – ich will seinen Namen gar nicht in den Mund nehmen … also dieser junge Mensch ist nach London gefahren und hat dort verbreitet, er und seine Kumpane hätten Sie im Buchenwald bestiegen. Und als Beweis hat er Ihr Tuch hergezeigt.«

»In London? Aber wer kennt mich denn da oder interessiert sich für mich?«

Doch dann fielen mir siedend heiß Nell Ferrars und die Lauderdales ein.

»Und das hat sich bis hierher herumgesprochen.« Pullett machte eine Kopfbewegung zum Kaminsims hin. »Ich denk mir, Miss, daß man Sie deswegen bei Mrs. Haslam nicht mehr haben will. Und Mrs. Jebbs Bekannte haben sich alle von ihr abgewandt.«

Ich hatte den Brief, der am Kerzenleuchter lehnte, noch gar nicht gelesen. Meine Hand zitterte vor Zorn, als ich die wenigen Zeilen las.

»Ja, du hast recht, Miss Orrincourt hat mir gekündigt. Wie konnte ich so dumm sein zu glauben, das alles würde folgenlos vorübergehen. Aber warum haben die Whist-Damen Mrs. Jebb meinetwegen fallenlassen? Ich kann auf der Stelle ausziehen, sie soll nicht für meine Dummheiten büßen.«

»Nein, nein, Sie dürfen jetzt nicht weg, Miss, dann glauben doch alle, daß an dem Klatsch was dran ist. Und Rachel und Thomas und ich, wir meinen, daß Sie für die Herrin die letzte Hoffnung sind.«

»Das glaube ich nicht, Pullett. Sie hat sich überhaupt nicht über mein Kommen gefreut.«

»Sie wissen doch, wie die Herrin ist, Miss, das Zanken hat nichts zu bedeuten. Sie haben ihr sehr gefehlt. Wenn Sie es nicht schaffen, sie vom Laudanum wegzubringen, schafft es keiner.«

Pullett hängte sich meine zerknitterten Musselinkleider über den Arm und verließ das Zimmer.

Bedrückt trat ich ans Fenster und sah hinaus. Beechen Cliff, Schauplatz meiner angeblichen Entjungferung, stand in üppigem Laub. In einem der Nachbargärten schmetterte eine Drossel ihr Lied. Nur gut, daß die Klatschmäuler nicht alles über mich wissen, dann hätten sie noch mehr Munition für ihre gehässigen Angriffe, sagte ich mir und sah zu den fernen Hügeln hinüber, hinter denen Bankertheim lag. Ich dachte daran, wie ich vor Jahren in Bath angekommen war und mich nach Triz und Lady Hariot, nach Mr. Bill und Mr. Sam gesehnt hatte. Wo waren diese Freunde jetzt? In alle Winde zerstreut und für mich auf immer verloren.

Ein Vers von Mr. Bill kam mir in den Sinn:

Kehr heim, o Verbannter! Das Vaterhaus winkt,
Mit geöffneten Türen dir Grüße darbringt.
Tritt nur ein und lausche im schlichten Gewand,
Wie die Drossel ihr Lied singt im Heimatland.

Nur zu gern würde ich so ein Vaterhaus mit einladend geöffneten Türen betreten, dachte ich, und die arme Mrs. Jebb von meiner lästigen Anwesenheit befreien. Wenn… ja, wenn ich nur wüßte, wo mein Vaterhaus steht…

Aber das waren kleinmütige Gedanken. Pullett und Rachel verließen sich in ihrer Sorge um die Herrin ganz auf mich. Mir schien, daß sie – im Stich gelassen von ihren Freunden, verfolgt von Mr. Wetherell – allen Grund hatte, sich mit Laudanum zu betäuben. Tat man ihr einen Gefallen damit, sie so weit wiederherzustellen, daß ihr diese Mißhelligkeiten nur noch klarer zu Bewußtsein kamen?

Ich straffte die Schultern und ging nach unten.

In den nächsten Wochen führte ich in der New King Street ein recht sonderbares Leben. Die meiste Zeit verbrachte ich im Haus und spielte Cribbage mit Mrs. Jebb. Sich tagsüber auf die Straße zu wagen war nicht ratsam, weil so viele Peinlichkeiten damit verbunden waren. Von der Schule und von den Konzerten her war ich in Bath so gut bekannt, daß ich nicht bis zum Apotheker an der Ecke kam, ohne daß mich abschätzige Blicke trafen, Köpfe sich abwandten, ein Mund sich verächtlich verzog, ein Fächer hastig aufgeklappt wurde. Ich hatte große Mühe, bei solchen Begegnungen nicht die Beherrschung zu verlieren, Gleiches mit Gleichem zu vergelten oder die leichtgläubigen Klatschmäuler mit einem kräftigen Schmähwort aus meiner Jugend in Bankertheim zu beglücken.

Damit aber hätte ich nur Mrs. Jebb geschadet. Mich selbst ließ die allgemeine Geringschätzung eher kalt. Sobald Mrs. Jebb sich wieder erholt hatte, gedachte ich den Staub der Stadt von meinen Schuhen zu schütteln, wenn ich auch noch nicht recht wußte, wohin ich mich wenden würde. Ich konnte nach Plymouth fahren, um den Matrosen Seife anzubieten. Ich konnte versuchen, mich nach Lissabon durchzuschlagen, zu Triz und Lady Hariot, oder auch nur nach London, um dort mein Glück zu versuchen. In London war inzwischen Hoby gelandet. Er hatte in der Abschlußprüfung schlecht abgeschnitten, und sein Vater hatte ihm daraufhin eine Stellung im Staatsdienst zugeschanzt.

»Mangelnde Geleersamkeit scheint die beste Empfelung für so eine Tetigkeit zu sein«, schrieb er ganz munter (mit der Orthographie stand er demnach immer noch auf Kriegsfuß), »zwei Drittel meiner Kollegen sind auf demselben Wege hierher gelankt.«

Kein Wunder, daß unser Land fürchten mußte, jeden Augenblick von den Franzosen überrannt zu werden!

Nach und nach fand Mrs. Jebb wieder zu ihrem galligen Humor und ihrer früheren, recht inhaltsleeren, aber zumindest bei klarem Verstand erfahrenen Lebensweise zurück, was sie neben der eigenen Zähigkeit wohl auch meinem unermüdlichen Drängen und energischen Zureden verdankte.

»Ich habe Sie jetzt dreimal hintereinander beim Cribbage geschlagen, Ma'am, Sie konzentrieren sich nicht auf das Spiel!« – das war die wirkungsvollste Waffe in meinem Arsenal. Das Laudanum beeinträchtigte ihre Aufmerksamkeit, andererseits mochte sie nicht verlieren – am wenigsten gegen mich –, und so konnten wir allmählich die Dosis herabsetzen, von zwei Quart auf eine Pinte, von einer Pinte auf ein oder zwei Dram.

Ich schöpfte neue Hoffnung, und Mrs. Jebb begann, Pläne zu schmieden.

»Ich werde das Haus verkaufen, so richtig habe ich es nie gemocht. Wir werden umziehen. Nur wohin, das ist die Frage, wie es bei diesem Hamlet heißt.«

Inzwischen war mir eine denkbare Lösung eingefallen. »Warum gehen wir nicht nach Portugal?«

»Nach Portugal, Kind? Wie kommst du denn darauf?«

»Ich habe gute Freunde dort, das Klima soll gesund, der Wein trinkbar und der gesellschaftliche Umgang frei und ungezwungen sein.«

»Englischer Umgang hoffentlich! Denk nur nicht, daß ich mich in meinem Alter noch mit diesem barbarischen Portugiesisch herumplage.«

»Nein, nein, dort leben viele englische Familien. Wegen des Portweinhandels.«

»Nun ja, man könnte es überlegen.« Ihre Augen begannen zu glitzern. »Ich werde mit Penwith darüber reden.« Penwith war ihr Anwalt. Inzwischen wußte ich, daß Mrs. Jebb von einer Leibrente lebte, in der sie, praktisch gesinnt wie stets, das restliche Vermögen ihres Mannes angelegt hatte.

Meine Gedanken kreisten nun um den Umzug nach Oporto, der, wenn alles gutging, im Lauf des Sommers stattfinden konnte. Wir würden uns in Bristol einschiffen, und ich notierte mir mögliche Abfahrtstermine.

Pullett und Rachel waren mit dem Plan sehr einverstanden.

»Die Herrin braucht Luftveränderung«, sagte Pullett. »Bath bekommt ihr nicht.« Und Rachel ergänzte: »Ich wollt schon immer mal ins Ausland. Und aus Miss Lizas Hand lese ich ganz klar eine Reise auf den Kontinent. Die Teeblätter sagen dasselbe.«

Nur Thomas war skeptisch. »Diese komische Sprache lernen? Nie!« erklärte er.

So standen die Dinge, als ich Mrs. Jeffereys, geborene Partridge, kennenlernte.

Ich hatte ihren Brief nicht vergessen, in Delaford aber keine Gelegenheit gehabt, ihn zu beantworten. Nachdem ich in Bath in Ungnade gefallen war, schien es unwahrscheinlich, daß sie noch Wert auf meine Bekanntschaft legte, und ich hatte mich deshalb nicht bei ihr gemeldet. Auch wenn ich mich damit der Möglichkeit begab, endlich etwas über meine Mutter zu erfahren, wollte ich mit Rücksicht auf Mrs. Jebb vermeiden, daß womöglich noch mehr Klatsch und Tratsch um meine Person entstand.

Als ich eines Abends nach Anbruch der Dämmerung aus dem Haus ging, um frische Luft zu schöpfen, hörte ich hinter mir jemanden eindringlich flüstern: »Miss FitzWilliam! Ach bitte, Miss FitzWilliam…«

Ich hatte den Weg zum Fluß gewählt und ging, in Gedanken mit Schiffen und Matrosen und der Reise nach Portugal beschäftigt, am Quai entlang.

»*Miss FitzWilliam!*«

Als ich mich umwandte, erblickte ich eine zierliche weibliche Gestalt, die hinter mir hergetrippelt kam. Das Gesicht kam mir bekannt vor, ich hatte es wohl schon mal in der Trinkhalle oder den Gesellschaftsräumen gesehen. Vor zwanzig Jahren mußte die Lady mit ihren großen runden Augen und dem zarten Teint bezaubernd hübsch gewesen sein. Das schwarze Haar war über der Stirn und um die Wangen noch immer in mädchenhaften Locken frisiert. Sie trug nach Art vieler Frauen, die von ihrer verlorenen Jugend nicht lassen können, eine rosa Pelerine und eine kokett mit Rosenknospen garnierte Haube. Ein Gazeschleier verbarg ihre Züge nur unvollkommen. In der Hand hatte sie einen rosafarbenen Sonnenschirm.

»Du liebe Güte, ich hatte ja solche Mühe, Ihnen zu folgen. Wie schnell Sie gehen, ich dachte schon, ich hole Sie nie ein. Sie sind doch Miss FitzWilliam? Ja, jetzt sehe ich es ganz deutlich, ein Irrtum ist ausgeschlossen...«

Ihre Stimme hatte einen leichten, sehr ansprechenden walisischen Tonfall.

»Ja, ich bin Eliza FitzWilliam.«

»Clara Jeffereys«, stieß sie atemlos hervor. »Geborene Partridge. Mein Mann, Mr. Jeffereys, hat das große Eisenwarengeschäft in der Cheap Street... Sie kennen es gewiß... und meine Mutter, Mrs. Partridge, vermietet Zimmer in den Edgards Buildings... sehr exklusive Zimmer, und nur an Damen. Wer sich unter der Obhut meiner Mutter in der Öffentlichkeit zeigt, kann sich in den besten Kreisen sehen lassen.«

Das zu hören freute mich natürlich, aber was hatte es mit mir zu tun?

»Mrs. Jeffereys, ich weiß nicht, ob Ihnen bekannt ist, daß ich zur Zeit in Bath nicht allzu wohlgelitten bin. Es könnte Ihnen gesellschaftlich sehr schaden, hier auf offener Straße mit mir zu sprechen.«

»Papperlapapp! Als ob ich mich darum scherte...« Während sie das sagte, sah sie sich gründlich auf dem um diese Zeit menschenleeren Quai um. »Mr. Jeffereys findet allerdings... und deshalb habe ich immer gehofft, Sie sozusagen zufällig... aber es ist sowieso alles großer Unsinn und wird bald genug vergessen sein... für Sie natürlich sehr ärgerlich... und die Geschichte von Ihrer armen

Mama, wenn *die* wieder hochkäme, würde es natürlich… die Leute denken doch immer gleich das Schlimmste…«

»Die Geschichte von meiner armen Mama?« wiederholte ich ungeduldig. »Wer war meine Mutter, Mrs. Jeffereys? Niemand will es mir sagen, niemand beantwortet meine Fragen. Was ist aus ihr geworden? Ich weiß nur, daß sie mit siebzehn gestorben ist.«

Mrs. Jeffereys sah mich sehr verwundert an. »Wer um Himmels willen hat Ihnen denn das erzählt? Dummes Zeug!«

»Soll das heißen, daß sie noch lebt?«

»Als ich sie zuletzt gesehen habe… du liebe Güte, wann war das eigentlich?« Sie zählte es an den Fingern ab. »Vor zehn oder zwölf Jahren vielleicht. Sie kam zufällig durch Bath, mit Lord… mit einem guten Bekannten. Die beiden waren im Weißen Hirschen abgestiegen. Sie schickte mir eine Nachricht, und wir trafen uns. Mr. Jeffereys durfte davon natürlich nichts wissen, aber glücklicherweise war er gerade auf Besuch bei seiner älteren Schwester in Taunton. Wir haben lange über die gute alte Zeit geplaudert. Wir sind nämlich zusammen zur Schule gegangen, Ihre Mama und ich, hier in Bath, nicht bei Mrs. Haslam, wir waren in einem anderen, sehr vornehmen Institut. Dann hat Oberst Brandon sie weggeholt, aber einmal durfte sie uns besuchen, damals lebte mein lieber Papa noch, und Eliza und ich haben bezaubernde Spaziergänge gemacht und uns ganz prächtig unterhalten…«

Mir verschlug es den Atem. »Entschuldigen Sie, Ma'am, aber… Meine Mutter war demnach später noch einmal in Bath?«

»Ja, das sage ich doch gerade. Sie habe kurz in dem Ort angehalten, in dem Sie aufwuchsen, hat sie mir erzählt, Nether Hinton oder so ähnlich, Sie aber dort nicht angetroffen.«

»Hat sie dort einen Fächer für mich abgegeben?«

»Das weiß ich nicht, aber es ist schon möglich. Eliza hatte ein so gutes Herz, und eben deshalb ist sie oft genug in Schwierigkeiten geraten, Gutmütigkeit wird ja immer gleich ausgenutzt…«

»Soll das heißen, daß meine Mutter noch am Leben ist?«

»Das wollte ich ja gerade von Ihnen wissen.« Mrs. Jeffereys sah mich groß an. »Deshalb lag mir doch so viel an diesem Gespräch. Sie müssen ihre Tochter sein… bei dieser Ähnlichkeit in den Zügen und der Haarfarbe… und ich dachte, Sie wüßten, wo sie ist.«

»Mir hat man immer gesagt, sie sei tot.«

Sie biß sich auf die Lippen. »Nun ja, die Leute sind so… und Oberst Brandon… ein gütiger Mensch, aber sehr sittenstreng… und deshalb wohl… Und er hatte es ja auch nicht leicht, der arme Mann. Elizas Mutter, die Base des Obersten, soll in großer Not gestorben sein, und der Oberst, so heißt es, hat die kleine Eliza selbst aufgezogen, sie war sein Patenkind.«

»Nicht seine Tochter?«

»Aber nein! Wer der Vater war, weiß niemand. Ihre Mutter war mit dem älteren Bruder von Oberst Brandon verheiratet, aber dem ist sie durchgebrannt. Er soll ein richtiges Scheusal gewesen sein, zum Glück ist er aber dann gestorben, und der Oberst hat den Besitz geerbt. Er kam aus Indien zurück und machte sich gleich auf die Suche nach Eliza, er hatte sie nämlich selber leidenschaftlich geliebt, aber nicht heiraten können, weil er nur der jüngere Bruder war. Als er sie glücklich fand, war es schon zu spät, sie starb, und er hat das Kind, Ihre Mutter, aufgezogen.«

»Oberst Brandon hat meine Großmutter geliebt, und sie ist gestorben? Und er hat ihre Tochter aufgezogen?«

»Wenn ich es Ihnen doch sage, Kind... Und dann hat sich die Tochter – *meine* Eliza – in Willoughby verliebt.«

Der Name traf mich wie ein Hammerschlag.

Willoughby. W.

»Hatte er schwarzes Haar?«

»Eine rabenschwarze Mähne. Mir ist nie vorher und nie nachher ein so gutaussehender Mann begegnet.«

»Wo hat sie ihn kennengelernt?«

»Hier in Bath, als sie bei uns zu Besuch war. Willoughby stammte aus Allenham bei Somerset, er war häufig dort, auf dem Gut seiner Tante. Eines Tages würde es ihm gehören, sagte er immer. Wir lernten ihn in der Trinkhalle kennen. Ach, er war so charmant. So lebhaft. So elegant, geistreich und humorvoll. Und poetisch. Und diese Manieren... Er und Ihre Mutter waren ein Paar wie... wie...« Mrs. Jeffereys suchte vergeblich nach einem passenden Vergleich. »Es war etwas Einmaliges«, sagte sie schließlich.

»Und wie ging es dann weiter?«

»Ja, also...« Mrs. Jeffereys klappte ein paarmal ihren Parasol auf und zu. »Er redete so lange auf sie ein, bis sie einwilligte, mit ihm durchzubrennen... nach Gretna Green, wie er sagte, aber ich fürchte, so weit sind sie gar nicht gekommen, und er hat sie wohl auch nicht geheiratet, denn ein, zwei Jahre später habe ich in der Zeitung gelesen, daß er die Ehe mit einer Miss Grey eingegangen ist, einer wohlhabenden Frau aus London, fünfzigtausend Pfund soll sie gehabt haben. Er war leider ein recht wankelmütiger Mensch. Und völlig mittellos... Inzwischen war ich mit Mr. Jeffereys verlobt... und Papa war sehr darauf bedacht, daß... Ich habe deshalb nie erfahren, was aus meiner armen, unglücklichen Freundin geworden ist. Soviel ich weiß, hat Oberst Brandon Willoughby zum Duell gefordert, und es kam zu einem Schußwechsel.«

Womit meiner armen Mutter nicht geholfen war, dachte ich bitter.

»Wissen Sie etwas über die Dame, die der Oberst geheiratet hat? Über Miss Marianne Dashwood?«

»O ja«, erwiderte sie bereitwillig. »Meine Base Alice, die jetzt ein Modegeschäft in Clerkenwell hat, war früher Haushälterin bei einer wohlhabenden Dame, einer Mrs. Jennings. Die Schwestern Dashwood waren um die Zeit, als Willoughby seine Miss Grey heiratete, bei Mrs. Jennings in London zu Gast. Wegen der armen Miss Marianne, die übrigens eine strahlende Schönheit gewesen sein muß, hat Willoughby meine arme Eliza dann sitzenlassen. Aber die Ärmste hatte auch keine Mitgift, und nach knapp drei Monaten ist er auf und davon zu Miss Grey und ihren fünfzigtausend Pfund. Die arme Miss Marianne ist fast gestorben vor Gram, so heißt es, und meiner unglücklichen Eliza hat er auch das Herz gebrochen und außerdem noch ein Kind gemacht. Ich sage Ihnen, Miss FitzWilliam, die Männer sind alle ausgemachte Schufte. Bis auf Mr. Jeffereys«, setzte sie großmütig hinzu.

»Marianne Dashwood ist also auch von Willoughby sitzengelassen worden und hat daraufhin Oberst Brandon geheiratet…« Und Willoughbys Bild in einem Buch versteckt, dachte ich. »Die Ärmste…«

»Vorher hatte sich ein anderer Mann für sie interessiert, aber den wollte sie nicht, da hat er dann ihre Schwester genommen«, erzählte Mrs. Jeffereys, wohl um darzutun, daß es Marianne ungeachtet der Enttäuschung mit Willoughby nicht an Bewerbern gefehlt hatte.

Ich horchte auf. »Wissen Sie, wie er hieß?«

Nein, den Namen jenes Verehrers kannte sie nicht.

»Und Sie wissen wirklich nicht, wo meine Mutter sich aufhalten könnte, Mrs. Jeffereys?«

»Wenn ich es wüßte, würde ich es Ihnen sagen, Kind. Wie ähnlich Sie ihr sehen!« Sie wischte sich ungeniert die Augen. »Ich wußte sofort, daß Sie Elizas Tochter sind.«

»Und als Sie meine Mutter zum letztenmal gesehen haben, war sie da… wohlauf? Und glücklich?«

»Sie meinen damals, als sie im Weißen Hirsch abstieg? Ja, durchaus glücklich und zufrieden.«

»Wo lebte sie denn zu der Zeit?«

Mrs. Jeffereys warf mir einen durchtriebenen Blick zu. »Ja, also frei heraus gesagt – sie lebte mit irgendeinem Lord zusammen. Den Namen hat sie mir nicht verraten. In unserer Schulzeit war sie ein rechtes Dummchen gewesen, aber inzwischen hatte sie sich wohl Witz gekauft, denn sie sagte mir, sie wolle ein Etablissement in London eröffnen, sobald sie genug Geld gespart hatte.«

»Was für ein Etablissement?«

»Einen Spielklub. Viele sind nämlich sehr reputierlich«, setzte Mrs. Jeffereys rasch hinzu.

Ganz benommen von dem, was da in kurzer Zeit auf mich eingestürmt war, sagte ich: »Mrs. Jeffereys, zwei Herren kommen in unserer Richtung über den Quai. Wenn Sie es vorziehen, nicht mit mir gesehen zu werden…«

»Danke, liebes Kind, wie rücksichtsvoll. Ja, Mr. Jeffereys wäre vermutlich sehr… Wenn Sie je etwas von meiner lieben Eliza hören, verständigen Sie mich doch bitte. Ich würde wirklich gern…«

Den Sonnenschirm schwenkend, flüchtete Mrs. Jeffereys die Avon Street hinauf, und ich ging langsam und sehr nachdenklich in die New King Street zurück.

Ich war wie betäubt. Als hätte ich einen Kieselstein losgetreten und damit eine Lawine ausgelöst.

8

An diesem Abend kam ich nicht mehr dazu, mit Mrs. Jebb zu sprechen, die neuerdings immer sehr früh zu Bett ging. Ein paarmal hatte ich ihr angeboten, für sie zu spielen und zu singen, aber sie hatte abgewinkt. »Nein, Kind, Musik ist nichts für einsame Leute...« Dabei hatte sie sich voller Unbehagen in dem leeren Zimmer umgesehen. Unwillkürlich überlief mich ein Frösteln, als ich daran dachte, wie früher Lachen und Singen und munteres Geplauder aus den Salonfenstern bis auf die New King Street gedrungen waren.

Daß ich so viele Jahre, ja mein ganzes Leben lang, geglaubt hatte, meine Mutter sei nicht mehr am Leben, um dann fast nebenbei zu erfahren, daß sie keineswegs gestorben war, sondern sich in London etabliert hatte und entweder einen Spielklub unterhielt oder – von irgendeinem Adligen ausgehalten – ein despektierliches, aber angenehmes Leben führte, machte mein ganzes bisheriges Weltbild zunichte.

Was hatte sie in diesen Jahren gemacht? (Hatte Oberst Brandon sie unterstützt? Oder hielt auch er sie für tot?) Warum hatte sie mich nur dieses eine Mal aufgesucht? (Hatte der Oberst es ihr verboten?) Was für eine Frau war meine Mutter?

Äußerlich sahen wir uns offenbar sehr ähnlich, was aber natürlich nicht bedeutete, daß wir auch wesensgleich waren. Wie gern hätte ich mehr über sie erfahren! Wenn es mir gelang, sie ausfindig zu machen, würde sie mich doch sicher nicht zurückweisen... Aber vielleicht hatte sie Oberst Brandon (womöglich zum Dank dafür, daß er den Unterhalt für mich zahlte) oder ihrem Beschützer (mit dem sie vielleicht weitere Kinder hatte) versprochen, sich nicht mit mir in Verbindung zu setzen?

Und wie und wo agierte mein Vater Willoughby in diesem mir ganz neuen, undurchschaubaren Netz wechselseitiger Beziehungen? Von ihm wußte ich nur, daß er eine Miss Grey mit fünfzigtausend Pfund Vermögen geheiratet und einen kleinen Besitz in Somerset – Allingham? Annington? – zu erwarten hatte, der womöglich von Delaford gar nicht so weit entfernt lag...

Aus mehr als vierjährigem Abstand meinte ich wie ein Echo wieder eine Bemerkung von Edward Ferrars zu hören. »Glaubst du, *er* könnte erfahren...«, hatte Elinor gefragt, und ihr Mann hatte erwidert: »Es könnte Gerede geben. Die Ähnlichkeit ist frappant.«

Und ich begriff, daß er nicht die Ähnlichkeit mit Willoughby, sondern mit meiner Mutter gemeint hatte, die von Willoughby ebenso betrogen wurde wie die unglückliche Marianne Dashwood. Und wie viele Frauen noch, ehe er sich für Miss Grey und ihre fünfzigtausend Pfund entschied? Keine sehr schätzenswerte Persönlichkeit, mein Vater Willoughby mit seiner blendend schönen Erscheinung, seiner Lebhaftigkeit, seinem Witz, seiner poetischen Ader, seinen tadellosen Manieren. Wie hatte Mrs. Jeffereys gesagt? »Ich sage Ihnen, Miss FitzWilliam, die Männer sind alle ausgemachte Schufte.« In Bankertheim, wo die Hinterlassenschaften dieser feinen Gentlemen herumlagen wie vergessene Ostereier, sah man das auch so.

Gab es unter meinen männlichen Bekannten auch nur einen, der kein ausgemachter Schuft war? Gewiß, da war Edward Ferrars, dieser Tugendpinsel, da waren der Oberst und Thomas und meine Freunde Mr. Bill und Mr. Sam. Mr. Sam hatte eine Frau, Mr. Bill eine Schwester, aber sonst wußte ich so gut wie nichts über die beiden. Waren sie lieb und fürsorglich zu den Frauen? Kümmerten sie sich um die Kinder?

Ich spielte flüchtig mit dem Gedanken, folgenden Brief an Mr. Willoughby Wohlgeboren in Allingham oder Amingham, Somerset, zu schreiben: »Verehrter Herr, ich habe Grund zu der Annahme, daß ich Ihre Tochter bin, und würde mich außerordentlich freuen, Ihre Bekanntschaft zu machen. Ferner wäre ich Ihnen sehr verbunden, wenn Sie mir die Anschrift meiner Mutter übermitteln würden und die Freundlichkeit hätten, zu meinem Unterhalt beizutragen.«

(Wahrscheinlich aber waren, wenn er seiner damaligen Lebensweise treu geblieben war, Miss Greys fünfzigtausend Pfund längst durchgebracht. Und seine Frau würde kaum großen Wert darauf legen, mich kennenzulernen.)

Unter so wirren und widersprüchlichen Überlegungen schlief ich endlich ein.

Am nächsten Morgen ging ich, ganz erfüllt von meiner Neuigkeit, zu Mrs. Jebb, die neuerdings erst gegen Mittag oder noch später aufstand. Blaß und teilnahmslos saß sie mit einem flauschigen Tuch um die Schultern im Bett, denn morgens war es immer noch recht kalt. Ich überlegte besorgt, wie es wohl Elinor Ferrars gehen mochte und ob Mrs. Ashcott auch daran dachte, das Hafermehl über

Nacht quellen zu lassen. Mrs. Jebb trank mit grimmigem Gesicht ihren Kakao. Auf der Bettdecke lagen Umschläge und Briefbogen.

»Hören Sie nur, Ma'am, was ich entdeckt habe…«

»Sieh dir das an!« fiel sie mir ins Wort und schob mir ein Briefblatt zu.

Ich erkannte die Handschrift von Edward Ferrars.

Verehrteste!

Zu meinem größten Bedauern muß ich Sie davon in Kenntnis setzen, daß uns aus zuverlässiger Quelle eine höchst beklagenswerte und skandalöse Mitteilung zugesandt wurde, welche die zur Zeit unter dem Namen Miss FitzWilliam bei Ihnen weilende junge Person betrifft; eine Mitteilung, die es mir verbietet, besagte Person jemals wieder unter meinem Dach zu dulden. Ich empfehle Ihnen dringend, dieses Geschöpf, dessen Verhalten aller Moral und allem Anstand hohnspricht, unverzüglich aus Ihrem Haus zu entfernen.

Ich verbleibe mit dem Ausdruck meiner vorzüglichsten Hochachtung Ihr Freund Edward Ferrars.

»Aus zuverlässiger Quelle!« empörte ich mich. »Ich wette, das hat er von Nell, dieser bösartigen Klatschbase.«

Jetzt rächte es sich, daß ich Nell nachdrücklich an ihre Tochterpflichten erinnert hatte.

»Das kommt davon, daß ich ihr geschrieben habe, sie müsse nach Delaford kommen. Natürlich bleibt sie viel lieber am Berkeley Square und macht sich bei Lady Helen unentbehrlich. Aber hören Sie, Ma'am, meine Neuigkeit könnte nicht gelegener kommen…«

Gedankenlos in meinem Eifer berichtete ich nun über

mein Gespräch mit Mrs. Jeffereys. Mrs. Jebb äußerte sich nicht.

»Ich werde Ihnen also nicht mehr zur Last fallen oder Schande machen«, schloß ich, »denn wenn ich einmal fort bin, kommen gewiß auch Ihre Freundinnen wieder … Ich will meine Mutter suchen gehen …«

»A-aber … -a-a-aber …«

Ich erschrak. Sie war noch blasser geworden.

»W-wir wollten doch noch P-Po-Portugal …«

Mit ihrem ganzen beträchtlichen Gewicht fiel Mrs. Jebb vornüber auf das Frühstückstablett.

Pullett eilte herbei, als sie es klirren hörte.

»Was haben Sie denn bloß zu ihr gesagt, Miss Liza?«

Wir liefen nach warmem Wasser und Handtüchern, wischten Mrs. Jebb das Gesicht ab, betteten sie bequem und schickten Thomas nach dem Arzt. Dabei erzählte ich Pullett, worüber wir gesprochen hatten.

»Sie haben gesagt, daß Sie nach London wollen, um Ihre Mutter zu suchen? Aber Miss Liza … die Herrin hat sich so auf Portugal gefreut. Ständig hat sie davon gesprochen. ›Das wird ein Spaß, wenn wir mit Miss Liza nach Lissabon reisen‹, hat sie gesagt und sich ausgemalt, was wir dort alles anstellen würden …«

Bestürzt sahen wir uns an, und ich wünschte mir, ich wäre nie geboren worden.

Der Arzt sagte, es sei ein Schlaganfall, und Mrs. Jebb könne sich wieder erholen. »Allerdings ist ihre Konstitution durch die literweise Einnahme von Laudanum – Laudanum in Brandy, wohlgemerkt! – sehr geschwächt …«

An ihrer geschwächten Konstitution aber waren, wie sich herausstellte, auch Sydney Wetherells Drohbriefe schuld.

»Zahlen Sie fünfzig Pfund, oder ich erstatte Anzeige und bringe Zeugen dafür bei, daß Sie am 15. Januar zwei Schnupftücher und eine Elle Satinband entwendet haben...«

Fünf oder sechs Schreiben dieser Art fanden wir in ihrem Retikül.

»Meine arme Herrin«, schluchzte Pullett. »Warum hat sie mir das nie erzählt? Und sie hat bestimmt gezahlt. Kein Wunder, daß es in letzter Zeit so knapp herging bei uns. Kein Wunder, daß sie nach Portugal will, um diesem Blutsauger zu entgehen.«

Aber Mrs. Jebb sollte Portugal nicht mehr zu sehen bekommen.

Sie erholte sich so weit, daß sie ein wenig sprechen und hin und wieder ein paar Löffel Nahrung zu sich nehmen konnte, aber ihr selbst schien wenig an einer Genesung zu liegen.

Sie nahm kaum Notiz von unserem Kommen und Gehen, reagierte nicht, wenn wir sie ansprachen, sie mit Essen oder unseren Handreichungen belästigten. Mit ihren Gedanken war sie weit weg.

Einmal fragte sie: »Wer, sagtest du, sei dein Vater, Kind?«

»Willoughby, Ma'am.«

»Kenne ich ihn?«

»Das weiß ich nicht, Ma'am.«

»Ich glaube nicht. Und Mr. Jebb hat ihn wohl auch nicht gekannt.«

Sie beschäftigte sich viel mit Mr. Jebb, sprach oft von ihm, als sei er im Haus und würde gleich hereinkommen.

Ein andermal sagte sie langsam und stockend: »Ich möchte, daß du meine Rubine bekommst, Eliza.«

Es waren schöne, wertvolle Steine in altmodischem Tafelschnitt, verarbeitet zu einem zweireihigen Halsband, Armbändern, Ohrringen und zwei großen runden Broschen. Früher hatte sie hin und wieder mit spöttischem Lächeln die ganze Garnitur angelegt, um einem gewöhnlichen Whistabend mit ihren Freundinnen ein wenig Glanz zu verleihen, in letzter Zeit aber hatte sie den Schmuck nicht mehr getragen.

Ich lachte ein wenig.

»Aber Sie haben mir gesagt, daß Rubine mir nicht stehen, Mrs. Jebb, weil sie nicht mit meiner Haarfarbe harmonieren.«

»Spielt… keine Rolle. Ganz… schön was wert. Kannst… damit ein Geschäft… aufmachen.«

»Und die armen Ferrars? Elinors Not ist so viel größer.«

»Geht … dich nichts an«, blaffte sie. »Kann Rubine geben, wem ich will.«

»Ja, ja, natürlich«, sagte ich beschwichtigend.

»Die verdienen's nicht, daß man was für sie tut. Haben dir das Haus verboten. Kann Rubine geben, wem ich will«, wiederholte sie, und ich verbiß mir die Bemerkung, daß eine mündliche Übereignung von Eigentum rechtlich nicht bindend ist.

Doch sie ließ es nicht dabei bewenden, sondern rief Rachel und Thomas, hieß Pullett den Schmuck aus dem schweren Mahagonischrank holen (einem Überbleibsel aus ihrem großen Haus) und aus den Schatullen nehmen.

»Die Sachen ... soll Liza haben. Gib ... sie ihr«, krächzte sie. »Ihr seid Zeugen, Rachel und Thomas.«

»Aber dazu braucht's was Schriftliches, Ma'am«, wandte Rachel ein. »Sie müssen es aufschreiben. Thomas sagt das auch.«

Er nickte energisch.

Schreiben konnte Mrs. Jebb nicht mehr. Alles, was sie auf dem Papier zustande brachte, waren ein paar zittrige Krakel.

»Wir könnten Mr. Penwith, den Anwalt, holen, er kann morgen eine eidliche Erklärung oder so was aufsetzen.«

Mrs. Jebb nickte langsam. »Morgen ... Rubine ... für ... Eliza ...«

Doch in der Nacht starb sie.

Ich war bei ihr. Pullett, die bei ihr wachte, hatte mich geholt, weil ihr Mrs. Jebbs schwerer Atem nicht gefiel. Wir richteten sie auf, und ich schlug vor, ihr einen Schluck Kognak einzuflößen, was ihr immer Erleichterung zu bringen schien. Pullett hatte das Zimmer gerade verlassen, als Mrs. Jebb beide Augen aufschlug und lächelte. Es war ihr altes, durchtriebenes Lächeln, das aussah, als machte sie sich über uns beide lustig.

»Haben Sie damals die Spitze wirklich gemaust, Ma'am?« fragte ich leise.

Das eine Auge schloß sich langsam, das andere folgte. Behutsam legte ich sie in die Kissen zurück.

Pullett, die mit dem Kognak hereinkam, stieß einen leisen, langgezogenen Klagelaut aus.

Natürlich bekam ich die Rubine nicht. Der Anwalt war ganz empört, als er davon hörte, auch wenn er unerschütterlich höflich blieb. Vergebens versicherten Pullett, Rachel und Thomas, daß Mrs. Jebbs Absicht eindeutig gewesen war, daß sie es alle bezeugen konnten.

»*Sagen* kann so was jeder, ihr guten Leute, aber dergleichen muß mit Brief und Siegel festgelegt werden. In ihrem Testament steht klar und deutlich, daß Mrs. Busby die Rubine haben soll. Ich werde sie an mich nehmen.« Rasch klemmte er sich die Schmuckschatullen unter den Arm.

In Mrs. Jebbs Testament waren fünfhundert Pfund für ihre Base Mrs. Elinor Ferrars vorgesehen, was mich freute, auch wenn Elinors Mann sehr wahrscheinlich diese Summe bis zum letzten Penny für bedürftige Pfarrkinder ausgeben würde. Was sie außer den Rubinen noch an Schmuck besessen hatte, wurde unter ihre abtrünnigen Freundinnen verteilt, das Haus in der New King Street ging an ›meine getreuen Bediensteten Rachel und Thomas Kennet‹, und hundert Pfund bekam Pullett. Ich wurde lediglich in einem recht eigenartigen Kodizill erwähnt. ›Meiner lieben Pullett vermache ich Miss Eliza FitzWilliam. Und umgekehrt.‹

»Höchst unschicklich und ausgefallen«, bemerkte Mr. Penwith ungehalten. »Das habe ich Mrs. Jebb auch gesagt, aber sie ließ sich nicht davon abbringen. Hat natürlich nichts zu bedeuten. Nicht das mindeste.«

Mrs. Jebb hatte sehr wenig Bargeld hinterlassen, der Verkauf der Möbel und Effekten reichte gerade, um die Legate auszuzahlen.

Ich freute mich für Thomas und Rachel, die das Haus

behalten und Zimmer vermieten wollten, was in Bath ein einträgliches Geschäft war.

»Und Sie sollen unser erster Gast sein, Miss Liza, umsonst und solange Sie wollen. Die Herrin hatte Sie sehr gern, sie hätte es so gewollt.«

»Aber ich habe ihr nur Unglück gebracht, Rachel. Es tut mir jetzt leid, daß sich unsere Wege je gekreuzt haben.«

»Dummes Zeug, Miss, die Herrin hat Sie liebgehabt. So glücklich und vergnügt wie in den letzten Jahren ist sie seit dem Tod des Herrn nicht mehr gewesen.«

Jetzt, da es zu spät war, bedauerte ich es sehr, daß ich mir von Mrs. Jebb nicht mehr über ihre Kindheit, ihren Gatten, ihre ersten Ehejahre hatte erzählen lassen. Aber so ist die Jugend; sie denkt, daß Zeit stets unbegrenzt zur Verfügung steht und daß die Alten ewig leben, und so wird der Moment, Fragen zu stellen, immer wieder aufgeschoben.

Ich sagte Thomas und Rachel, daß ich nicht in Bath bleiben würde.

»Ich will nach London, um meine Mutter zu suchen.«

»Und ich komme mit«, erklärte Pullett.

Von diesem gewiß gutgemeinten Angebot war ich durchaus nicht begeistert. Pullett würde eine ständige Sorge, ja eine ausgesprochene Last sein.

»Nein, nein, Pullett, bleib du nur hier in Bath bei deinen Freunden. Weiß ich denn, ob ich uns beide werde ernähren können? Vielleicht kann ich nicht einmal mich selbst durchbringen.«

»Ich helfe Ihnen«, sagte Pullett. »Ich kann zupacken... nähen... waschen. Und es gehört sich nicht, daß eine junge Dame allein in der Welt herumreist.«

Womit sie natürlich meinte, daß ich gerade jetzt besonders auf meinen guten Ruf bedacht sein mußte.

Von Mrs. Jebbs Freundinnen kam keine einzige zur Beerdigung; als Trauergäste waren nur Thomas, Rachel, Pullett und ich erschienen. Schweigend gingen wir in strömendem Regen nach Hause und ließen sie allein in ihrem Sarg unter der nassen Erde zurück. Hoffentlich, dachte ich, sieht sie ihren Mr. Jebb wieder. Und hoffentlich kriegt die weißhaarige, scharfzüngige Mrs. Busby von den Rubinen Pusteln an ihrem Runzelhals.

Pullett und ich fuhren mit der Postkutsche nach London. Thomas, Rachel und ich hatten ihr zugeredet, ihre hundert Pfund bei der Bank zu deponieren, so daß wir nur sehr wenig Geld hatten. Das, was ich von meinen Einnahmen in Mrs. Haslams Institut gespart hatte, war fast aufgebraucht, und Mrs. Jebb hatte in der letzten Woche ihren Dienstboten den letzten Wochenlohn nicht mehr zahlen können. Ich verkaufte ein paar Bücher, die ich in Bath erstanden hatte, Rachel und Thomas verkauften Mrs. Jebbs Piano (das brauchen wir doch nicht, sagten sie) und bestanden darauf, uns das Geld zu geben.

Ich setzte in einem vorsichtig formulierten Brief Mrs. Jeffereys von meiner Absicht in Kenntnis, und sie schickte mir daraufhin die Adresse ihrer Base, Mrs. Widdence, zu deren Modegeschäft in Clerkenwell auch einige Dachkammern gehörten, die sie zu mäßigen Preisen vermietete.

Zumindest hatten wir nun also in London schon ein Ziel vor Augen.

»Das da nehme ich in Verwahrung und das Geld auch«, erklärte Pullett und steckte den Zettel mit der Adresse von Mrs. Widdence in ihren Geldbeutel. Beim Packen war sie ständig um mich herum wie eine besorgte Henne um ihr Küken, was mich sehr irritierte, aber die arme Pullett war ungeheuer stolz auf ihre neue Vertrauensstellung.

»Die Herrin wußte schon, warum sie diesen Nachsatz in ihr Testament aufgenommen hat«, sagte sie immer wieder. »Weil Sie nämlich ein unerfahrener Sausewind sind, Miss Liza, und weil man ein Auge auf Sie haben muß.«

So legten wir denn die Reise von Bath nach London scheinbar in schönster Harmonie zurück, insgeheim aber wurmte es mich sehr, daß mir der Spaß an meinem großen Abenteuer verdorben war.

Als wir in London eintrafen, war es schon dunkel, und die Post setzte uns am Paddington Green ab, wo Ostermarkt gewesen war und die Menge sich nur langsam verlief. Um uns herum war Getriebe und Geschrei, zischend stiegen Raketen in die Luft.

»Was machen wir jetzt, Miss?«

Pullett sah sich verstört um, ihre Selbstsicherheit war dahin.

»Wir brauchen eine Mietkutsche für die Fahrt nach Clerkenwell. Bleib du beim Gepäck, ich suche den nächstgelegenen Kutschenstand.«

»Beeilen Sie sich!« rief sie mir nach.

Als ich mit der Kutsche zurückkam, schwebte sie schon in tausend Ängsten. »Ich hab gedacht, ich seh Sie nie wieder. Furchtbar, diese vielen Menschen ...« Wir fuhren noch nicht zehn Minuten, als sie einen Schreckensschrei ausstieß. »Das Geld ist weg. Meine Börse… Jemand muß die Schnüre durchgeschnitten haben.«

Angstvoll tastete sie überall herum, aber es half nichts, der Geldbeutel mit allem, was wir besaßen, war ihr offenbar gestohlen worden.

»Gütiger Himmel, Miss Liza, was sollen wir machen? Was sollen wir jetzt bloß machen?«

Der Kutscher hörte ihr Gejammer. »Was ist?« fragte er argwöhnisch. Als er erfuhr, was geschehen war, weigerte er sich, uns auch nur einen Schritt weiter zu fahren. Er setzte uns mit unserem Hab und Gut kurzerhand auf die Straße, ließ die Peitsche knallen, wünschte uns höhnisch alles Gute und war gleich darauf verschwunden.

»Hör auf zu heulen, Pullett, die Leute schauen schon her.«

Die Gegend war belebt und offenbar recht vornehm. Ich sah zu den gut beleuchteten Straßenschildern hoch. Wir standen an der Ecke Oxford Road und Bond Street.

»Setz dich aufs Gepäck, Pullett, damit uns das nicht auch noch jemand stiehlt, und breite dein Umschlagtuch aus, ich werde singen.«

Auf diese Idee war ich durch Pulletts Geheul gekommen, das bei den Passanten erhebliches Aufsehen erregt hatte. Ich begann mit dem langgezogenen, sehr lauten Ruf, der in Bankertheim unser Signal gewesen war, wenn irgendwo etwas Gutes verteilt wurde oder irgendeine Kurzweil in Aussicht stand.

»Johoo! Johoo! Johooo!« Der gellende Dreiklang übertönte sogar den Londoner Straßenlärm.

Zahlreiche Passanten drehten sich um und starrten mich

an, und ich begann ohne weitere Umstände zu singen – nicht die brave Salonmusik oder die Opernarien, die ich dem Publikum in Bath geboten hatte, sondern einfache Lieder und Balladen mit eingängigen Melodien, die Passanten zum Mitsingen verlocken sollten. Bald hatte sich eine stattliche Menge versammelt, und wenig später summten sie alle mit, klopften mit der Fußspitze den Takt und nickten mit dem Kopf.

Erst ein paar, dann immer mehr Pennies fielen auf das Tuch, das Pullett ausgebreitet hatte, dann folgte die erste Silbermünze, eine zweite, dritte, ein ganzer Regen. Sogar Gold sah ich aufblitzen.

Und dann tauchte ein entrüsteter Wachtmeister auf. »Heda, junge Frau, trollen Sie sich! So was können Sie hier nicht machen, das ist eine anständige Straße, hier dulden wir keinen Menschenauflauf.«

Ich erwiderte in meinem geschliffensten Tonfall – Miss Orrincourt wäre stolz auf mich gewesen –: »Es tut mir unendlich leid, Wachtmeister, aber uns wurde in Paddington das ganze Geld gestohlen, und wir brauchen eine Mietkutsche nach Clerkenwell. Ob es dafür jetzt reicht? Was meinen Sie?«

Rasch raffte ich die Münzen zusammen und zeigte sie ihm, wobei ich ihm eine Krone in die Hand drückte.

»Na ja, wenn das so ist... Die Droschke will ich Ihnen wohl holen, Missie, aber hören Sie bloß auf mit dem Singen, das gilt als öffentliches Ärgernis, ich müßte Sie mitnehmen. Weitergehen, Leute, weitergehen!« Die Menge zerstreute sich murrend, und der Wachtmeister machte sich auf die Suche nach einer Droschke.

»Also ich muß schon sagen, Gnädigste«, näselte ein modisch gekleideter Gentleman, der mich während meiner Darbietung unverschämt gemustert hatte, »wie Sie diese alten Balladen bringen, ist schon kolossal. Hab gedacht, ich bin wieder in Eton, haha! Eine Stimme, die das Herz eines Fischhändlers erfreuen würde, auf Ehre. Wenn ich meinen Gästen einen lustigen Abend bieten wollte, würd ich Sie vom Fleck weg anwerben, ja, wahrhaftig.«

Dabei betrachtete er mich durch ein Monokel, das in den Griff seines Spazierstocks eingelassen war, und lächelte spöttisch. »Danke, Sir«, sagte ich frostig, während ich angelegentlich Pulletts Umschlagtuch faltete und ihr zurückgab. Das Geld hatte ich in mein Schnupftuch gebunden.

»Jetzt komm endlich, Schatz«, rief eine Dame und zog den Gentleman mit dem Spazierstock am Arm. Sie war sehr elegant gekleidet, hatte ein hübsches, aber ziemlich scharf geschnittenes Gesicht und hielt es offenbar für unnötig, mir irgendwelche Höflichkeiten zu erweisen. Mit einem Blick hatte sie mein einfaches Kleid, die alte Haube, das zerzauste Haar zur Kenntnis genommen und mich eingeordnet. »Jetzt komm endlich, Robert«, wiederholte sie. »Deine Mutter wartet auf uns.«

Demonstrativ langsam, als wollte er zeigen, daß er sich nicht herumkommandieren ließ, folgte er ihr, sah sich dabei aber immer wieder nach mir um.

Jetzt fuhr eine Mietkutsche vor. Ich schob Pullett hinein und gab ihr das Gepäck.

»Aber wir wissen doch die Adresse nicht«, jammerte sie.

»Dann müssen wir uns eben dort durchfragen. Wir wollen zu einer Mrs. Alice Widdence«, sagte ich zu dem Kutscher. »Sie hat ein Modegeschäft in Clerkenwell und vermietet Zimmer. Die Hausnummer könnte fünfzehn sein.« Er nickte. Offenbar war er an derlei unbestimmte Angaben gewöhnt.

Ich bedankte mich bei dem hilfsbereiten Wachtmeister und wollte gerade einsteigen, als ein älterer Herr an mich herantrat.

»Entschuldigen Sie bitte«, sagte er höflich, »machen Sie das professionell?«

»Professionell?« wiederholte ich reserviert.

»Das Musizieren.«

»Ich... ja, ich bin Klavier- und Gesangslehrerin.«

»Erstaunlich«, sagte er halblaut. »Höchst erstaunlich. Erlauben Sie mir, daß ich Ihnen meine Visitenkarte überreiche.«

Ich nahm das Kärtchen entgegen und tat es zu den Münzen in meinem Schnupftuch.

9

Mrs. Alice Widdence war eine füllige Dame mit sanfter Stimme, sanftem Gesicht und einer Lockenpracht, deren goldener Glanz nicht das Werk der Natur, sondern eines geschickten Haarkünstlers war. Sie bewegte sich rasch und leichtfüßig, und ihre Augen konnten zustoßen wie Dolche. Kein Handgriff ihrer Arbeiterinnen entging ihr. Das Schneideratelier in Clerkenwell hatte mindestens vierzig Näherinnen und Zuschneiderinnen, dazu zahlreiche Lehrmädchen, Tagelöhnerinnen, Boten, Lakaien und Verkäuferinnen. Viele Teile wurden in Heimarbeit gefertigt. Zerlumpte Straßenjungen schafften sämtliche Röcke, auch die aus den feinsten, kostbarsten Stoffen, nach dem Zuschnitt in die lichtlosen Straßen Nordlondons zu armen Näherinnen, die zu fünft oder sechst in einem Zimmer eingesperrt waren wie Käfigvögel. In den Werkstätten wurde mit Höchstgeschwindigkeit und fast ohne Pause gearbeitet. Die Näherinnen konnten von Glück sagen, wenn sie vier Stunden Schlaf am Tag bekamen, denn das Etablissement von Mrs. Widdence war führend in der neuesten Mode, ihre Kleider, Mäntel und Pelze waren bei den Damen der Gesellschaft sehr gefragt; dennoch lebte sie ständig in der Angst, man könne ihre Modelle abkupfern, oder ihre Kundinnen könnten zu anderen Schneiderinnen abwandern.

Wir fanden ohne große Mühe hin, denn das Geschäft, in drei nebeneinanderliegenden Häusern an der Nordseite der Clerkenwell Road untergebracht, war nicht zu übersehen. Im Erdgeschoß lagen die Verkaufsräume. In den großen Schaufenstern hingen an Messingstangen Proben von Mrs. Widdence' Kunst – ein elegantes, mit Mohnblumen besticktes Unterkleid, ein Spitzenpeignoir, eine seidene Weste. Über den Verkaufsräumen saßen in den großen Werkstätten an langen Holztischen die Näherinnen und Lehrmädchen und stichelten, was das Zeug hielt. Von den Dachkammern dienten einige als Schlafquartiere für die Arbeiterinnen – sofern sie Zeit zum Schlafen fanden –, in anderen wohnten Untermieter wie wir.

Pullett krauste mißbilligend die Nase. »Hier riecht es nicht gut. Würd mich nicht wundern, wenn unter den Kellern eine Jauchegrube wär, Miss Liza. Sehr unbekömmlich, diese Gegend, wenn Sie mich fragen…«

Mit diesem Hinweis auf ihre übernatürlichen Fähigkeiten versuchte Pullett, nachdem sie uns durch den Verlust des Geldbeutels an den Rand des Ruins gebracht hatte, bei mir wieder einiges Ansehen zu gewinnen. Später stellte sich heraus, daß sie recht gehabt hatte: Man fand tatsächlich unter den Kellerräumen eine Jauchegrube und darin die Leichen mehrerer unter ungeklärten Umständen verschwundener junger Frauen.

Nachdem wir uns bei Mrs. Widdence vorgestellt und ihr für unser Zimmer vier Shilling pro Person und Woche gezahlt hatten, fragte ich sie sofort nach meiner Mutter, von der sie aber zu meiner großen Enttäuschung nie etwas gehört hatte. Ihr war weder eine Miss Williams, die in London einen Spielklub eröffnet hatte, noch irgendeine Person bekannt, die ein solches Etablissement besaß und meiner Beschreibung entsprochen hätte. Dank ihrer weitreichenden Beziehungen hätte Mrs. Widdence davon bestimmt gehört. Als einstige Haushälterin von Mrs. Jennings aber konnte sie uns ausführlich über andere Mitglieder der Familien Dashwood und Ferrars Auskunft geben, was sie auch bereitwillig tat.

Mrs. Jennings selbst – die reiche, gütige alte Dame, in deren Haus in der Berkeley Street die Schwestern Dashwood zu Gast gewesen waren, als Willoughby Marianne den Laufpaß gegeben hatte – war vor zwei Jahren an der Wassersucht gestorben (und hatte ihrer Haushälterin ein stattliches Sümmchen vermacht). Mrs. Palmer, die jüngere Tochter von Mrs. Jennings, kam nicht mehr nach London, sondern lebte auf Cleveland, dem Besitz ihres Mannes bei Bristol. Auch Mr. John Dashwood, der ältere Bruder von Elinor Ferrars, ließ sich nicht mehr oft in der Hauptstadt sehen, sondern war unermüdlich mit dem Um- und Ausbau seines Herrensitzes Norland in Sussex beschäftigt. Edwards Mutter aber, die alte Mrs. Ferrars, war in der Wimpole Street geblieben; ihr jüngerer Sohn Robert, der Miss Lucy Steele geheiratet hatte, wohnte ganz in der Nähe, am Hanover Square, und besuchte die alte Dame täglich. Die ältere Miss Steel hatte keinen Mann gefunden und war zu Verwandten nach Plymouth gezogen. Sir John Middleton, der Mrs. Jennings ältere Tochter geheiratet hatte, besaß nach wie vor sein Haus in der Conduit Street und verbrachte seine Zeit in London, soweit die Jagd ihm Zeit dazu ließ. Seine erste Frau war gestorben, und er hatte eine viel Jüngere geheiratet.

Da all diese Herrschaften mir unbekannt waren, hörte ich nur mäßig interessiert zu, bis Mrs. Widdence sagte:

»Lady Middleton ist eine gute Kundin von mir; Sir John ist enorm freigebig und erfüllt ihr jeden Wunsch. Oft kommt Miss Dashwood mit und manchmal auch die alte Dame, wenn sie nicht zu wirr im Kopf ist. Sie kaufen auch in meinem zweiten Geschäft im West End.«

Vielleicht ergibt sich dann eine Gelegenheit, Margaret Dashwood wiederzusehen, dachte ich. Nachdem ich erfahren habe, wie es sich mit Willoughby verhält, kann sie mir ihr Wissen kaum mehr vorenthalten. Und vielleicht kann sie mir sogar sagen, wo er sich jetzt aufhält.

»Und was ist mit Miss Nell Ferrars, der Nichte von Miss Dashwood, die bei Lady Helen Lauderdale wohnt?«

»Die kommt nie hierher, dazu sind die Lauderdales viel zu vornehm, aber Lady Helen ist häufig in unserem Geschäft in der Bond Street und schaut bei ihren Einkäufen nicht aufs Geld. Miss Ferrars gibt bei mir nichts aus, das arme Ding hat ja eh nichts zu brocken und zu beißen. Manchmal kauft Lady Helen ihr ein Hemd oder ein Paar Strümpfe. Es heißt aber, daß Miss Nell sich jetzt einen Freier geangelt hat, da kann sich also bald was ändern.«

Der arme Teufel ahnt wohl nicht, was für eine Beißzange er sich ins Haus holt, dachte ich, sonst würde er schleunigst den Rückzug antreten. Oder er ist selber ein alter Wüterich.

Diese Vermutung bestätigte sich, als Mrs. Widdence fortfuhr: »Mr. Joseph Sedgwick ist im Indienhandel reich geworden und viel älter als Miss Ferrars. Er hat einen großen Verbrauch an Ehefrauen, Miss Ferrars ist die dritte. Wahrscheinlich setzt sie darauf, in Kürze Witwe zu werden, aber wenn sie sich da mal nicht irrt! Andersrum wird ein Schuh draus, sag ich immer.« Sie sah sich kurz im Nähsaal um und zischte: »Sie schneiden das Leibchen viel zu lang, Miss Smith, das sehe ich ja von hier! So eine Verschwendung! Schämen Sie sich!«

Die Näherin wurde totenblaß und beugte sich tiefer über ihre Arbeit.

Da unser Stübchen so eng war, hielten Pullett und ich uns viel in dem großen Verkaufsraum im Erdgeschoß auf; Mrs. Widdence hatte nichts dagegen. In dem Saal mit dem spiegelblanken Boden und den roten Samtportieren kam man sich fast vor wie in einem Klub oder einem Gesellschaftsraum. Die Ladentische aus Mahagoniholz standen ganz hinten, um den stetigen Strom der Kundinnen und ihrer Begleiter nicht zu behindern, die sich Tag für Tag hier drängten, die Waren musterten und die Verkäuferinnen begafften.

»Mrs. Widdence gefällt mir ganz und gar nicht«, sagte Pullett immer wieder, wenn wir abends in unserer Dachkammer saßen. »Sie hat einen sehr abstoßenden Ring, rotlila wie rohe Leber, eine ganz böse Farbe, Miss, und wenn Sie mich fragen, ist ihr Modegeschäft, wie sie es nennt, nur ein besseres Bordell. In manchen Dachkammern geht es zu wie in Sodom und Gomorrha, und die armen Lehrmädchen müssen sich zu Tode schuften. Mein Papa wollte eigentlich, daß ich Näherin werde, aber meine Mama hat sich durchgesetzt und mich in Stellung gegeben, und dafür bin ich ihr heute noch dankbar. Wir sollten nicht hierbleiben, Miss Eliza, das gibt nichts Gutes. Und wovon sollen wir leben?«

Ich hatte in einer Buchhandlung auf dem Strand einen

Zettel ausgehängt, in dem ich Gesangs-, Klavier- und Harfenstunden anbot, aber bisher hatten sich noch keine Interessenten gemeldet. Wahrscheinlich hatte Pullett recht mit ihrer Vermutung, in dieser Gegend sei Musikunterricht wohl nicht so recht gefragt.

Mich aber fesselte der tägliche Anblick der Londoner Bürger, ihrer Frauen und Töchter, Freunde und Liebhaber, die in dem großen Verkaufsraum kamen und gingen, und ich klammerte mich an die törichte Überzeugung, ich könne, wenn ich nur lange genug die Gesichter musterte, schließlich die beiden finden, die ich suchte. Der Gedanke an meine Eltern beschäftigte mich sehr. Beide waren offenbar noch am Leben. Aber wo?

»Wir bleiben nur ein, zwei Wochen, Pullett, und schauen uns ein bißchen um. Schlimmstenfalls kann ich mich immer noch auf die Straße stellen und für Geld singen, ich weiß ja jetzt, wie's geht...«

»Niemals!« empörte sich Pullett. »Das lasse ich nicht zu. Was würden Ihre Freunde sagen?«

»Freunde? Wen kümmert es, was ich hier anstelle?«

Nachdem ich auch noch Mrs. Jebb und Elinor Ferrars verloren hatte, war es in meiner Umgebung erschreckend leer geworden. Aber so unrecht hatte Pullett mit ihren Bedenken nicht – wie sich noch zeigen wird.

Unsere Dachkammer war dunkel und stickig, die belebte Clerkenwell Road schmal und schmutzig. Weil ich mich nach Luft und Sonne sehnte, schlug ich Pullett vor, einen Spaziergang zu dem zweiten Etablissement von Mrs. Widdence in der Bond Street zu machen. (Ich hatte mir inzwischen einen Straßenplan beschafft und festgestellt, daß die Entfernung nicht allzu groß war und sich zu Fuß in einer knappen Stunde bewältigen ließ.)

Doch Pullett hielt nichts von solchen Unternehmungen. »Gehen Sie, wenn Sie wollen, Miss Liza, aber passen Sie schön auf sich auf! Und daß Sie es sich nicht einfallen lassen, auf der Straße zu singen! Ich flicke inzwischen Ihr altes Musselinkleid und gehe vielleicht den armen kleinen Lehrmädchen ein bißchen zur Hand.«

Froh darüber, endlich wieder einmal allein zu sein (ich war diese ständige Begleitung und Überwachung einfach nicht gewohnt), machte ich mich auf den Weg ins westliche London. Der milde Frühling war einem warmen Sommer gewichen, die Straßen waren trocken und staubig, der Geruch nach Essen und Pferdeäpfeln mischte sich mit dem frischen Duft von Himmelsschlüsseln und Levkojen auf den Karren der Höker. Sehnsuchtsvoll dachte ich an Hahnenfuß und Schlüsselblumen unten am Bach von Bankertheim und an die Hecken mit dem blühenden Jelängerjelieber. Dennoch fand ich, daß London eine schöne, lebendige Stadt war; ich fühlte mich hier lange nicht so beengt wie in Bath.

Über der Ladentür des Modegeschäfts von Mrs. Widdence in der Bond Street war in verschnörkelten Messingbuchstaben der Name *Florinda* angebracht und darunter die ziemlich großartige Bezeichnung *premier magazin*. An den getäfelten Wänden hingen hohe Spiegel, der Boden war mit dicken Teppichen in scheußlichen Violett- und Gelbtönen ausgelegt, die Portieren waren aus schwerem dunkelgrünem Samt. An der Wand stand eine Reihe dünnbeiniger Stühlchen.

Zum Glück kannte ich den Türsteher, er war aus Clerkenwell und nickte mir freundlich zu. Die modisch gekleideten Kundinnen achteten gar nicht auf mich, man hielt mich wohl für ein Dienstmädchen, das eine Besorgung für seine Herrin machte.

Ich suchte mir eine ruhige Ecke zwischen Ladentisch und Wand und widmete mich wieder meiner Lieblingsbeschäftigung, der Betrachtung der vielen verschiedenartigen Gesichter.

Gesprächsfetzen wehten zu mir herüber. »Neun Shilling die Elle ist viel zu teuer.« »Aber für ein Halstuch?« »Fünf Shilling wären mehr als genug.« »Aber der gestreifte Stoff franst aus, du kannst es mir glauben.« »Und in welcher Farbe nehme ich den Besatz?« »Ich brauche Bänder für meine schwarzen Schuhe.« »Ein großes Loch in meinem Brabanter Spitzenschal... ich weiß nicht, ob man es noch stopfen kann.« »Pardon, Sir, Sie stehen auf meinem Saum...«

Ich überlegte gerade, daß die Kundschaft hier entschieden vornehmer war als in Clerkenwell, als eine vertraute, ziemlich schrille Stimme sagte: »Heiliger Bimbam! Hexenkrallen-Lizzie – so wahr ich lebe! Ich hab was läuten hören, daß du in London bist, wollte es aber nicht glauben.«

Ein breites, von hellbraunen Locken umrahmtes Gesicht strahlte mich an. Die vertraute Gestalt – ebenfalls breit und schwer wie ein Kohlenschlepper – steckte in einem modischen Straßenkleid aus olivfarben gestreiftem Krepp, auf der Lockenpracht thronte eine üppig mit Federn geschmückte Haube.

»Es geschehen wirklich noch Zeichen und Wunder... Hoby behauptet steif und fest, du hättest dich auf ewig und drei Tage in Bath eingerichtet, und da stehst du in voller Lebensgröße hier in der Bond Street vor mir!«

»Fanny Huskisson! So eine Überraschung...«

»Du hast nie geschrieben«, sagte sie vorwurfsvoll. »Dabei hattest du es fest versprochen. Aber ich weiß trotzdem Bescheid. Durch Hoby. Dem hast du wohl deine Briefe mehr gegönnt als deiner besten Freundin... Bist du fertig mit deinen Einkäufen? Dann komm weg aus dem Gewühl, laß uns im Grillon eine Tasse Kaffee trinken. Ich will wissen, was dir wirklich zugestoßen ist. Man hört ja schöne Sachen über dich...«

Wir gingen um die Ecke in die Albemarle Street. Im Grillon – einem vornehmen Hotel, in dem offenbar hauptsächlich der Adel, wenn nicht gar Angehörige der königlichen Familie verkehrten – wurde Fanny ehrerbietig begrüßt, und man führte uns zu einer Nische mit gepolsterten Sitzen.

»Ich hab nämlich auch ein Hotel«, erklärte Fanny und zwinkerte mir zu. »Nicht so was Vornehmes, nur ein Weinlokal mit ein paar Zimmern in der Bedford Row, aber in der Branche kennt jeder jeden. Eine Kanne *Café Talleyrand*, Sam«, sagte sie zu dem beflissenen Kellner. Ihr französischer Akzent war reines Bankertheim.

In dem Kaffee war ein großzügiger Schuß Kognak. »Warum Talleyrand?« fragte ich.

»Keine Ahnung. Vielleicht trank er ihn so am liebsten. Und jetzt erzähle!«

Ich gab meinen Bericht, wobei ich mich möglichst kurz faßte. Hin und wieder nickte sie, daß die Federn wippten.

»Eine üble Bande, die Böcke von Bath. Aber ihr wildes Treiben ist ihnen nicht gut bekommen. Dein Freund Harry Ffinch-ffrench und sein Kumpan Ned sitzen im Marshalsea-Schuldgefängnis. Wahrscheinlich bis zum Sanktnimmerleinstag, denn ihre vornehme Verwandtschaft hat es satt, sie immer wieder auszulösen. Und was machst du in London, Schätzchen?«

»Ich suche meine Eltern.«

»Was versprichst du dir denn *davon*?« fragte sie verblüfft. »Daß ich nicht weiß, wer meine Mutter war, hat mir keine einzige schlaflose Nacht bereitet.«

»Zumindest kennst du deinen Vater, dem du dein Weinlokal verdankst...«

Fannys Vater war ein hoher Beamter im Handelsministerium, der sein Kind der Liebe zwar nicht offiziell anerkannt hatte, aber auf freundschaftlichem Fuß mit Fanny stand und häufig ihr Lokal besuchte.

»Tu dich mit mir zusammen, Liza«, sagte sie herzlich. »Ich will ein Kaffeehaus aufmachen, in der Jermyn Street wahrscheinlich, das könntest du für mich führen. Ist das nicht besser, als zimperlichen Schulmädchen Musikunterricht zu geben und dich in den Wäldern von Bath von geilen Böcken besteigen zu lassen?«

»Aber ich hab dir doch gesagt, Fanny...«

»Ja, ja, schon gut.« Sie tat meinen Protest mit einer Handbewegung ab. »Nach deinen Eltern zu suchen ist völlig sinnlos, glaub mir das. Hätten sie Sehnsucht nach dir gehabt, hätten sie sich schon gemeldet. Hier ist meine Adresse.« Sie überreichte mir eine Karte. »Überleg es dir, Schätzchen, aber überleg nicht zu lange. Mit der Musik und mit dem Unterrichten ist es für dich ohnehin aus und vorbei, nach der Sache in Bath gibt dir keiner mehr eine Stellung. In der feinen Gesellschaft haben die Mädchen aus Bankertheim sowieso nichts zu melden, wir müssen uns auf andere Art durchschlagen, und den meisten von uns ist das bisher auch ganz gut gelungen.«

»Du magst schon recht haben«, sagte ich bedrückt und betrachtete die dralle, fröhlich-ordinäre kleine Person, die sich jetzt schwungvoll von ihrem Platz erhob. Als ich ihre Karte wegsteckte, fiel mir eine andere in die Hand, die ich ganz vergessen hatte. »Dr. Giovanni Fantini«, las ich. »Sagt dir der Name was, Fanny?«

»Kommt wir irgendwie bekannt vor. Musiker, glaube ich.«

»White's Club... wo ist das?«

»Einer der ganz feinen Klubs. In St. James'. Alte Kerle mit viel Geld. Weißt du, wie ich erfahren habe, daß du in London bist? Eins meiner Mädchen, die kleine Sue Scrope, vielleicht erinnerst du dich noch an sie, schwört Stein und Bein, sie hätte dich mal abends auf der Bond Street singen hören. Dummes Zeug, Kind, hab ich gesagt, so tief würde Liza nie sinken. Damit kannst du dich nämlich ein für allemal unmöglich machen, Schätzchen, und nach der Sache in Bath mußt du jetzt besonders vorsichtig sein, von deiner Herkunft mal ganz abgesehen. Daß du mir nicht länger als eine Woche bei dieser Widdence bleibst, Liza! Weißt du, wie man sie nennt? Madam Schnelle Schere... Komm zu mir, wir werden viel Spaß haben. O Himmel, so spät schon? Ich muß mich beeilen. Sam, eine Droschke!«

Ich ging langsam die Albemarle Street hinauf und zurück zu Florinda, an deren Kundschaft ich mich immer noch nicht satt gesehen hatte. Und diesmal war mir das Glück hold.

Nach einer Stunde kam Miss Margaret Dashwood herein. Sie war in Begleitung einer anderen Dame, die – wohl zu einer Anprobe – nach oben ging. Miss Dashwood sah sich etwas wehmütig Bänder und Besätze an, machte aber keine Anstalten, etwas zu kaufen.

»Miss Dashwood«, flüsterte ich ihr ins Ohr.

Sie zuckte heftig zusammen.

»Gütiger Himmel, Miss FitzWilliam! Das... das ist aber eine Überraschung. Ich wußte ja gar nicht, daß Sie in London sind.«

Sie sah sich ängstlich um, als fürchte sie, im Gespräch mit mir beobachtet zu werden.

»Könnte ich Sie fünf Minuten sprechen, Miss Dashwood? Draußen vielleicht?«

Gehetzt sah sie die Treppe hoch, aber die andere Dame war noch nicht zu sehen.

»Ja, ja, natürlich. Gewiß doch...«

Wir gingen ein paar Schritte weiter in Richtung Hanover Square.

»Miss Dashwood, ich habe eine große Bitte: Erzählen Sie mir alles, was Sie über meinen Vater wissen. Sie kannten Willoughby recht gut, nicht wahr?«

»Ja, wissen Sie«, sagte sie atemlos, »ich war ja damals, als er meiner Schwester Marianne den Hof machte, noch ein

Kind, erst dreizehn oder vierzehn. Wir dachten alle, daß er sie wirklich liebt, er schien ganz vernarrt in sie. Und Marianne betete ihn an. Als er ihr den Laufpaß gab, dachten wir, sie würde darüber zugrunde gehen. Er sah so gut aus und war so aufmerksam. Hinterher kam uns allerdings der Verdacht, daß er nur Komödie gespielt hatte, denn ein paar Monate zuvor war er doch so vertraut mit Miss Wil– mit Ihrer Mutter gewesen. Und nur wenige Wochen danach hat er dann Miss Grey einen Heiratsantrag gemacht.«

»Und ist Ihre Schwester mit Oberst Brandon glücklich geworden?«

Margaret Dashwoods Antwort verblüffte mich. »Er war für sie wie schwacher Tee nach einem scharfen Schnaps. Deshalb wollte sie auch kein Kind von ihm. Und mochte mit Ihnen nichts zu tun haben. Eigentlich durfte ich von all dem gar nichts wissen. Für eine unverheiratete Frau schickt sich das nicht.« Sie lachte zornig auf. »Wir wußten natürlich alle, daß der Oberst für Sie den Unterhalt in Somerset zahlte, aber Marianne weigerte sich kategorisch, Sie nach Delaford zu holen oder Sie zu besuchen. Selbst dem Oberst verbot sie Besuche bei Ihnen.«

»Und wo war in dieser Zeit meine Mutter?«

Miss Dashwood zuckte die Schultern. »Keine Ahnung. Wahrscheinlich ist sie im Schuldgefängnis gestorben. Liegt vielleicht in der Familie...«

Das Leben hatte Miss Dashwood in den letzten Jahren sichtlich hart angefaßt. Zwar war sie der Fron in Mrs. Haslams Institut entronnen, aber ihre derzeitige Stellung schien auch kein Zuckerschlecken zu sein.

»Und Willoughby?« fragte ich.

»Ich an Ihrer Stelle, Miss FitzWilliam –«, setzte sie an, sah über meine Schulter und riß entsetzt die Augen auf. »Barmherziger Himmel…«

»Verdammich, meine bezaubernde Schwägerin Mag Dashwood!« ließ sich eine seltsam bekannte näselnde Stimme hinter mir vernehmen. »Mit einem Gesicht, als hätte sie gerade in den Klingelbeutel gegriffen. In vertrautem Gespräch mit… meiner Seel, mit der Nachtigall von Mayfair, der Sängerin von der Bond Street. Welch unerwarteter Glücksfall.« Er begaffte mich ungeniert von oben bis unten. »Da brannten wir neulich darauf, meine liebe Frau und ich, Ihren Namen zu erfahren, um Sie als Hauptdarstellerin für einen musikalischen Abend gewinnen zu können –«

»Mich laß da bitte aus«, fuhr seine liebe Frau dazwischen, die mich giftig gemustert hatte. »Ich wünsche nicht, mit dieser Person in Verbindung gebracht zu werden, und ich muß schon staunen, Miss Dashwood, daß Sie sich nicht zu gut dazu sind, mit so einem Geschöpf auch nur ein Wort zu wechseln.«

Doch Margaret Dashwood war schon um die nächste Ecke entflohen. Ich verabschiedete mich kühl, ohne auf sein »He, he… gestatten Sie… gehorsamster Diener, Ma'am…« zu achten und sehr verstimmt über die Unterbrechung wie auch über die dürftigen Ergebnisse, die das Gespräch mit Margaret Dashwood gezeitigt hatte.

Wenn dieser unverschämte Tropf ihr Schwager war, mußte es sich um Edwards jüngeren Bruder, Robert Ferrars, handeln, der Edward in der Gunst seiner Mutter ausgestochen hatte. Welch Unterschied zwischen den Brüdern! Ich hatte Edward zwar nicht gerade ins Herz geschlossen, aber lieber als Robert war er mir allemal.

10

Am nächsten Tag kam Mrs. Widdence mit einschmeichelndem Lächeln auf mich zu. Sie habe von meiner schönen Stimme gehört, sagte sie, es hieße ja, ich könne singen wie eine Nachtigall. Das sei wohl Ansichtssache, erwiderte ich, aber ich hätte in der Tat eine ausgebildete Stimme und sei öffentlich in Bath aufgetreten. Dann wartete ich gespannt auf eine nähere Erklärung.

»Es ist nämlich so«, erläuterte Mrs. Widdence, »daß in diesem vulgären Laden, der sich Tivoli schimpft und von einer Person geleitet wird, die die Frechheit besitzt, sich Madame Deloraine zu nennen, obschon sie, wie ich gewiß weiß, soviel Französisches an sich hat wie mein Spucknapf, vielmehr eine ganz gewöhnliche Jane Higgs aus Hackney ist...«

Sie mußte eine Pause zum Luftholen einlegen. Mir fiel das exklusive Modegeschäft in der Bond Street ein, an dem ich gestern nachmittag vorbeigekommen war und auf dessen vergoldetem Schild ich den Namen Tivoli gelesen hatte.

»Ja, also in diesem Tivoli«, fuhr Mrs. Widdence fort, »machen sie Musik, setzen junge Damen hin, die Harfe und Fiedel spielen, um die Kunden zu unterhalten und Leute von der Straße anzulocken...«

Jetzt wußte ich natürlich, was die Glocke geschlagen hatte, sah aber weiterhin höflich-verständnislos drein.

»Und nun hab ich mir überlegt, Miss FitzWilliam, ob Sie uns nicht vielleicht mal nachmittags ein, zwei Liedchen singen könnten... natürlich in der Bond Street, nicht hier... wenn Sie gerade nichts Besseres zu tun haben...«

Vielsagend musterte sie meinen einfachen Aufzug. Nur zu gern hätte sie wohl gewußt, warum ich so oft in ihren Geschäften herumstand und die Kundschaft betrachtete.

»Nichts zu Lebhaftes oder... Neckisches, Miss Fitz-William. Ein paar schöne Balladen... das wär doch eine angemessene Unterhaltung für unsere vornehme Kundschaft, was?«

»Und wie hatten Sie sich die Bezahlung gedacht, Mrs. Widdence?«

Es gab eine kleine Pause. »Aber es wäre eine Werbung für Sie, Miss Fitz, und würde Sie in der Gesellschaft bekannt machen. Daß sie dafür auch noch bezahlt werden wollen...«

Ich nannte die Summe, die ich für die Konzerte in Bath bekommen hatte; Mrs. Widdence war sichtlich erschüttert.

»Hm... ja... ich weiß nicht recht... Sie sind doch die ganze Zeit sowieso bloß im Verkaufsraum... Es ist ja nicht so, als ob –«

»Schließlich muß ich an meinen Ruf denken, Mrs. Widdence.«

»Meine Kundschaft kommt aus den besten Kreisen, daß Sie es nur wissen«, sagte sie gekränkt. »Ich wüßte nicht, wieso es Ihrem Ruf abträglich sein könnte, vor diesen Herrschaften zu singen.«

»Nichts gegen Ihre Kundschaft, Mrs. Widdence, aber es soll nicht aussehen, als hätte ich es unbedingt nötig, bei Ihnen aufzutreten...«

»Na ja, das ist verständlich«, sagte sie etwas besänftigt.

»Da fällt mir etwas ein, Mrs. Widdence«, sagte ich mit dem harmlosesten Gesicht von der Welt. »Ich will für Ihre Kundinnen in der Bond Street singen, wenn Sie mich und Pullett dafür drei Wochen mietfrei wohnen lassen.«

»Also ich muß schon sagen, Miss Fitz, Sie haben es faustdick hinter den Ohren! Na gut, versuchen wir's. Und was die Garderobe betrifft –«

Sie wollte mir eine ihrer Kreationen aufreden, ein schauderhaftes Machwerk aus bronzefarbenem und grünem Satin, wogegen ich mich energisch verwahrte.

»Ich bekäme nicht einen Ton heraus, Mrs. Widdence, wenn ich ein Kleid tragen müßte, das nicht mir gehört und das ich nicht bezahlt habe. Danach wäre meine Stimme hin – und das Kleid vermutlich auch.«

Widerstrebend gab sie nach, konnte es sich aber nicht versagen, mir noch einen Hieb zu versetzen.

»Für mein Geschäft ist es keine gute Werbung, wenn Sie auftreten wie ein gerupftes Huhn, Miss Fitz.«

»Keine Sorge, Mrs. Widdence, ich finde schon etwas Passendes. Pullett kann eins meiner Abendkleider ändern.«

Damit mußte sie sich zufriedengeben. Wir vereinbarten für meinen ersten Auftritt den kommenden Samstag, so daß Pullett noch einige Tage Zeit hatte, sich mit dem schwarzweißen Musselinkleid zu beschäftigen, das ich bei den Konzerten in Bath getragen hatte, was sie allerdings nur murrend tat, denn sie hielt nichts von meinem Vorhaben.

Die Directrice von Mrs. Widdence, eine hochgewachsene, schlanke Dame in einem prächtigen violetten Seidenkleid mit Spitzenbändern (übrigens eine echte Französin, die vor Jahren der Schreckensherrschaft in Paris entkommen war), verkündete mit weithin vernehmbarer Stimme den Beginn einer musikalischen Darbietung.

»*Mesdames, mesdemoiselles, messieurs! Silence! Ecoutez, s'il vous plaît!*«

Ein paar neugierige Blicke trafen mich.

Ich holte tief Luft und fing an.

Meinen Vorschlag, mich auf den Ladentisch zu setzen, hatte Mrs. Widdence kategorisch abgelehnt.

»Das wäre zu frei, Miss Fitz, ja fast ein wenig schamlos. Wie... wie in einer Schenke. Nein, Sie stellen sich am besten mit dem Rücken zum Ladentisch, meinetwegen mit einem Sessel davor, damit die Kundschaft Sie nicht bedrängt.«

Damit mußte ich mich zufriedengeben.

Das Singen fiel mir hier viel schwerer als in Bath – dort hatten wir in geziemendem Abstand vom Publikum auf einem Podium gestanden – und auch schwerer als bei meinem verzweifelten Straßenauftritt, denn da hatte mich niemand gekannt, und die Passanten hatten stehenbleiben oder weitergehen können, ganz wie es ihnen beliebte.

Hier aber spürte ich Ärger, Groll und gereizte Stimmung, als Kunden, die nur hereingekommen waren, um ein Paar Handschuhe zu kaufen, sich bunte Bänder anzusehen oder die Verkäuferinnen zu begaffen, unvermutet und unerbeten mit Gesang beglückt wurden.

Ich sang *Where the bee sucks* in dem Satz von Mr. Arne – dagegen konnte niemand etwas haben, dachte ich – und noch ein Lied von Shakespeare, *Sigh no more, ladies,* in der

Vertonung von Mr. Smith. Weil ich die Gleichgültigkeit, wenn nicht gar Ablehnung meiner Zuhörer spürte, versuchte ich es mit der Ballade *Wer schaut denn da zum Fenster raus*, die in Bath so gut aufgenommen worden war und die hier die Zuhörer zumindest dazu bewegte, stehenzubleiben und einen Moment ihre Gespräche zu unterbrechen. Ich schloß mit dem traurigen Gesang von der ›verlassenen Jungfrau‹.

Dieses Lied war mir in den Sinn gekommen, weil ich in den vergangenen Tagen alle Schuldgefängnisse der Stadt vergeblich nach meiner Mutter abgesucht hatte. Oberst Brandon hatte meine Großmutter in einem dieser düsteren Häuser entdeckt, wo sie, verlassen von Ehemann und Liebhaber, in größter Not dahinvegetierte, und da man sonst nirgendwo etwas von meiner Mutter gehört hatte, war es durchaus denkbar, daß sie es nie zu dem ersehnten Spielklub gebracht, daß auch sie dieses traurige Schicksal ereilt hatte.

Aber ich hatte sie nicht gefunden und war auch niemandem begegnet, der etwas von ihr wußte. Dafür hatte ich mir herzzerreißende Geschichten von armen Mädchen anhören müssen, die mit falschen Versprechungen in die große Stadt gelockt worden waren und sich immer tiefer in Schulden verstrickt hatten, weil die auf den ersten Blick einfachste Lösung, ihren Körper zu verkaufen, sich als Sackgasse erwiesen hatte. Je abgestandener die Ware war, desto weniger ließ sich damit erlösen, und damit stieg die Gefahr von Krankheiten und brutalen Mißhandlungen.

Zorn und Trauer war in meiner Stimme, als ich an diese hilflosen Frauen dachte, für die ich nichts tun konnte.

»Jetzt singen Sie aber mal was Lustigeres«, zischelte Mrs. Widdence.

»Nein«, sagte ich, »das genügt. Ich bin außer Übung, meine Stimme ist überanstrengt.«

Die Kunden hielten offenbar nichts von dem Kunstgenuß. Es gab matten Applaus, ein paar Lacher und Buhrufe, dann wurden die Gespräche mit unvermindertem Eifer wiederaufgenommen.

Mrs. Widdence sah verärgert und enttäuscht drein.

Da drängte sich ein hochgewachsener junger Mann zu uns durch.

Er war kräftig gebaut, blaß und sehr gut gekleidet. Mein durch die Londoner Kontakte mit der Modewelt geschulter Blick erfaßte die elegant geschnittene Jacke aus dunkelgrauem extrafeinem Stoff, die engen taubengrauen Pantalons, die spiegelnden Reitstiefel, das blütenweiße Halstuch. Das Haar war rötlichblond, das Gesicht voller Sommersprossen. Und sehr, sehr vertraut.

»Hoby!« rief ich beglückt. »Ich freue mich ja so! Wie… wie erwachsen du aussiehst!«

Er sah nicht nur erwachsen, er sah streng, ja herrisch aus. Sein Gesicht war schmaler geworden, fester und reifer.

Über meinen Anblick schien er weit weniger erfreut.

»Hier können wir nicht reden«, sagte er und sah sich stirnrunzelnd um.

Ich wandte mich an Mrs. Widdence, die, sehr unzufrieden mit dem Ergebnis ihrer künstlerischen Bemühungen, noch immer mit bewölkter Miene neben mir stand. »Mrs. Widdence, das ist ein alter Bekannter von mir, Mr. Robert Hobart, den ich seit Jahren nicht mehr gesehen habe. Dürften wir wohl kurz in Ihr Comptoir gehen, um über alte Zeiten zu reden?«

Recht ungnädig gab sie ihre Zustimmung.

Ich hatte den Eindruck, daß sie Hoby bereits kannte. Auf jeden Fall begegnete sie ihm mit Respekt.

Das Unglück wollte es, daß wir auf dem Weg zum Comptoir Nell Ferrars und Lady Helen in die Arme liefen.

»Wir haben alle damit gerechnet, daß du dich früher oder später einmal schrecklich blamieren würdest, Eliza«, sagte Nell kalt, »aber daß du deinen Ruin der feinen Gesellschaft so öffentlich vor Augen führen mußtest, finde ich denn doch sehr bedauerlich.«

Lady Helen sagte gar nichts, sondern hob nur das Kinn und drehte den Kopf weg. Ich verzichtete auf eine Antwort.

Wir begannen zu streiten, sobald wir in dem kleinen Arbeitszimmer angelangt waren, in dem neben einem Tisch, auf dem sich Rechnungen türmten, große, mit Wachstuch ausgeschlagene Körbe standen.

»Wie konntest du dich so unmöglich benehmen, Liza? Du weißt doch – oder solltest es wissen, da du aus Othery kommst –, wie wichtig ein blütenreiner, unbefleckter Ruf für dich ist. Ich glaubte dich in Bath, in einem achtbaren Haus, gut aufgehoben, und was passiert? Erst gerätst du dank dieser elenden Schurken in eine höllische Klemme, und jetzt weiß auch noch die ganze Gesellschaft um deine Schande…«

»Es ist alles nicht wahr, es ist gelogen. Und überhaupt… warum glaubst du, daß die verflixte feine Gesellschaft sich ausgerechnet für mich interessiert?«

»Weil sie derlei unterhaltsame Geschichten liebt«, versetzte Hoby aufgebracht. »Und mußtest du unbedingt noch diese trübselige Ballade von der verlassenen Jungfrau singen und dieses alberne Lied von dem Schmied und dem Kränzlein ... Sollen dich denn alle anspucken und mit Fingern auf dich zeigen? Warum bist du überhaupt nach London gekommen?«

»Mrs. Jebb ist tot. Und ich habe wegen ... wegen dieser Sache meine Stellung an der Schule verloren.«

»Das kommt von deiner Unbesonnenheit. Und was willst du hier?«

»Meine Mutter suchen. Und meinen Vater. Weißt *du*, was aus Willoughby geworden ist, Hoby?«

Er sah mich an, als hätte ich den Verstand verloren. Ich kam mir vor wie ein erschöpfter Läufer, der immer weiterlaufen muß, wenn er nicht auf der Stelle zu Boden sinken will. »Ich würde so gern meine Eltern kennenlernen«, sagte ich leise. »Bei dir ist das etwas anderes, Hoby, dein Vater ist Vorsitzender der Fischereikommission« – das hatte ich in der Zeitung gelesen – »und hat dir eine gute Stellung besorgt ... Was machst du übrigens?«

»Ich gehe Mr. Nash bei seinen Bauvorhaben zur Hand. Dem Regent Canal. Und der neuen Straße, die nördlich vom Piccadilly verlaufen soll«, erwiderte er mechanisch.

»Siehst du! Das ist sicher eine sehr interessante Tätigkeit. Aber was soll ich machen? Mir hat keiner angeboten, einen Kanal zu graben.«

»Du hast deine Musik.«

»Wohin die mich gebracht hat, siehst du ja! Ich hätte gute Lust, Fanny Huskissons Angebot anzunehmen.«

»Diese Schlampe! Ich untersage dir ein für allemal, dich mit ihr einzulassen. Was sie dir zu bieten hat, kann nur etwas Anstößiges sein.«

»Und mit welchem Recht maßt du dir an, Hoby, mir etwas untersagen zu wollen?« Ich war jetzt fuchsteufelswild. »Du hast ja nicht mal meine Briefe beantwortet. Oder nur jeden fünften...«

»Und daß du dich ausgerechnet bei dieser unsäglichen alten Widdence einmieten mußtest, von der jeder weiß, daß sie sich beim Adel einen Kuppelpelz nach dem anderen verdient...«, wütete er. In diesem Moment kam besagte Dame herein.

»Ich muß doch sehr bitten, Mr. Hobart«, sagte sie frostig. »Es ist sehr ungehörig, sich so lange allein mit einer jungen Dame zurückzuziehen. Außerdem möchte ein anderer Herr sie sprechen. Bitte verlassen Sie uns.«

Hoby warf mir noch einen letzten zornigen Blick zu und ging mit gerötetem Gesicht hinaus.

»Schöne Freunde haben Sie, Miss«, entrüstete sich Mrs. Widdence. »Doch hier kommt der Signor, der um ein Gespräch mit Ihnen nachgesucht hat, und ich kann nur hoffen, daß Sie sich dem Kapellmeister Seiner Gnaden des Herzogs von Cumberland gegenüber einer etwas damenhafteren und vornehmeren Ausdrucksweise befleißigen werden.« Mit einer Grimasse und einem vielsagenden Zwinkern ließ sie uns allein.

Der Signor entpuppte sich als eben jener ältere Herr, der mich in der Bond Street angesprochen hatte.

»Ich hatte Ihnen meine Karte gegeben, Signorina«, sagte er vorwurfsvoll. »Warum haben Sie mir nicht geschrieben?

Sämtliche Häuser und Hotels in London habe ich nach Ihnen abgesucht…«

Er sprach ein fließendes und korrektes Englisch, das aber mit einem starken Akzent behaftet war.

»Das tut mir leid, Sir, aber ich war sehr beschäftigt.«

Er sah sich unzufrieden um.

»Hier kann man kein Gespräch führen. Kommen Sie bitte mit mir.«

»Wohin? Ich werde in Clerkenwell erwartet –«

Pullett hatte sich geweigert, mich zu meinem Auftritt in die Bond Street zu begleiten. Es sei kein reputierliches Vorhaben, hatte sie gesagt, und müsse böse enden.

»Ich werde Sie nicht lange aufhalten«, sagte Dr. Fantini, »aber ich möchte Ihnen etwas zeigen, was Sie veranlassen könnte, sich einen Vorschlag anzuhören, den ich Ihnen im Hinblick auf Ihre Zukunft zu machen habe.«

Bei aller Skepsis war ich doch um jeden Vorwand froh, das Modegeschäft von Mrs. Widdence zu verlassen. Mit einer kurzen Entschuldigung, die sie säuerlich genug entgegennahm, folgte ich dem weißhaarigen Herrn auf die Straße. Dabei trafen mich neugierige Blicke, und einige wenige freundliche, vor allem aber abschätzige Bemerkungen schlugen an mein Ohr. Draußen wurde ich zu einer der zahlreichen Kutschen geleitet, die den Weg versperrten. Auf dem Wagenschlag prangte ein Wappen, und auf dem Bock saß ein sehr vornehmer Kutscher.

»Wohin fahren wir, Sir?«

»Nur bis zum Grosvenor Square«, sagte Dr. Fantini beruhigend. »Später lasse ich Sie, wenn Sie es wünschen, nach Hause bringen.«

Schweigend legten wir die kurze Strecke zurück und hielten vor einem stattlichen Haus an der Südseite des Grosvenor Square. Am Eingang begrüßte uns ein Lakai mit einem Bückling, mein Begleiter führte mich ins Haus und eine Treppenflucht hinauf in ein Damenzimmer.

»Ich möchte Sie bitten, sich das Bild an der Wand anzusehen«, sagte Dr. Fantini.

Es war ein wunderschön ausgeführtes Porträt in Lebensgröße, das die Signatur von Thomas Lawrence trug und meine Mutter darstellte, die zu jener Zeit fünf Jahre älter gewesen sein mochte als ich jetzt.

»Barmherziger Himmel«, sagte ich matt.

Mechanisch zog ich mir einen Stuhl heran und setzte mich. Dr. Fantini ließ mir viel Zeit. Dann sagte er leise: «Wollen Sie sich jetzt anhören, was ich Ihnen zu sagen habe?«

»Gewiß, Sir.«

»Ihre Mutter hieß Elizabeth Williams, nicht wahr? Und Sie sind um das Jahr 1793 herum geboren?«

»Soweit ich weiß, ja, Sir.«

»Ihre Mutter ließ Sie, wie sie es versprochen hatte, in der Obhut eines gewissen Oberst Brandon zurück. Sie selbst ging nach London, weil sie... äh... eine Laufbahn an der Oper anstrebte. Sie hatte gleich Ihnen eine bemerkenswert kräftige Stimme mit einem erstaunlichen Umfang. Mein Gebieter, der Herzog von Cumberland, hörte sie in der Rolle der Elena in *Elena e Paride*, und ihre Stimme, ihre... äh... Erscheinung und ihr Wesen beeindruckten ihn derart, daß er ihr anbot, sein Leben zu teilen.«

»Als seine Mätresse...«, ergänzte ich.

»Der Herzog ist ein Mensch, den man ernst zu nehmen hat, mein Kind«, sagte Dr. Fantini streng. »Ein lauterer Mann mit einem starken Charakter. Er war siebenundzwanzig Jahre älter als Miss Williams, seit Jahren unglücklich verheiratet und lebte getrennt von seiner Frau und den drei Kindern. Als Schatzkanzler hatte er viele Verpflichtungen. Er liebte Miss Williams von ganzem Herzen, sie war – ob auf seinem Gut Much Zoyland in Alderbrooke, Wiltshire, oder hier in London – stets an seiner Seite. Er konnte es nicht ertragen, mehr als einen Tag von ihr getrennt zu sein.«

»Bitte, Sir – wo ist meine Mutter jetzt?«

»Bei Ihrer Geburt, Miss Eliza, schwebte Ihre Mutter in Lebensgefahr, und die Ärzte sagten ihr, ein weiteres Kind würde ihren sicheren Tod bedeuten. Das betrübte sie sehr, da sie meinem Gebieter sehr verpflichtet und herzlich zugetan war und ihm gern ein Kind geschenkt hätte. Aber er verbot es ihr. Sie sei ihm lieber als ein Kind, sagte er immer. Schließlich aber setzte sie ihren Willen durch. Vor zwei Jahren stellte sich heraus, daß sie guter Hoffnung war. Doch die Voraussage der Ärzte bestätigte sich: Sie starb im Kindbett, und das Kind starb mit ihr.«

Eine Weile blieb es still. Dann fragte ich leise: »Wo ist sie begraben?«

»In Much Zoyland. Möchten Sie das Grab sehen?«

»Ja, natürlich«, stieß ich hervor, und dann – ich konnte nicht dagegen an, zu viel war an diesem schrecklichen Tag auf mich eingestürmt – fing ich leidenschaftlich an zu weinen und warf mich auf den mit dicken Teppichen ausgelegten Boden.

Dr. Fantini zeigte großes Verständnis. Ungestört konnte ich mich ausweinen, dann führte er mich in ein Schlafzimmer, wo es mir gelang, hinter geschlossenen Türen mit Hilfe von feuchten Tüchern und Lavendelwasser mein derangiertes Äußeres wieder leidlich in Ordnung zu bringen.

Als ich herauskam, empfing mich Dr. Fantini mit einem Glas Wein. Er war stark und süß. »Was ist das?« fragte ich.

»Portwein. Der Herzog zieht – wie Mr. Pitt – Portwein dem Burgunder vor und besitzt eigene Weingüter in Portugal. Fühlen Sie sich jetzt besser, Miss?«

Ich nickte.

»Der Herzog möchte, daß ich Sie nach Much Zoyland bringe. Dort wird er für Sie sorgen, Sie unterrichten, Ihre Stimme ausbilden lassen –«

»Sie ist bereits ausgebildet«, widersprach ich.

»Aber nicht sehr gut, Miss«, erwiderte Dr. Fantini abfällig.

Schon wieder lernen, schon wieder Unterricht – die Aussicht war nicht sehr verlockend. Andererseits wollte ich sehr gern das Grab meiner Muttr sehen und den Mann kennenlernen, der sie so geliebt hatte. Ich würde mit dem Herzog über sie sprechen können. Vielleicht konnte er mir ja auch etwas über Willoughby sagen.

Und wenn wir uns nicht vertrugen, der Herzog und ich, konnte ich schließlich immer wieder weg.

»Weiß der Herzog von… von meinem Ruf? Und woher ich komme?«

»Der Herzog ist über fast alles aufs beste informiert.«

»Ich werde ihm meine ganze Geschichte erzählen.«

»Sehr gut, Signorina.«

»Noch eins. Ich habe eine Zofe… nein, eine Gefährtin eigentlich, fast eine Freundin, die ich gern mitbringen würde.«

»Aber ja«, sagte Dr. Fantini entgegenkommend. »Das ist sogar sehr angemessen.«

Und damit war die Entscheidung gefallen.

11

Der Herzog von Cumberland kleidete sich stets äußerst korrekt und altmodisch-formell. Er trug eine gewaltige, mehrere Pfund schwere Roßhaarperücke und einen Rock mit breiten Ärmelaufschlägen, dicken Knöpfen und steif abstehenden Schößen. Die langen Spitzenmanschetten waren blütenweiß. Das Gesicht des Herzogs war gezeichnet von Sorgen, Kummer und Alter, die Haut blaß, die schwarzen Brauen über den tiefliegenden Augen ungewöhnlich dicht und buschig. Er sprach sehr laut, aber nie barsch.

Als meine Mutter ihn kennenlernte, war sie achtzehn und er fünfundvierzig. Fünfzehn Jahre hatten sie miteinander verbracht, ehe sie – viel zu früh – gestorben war. Inzwischen war er über sechzig, wirkte aber älter. Er ging langsam und gebeugt, nur zu Pferde hielt er sich kerzengerade. Er selbst spielte nur die Kesselpauke, liebte aber Musik in jeder Form und duldete nur musikalische Menschen um sich. Solomon Mayhew, sein Privatsekretär, war ein brillanter Klavierspieler, sein Verwalter ein begabter Geiger. Selbst die jüngsten Pagen durften singen und pfeifen nach Herzenslust. Much Zoyland, der in Wiltshire gelegene Lieblingssitz des Herzogs, war ein großes, unregelmäßig angelegtes altes Haus, das zur Zeit von Königin Elisabeth auf den Ruinen einer Abtei errichtet worden war. Es hatte weitläufige rasenbedeckte Höfe, aber auch kleine behagliche Stuben mit niedriger Decke, große, zugige Säle und schmale Gänge. Manche Türen waren so breit, daß eine zweispännige Kutsche hineingepaßt hätte, andere so schmal, daß selbst ein magerer Mensch sich beim Durchgehen zur Seite drehen mußte.

Ich gewann es von Herzen lieb.

»Das lob ich mir«, sagte Pullett und sah sich anerkennend um, als wir die lange Allee hinauffuhren, die hier und da einen Blick auf die formellen Gartenanlagen mit bunten Blumenbeeten und beschnittenen Hecken gewährte. »Hier kann man sich wohl fühlen.«

Auch den Herzog beurteilte sie positiv. »Sein Ring hat eine sonderbare Farbe, aber es ist eine gute Farbe, Blau und Grau gemischt, wie der Himmel vor Sonnenaufgang, wenn man noch nicht weiß, ob die Sonne durchkommt oder es anfangen will zu regnen.«

Vor der Reise nach Zoyland hatte ich noch einer recht unerfreulichen Verpflichtung nachkommen müssen.

Am Sonntag begab ich mich, begleitet von einer widerstrebenden Pullett, in die Kensington Gardens, um mich dort mit Nell zu treffen.

»Sie wird nicht kommen«, sagte Pullett, die Nell von klein auf kannte und keine hohe Meinung von ihr hatte. »Glauben Sie, die läßt ihre vornehmen Freunde sausen, um sich mit Ihnen zu treffen? Nach allem, was vorgefallen ist?«

Ich hatte Pullett offen von meinem Mißerfolg in der Bond Street erzählt und rechnete es ihr hoch an, daß sie keine Spur von Schadenfreude hatte erkennen lassen.

»Ich denke schon, daß sie kommt«, widersprach ich.

»Womöglich sogar *mit* ihren vornehmen Freunden. Vielleicht, um zu sticheln. Oder einfach aus Neugier.«

Ich hatte ihr geschrieben: »Ich möchte Sie gern ein paar Minuten in einer sehr wichtigen Angelegenheit sprechen, die Ihre Mutter betrifft, und hoffe sehr, daß Sie die Zeit dafür erübrigen können.«

»Na, das hört sich doch alles auf«, staunte Pullett, nachdem wir ein paarmal den großen Mittelweg auf und ab gegangen waren. »Da ist sie ja!«

»Und sie hat sich tatsächlich ihre feine Verwandtschaft mitgebracht.«

Zu meinem Mißvergnügen hatte ich in dem Herrn und der Dame an ihrer Seite ihren Onkel Robert Ferrars und seine Frau, die giftige Lucy, erkannt.

»Alsdann, Mistress Fitz«, näselte Robert Ferrars, »ich habe den Eindruck, daß Sie besser daran täten, nach Bath und in Ihr Mädchenpensionat zurückzukehren. Für ein Londoner Publikum sind Ihre Koloraturen noch nicht so ganz das richtige, wie?«

»Mach dich nicht lächerlich, Robert«, bemerkte seine bessere Hälfte. »Das Mädchenpensionat nimmt sie doch jetzt nicht mehr.«

»Ich würde gern unter vier Augen mit Ihnen sprechen, Miss Ferrars«, sagte ich.

»Sapperment, was haben Sie ihr denn so kolossal Geheimes mitzuteilen, daß wir es nicht hören dürfen?«

»Wenn Miss Nell es Ihnen später erzählen möchte, ist das ihre Sache.«

»Also ich will davon nichts wissen«, sagte Mrs. Ferrars scharf. »Komm, Robert.«

Gekränkt blieben sie ein paar Schritte zurück, während Pullett vorausging.

»Jetzt rück schon heraus mit deiner großen Neuigkeit«, sagte Nell gereizt.

Ich holte einen Brief aus meinem Retikül. Absender war der Verlag John Murray, Albemarle Street 12.

»Verehrte gnädige Frau«, hieß es darin, »da Sie sich, wie Sie uns sagten, nicht lange in London aufhalten werden, haben wir den Roman Ihrer Bekannten sehr viel schneller geprüft, als es in unserem Hause normalerweise üblich ist, und sind jetzt in der glücklichen Lage, Ihnen mitteilen zu können, daß wir mit Ihrer Ansicht über das Werk vollkommen einiggehen. Auch wir halten die Geschichte für überaus fesselnd und sehr ergötzlich und glauben sicher, daß unsere Leser diese Meinung teilen. Wir bieten Ihnen für die Veröffentlichung folgende Bedingungen an (hier folgten die entsprechenden Modalitäten) und wären Ihnen verbunden, wenn Sie uns nunmehr die Anschrift Ihrer Bekannten mitteilen könnten, so daß wir uns persönlich mit ihr in Verbindung setzen können. Bei Ihrem Besuch in der letzten Woche teilten Sie uns mit, daß sie noch weitere Romane geschrieben hat. Mein Kompagnon und ich sehen der Lektüre auch dieser Werke mit großer Spannung entgegen und hoffen, der Autorin nach einem Erfolg des uns vorliegenden Romans (mit dem wir fest rechnen) auch für ihre anderen Bücher ein entsprechendes Angebot machen zu können.«

»Was soll denn das?« fragte Nell ungeduldig und gab mir den Brief zurück. »Von der Schriftstellerei verstehe ich nichts. Warum zeigst du mir das?«

»Dieses Buch hat deine Mutter geschrieben«, sagte ich, »und in ihrer Kommode hat sie fünf weitere Romane versteckt.«

»Na und?«

»Sie könnte sich mit ihrer Schriftstellerei ein hübsches Zubrot verdienen und damit die drückende Armut im Pfarrhaus ein wenig lindern – was natürlich die Zustimmung deines Vaters voraussetzt.«

»Nicht meine Sache!« fertigte Nell mich noch ungeduldiger ab. »Das müssen die beiden unter sich ausmachen.«

»Möchtest du denn nicht, daß es deine Mutter ein bißchen leichter hat?«

»Und was geht das dich an?«

»Du weißt, daß deine Großmutter nicht ganz richtig im Kopf ist?«

»Leider nur zu gut«, brummelte Nell. »Und weiter?«

»Elinor – deine Mutter – meint, bei sich Anzeichen des gleichen Leidens entdeckt zu haben. Ob sie damit recht hat, weiß ich nicht. Aber sie fürchtet es sehr. Wenn sie die sechs Romane, die sie so mühselig und im geheimen geschrieben hat, günstig verkaufen kann, ist sie, sollte dieser traurige Fall tatsächlich eintreten, zumindest abgesichert und hat genug Geld, um sich von fürsorglichen Menschen in ihrer gewohnten Umgebung pflegen zu lassen. Sie braucht keine Angst vor Not und Demütigungen im Alter zu haben. Begreifst du das?«

»Meine Tante Marianne würde einspringen. Und Onkel Brandon«, sagte Nell abwehrend.

»Das ist nicht so sicher. Niemand weiß, wo sie sich zur Zeit aufhalten, vielleicht kommen sie auch gar nicht mehr nach England zurück. Und ich brauche dir nicht zu sagen, daß dein Vater kein... kein sehr rücksichtsvoller Ehemann und außerdem den ganzen Tag in Angelegenheiten der Gemeinde unterwegs ist.«

»Was erwartest du denn von mir?« fragte sie gequält.

»Daß du nach Delaford fährst und deiner Mutter beistehst, falls dein Vater Einwände gegen eine Veröffentlichung des Romans erhebt.«

»Aber ich bin verlobt...«

»Ich weiß. Laß dir von mir etwas über die Ehe sagen, Nell. Und über deinen künftigen Mann. Und den Tod seiner letzten Frau.«

»Was soll das heißen? Was unterstehst du dich...« Sie war rot angelaufen vor Empörung.

»Ich habe mich schon im Leben durchkämpfen müssen, während du noch in der Wiege lagst, Nell. Hör jetzt bitte zu.«

Ich erzählte ihr, was ich von Mrs. Widdence über Joseph Smethwick und den Tod seiner letzten und vorletzten Frau erfahren hatte. Und was Männer Frauen antun können, die ihnen auf Gnade oder Ungnade ausgeliefert sind.

»Ich glaube dir kein Wort«, erklärte Nell. »Das ist alles nur bösartiger Klatsch.«

Aber ich merkte, daß sie sehr betroffen war. »Übrigens«, sagte ich und winkte Pullett, »habe ich kurz vor meiner Abreise aus Delaford Ralph Mortimer getroffen, der nach dir fragte. Er hat seinen Abschied genommen und verwaltet jetzt das Gut seines Vaters.«

»Interessiert mich nicht.«

Aber sie blieb noch ein paar Minuten mit sehr nachdenklichem Gesicht stehen, stocherte mit der Spitze ihres Sonnenschirms in der Erde herum und hatte es offenbar nicht besonders eilig, sich wieder ihren Verwandten anzuschließen.

Ich will nicht leugnen, daß es mich, als ich zum erstenmal den Herzog von Cumberland zu Gesicht bekam, eiskalt überlief und ich mich fünfzehn Jahre oder mehr zurückversetzt glaubte in eine Zeit, da ich, meinen Halfpenny in der Hand, über die Dorfstraße zum Pfarrhaus gelaufen war, wo mich die tätige Hilfe von Dr. Moultrie erwartete.

Was man sich im einzelnen darunter vorzustellen hat, habe ich nie jemandem erzählt, und auch in Zukunft soll das niemand erfahren. Das hier Berichtete ist, wie gesagt, nur ein Ausschnitt dessen, was mir im Lauf meines Lebens widerfahren ist.

Sehr schnell aber begriff ich, daß Seine Gnaden (abgesehen von einer flüchtigen äußerlichen Ähnlichkeit) Dr. Moultrie ganz und gar nicht glich, sondern denkbar ehrenhaft, maßvoll und umgänglich war.

Verständlicherweise war ich zu Beginn meines ersten Dinners, das ich allein mit dem Herzog einnahm – und das auch unsere erste Begegnung war – sehr befangen. Er hatte mir reichlich Zeit gelassen, mich nach der zweitägigen Reise von London nach Zoyland ein wenig zu erholen, und erschien zum Essen in zeremoniellem Abendgewand – Kniehosen aus Satin und Samtrock, Halstuch mit üppigem Faltenwurf, auf dem ein großer Smaragd funkelte. Mrs. Jebbs Rubine, so altmodisch sie mit ihrem Tafelschliff auch waren, hätten mir für diesen Anlaß gute Dienste geleistet.

Doch schon nach wenigen Minuten verlor sich meine Befangenheit.

Als er meiner ansichtig wurde, liefen dem Herzog Tränen über die Wangen.

»Beunruhige dich nicht, mein Kind«, sagte er und wischte sich ungeniert mit der Serviette die Augen, »aber du siehst deiner lieben Mutter so ähnlich, daß ich ganz erschüttert bin. Ich hätte dich überall erkannt – und wenn du mir in Sansibar begegnet wärst. Kein Wunder, daß Fantini so verstört war, als er dich unvermutet in der Bond Street sah. Was für ein Jammer, daß man dich deiner Mutter nicht gelassen hat. Wieviel Kummer und Sorgen wäre allen Beteiligten erspart geblieben! Brandon war ein Narr, daß er es nicht zugegeben hat. Aber da deine Mutter seine Base und du mithin so was wie seine Nichte warst, hatte er diese dünkelhafte Vorstellung, er sei es der Familientradition oder dem Familienstolz oder sonst irgendwelchen verblasenen Ideen schuldig, dich nicht bei einer gefallenen Frau aufwachsen zu lassen. Und was geschieht? Er überläßt dich deinem Schicksal, und unvermeidlich kommst auch du zu Fall.«

»Was das betrifft, Sir, bin ich –«

»Zu Brandons Ehre sei gesagt, daß er wohl die Absicht hatte, dich später zu sich zu nehmen. Aber das hat Mrs. Marianne, diese lästige Person mit ihren romantischen Vorstellungen und kleinlichen Vorurteilen, immer wieder zu verhindern gewußt. Und dann sind sie ja auch ins Ausland gegangen.«

»Kennen Sie Oberst und Mrs. Brandon persönlich, Sir?«

»Nein, Kind, aber Sir John Middleton, ein Nachbar und

lieber Freund von mir – er wird bald einmal vorbeikommen, um einen Hammelbraten mit uns zu essen –, kennt ihn gut.

Nun etwas anderes, mein Herz. Ich möchte nicht, daß du dir über meine Absichten falsche Vorstellungen oder gar Sorgen machst. Ich werde dir nicht als Liebhaber kommen, das wäre in meinen Augen fast so was wie Blutschande, wenn auch zweifellos recht genußreich, da du deiner Mutter so überaus ähnlich bist. Aber auch zwischen ihr und mir war in der letzten Zeit diese Art der Beziehung leider nicht mehr möglich. Nach einem unglücklichen Sturz über einen doppelten Oxer... Also, um es ganz unverblümt zu sagen: Ich kriege ihn nicht mehr hoch. Für dich bin ich deshalb eher so etwas wie ein gütiger alter Schwiegervater, und bedauerlicherweise hat auch deine liebe Mama mich zuletzt wohl in diesem Licht gesehen.«

»Aber...« Eine Fülle von Fragen bedrängte mich. Da der Herzog einen so offenen, vertraulichen Ton angeschlagen hatte, gab ich mir einen Ruck. »Bitte, Sir...«

»Nun, Kind... wie soll ich dich übrigens anreden? Eliza kann ich nicht sagen, das wäre mir zu schmerzlich. Ich werde dich Lizzie nennen, wenn du nichts dagegen hast.«

»Nein, nicht das mindeste. Aber... was meine Mutter betrifft... Dr. Fantini hat mir erzählt, daß sie bei einer schweren Geburt gestorben ist. Wie... wie konnte das unter diesen Umständen geschehen?«

»Das will ich dir gern sagen, Kind. Das dumme, dumme Mädchen...« – er schenkte rasch unsere Gläser wieder voll – »...wollte mir eine Art *Geschenk* machen. Das Haus ist ein unveräußerliches Erbgut, und ich habe oft beklagt, daß ich keinen Sohn habe, dem ich es hinterlassen kann. Mir ist das alte Gemäuer ans Herz gewachsen, und Stannisbrooke, mein offizieller Erbe, der Sohn der Herzogin, ist ein so elender Langweiler! Daß er hier einmal einziehen soll, tut mir in der Seele weh. Ich hatte einen Lieblingsneffen, den Sohn meines jüngeren Bruders, Michael Ravensworth, der uns hin und wieder besuchte, ein lieber Kerl, Hauptmann der Marine...«

»Ist er tot, Sir?« fragte ich teilnahmsvoll, als der Herzog sich erneut die Augen wischte.

»Ja, der arme Teufel kam bei der unglückseligen Walcheren-Expedition ums Leben. Ein herber Verlust. Er war zehnmal soviel wert wie mein eigener Sohn, ihn hätte ich gern als Erben gehabt. Ja, und da haben dann Eliza und er die Köpfe zusammengesteckt, und eines Tages haben sie mir eröffnet, daß sie guter Hoffnung ist. Sie dachten, es würde mich freuen, wenn wieder ein Kind ins Haus käme, und es freute mich ja auch wirklich sehr, ich war überglücklich...«

›Die Köpfe zusammengesteckt‹ – eine recht eigenwillige Formulierung, dachte ich. »Das war aber doch sehr gefährlich«, sagte ich laut und setzte für mich hinzu: in mehr als einer Beziehung. Denn war es ihnen wirklich nur darum gegangen, dem Herzog einen Erben für sein Haus zu schenken? Oder war vielleicht außer selbstloser Güte auch die Liebe zweier junger Menschen im Spiel gewesen? Immerhin war der Herzog siebenundzwanzig Jahre älter als meine Mutter und Michael Ravensworth wahrscheinlich ein gutaussehender junger Hauptmann, eine schmucke, romantische Erscheinung. Wie es sich wirklich verhalten hatte, würde ich wohl nie erfahren, gewiß nicht vom Herzog, dem meine Mutter und der junge Mann gleichermaßen lieb gewesen waren. Vielleicht war es für den Herzog sogar besser – wenn auch tragisch genug für das junge Paar –, daß ihm in späteren Jahren Mißhelligkeiten und Enttäuschungen erspart geblieben waren.

»Kennen Sie meinen Vater, Mr. Willoughby?«

»Nein, aber mein Freund Sir John hat ihn gut gekannt und kann dir gewiß viel über ihn berichten. Er war wohl ein arger Galgenstrick, aber da er dein Erzeuger ist, Lizzie, wollen wir nicht zu streng mit ihm ins Gericht gehen. Von seinem derzeitigen Aufenthaltsort weiß ich nichts, aber vielleicht ist Sir John genauer im Bilde.«

Es war seltsam, ja fast gespenstisch, in diesem großen Haus auf Zoyland zu leben, in dem meine Mutter, die ich nie bewußt kennengelernt hatte, so deutliche Spuren hinterlassen hatte. Da gab es Hunde, die sie aufgezogen, Vögel, die sie gehalten hatte. Eliza war offenbar sehr tierlieb gewesen und hatte eine ganze Menagerie um sich versammelt – Papageien, Affen, ja sogar eine Schildkröte, eine Ringelnatter und einen Hasen. Von diesen Tieren waren mittlerweile einige eines natürlichen Todes gestorben, andere – wie die Affen – waren als zu schmerzliche oder lästige Erinnerung an sie in ein neues Heim gegeben worden. Ein großer rotgrauer Papagei aber saß noch immer auf seiner Stange im Damenzimmer, hob hin und wieder den dicken Kopf und krächzte mit heiserer Stimme: »Guten Morgen, Eliza!«, wobei mich unweigerlich eine Gänsehaut überlief. Ein alter Spaniel, der ihr Liebling gewesen war, setzte sich manchmal neben mich und legte mir den Kopf in den Schoß.

Im Schreibsekretär ihres kleinen Arbeitszimmers fand ich – in einer Schrift, die erstaunlich der meinen glich – Notizen, Zettel, Stichworte für die Haushaltsführung, eine Liste mit Weihnachtsgeschenken für das Gesinde. Am Ende dieser Liste las ich als Fußnote: »Und was schenke ich *ihm*? So gütig und lieb, wie er ist … aber er hat schon alles, bis auf das eine … ach ja …«

Auf einem losen Blatt stand unter dem Titel *Willoughby*:

Umsonst mit unschuldsvollen Wonnen winkst du mir,
Liebliche Pergola, du lauschiges Revier.
Die dunklen Schatten, die so manchen Liebesschwur vernommen
In sel'gen Tagen, machen jetzt mein Herz beklommen.
Beraubt des Lächelns, das den Himmel mir verhieß,
Sind solche Freuden, solche Orte mir nur Ärgernis.

Arme Eliza … Wie lange mochte meine Mutter ihrem treulosen Geliebten solche Gefühle entgegengebracht haben? Ich war recht erleichtert, als ich ein paar Monate später feststellte, daß sie diese Verse nicht selbst geschmiedet, sondern aus Cowpers Werken abgeschrieben hatte.

Ich ging regelmäßig zu ihrem Grab, manchmal zusammen mit dem Herzog, an anderen Tagen allein. Er brachte ihr fast täglich frische, nach Möglichkeit violette Blumen, weil Lila, wie er sagte, ihre Lieblingsfarbe gewesen war. Das Grab lag am äußersten Ende des kleinen Friedhofs, der an den Park von Much Zoyland angrenzte und von dort durch ein Friedhofstor zu erreichen war.

»Ich kann aus meinem Schlafzimmerfenster den Grabstein sehen«, sagte der Herzog liebevoll. »Da wird sie sich nicht einsam fühlen, denke ich. Und mir ist es ein Trost.«

Auf dem Stein stand *Meiner geliebten Eliza* und ihr Todestag.

In dem Band mit Cowpers Gedichten fand ich später noch einen Zettel mit zwei handgeschriebenen Versen, die mich sehr berührten:

An meine Tochter

Mein liebstes Kind! Ich seh nicht deine Träne
Und sehe nicht dein süßes Angesicht.
Das Leben hat mit uns wohl and're Pläne
Und gönnt uns die Begegnung nicht.

Doch durch des Todes Pforte dann
Hoff ich dich zu erblicken.
Daß ich dies Glück so spät gewann –
Gern will ich mich drein schicken.

Diese Zeilen habe ich sonst nirgendwo gelesen und nehme deshalb an, daß sie von Eliza selbst stammen.

Außerdem gab es noch zahllose von ihr gestickte Kissen und Gobelins und an den Wänden Aquarelle und Kreidezeichnungen von ihrer Hand. Ein ganzes Schubfach war mit Fächern gefüllt – Fächern aus Seide, Elfenbein, Spitze, Pergament und Federn. Das Herz tat mir weh, als ich das schöne Stück, das sie mir seinerzeit geschenkt hatte, zu der Sammlung legte. In einem Alkoven stand ein Bücherregal, das hauptsächlich Romane, aber auch etliche Essay- und Gedichtbände enthielt.

Es war recht seltsam, auf diese Weise nach und nach immer besser mit ihr bekannt zu werden.

Sogar eine alte Stute, die sie früher einmal geritten hatte, gab es noch, sie bekam auf der Koppel das Gnadenbrot. Ich hatte nie richtig reiten gelernt, sondern war nur hin und wieder mit den Jungen auf den struppigen Exmoor-Ponys ohne Sattel über die Moore gejagt, und so wurde außer Gesang und Instrumentalmusik, Sprachen und Literatur auch das Reiten in meinen Stundenplan aufgenommen.

Ich, die ich selbst in Mrs. Haslams Institut unterrichtet hatte, mußte mir – wenn auch sehr gütig und rücksichtsvoll – sagen lassen, daß meine Bildung gravierende Lücken und Mängel aufwies.

»Aber wozu das alles, Sir?« fragte ich den Herzog eines Tages, als er mir einen Memoirenband überreicht hatte, der, wie er sagte, mein Wissen über europäische Geschichte erweitern würde.

»Bildung, meine liebe Lizzie, ist Selbstzweck. Du bist eine intelligente, selbständig denkende junge Frau. Dein Geist braucht Anregungen. Wissen ist ein Schatz, auf den man immer wieder zurückgreifen kann, um sich und andere zu erfreuen.«

»Wenn ich meine Ausbildung für eine konkrete Betätigung nutzen könnte …«, sagte ich und dachte an Hoby und seine Wasserstraßen.

»Das, liebes Kind, schlag dir bitte aus dem Kopf«, sagte

der Herzog freundlich, aber bestimmt, und ging davon, um sich wieder seinen Geschäften zu widmen.

Während ich durch den Park von Zoyland ritt, mich nach dem Beispiel meiner Mutter (aber ohne sonderlichen Erfolg) in Nadelarbeiten übte, Klavier spielte und bei Dr. Fantini, einem sehr anspruchsvollen Lehrer, meine Stimme bilden ließ, hatte ich reichlich Zeit zum Nachdenken und für meine Erinnerungen.

Oft mußte ich an Mrs. Jebb denken, deren Geschichte sich der Herzog mit lebhaftem Interesse angehört hatte. »Dein Talent, Menschen zu schildern, ist bemerkenswert, liebes Kind. Ich sehe deine Mrs. Jebb fast vor mir. Gewiß hätte ich viel Freude an ihrer Gesellschaft gehabt.«

»Das glaube ich auch, Sir. Und sie an der Ihren. Aber bis heute weiß ich nicht, ob sie die Spitze, mit der alles anfing, wirklich gestohlen hatte. Die Handschuhe hat sie gemaust, das weiß ich, aber damit hat sie wohl nur den Ladenbesitzer ärgern wollen, der sie ständig so plagte. Doch die Spitze? Sie hatte ihr gutes Auskommen, so etwas hatte sie gar nicht nötig.«

»Ich denke mir«, sagte der Herzog, »daß sie sich langweilte und den Kitzel der Gefahr suchte. Auch Damen brauchen wohl diesen Anreiz. Ich kenne weibliche Wesen, die dem Spielteufel verfielen. Oder sich bei der Fuchsjagd um Kopf und Kragen ritten.«

Ich sah ihn verblüfft an. Wie simpel, wie naheliegend war doch diese Erklärung! Gut möglich, daß meine Mutter aus ähnlichen Gründen ihr Leben riskiert hatte.

Und doch kam der Herzog wohl nie auf den Gedanken, daß diese Zwänge womöglich auch für mich galten …

»Sing mir deine neue Canzonette vor, Kind«, bat der Herzog, »die gefällt mir so gut. Und dann holen wir Solomon, und ihr könnt die Haydn-Duette spielen.«

Musik war des Herzogs größte Leidenschaft. Er konnte stundenlang hingerissen zuhören, auf seinen hirschledernen Kniehosen – oder auf der Kesselpauke – den Takt schlagen und sangbare Themen laut mitsingen.

Die Parlamentsferien hatten noch nicht angefangen, und deshalb mußte der Herzog hin und wieder zu einer Debatte nach London.

»Später nehme ich dich mit«, sagte er, »so habe ich es mit deiner lieben Mutter auch gehalten. Ich konnte es kaum ertragen, einen Tag von ihr getrennt zu sein, und mit dir geht es mir schon fast genauso. Aber ich darf nicht selbstsüchtig sein. Im Augenblick ist es für dich wichtiger, wenn du dich hier in Zoyland deinen Büchern und Tonleitern widmest.«

Manchmal überlegte ich, ob er sich bewußt mit einer schönen jungen Frau – erst meiner Mutter und nun mit mir – schmückte, um der feinen Gesellschaft zu beweisen, daß er noch immer über genügend Anziehungskraft auf das schöne Geschlecht verfügte. Zweifellos war aber in beiden Fällen bei ihm vor allem aufrichtige Zuneigung im Spiel. Anregend und ausgeglichen heiter, wie er war, fehlte auch er mir, wenn er sich in London aufhielt, aber ohne ihn blieb mir mehr Zeit, um zu lesen, nachzudenken, zu mir selbst zu finden.

»Das ist mal eine gute Stellung«, befand Pullett. »Die beste, in der ich je war. Für Sie gilt das auch, Miss Liza. Hüten Sie sich wohl, Seine Gnaden gegen sich aufzubringen.«

Pullett hatte sich mit Mrs. Budgen, der Wirtschafterin, angefreundet, und die beiden verbrachten viele Stunden damit, die Talente, Neigungen und kleinen Fehler meiner Mutter zu erörtern und zu entscheiden, welche Eigenschaften ich von ihr geerbt hatte.

»Wo kann sie diese Hand herhaben? Die von ihrer Mutter war genauso. Aber wer der Vater war, wissen wir nicht.«

»Bestimmt einer vom fahrenden Volk.«

Die beiden nickten sich vielsagend zu.

Der Herzog sah sich meine Hände mitfühlend, aber ohne eine Spur von Widerwillen an und sagte, wenn ich wollte, würde er den besten Chirurgen Europas beauftragen, den sechsten Finger zu entfernen und die übergroße Hand zu verkleinern. Ich bedankte mich sehr und sagte, ich würde es mir in Ruhe überlegen.

Pullett war dagegen. »Lassen Sie alles, wie's ist, Miss Liza. Der Mensch soll der Schöpfung nicht ins Handwerk pfuschen.«

Auch Tark, der Stallmeister, der mich bei meinen Ausritten begleitete, wenn der Herzog in London war, riet von einer Operation ab.

»Lassen Sie mit der Feenhand nichts machen, Missie«, beschwor er mich. »Das bringt Unglück. Wenn Sie wollen, sag ich das auch Seiner Gnaden.«

»Ich glaube dir, Tark. Aber warum?«

»Meine Großmutter hatte Zigeunerblut, und die hat immer gesagt, eine Hand mit sechs Fingern bringt Glück und macht, daß ihrem Besitzer irgendwann sein Herzenswunsch erfüllt wird.«

»Einmal hat sie mir schon Glück gebracht«, sagte ich und dachte daran, wie ich Triz vor den Zigeunern gerettet hatte. Wie lange das zurücklag!

Was ich dem Herzog von meiner Freundschaft mit Mr. Bill und Mr. Sam erzählte, interessierte ihn sehr.

»Natürlich besitze ich ihre Gedichte. Und ich glaube, dein Mr. Sam hält manchmal Vorträge in Bristol. Möchtest du ihn hören, wenn er wieder hinkommt?«

»Ach, wie gern! Ginge das denn?«

»Natürlich. Warum denn nicht?«

Im Herbst jenes Jahres nahm mich der Herzog wie versprochen mit nach Bristol, wo Mr. Sam eine literarische Vortragsreihe in Mangeon's Hotel halten sollte. In letzter Zeit plagte den Herzog zunehmend die Gicht, und eine Kur in den heißen Quellen von Bristol, meinte er, könne nicht schaden. So machten wir uns denn auf, um gewissermaßen zwei Fliegen mit einer Klappe zu schlagen.

Ich will nicht leugnen, daß ich Zoyland hin und wieder nicht ungern auf ein paar Tage den Rücken kehrte, um wieder einmal durch eine Stadt zu schlendern, Geschäfte und Leihbüchereien zu besuchen. Der Herzog mietete ein Haus am Dowry Square und schickte Dienstboten und Wäsche voraus, um es uns behaglich zu machen, denn es war schon recht kühl geworden und sollte ein denkwürdig kalter Winter werden. Auf dem Kontinent zerfiel inzwischen das Reich Napoleons, und ich überlegte, ob jetzt, da die Kampfhandlungen so gut wie vorbei waren, Oberst Brandon und seine Frau nach England zurückkehren würden. Beim derzeitigen Stand der Dinge war das für mich allerdings wohl kaum von Belang.

In Bristol beschäftigte mich natürlich trotz der heißen Quellen, der Trinkhalle, der Geschäfte, Kaffeehäuser und der vortrefflichen städtischen Bibliothek vor allem ein Gedanke: daß ich in Kürze Mr. Sam wiedersehen würde.

Der Herzog sprach eine sehr behutsame, sehr fürsorgliche Warnung aus. »Er hat sich auffallend verändert, Kind. Von verschiedenen Seiten habe ich gehört, daß es mit seiner Gesundheit nicht zum besten steht. Er trinkt unmäßig und nimmt angeblich Laudanum im Übermaß. Diese Poeten tun alle zuviel des Guten!«

Für den ersten Vortrag hatte der Beauftragte des Herzogs uns Plätze in der ersten Reihe des Ballsaals vom Mangeon's Hotel besorgt, so daß ich die betrüblichen Veränderungen, die mit meinem lieben Mr. Sam vorgegangen waren, nur zu deutlich wahrnehmen konnte.

Er kam verspätet, aber ohne Entschuldigung, und begann sogleich sehr schnell und sehr leidenschaftlich zu sprechen. Sein Thema war Shakespeare.

Er war korpulenter geworden und wirkte dadurch kleiner, das Gesicht war rund und gerötet, das Haar stark ergraut und gelichtet. Nur die Augen waren groß, dunkel, sanft und träumerisch wie damals. Seine Kleidung war befleckt und ungepflegt, das Halstuch saß schief, das rechte Bein war geschwollen.

Doch sobald er anfing zu sprechen, war das alles vergessen, und seine Stimme versetzte mich jählings in die Vergangenheit zurück. Er sprach ohne Manuskript und, wie gesagt, sehr schnell, aber jedes Wort war klar und glockenrein. Mir war, als stünde ich wieder auf der Brücke über dem Ashe, als spräche er unmittelbar zu mir.

Er behandelte den Hamlet. »Man vergleiche die lässige Alltagssprache, die den Anfang des Stückes kennzeichnet, mit dem wilden, lyrisch unsteten Ton zu Beginn des Macbeth… Und dann das unheimliche Erlebnis, sich um diese Stunde mit zwei Augenzeugen zusammenzusetzen und eine Gespenstergeschichte zu hören… O Himmel, was sollen hier noch Worte, um Shakespeares hohe Kunst zu preisen? Man empfindet sie, oder man empfindet sie nicht…«

Ich hörte wie gebannt zu; genau wie damals strömten die Worte dahin gleich einer glitzernden, alles und alle mitreißenden Flut. Er ist eben doch ein Genie, dachte ich.

Als er geendet hatte, gab es donnernden Applaus, den Mr. Sam kaum zur Kenntnis zu nehmen schien. Er verbeugte sich knapp und bewegte sich stolpernd zum Ausgang.

»Möchtest du mit ihm sprechen, Kind?« fragte der Herzog freundlich. »Laß uns hinter die Bühne gehen.«

Doch inzwischen sahen wir Mr. Sam schon durch die Hotelhalle eilen. Wir folgten ihm und holten ihn kurz vor dem Ausgang ein.

»Mr. Coleridge, Sir«, sagte der Herzog. »Mein Mündel, Miss FitzWilliam, möchte sich Ihnen in Erinnerung bringen.«

Mr. Sam sah mich ratlos an. Seine Augen waren blutunterlaufen, die Pupillen verengt. Er schwitzte und war talgig bleich, sein Haar war wirr und strähnig. »Sir! Mr. Sam! Wissen Sie nicht mehr…? Damals in Somerset… Ashett und St. Lucy's Church. Sie haben mich auf Ihre Wanderungen mitgenommen, Sie und Mr. Bill…«

»Ashett?« brummelte er. »Ashett? ...Nein, tut mir leid, ich erinnere mich nicht. Pardon –« Rasch drängte er an uns vorbei auf die Straße, über die Regenschauer fegten.

Schock und Enttäuschung trafen mich wie ein Schlag. Zu jäh war der Übergang von Glanz und Erhabenheit seines Vortrags zur rauhen Wirklichkeit gewesen. Ich hielt mich am Arm des Herzogs fest, um nicht vor Kummer und Schmerz umzusinken.

Zum Glück war die Kutsche des Herzogs ganz in der Nähe – für solche Dinge war stets bestens gesorgt –, er und Tark halfen mir hinein, und bald waren wir wieder am Dowry Square mit dem freundlich flackernden Feuer im Kamin. Der Herzog nötigte mir ein Glas Glühwein auf.

»Du darfst ihm nicht allzu große Vorwürfe machen, mein armes Kind. Von seinem Arzt hörte ich, daß er an einer rheumatischen Herzkrankheit und der Wundrose leidet – ganz zu schweigen von den haarsträubenden Mengen an Laudanum und Branntwein, die er regelmäßig zu sich nimmt. Man muß sich wundern, daß er überhaupt fähig war, einen Vortrag zu halten. Und was für einen! Gerechter Himmel, da stoben die Funken. Der arme Mensch ... Es heißt, er sei völlig zerrüttet. Sogar sein Freund Mr. Wordsworth bezeichnet ihn als elenden Trunkenbold und eine verdammte Last.«

Die ganze Nacht wälzte ich mich schlaflos herum und weinte mein Kissen naß, und beim Frühstück war mir so elend, daß der Herzog mir abriet, die übrigen sieben Vorträge anzuhören.

»Du machst dich nur unglücklich damit, Kind. Am besten setzest du dich behaglich in unsere Bibliothek und liest die Werke des großen Mannes still für dich. Denn die bleiben bestehen und erinnern an ihn, wenn er längst unter der Erde ist.«

»Sie mögen recht haben, Sir«, sagte ich matt, und wir fuhren nach Zoyland zurück. Später hörte ich, daß man wegen Mr. Sams angegriffener Gesundheit einen Teil der Vorträge hatte absagen müssen. »Und gegen meine Gicht«, sagte der Herzog, »haben die heißen Quellen überhaupt nichts ausgerichtet.«

Nicht lange danach kam Sir John Middleton nach Zoyland und brachte die alte Mrs. Dashwood mit, die noch magerer, wirrer, blasser, unordentlicher und unfrisierter war als in Delaford, aber offenbar beharrlich am Leben festhielt.

»Die Gute macht gern mal einen kleinen Ausflug«, sagte Sir John freundlich. Er war ein fülliger, munterer Mann mit rotem Gesicht, dem man ansah, daß er sich auf der Fasanenjagd im Niederwald wohler fühlte als in einem Salon bei Gebäck und Sherry. »Meine Frau findet sie, ehrlich gesagt, manchmal eine Spur anstrengend. Aber so kurz vor der Niederkunft sind Frauen zuweilen Kleinigkeiten lästig, die sie normalerweise nie stören würden. Die alte Dame hat so ihre Angewohnheiten… ständig spricht sie von Vögeln im Haus…«

»Ja, daran erinnere ich mich«, sagte ich. »Als sie in Delaford war…«

Mrs. Dashwood ging im Zimmer herum, ignorierte das ihr angebotene Glas Fruchtlikör, summte vor sich hin und murmelte manchmal ein paar Worte.

»Dafür hört man Erfreuliches von Base Elinor«, fuhr Sir

John fort, nachdem er sich vergewissert hatte, daß die alte Dame keinen Unfug machte. »Stellt euch vor – Elinor hat ein Buch geschrieben und auch noch einen Verlag dafür gefunden. Hundertzehn Pfund hat er ihr dafür gezahlt, das nenne ich spendabel! Und die anderen fünf, die sie heimlich geschrieben hat, will er auch noch haben. Meiner Seel, Elinor war immer so ein stilles Mäuschen, wer hätte gedacht, daß in ihrem Kopf so viele Einfälle brodeln? Bei Miss Marianne hätte es mich nicht gewundert, die hatte immer die verrücktesten Ideen... Aber Elinor? Also ich bin aus allen Wolken gefallen. Und wenn die Leser an ihren Romanen Gefallen finden – wovon die Herren Verleger offenbar überzeugt sind –, dürfte sich im Pfarrhaus einiges zum Besseren wenden, denn dort ging es ja, gelinde gesagt, recht dürftig zu. Base Elinor hat meiner Frau einen sehr artigen Brief geschrieben, daß sie die alte Dame bald wieder zu sich nehmen will. Übrigens ist offenbar auch Nell zu Hause.«

Ich seufzte leise. Mit Mrs. Dashwood würde Elinor eine weitere Bürde zu tragen haben. Andererseits wußte ich, daß sie sehr an ihrer Mutter hing.

»Hat sie geschrieben, wie Mr. Ferrars es aufgenommen hat, daß seine Frau unter die Schriftsteller gegangen ist?« fragte ich.

Sir John lächelte verständnisinnig. »Der Mann ist ein Wichtigtuer und selbstgerechter Pinsel, empfindlich wie eine Mimose und eigensüchtig obendrein. Ich hatte den Eindruck, daß er ganz und gar nicht damit einverstanden war. Aber Freunde von ihr hatten das Buch wohl dem Verleger gezeigt, so daß Ferrars seiner Frau keinen Vorwurf machen konnte. Und das Geld können sie wahrhaftig gut gebrauchen, denn Brandon und Mrs. Marianne gondeln noch immer irgendwo in der Weltgeschichte herum.«

»Mein Mündel möchte wissen, Sir John«, sagte der Herzog, »ob Ihnen bekannt ist, wo sich Willoughby zur Zeit aufhält.«

»Aber ja«, sagte Sir John. »Erst vor zwei Monaten hat er mir geschrieben, der arme Teufel. Dabei war er ein so angenehmer, gutherziger Nachbar und hatte die hübscheste kleine schwarze Pointerhündin, die man sich nur vorstellen kann.«

»Was ist ihm denn zugestoßen?« fragte ich aufgeregt.

»Tja, wie das so geht... er konnte der Schulden nicht mehr Herr werden, wurde ausgepfändet, zum Schluß hatte er keinen Knopf mehr in der Tasche und ist schlicht gesagt bankrott gegangen. Wäre er nicht gerade noch rechtzeitig außer Landes gegangen, säße er jetzt in Newgate. Von mir hat er sich noch zweihundertfünfzig Pfund geliehen, aber sei's drum. Die werde ich wohl nie wiedersehen«, setzte er leise, zum Herzog gewandt, hinzu.

»Wie traurig«, sagte ich. »Und was ist aus Miss Grey – ich meine aus seiner Frau geworden?«

»Die ist schon eine Weile tot, er hat ihr wohl keine Träne nachgeweint. Bei der war er voll auf der falschen Fährte, sein ganzes Herz hing an Miss Marianne. ›Wäre ich nur bei ihr geblieben‹, sagte er mehr als einmal zu mir, ›wäre ich jetzt ein besserer Mensch.‹ Blanker Unsinn natürlich, Miss Marianne war nicht die Frau, die von trocken Brot leben konnte. Er mit seiner Spielernatur und sie ohne Mitgift – zusammen wären sie genauso schnell erledigt gewesen. Wenn nicht schneller.«

»Und wo ist er jetzt, Sir?«

»Er wollte nach Portugal. Dürfte in Lissabon sitzen, das Leben dort soll billig sein, nachdem die Franzosen weg sind. Überdies hat der arme, verblendete Tropf irgendwo läuten hören, Brandon und seine Frau wollten auf der Rückreise von Indien in Portugal Station machen, und hofft wohl immer noch auf ein Wiedersehen mit Miss Marianne. Aber ich denke, Brandon würde ihm notfalls bedenkenlos eine Kugel durch den Kopf schießen. Sie haben wohl schon einmal einen Gang miteinander getan. Mit Brandon ist nämlich nicht zu spaßen, auch wenn er immer ein Gesicht macht, als könnte er keiner Fliege was zuleide tun. Und schließlich hat er ja die Tochter von dem Mann all die Jahre aufgezogen.«

»Diese Tochter bin ich, Sir.«

»Meiner Treu, stimmt ja... Bitte um Verzeihung, liebes Kind. Sie sehen Willoughby kein bißchen ähnlich, deshalb vergesse ich das immer wieder. Er war ein romantischer schwarzer Teufel, alle Damen haben ihm schöne Augen gemacht. Aber ich glaube, Sie schlagen eher Ihrer Mutter nach.«

»Ja, sie ist ihrer Mutter wie aus dem Gesicht geschnitten«, bestätigte der Herzog und lächelte mir liebevoll zu.

»Ich hab mir immer gedacht«, fuhr Sir John fort, der, sobald ein Satz aus mehr als drei Worten bestand, nicht mehr richtig zuhören konnte, »daß Brandon mit seiner Frau wegen Willoughby ins Ausland gegangen ist. Da saß dieser Bursche in Combe Magna, nur vierzig Meilen von Delaford entfernt, und erzählte aller Welt, daß er Miss Marianne noch immer liebe. Was soll ein armer Ehemann denn da machen? Wenn Brandon wüßte, daß Willoughby ihm nicht mehr gefährlich werden kann, wäre er schon längst wieder hier, darauf können Sie sich verlassen.«

Nach einer Weile entfernte sich der Herzog mit Sir John, um ihm seine Wildgatter zu zeigen – und wohl auch, um ein vertrauliches Männergespräch zu führen –, und überließ es mir, Mrs. Dashwood zu unterhalten.

Sie ging noch immer ruhelos im Zimmer herum und besah sich die Aquarelle meiner Mutter.

»In diesem Haus ist ein Vogel«, stellte sie fest.

»Mehrere, Ma'am«, sagte ich. »Ein Papagei, zwei Kanarienvögel, ein Goldfink...«

»Nein, nein. Ein Vogel, ein Vogel. Ein *Vogel.*«

Auch in Delaford hatte sie das gesagt, und dort hatte es keine Vögel gegeben.

»Was für ein Vogel, Ma'am?«

»Ein Vogel im Käfig, ein gefangener Vogel.« Sie sah mich mit gerunzelter Stirn an, aber ich hatte den Eindruck, daß sie mein Äußeres kaum wahrnahm, sondern nach etwas suchte, was tief in meinem Inneren verborgen war.

»Meine Töchter... Elinor, Marianne, Margaret... wo sind sie jetzt? Geht es ihnen gut?«

»Ihrer Tochter Elinor geht es gut, die werden Sie in Kürze wiedersehen«, sagte ich beschwichtigend. »Sie hat ein Buch geschrieben.«

»Ein Buch?«

Ich nahm ein Exemplar von *Camilla* zur Hand, das auf einem Beistelltisch lag.

»Ein Buch in dieser Art. Es heißt *Charlotte* und wird in Kürze erscheinen.«

Sie nickte gedankenvoll. Ob sie begriffen hatte, was ich sagte, stand dahin, aber einiges schien sie doch aufzunehmen.

»Und Margaret?«

»Ist in London und genießt die Freuden der Gesellschaft«, sagte ich, obgleich ich daran zweifelte.

»Und Marianne? Meine schöne Marianne?« Ihre Stimme bebte.

»Sie ist bei ihrem Mann, bei Oberst Brandon. Erinnern Sie sich noch an Oberst Brandon? Er ist so lieb und so gütig.«

Manchmal kam ich mir vor wie in einem Theaterstück als einzige menschliche Darstellerin unter lauter Marionetten – Brandon, Marianne, Willoughby, Eliza – oder maskierten Gestalten, die ich nie würde kennenlernen dürfen.

Da die Männer noch immer draußen unterwegs waren, konnte ich Mrs. Dashwood zu einem Imbiß mit kaltem Huhn, Obst und Kuchen ins kleine Speisezimmer locken und sie danach mit Pulletts Hilfe dazu bewegen, sich in einem kühlen Zimmer auf eine Chaiselongue zu legen.

Noch immer aber sah sie sich unruhig um und wiederholte klagend: »Ein Vogel ist im Haus. Ein Vogel. So befreit ihn doch... Haus, Haus, antworte mir! Wo ist der Vogel? Warum gibst du ihn nicht frei?«

12

Nach einem Jahr auf Zoyland hatten sich meine Sangeskünste unter Dr. Fantinis Anleitung so weit verbessert (jedenfalls nach Meinung meines Lehrers), daß der Herzog Berufsmusiker und Sänger aus London kommen und Opern und Oratorien – *Armide, Orfeo, Jephtha* und andere – aufführen ließ, in denen ich die Hauptrollen sang. Zu diesen Anlässen lud er sich stets zahlreiche Gäste ein.

Dabei war es ein ungeschriebenes Gesetz, daß ich zwar an der Tafel des Herzogs sitzen, von seinen Gästen aber nicht angesprochen werden durfte. Bei zwanglosen Anlässen war, so sah es der Herzog, gegen eine Unterhaltung mit alten Freunden wie etwa Sir John Middleton nichts einzuwenden, auf keinen Fall aber durfte es zu gesellschaftlichem Umgang zwischen mir und der feinen Gesellschaft kommen.

Natürlich vor allem nicht mit Damen.

Bei einem Dinner saß mir gegenüber zufällig Mrs. Marsonby, die Frau des Bischofs von Bath und Wells, die sich so weit vergaß, daß sie sich vorbeugte und zu mir sagte: »Sie haben die Arie *Hush ye pretty warblin quire* so gefühlvoll gesungen, meine Liebe, daß mir die Tränen kamen!« Der Herzog ließ sich zunächst von seiner Empörung nichts anmerken, nahm aber später den Bischof beiseite und eröffnete ihm, seine Frau habe die in seinem Hauswesen gezogene unsichtbare Grenze überschritten, und ein zweiter Fehltritt dieser Art könne zu einer

»ernsthaften Beeinträchtigung unserer ergötzlichen musikalischen Abende« führen. Der Bischof entschuldigte sich für seine Angetraute und versprach, ein solcher Fauxpas solle nicht noch einmal vorkommen.

Man mag fragen, warum ich mich mit dieser ambivalenten, um nicht zu sagen entwürdigenden Situation widerspruchslos abfand. Die Antwort ist vielschichtig und nicht ganz einfach.

Zunächst war ich dem Herzog aufrichtig zugetan, und umgekehrt hing auch er sehr an mir. Er hatte meine Mutter geliebt, und ich war ihr Ersatz. Für mich war er wie ein lieber Verwandter. In meinem Verhalten wahrte ich stets die Etikette und redete ihn mit ›Sir‹ oder ›Euer Gnaden‹ an, dennoch herrschte in unserer Beziehung ein lockerherzlicher Ton. Innerhalb der uns gesetzten unsichtbaren Grenzen bewegten wir uns leicht und elegant wie zu den Weisen eines Menuetts oder einer Passacaglia. Bis auf Triz hatte mich noch nie jemand wirklich geliebt. Wie hätte ich dieser Versuchung widerstehen können?

Hinzu kam, daß die Aufnahme in die feine Gesellschaft für mich durchaus kein erstrebenswertes Ziel war. Die hochgestochen-gestelzte Konversation, die dort an der Tagesordnung war, langweilte mich über die Maßen, und ich hätte gar keine Lust zum Mitreden gehabt. Wenn sich das Gespräch um Dinge drehte, über die ich unterrichtet war – Bücher, die der Herzog mir mitgebracht hatte, Musikstücke, die ich kannte, politische Fragen, die mir vertraut waren –, hörte ich interessiert zu, bildete mir mein Urteil über Geist und Wissen der Teilnehmer und sprach hinterher häufig mit dem Herzog über meine Eindrücke. Nie aber lockte es mich, in diesen Kreisen meine Meinung kundzutun.

Bis auf diese Einschränkung führte ich ein in jeder Beziehung angenehmes und befriedigendes Leben. Ich war von Luxus umgeben, und die Bediensteten des Herzogs brachten mir Ehrerbietung und wohl auch Zuneigung entgegen. Sie betrachteten mich als ihre Herrin und kamen mit kleineren Problemen, mit denen sie den Herzog nicht behelligen mochten, die aber einer praktischen Lösung bedurften, vertrauensvoll zu mir.

Ich begleitete ihn nach London, in das Haus am Grosvenor Square, und lernte eine Reihe seiner politischen Freunde kennen. Ich ging mit ihm in die Gemäldegalerie auf der Pall Mall und in die Royal Academy, wir besuchten die Oper in Covent Garden und das Drury Lane Theatre, wo ich die Werke von Shakespeare, Sheridan und vielen anderen namhaften Künstlern sah, auch ein Stück von meinem Mr. Sam, das *Reue* hieß und das ich nicht sehr gut fand.

Der Herzog und ich verbrachten einige Wochen des berühmt-berüchtigten kalten Winters von 1814 in London, als die Themse wochenlang zugefroren war und auf dem vereisten Fluß ein Jahrmarkt abgehalten wurde, der sich Freezeland Street nannte und wo man an zahlreichen Buden Austern, Muscheln, Pfefferkuchen und Kognakkugeln erstehen konnte. Bei dieser Gelegenheit zog sich der Herzog eine schwere Erkältung zu, die zu einer Kongestion führte, so daß er mehrere Wochen das Bett hüten mußte. Zwar erholte er sich wieder recht gut, war aber nach dieser schweren Erkrankung doch ein wenig gealtert, so daß er sich danach seltener in London und dafür länger auf Zoyland aufhielt.

In diese Zeit fiel mein Wiedersehen mit Hoby.

Unsere Begegnung bei Mrs. Widdence in der Bond Street hatte mir großen Schmerz bereitet und mich sehr erbittert. (Ich habe darüber bisher noch nichts geschrieben, weil diese Gefühle sehr tief gingen.) Daß er, der in unserer Jugend in seiner ruppigen, unbekümmerten Art mein unverbrüchlicher Freund und Verbündeter gewesen war, oft genug Partei für mich ergriffen und mich vor vielerlei Verdruß bewahrt hatte, mir jetzt so kalt und mißbilligend, ohne einen freundlichen Gruß, entgegengetreten war, hatte mich sehr getroffen. Ich hatte gehofft, er würde seine Schroffheit bereuen, mir eine Zeile schreiben, ein Treffen vorschlagen, eine versöhnliche Geste machen, aber nichts dergleichen geschah. Und da ich wenig später nach Zoyland fuhr, schien die Hoffnung auf Versöhnung unwiderruflich dahin.

Es dauerte viele Monate, bis ich Kränkung und Schmerz einigermaßen überwunden hatte. Ich war deshalb nicht wenig bestürzt, als der Herzog mir mitteilte, er habe Mr. John Nash und dessen Gehilfen, einen gewissen Mr. Robert Hobart, auf einige Tage nach Zoyland gebeten, um sich in der Anlage eines Kanals beraten zu lassen.

Inzwischen hatte ich dem Herzog so viel über meine Jugend in Nether Othery erzählt, wie ich für vertretbar hielt, und er hatte natürlich auch von anderer Seite das eine oder andere über die Schicksale einiger meiner Jugendgespielen erfahren, er wußte beispielsweise, wie es Fanny Huskisson ergangen war sowie den zahlreichen Nachkommen von

Lord S., von denen die meisten inzwischen auch erwachsen waren und – nur zu einem Teil von der Gesellschaft akzeptiert – in London lebten. Nur Hobys Name war in unseren Gesprächen bisher nie gefallen, obgleich ich ihn hin und wieder in der *Times* oder der *Morning Post* entdeckte, wenn dort über die Arbeit an der neuen Regent Street oder dem Regent Canal berichtet wurde. Und ich will nicht verhehlen, daß ich eine Gesellschaftsordnung beklagte, die es Hoby erlaubte, als geachteter Mann seinen Weg in der Welt zu machen, mir aber diese Möglichkeit versagte.

Jetzt erzählte ich dem Herzog, daß ich Hoby in meiner Kindheit gekannt hatte, und versuchte ihm begreiflich zu machen, wie ungerecht ich diese Regelung fand. Er schüttelte nachsichtig den Kopf. »Ja, weißt du, mein Herz, das ist eben der Unterschied zwischen Männern und Frauen. Für einen Mann ist eine eheliche Geburt nicht so wichtig. Viele Bastarde sind sehr berühmt geworden, denk nur an Wilhelm den Eroberer und an die vielen Herzöge, die von Seitensprüngen Karls des Zweiten abstammen! Unsere verehrten Damen aber müssen auf ihren Ruf achten, wo kämen wir sonst hin? Mag sein, daß es ein wenig ungerecht ist, andererseits kann das schöne Geschlecht sich damit trösten, daß es gut versorgt wird.«

Ich hätte ihm am liebsten ins Gesicht geschrien, daß viele Frauen eben nicht gut versorgt wurden, sondern ein erbärmliches Leben führten, und andere, die sich in den erlauchtesten Kreisen bewegten, durchaus keinen makellosen Ruf besaßen, wie zum Beispiel Lady Melbourne, von der man sich erzählte, einige ihrer sechs Kinder seien nicht von ihrem Mann. Doch ich mochte nicht streiten. Der

Herzog ermüdete neuerdings schnell, was ich immer daran erkannte, daß er sich mit einem seidenen Taschentuch die Stirn rieb, als könne er dann klarer denken.

Außerdem konnte ich mich persönlich ja nicht beklagen: Ich wurde gehegt und gepflegt, und der Herzog erfüllte mir alle Wünsche (bis auf jene, die ich sorgsam vor ihm verbarg).

Zunächst sah ich Hoby und Mr. Nash nur zum Abendessen, denn sie ritten den ganzen Tag mit dem Herzog über seinen Besitz und inspizierten mögliche Plätze für einen Wasserlauf. Am dritten Tag aber war die Arbeit getan, und sie kamen früh heim.

Ich ließ einen Imbiß richten und leistete ihnen auf Ersuchen des Herzogs Gesellschaft. Wir saßen in einem Raum, den er sein Observatorium nannte, weil er in ein verglastes Gewächshaus überging, wo sein großes Messingteleskop stand, mit dem er an schönen Abenden draußen in die Sterne sah.

Ich saß ein wenig abseits und arbeitete an einem seidenen Halstuch für den Herzog, als er unvermittelt fragte: »Hast du nicht vor kurzem den Wunsch nach einem Wassergarten geäußert, liebe Liz?«

»Das stimmt, Euer Gnaden, aber es war nur eine müßige Laune.«

»Müßige Laune? Papperlapapp! Wir haben heute einen jungen Mann bei uns, der mit der Wünschelrute so geschickt umzugehen weiß wie mein Verwalter Patrick mit seinem Fiedelbogen. Laß uns nach einem geeigneten Platz suchen, solange uns so ein Kenner zur Verfügung steht.«

Es war ein milder Mainachmittag. Durch die große

Glastür betraten wir die Rasenfläche, die sich über dreihundert Ellen bis zum Fuß eines sanften Hügels erstreckte. Dort waren gerade die Narzissen abgeblüht und machten Blauglöckchen und Knabenkraut Platz.

»So, mein Junge, jetzt zeigen Sie der Miss einmal, was Sie können«, sagte der Herzog, der offenbar großen Gefallen an Hoby gefunden hatte. Ich für mein Teil favorisierte Mr. John Nash, der ein rundes, humorvolles Runzelgesicht hatte, gern und oft lächelte und seine schräg stehenden Augenbrauen mit erstaunlicher Geschwindigkeit auf und ab zu bewegen verstand. Er muß um diese Zeit an die Sechzig gewesen sein, war aber noch sehr munter und beweglich. Er schilderte mir den großen Saal, den er gerade für den Regenten hinter dem Carlton House baute und in dem letzterer während der für diesen Sommer geplanten Feierlichkeiten den russischen Zaren, den König von Preußen und andere europäische Würdenträger bewirten sollte. Denn der Kontinentalkrieg war jetzt so gut wie vorbei.

In Anbetracht seiner wichtigen öffentlichen Bauvorhaben sei es hoch anzuerkennen, sagte ich aufrichtig dankbar, daß er sich die Zeit genommen habe, meinem Vormund mit Rat und Tat zur Seite zu stehen.

»Ich ergreife gern die Gelegenheit, hin und wieder aus London herauszukommen, zumal in eine so schöne Gegend und zumal jetzt, da in der Stadt ein so fürchterliches Gedränge herrscht. Und es ist mir immer eine große Freude, mit dem Herzog zusammenzusein, er ist einer der klügsten und großherzigsten Menschen, die ich kenne.«

»Komm einmal her, Liza«, rief der Herzog, »und versuche dich an Mr. Hobarts Wunderding.«

In den vergangenen drei Tagen hatte ich mich, soweit sich das mit meinen Pflichten als Gastgeberin vereinbaren ließ, von Hoby möglichst ferngehalten, hatte jedes Gespräch, jeden Blick vermieden, aber jetzt konnte ich ihm nicht mehr aus dem Weg gehen.

Ich nahm die Astgabel, die er mir hinstreckte.

»So müssen Sie den Haselzweig halten... die beiden Enden auf Ihren Körper gerichtet, das Mittelstück nach vorn«, erläuterte er sachlich. »Drehen Sie die Handflächen nach außen, die Daumen nach hinten.«

Das alles war mir nicht neu, denn ich hatte mit Hoby, Will und Jonathan mehrmals dem alten Gathercole bei der Wassersuche zugesehen, wenn der Dorfbrunnen versiegt war.

Doch als ich unvermutet Hobys Hände rauh, warm und lebendig auf den meinen spürte, als er mit festem Griff meine Handgelenke umschloß und sachkundig meine Finger auf der Haselrute zurechtrückte, ging mir das durch und durch. Unversehens fühlte ich mich in eine Zeit zurückversetzt, von der ich geglaubt hatte, sie sei längst vergessen und vorbei.

An seinem betroffenen Blick sah ich, daß er in den vergangenen Jahren meine Feenhand vergessen hatte und ihr Anblick bei ihm ähnliche Erinnerungen auslösen mochte. Seine Hände zitterten ein wenig, als er mir die Wünschelrute überließ.

»So, meine liebe Liza«, rief der Herzog aufgeräumt, »jetzt wollen wir doch einmal sehen, ob du, wie Moses, Wasser aus dem Felsen schlagen kannst.«

»Sie müssen auf dem Rasen hin und her gehen«, belehrte

mich Hoby in unverändert nüchternem Ton, »ohne die Haselrute zu bewegen. Und versuchen Sie, sich von allen Gedanken, allen Erwartungen freizumachen. Lassen Sie die Rute für sich sprechen.«

Ich setzte mich in Bewegung.

»Nicht die Rute ansehen«, mahnte Hoby.

Ich richtete meinen Blick auf den grünen Hang, das alte, rosenrote, von Bäumen umgebene Haus und die drei Gentlemen, die in der Sonne standen und mir lächelnd zusahen. Zumindest Mr. Nash und der Herzog lächelten; Hobys Gesicht blieb ernst. Seine Sommersprossen hatten sich weitgehend verloren, nur ein Sattel über der Nase und ein paar auf den Wangenknochen waren ihm geblieben. Seine Kleidung war korrekt und dem Anlaß angemessen: eine gut geschnittene Reitjacke und hirschlederne Reithosen. Mir fiel auf, wie blaß er war. Wie mochte er in London leben? Hatte er eine Frau? Kinder? Ein Haus? Eine Mätresse? War er ehrgeizig? Befriedigte ihn das Leben, das er führte? Es kam mir recht seltsam vor, daß ich ihn in mancher Hinsicht so gut kannte – ich hätte alle Narben auf seinen Schenkeln und seinem Bauch zeichnen können, die er sich bei einem bösen Sturz am Growly Head zugezogen hatte –, andererseits aber nicht hätte sagen können, was ihm in diesem Moment durch den Kopf ging.

Der Haselzweig zuckte plötzlich so heftig, daß ich ihn fallen ließ.

»Teufel noch eins! Schaut euch das an«, stieß der Herzog verblüfft hervor. »Ich glaube, sie hat's.«

»Ja, wirklich, ich glaub's auch!« bestätigte Mr. Nash ebenso erstaunt.

»Versuchen Sie es noch einmal«, sagte Hoby leise. Er gab mir die Wünschelrute zurück und legte, wie zuvor, meine Finger um die beiden Enden.

Diesmal spürte ich nur das Zittern meiner eigenen Hände.

»Kehren Sie an Ihren Ausgangspunkt zurück und gehen Sie noch einmal los.«

Die Wünschelrute zuckte erneut und entwand sich meinem Griff.

»Offenbar gehorcht die Wünschelrute Miss Liza, Euer Gnaden«, befand Mr. Nash. »Wenn Sie so ein Talent sozusagen auf Abruf im Haus haben, brauchen Sie uns studierte Leute nicht mehr. Jetzt versuch du es einmal, Robert. Bin gespannt, ob die Rute in deiner Hand Miss Lizas Feststellungen bestätigt.«

Ich zitterte und war den Tränen nah.

»Ist dir kalt, Kind?« Der Herzog tätschelte meine Schulter und trocknete mir fürsorglich mit seinem eigenen Taschentuch die Augen. »Komm, komm, das war nur die Überraschung. Wer hätte gedacht, daß du ein solches Talent hast? Aber bei der Vielseitigkeit deiner Begabungen, mein Herz, dürfte mich das eigentlich nicht wundern.«

Während er beschwichtigend auf mich einredete, hatte er Hoby im Auge behalten, der jetzt dieselbe Strecke abging. Auch ihm sprang der Zweig aus der Hand und fiel zu Boden.

»Jetzt ist Miss Lizas Wassergarten gesichert«, sagte Mr. Nash. »Sofern Euer Gnaden gewillt sind, in diesem schönen Bowling-Platz herumgraben zu lassen.«

»Miss Liza weiß, daß sie haben kann, was ihr Herz begehrt«, sagte der Herzog. »Auch Seerosen und Hahnenfuß und Stockenten statt Rasen, wenn ihr der Sinn danach steht.«

Ich wußte nicht recht, ob ich lachen oder weinen sollte. »Sie sind viel zu gut zu mir, Sir. Ich muß ins Haus, ich glaube… ich glaube, von dieser Wünschelrutengängerei habe ich Kopfweh bekommen.«

»Das war der Schreck«, hörte ich den Herzog sagen, während ich, noch immer Hobys ernsten Blick spürend, rasch ins Haus ging. »Lizzie hat sonst nämlich nie Kopfweh.«

Für diesen Abend hatte der Herzog einige Nachbarn eingeladen, die Mr. Nash und seinen jungen Mann kennenlernen sollten. Der Bischof und seine Frau kamen, außerdem Lord Giles Trevelyan, der Lord Lieutenant und seine Frau. Meine Kopfschmerzen vorschützend, ließ ich mich entschuldigen.

Der Herzog akzeptierte meine Entschuldigung, er stellte nie übertriebene Ansprüche. Später aber ließ er anfragen, ob ich mich wieder wohler fühlte und den Gästen etwas vorsingen könne. Ich wollte nicht ungefällig sein, zog ein Abendkleid an und ging ins Musikzimmer, wo ich die Gäste mit Liedern von Händel, Arne und Bononcini unterhielt. Der Herzog bemühte sich liebevoll um mich, versorgte mich mit Wein und fragte, ob ich mich wirklich wieder ganz erholt hätte.

Nach der musikalischen Einlage beschloß man, in der milden Mondnacht ein wenig spazierenzugehen.

»Das ist recht, Mr. Hobart, führen Sie Miss Liza an die

frische Luft«, sagte der Herzog, der sich um die Frau des Bischofs kümmern mußte. »Das wird ihr guttun.«

Hoby ging mit mir in den Kirschgarten, in dem es weiße Blütenblätter schneite.

»Wie kannst du das nur ertragen?« fuhr er mich an. »Deine Stellung hier im Haus... als Spielzeug... als Puppe... die nur mit Cumberland reden darf oder mit anderen nur, wenn es ihm in den Kram paßt. Wie eine Haremsfrau. Dabei warst du früher so frei, so ungezähmt, Liza. Wie kannst du es auch nur einen einzigen Tag auf Zoyland aushalten? Du hast schließlich deine Musik, du könntest es auf der Bühne zu etwas bringen...«

»Besten Dank!« Ich zitterte vor Zorn. »Ich darf dir sagen, daß mir bei meinem letzten Besuch in London die Direktion von Covent Garden dreitausend Pfund und eine Benefizvorstellung geboten hat, wenn ich eine Saison für sie singe.«

»Und warum hast du nicht zugegriffen? Bist du von Sinnen?«

»Der Herzog fühlte sich nicht wohl, er hätte es gewiß nicht gern gesehen, und es wäre schäbig und undankbar gewesen.«

»Undankbar? Ich bitte dich, Liza! Er hat dich ganz und gar vereinnahmt, hat deinen guten Ruf ruiniert...«

Ich erinnerte Hoby daran (er selbst schien das bequemerweise vergessen zu haben), daß er mir bei unserer letzten Begegnung an den Kopf geworfen hatte, mein Name sei nach der Sache mit den Stutzern von Bath und meinem vulgären, unbesonnenen Auftritt bei Mrs. Widdence unrettbar dahin.

»Dem Herzog war das ganz gleichgültig«, fuhr ich fort. »Er hat mich aufgenommen, für mich gesorgt, mich ausbilden lassen, mich gelehrt, wie man sich in der feinen Gesellschaft benimmt…«

»Was hast du davon, wenn dir diese Gesellschaft auf immer verschlossen bleibt? Du lebst wie eine Aussätzige, eine Unberührbare…«

»Aber er ist so gut zu mir, Hoby, so lieb. Er tut für mich, was er kann. Denk nur an den Wassergarten. Während du… du einfach weggegangen bist…«

Plötzlich überwältigte mich das alles: der Gedanke an diesen gütigen, rücksichtsvollen, zärtlichen alten Herrn, der noch immer meiner Mutter nachtrauerte und mir im Rahmen des Möglichen jeden Wunsch zu erfüllen trachtete; die Erinnerung an all die anderen unerfüllten Sehnsüchte, von denen ich wußte – Willoughbys Sehnsucht nach Marianne und ihre Sehnsucht nach ihm, die Verse meiner Mutter an ihren ungetreuen Liebhaber, Mrs. Jebbs Sehnsucht nach ihrem längst verstorbenen Mann, der ihr zuliebe acht Monate im Gefängnis gesessen hatte.

»Was soll das alles? Wo wird es enden?« Ich stolperte zu der steinernen Bank, die vor einer hohen, dichten Hecke am Ende des Obstgartens stand. Dort ließ ich mich nieder und schlug die Hände vors Gesicht.

Und dann war plötzlich Hoby neben mir, legte die Arme um mich und seine Wange an die meine und flüsterte mir zärtliche Trostworte ins Ohr.

»Lizalei (so hatte er mich früher immer genannt), Kleines… Liebes… Wein doch nicht. Hör doch… ich hab's nicht so gemeint. Es ist nur… ich kann es einfach nicht ertragen, daß du so unerreichbar bist. Wie ein Apfel an einem Zweig, an den man nicht herankommt. Es hat keinen Zweck, daß ich mir was vormache: Ich liebe dich, und ich glaube, ich hab dich immer geliebt. Schon früher. Deshalb … deshalb … bitte hör doch auf zu weinen!«

Wie vorhin der Herzog holte er sein Taschentuch hervor und versuchte, mir die Augen zu trocknen. »Ich weine gar nicht«, stieß ich hervor. »Ich weine nie. Vielleicht lache ich.«

Sekundenlang hätte ich vor lauter Verblüffung wirklich fast laut herausgelacht. Es war ein so vertrautes, so angenehmes Gefühl, in Hobys Armen zu liegen. Ich schmiegte mich an ihn und konnte mir fast einbilden, mit ihm im Heidekraut auf dem Hochmoor oder in meiner Mulde auf dem Growly Head zu liegen.

Aber eben nur fast.

Sehr bald löste ich mich aus seinen Armen, holte tief Luft und schüttelte mich.

»Das dürfen wir nicht, Hoby. Es ist unrecht. Wir gehören nicht mehr zusammen. Ich habe meinen Platz hier, du den deinen in London …«

»Aber Liza, du bist mit dem alten Cumberland nicht verheiratet, bist rechtlich nicht an ihn gebunden –«

»Sei nicht so … so kindisch. Natürlich bin ich rechtlich nicht an ihn gebunden. Aber es gibt andere Bindungen … Zuneigung, Dankbarkeit, Achtung, Pflicht …«

»Das ist doch unnatürlich. Er ist mehr als doppelt so alt wie du –«

»Ist das so ungewöhnlich? Tag für Tag werden Ehen zwischen ungleichartigeren Partnern geschlossen.«

»Wenn du mit mir nach London kämst –«

»Als deine Frau, Hoby?«

Es gab eine lange Pause. »Das geht leider nicht, Liza. Noch nicht. Meine Laufbahn beginnt gerade erst… Dank Mr. Nash habe ich beste Beziehungen, vielversprechende Aufträge… Ich werde in vornehme Häuser eingeladen und von Leuten um Rat gefragt, die vor drei Jahren noch nicht einmal meinen Namen kannten… es geht alles so schnell…«

»Ich verstehe«, sagte ich höflich. »In dieser glänzenden Zukunft ist natürlich kein Platz für die abgelegte Geliebte eines Herzogs, mit der sich vorher die Stutzer von Bath auf dem Beechen Cliff vergnügt haben und die in Bankertheim aufgewachsen ist…«

Ich ging zurück zum Haus.

Er lief mir nach. »Aber ich liebe dich, Liza«, wiederholte er fast flehentlich. »Bis heute habe ich nicht gewußt, wie sehr ich dich liebe. Erinnerst du dich denn gar nicht mehr an früher? Damals hattest du mich bestimmt auch lieb. Wenn ich denke, was wir alles miteinander gemacht haben… Weißt du das nicht mehr?«

»Das spielt keine Rolle.«

»Bitte geh nicht weg, Liza. Laß mich nicht allein.«

Ich ließ ihn stehen und trat zu dem Herzog, der seine Gäste verabschiedete. Wie üblich bei solchen Anlässen stand ich ein, zwei Schritte hinter ihm, knickste höflich und wurde meinerseits mit stummen Verbeugungen und hier und da mit einem Lächeln bedacht.

Am nächsten Morgen blieb ich auf meinem Zimmer, bis Mr. Nash und sein Adlatus abgereist waren. Der Herzog schien enttäuscht, daß ich nicht mit ihnen gefrühstückt hatte.

»Ich dachte, du hättest deinem alten Spielgefährten Mr. Hobart mehr zu sagen. So ein gewandter, angenehmer junger Mann! War es nicht hübsch, mit ihm über das gute alte Bankertheim zu plaudern?«

Der Herzog hatte immer großen Spaß an Geschichten über diesen liederlichen Ort.

»Leider ist Mr. Hobert derart achtbar geworden, daß man ihn besser nicht an jene Zeit erinnert.«

»Wie schade. Und wie steht es mit deinem Wassergarten? Soll ich McPhee holen und ihm entsprechende Anweisungen geben?«

»Nein, danke, ich habe es mir anders überlegt. Es wäre schade um Ihren schönen Rasen. Dafür dürfen Sie mit mir auf ein paar Tage nach London fahren. Mr. Nash hat mir erzählt, daß in den Geschäften die hinreißendste französische Mode aus Paris eingetroffen ist.«

13

In jenem Sommer des Jahres 1814, als man in ganz England sang, tanzte, Raketen steigen ließ, mit Ausländern tafelte oder Reisen auf das für uns so lange Jahre unerreichbare Festland antrat, plagten mich Teilnahmslosigkeit, Unzufriedenheit und Schwermut. Wenn der Herzog nach London fuhr, um sich die Lustbarkeiten anzusehen, zog ich es meist vor, auf Zoyland zu bleiben.

»Was ist mit dir, Kind?« fragte er immer wieder. »Was fehlt dir? Was kann ich für dich tun?«

»Nichts, Sir. Sie sind die Güte selbst, aber ich wüßte nicht, was ich mir wünschen sollte.«

Allenfalls Dinge, die man mit Geld nicht kaufen kann, setzte ich für mich hinzu. Eine Kindheit ohne dunkle Punkte. Die Rückkehr all der Menschen, die mir lieb und teuer waren. Die Heilung aller Wunden, die das Leben mir geschlagen hatte...

Als der Herzog einmal in London war, um im Oberhaus eine Rede zu halten, tat ich bei einem leichtsinnigen Ritt durch den Park einen dummen Sturz und mußte ein paar Tage mit gebrochenem Schlüsselbein das Bett hüten. Der Herzog kehrte eiligst und sehr besorgt nach Zoyland zurück und beriet sich mit dem getreuen Dr. Swinton, der seit zwanzig Jahren sein Hausarzt war und auch meine Mutter behandelt hatte.

Viel zu lange für meinen Geschmack unterhielten die beiden sich leise am anderen Ende meines Schlafzimmers, in dem Pullett hin und her ging, Handtücher zusammenlegte und wieder auseinanderschlug und Gegenstände von einer Stelle zur anderen trug, um an den Herren vorbeigehen und hier und da ein Wort aufschnappen zu können.

»Stellen Sie sich vor, Seine Gnaden hat den Doktor gerade gefragt, ob Sie vielleicht absichtlich gestürzt sind«, berichtete sie empört.

»Lächerlich! So etwas würde mir nie einfallen.«

Zumindest, dachte ich bei mir, würde ich, wenn ich je auf den Gedanken käme, meinem Leben ein Ende zu setzen, nie eine so unsichere Methode wählen.

»Und jetzt reden die beiden über Ihre Mutter«, erzählte sie, als sie mir ein Stück duftende Zitronenschale brachte.

»Was hat meine Mutter damit zu tun, daß ich vom Pferd gefallen bin?«

Diese Frage beantwortete mir der Herzog, als der Doktor gegangen war, ohne Umschweife (wofür ich ihm sehr dankbar war, denn Dr. Swinton war zwar ein tüchtiger Arzt, Frauen gegenüber aber derart befangen, daß er sich bei einem Gespräch stets in einem Gewirr unverständlicher Euphemismen verstrickte).

»Der brave Doktor hat dich gründlich untersucht, als du nach deinem Sturz ohne Bewußtsein warst, Kind. Er dachte, du hättest dich vielleicht am Rückgrat verletzt, und wollte außerdem feststellen, ob du nicht an der gleichen Schwäche leidest wie deine arme liebe Mutter, so daß es gefährlich für dich wäre, ein Kind zur Welt zu bringen.«

Ich sah den Herzog einigermaßen fassungslos an.

»Aber wie mir Swinton sagt«, fuhr er fort, »bist du zwar ein wenig schmal gebaut, so daß entsprechende Vorsorge getroffen werden müßte, aber grundsätzliche Schwierigkeiten, meint er, dürfte es eigentlich nicht geben...«

»Sehr freundlich, diese Fürsorge, aber ich sehe nicht ein, was das mit meinem Schlüsselbeinbruch zu schaffen hat.«

»Der brave Doktor und ich sind nicht blind, Kind«, sagte der Herzog freimütig. »Es ist uns nicht entgangen, daß du seit ein paar Monaten die Flügel hängen läßt, blaß, appetitlos und in dich gekehrt bist. Und da haben wir uns überlegt, ob man nicht gewissermaßen zwei Fliegen mit einer Klappe schlagen könnte.«

Ich brachte kein mehr Wort heraus, teils vor Verblüffung, teils, weil mich allmählich eine recht unbehagliche Ahnung beschlich.

»Was soll ich groß um die Sache herumreden«, fuhr der Herzog fort, »das Leben, das du hier führst, ist für eine junge Frau in deinem Alter unnatürlich. Ich bin dir in dieser Beziehung zu nichts mehr nütze, auf der anderen Seite hätte ich nur zu gern einen Erben für meinen Besitz, damit er nicht in die Hände dieses verteufelten Langweilers Stannisbrooke fällt –«

»Aber –«

Er hob eine Hand. »Laß mich ausreden. Ich habe dich sehr gern und weiß, daß du auch an mir hängst, aber wie sagt das Sprichwort: ›Es nimmt kein Weib einen alten Mann um Gottes willen.‹ Mit anderen Worten: Ich hätte nichts dagegen, wenn du ein bißchen über die Stränge schlagen und mir was Kleines präsentieren würdest – vorzugsweise einen Jungen natürlich –, denn ich glaube, damit wäre uns beiden geholfen. Ich hätte einen Nachfolger für das Haus, an dem mein Herz hängt, und du hättest eine

Beschäftigung, ein Menschlein, um das du dich kümmern müßtest... Na, was sagst du?«

Die sonore Stimme verstummte, die Augen unter den buschigen Brauen waren erwartungsvoll auf mich gerichtet.

»Aber wen haben Sie sich als Erzeuger dieses... dieses nützlichen kleinen Wesens vorgestellt? Ihr Plan scheint mir mit zahlreichen Schwierigkeiten behaftet, vor allem aber verirren sich doch recht wenige... äh... potentielle Väter hier zu uns nach Zoyland.«

Und darunter nicht einer, an dem mir auch nur das mindeste läge, setzte ich für mich hinzu.

Der Herzog sah etwas verlegen drein. »Ich hatte da an diesen ansehnlichen jungen Burschen gedacht, der mit Nash hier war und dir das Wünschelrutengehen beigebracht hat. Du kennst ihn von klein auf, bei... äh... so alten Freunden ist das am Ende keine ganz so delikate Angelegenheit...«

»Aber... aber zu einem solchen Vorhaben gehören immer zwei. Ganz abgesehen von meinen Gefühlen, die wir im Augenblick beiseite lassen wollen, ist Mr. Hobart womöglich gar nicht gewillt –«

»Hm... also... um es geradeheraus zu sagen: Ich denke, Mr. Hobart würde mit sich reden lassen. Jawohl. Durchaus.«

Die Zunge klebte mir am Gaumen. Ich brachte kein Wort heraus.

»Ich würde mich natürlich nicht lumpen lassen«, fuhr der Herzog fort. »Würde alles ordentlich festlegen, mit Brief und Siegel. Selbstredend hättest du auf Lebenszeit

Wohnrecht auf Zoyland. Da es keine Blutsverwandtschaft ist, wäre wahrscheinlich eine hohe Steuer fällig, aber dein Kind könnte trotzdem als Erbe…«

Er strahlte. Sein Gesicht war gerötet vor Begeisterung.

»Wie hätte deine liebe Mutter sich gefreut!«

»Haben Sie etwa mit Mr. Hobart schon darüber gesprochen?«

Der Herzog nickte. »Wir haben uns bei White's auf ein Glas Burgunder zusammengesetzt.«

»Und was hat er gesagt?«

»Zuerst war er natürlich überrascht und ein bißchen verlegen… recht reserviert, und das ist ja auch gut und richtig so… Aber wie gesagt: Ich denke, er würde mit sich reden lassen.« Der Herzog machte eine kleine Pause. »Er ist ein junger Mann mit sehr korrekten Ansichten. Über Zoyland hat er sich sehr verständig geäußert. Er hat einen Blick für Schönheit.«

Das wundert mich nicht, dachte ich.

»Ich glaube nicht, daß wir von dieser Seite Schwierigkeiten zu gewärtigen hätten«, schloß der Herzog.

»Mag sein«, versetzte ich in bemüht unbeteiligtem Ton. »Aber ich fürchte, eine unüberwindliche Schwierigkeit liegt hier.« Ich deutete auf meine Brust.

»Eh? Wie? Was?« Der Herzog war sichtlich bestürzt. »Magst du den jungen Burschen denn nicht? Und ich dachte… ich glaubte…«

»Wir wollen lieber nicht genauer untersuchen, was Sie glaubten, Sir.«

»Wenn ich deine Herkunft aus Othery bedenke… und diese Eskapade in Bath«, fuhr der Herzog fort, und man hörte ihm an, wie sehr ihn die Ablehnung eines so gut gemeinten Vorschlags bekümmerte, »hätte ich dich für entgegenkommender gehalten. Schließlich bist du ja gottlob keine dieser stocksteifen Zierpuppen, die man bei Almack zum Tanz führen mußte.«

»Es tut mir von Herzen leid, daß ich Ihnen nicht zu Diensten sein kann. Aber … es geht einfach nicht.«

Er war sehr niedergeschlagen. Ein paarmal machte er den Mund auf, machte ihn wieder zu und rieb sich mit seinem seidenen Taschentuch heftig die Stirn.

»Hol's der Henker! Und ich habe gedacht, mit diesem Plan wäre allen gedient!« sagte er halblaut. Er sah aus wie ein Kind, dem man unbegreiflicherweise ein versprochenes Spielzeug vorenthält. Dann zog er sich in sein Arbeitszimmer zurück, und in den nächsten zwei Stunden sah ich ihn, wenn ich einen Blick durch die offenstehende Tür warf, mit einem kratzigen Gänsekiel verbissen Sätze zu Papier zu bringen, wieder ausstreichen, einen Bogen nach dem anderen zerknüllen und auf den Boden werfen. Ob er versuchte, Hoby mitzuteilen, daß der Plan, Zoyland zu einem Erben zu verhelfen, fehlgeschlagen war? Ich muß gestehen, daß mir der Herzog in diesem Moment ehrlich leid tat und ich es fast bedauerte, ihm seinen sehnlichsten Wunsch nicht erfüllen zu können.

Abends sah ich, wie er auf dem Weg ins Speisezimmer stolperte. Auch kam er ein paarmal beim Reden ins Stocken, als stauten sich in seinem Kopf die Worte gleich dem Treibgut an der Brücke über den Ashe. Am nächsten Morgen aber war er wieder ganz der alte, lieb und fürsorglich und wie immer um mein Wohl besorgt.

»Diese Sache, über die wir gestern sprachen, Kind«, sagte er, als wir durch die Lindenallee schlenderten, »lassen wir zunächst mal auf sich beruhen, nicht? Aber solltest du es dir irgendwann anders überlegen, brauchst du nur Laut zu geben, und ich hole dir den Jungen her, ehe du auch nur einmal Himmelundhölle sagen kannst.«

»Sie sind sehr gütig, Sir. Aber ich fürchte, es muß bei meiner Entscheidung bleiben.«

Ich seufzte. Er seufzte. Dann setzten wir unseren Spaziergang längere Zeit schweigend fort.

Einen Monat später erhielt ich einen Brief von Lady Hariot Vexford.

Er kam aus Amarante in Portugal und war fast ein Jahr unterwegs gewesen. Sie hatte ihn ursprünglich an die Anwaltskanzlei in Dorchester geschickt (der Brief, den ich Lady Hariot und Triz von Bath aus geschrieben und in dem ich Mrs. Jebbs Adresse angegeben hatte, war offenbar nicht bei ihnen angekommen), von dort war er an Mrs. Haslams Institut weitergeleitet worden, und von da hatte man ihn an Edward Ferrars gesandt, der ihn seinerseits zu Mrs. Jebb nach Bath expediert hatte. In unbeholfener Schrift hatte dort jemand (vermutlich Mrs. Rachel) die Adresse von Mrs. Widdence in London dazugesetzt, die sich erstaunlicherweise die Mühe gemacht hatte, das Schreiben nach Zoyland zu schicken. Vielleicht hoffte sie mich jetzt, da ich einen so hochmögenden Gönner hatte, als Kundin zu gewinnen.

Der Brief war im Herbst des vergangenen Jahres datiert und lautete:

Meine liebe Eliza,

ich richte diese Bitte an Dich, da ich glaube, daß Du jetzt für meine unglückliche Tochter, die Du, wie ich glaube, herzlich gern hattest, die einzige Hoffnung bist. Wie lieb und geduldig Du ihr bei ihren Schulaufgaben geholfen, mit ihr gesungen und gespielt, ihr Geschichten erzählt und ihr täglich im Kinderzimmer und im Park von Kinn Hall Gesellschaft geleistet hast! Das Herz tut mir weh, wenn ich an jene Tage zurückdenke, die damals so trüb und unsicher schienen. Aber ach, wie friedvoll und gedeihlich waren sie doch, wenn ich sie mit dem vergleiche, was wir seither erlebt haben!

Nach unserer Ankunft in Portugal wurden wir zunächst, wie ich Dir wohl schrieb (ich hoffe jedenfalls, daß dieser Brief Dich erreicht hat), von meiner Schwester, Lady Anna Foliot, in Lissabon aufgenommen, deren Gatte der dortigen britischen Botschaft attachiert war. Leider wurde er kurz darauf nach Brasilien versetzt. Meine Tochter Thérèse hatte auf der Passage nach Portugal sehr zu leiden, ja ich fürchtete sogar um ihr Leben, so daß ich ihr die lange und gefährliche Seereise über den stürmischen Atlantik unmöglich zumuten konnte. Eine portugiesische Bekannte meiner Schwester bot uns Quartier in Oporto, wo ich uns – dürftig genug – mit Unterricht in englischer Grammatik, Literatur, Griechisch und Latein durchbrachte. Als die Franzosen kamen, mußten wir fliehen, fanden aber Asyl bei gütigen Nonnen aus dem Kloster Santa Clara, die sich in eine unwirtliche Klosterruine in den Bergen nördlich des Douro zurückgezogen hatten. Auch diese

Zuflucht mußten wir aufgeben, nachdem der tapfere Sir Arthur Wellesley mit seinen Truppen den Douro überschritten und die Franzosen in nördlicher Richtung aus der Stadt vertrieben hatte. Uns und die frommen Schwestern verschlug es im Schlachtengetümmel ebenfalls nach Norden; ein paarmal kamen wir mit knapper Not mit dem Leben davon.

Das liegt jetzt vier Jahre zurück. Natürlich hatten wir nach der Befreiung Portos zurückkehren wollen, aber das war zunächst nicht möglich. Das Land war verwüstet, und es gab keine Transportmöglichkeiten, sämtliche Pferde und Maulesel hatten die beiden Heere mitgenommen.

Die fliehenden Franzosen waren Ungeheuer. Sie brandschatzten Gehöfte und ganze Dörfer, vernichteten die Ernte, henkten arme Bauern, töteten Priester. Monatelang lebten wir von Krähen, die wir in Essig dünsteten, von Schwarzbrot und ein wenig Reis. Nach Süden kam man nur zu Fuß übers Gebirge, und dieser Strapaze war mein armes Kind nicht gewachsen. So blieben wir mit einigen Ordensschwestern in einem verlassenen Dorf, dessen Häuser in Trümmern lagen. Zwei Jahre lebten wir dort und schlugen uns durch, so gut es ging. Wir versuchten uns am Spinnen und Weben von Ziegenwolle, legten Gärten an, brachten die zerstörten Weingärten wieder in Ordnung, pflanzten Mais am Bachufer an, fingen die Schweine ein, die wild in den Pinienwäldern herumliefen. Schließlich gelang es mir, einem Mr. Croft in Porto (dessen Tochter ich Lateinunterricht gegeben hatte) einen Brief zuzustellen, in dem ich ihn bat, mir ein wenig Geld zu leihen, damit wir in die Stadt zurückkehren konnten.

Damals machten noch immer Gruppen von Räubern und Banditen die Gegend unsicher. Teils waren es Deserteure aus der besiegten französischen Armee, teils der übliche Abschaum, der in Kriegszeiten stets Oberwasser hat. Eine dieser Banden kam auch in unser Dörfchen. Sie hatten sich in die wahnwitzige Idee verrannt, die zurückweichende französische Armee habe einen irdenen Topf mit zweihundert Milreis in Gold- und Silbermünzen aus Brasilien in unserer bescheidenen Gebirgszuflucht versteckt, und davon waren sie nicht abzubringen. Sie zerstörten unsere liebevoll gepflegten Gemüsebeete und rissen die mühsam aufgebauten Mauern ein, und als sie nichts mehr fanden, ließen sie ihre Wut und Enttäuschung an uns wehrlosen Frauen aus. Die beiden, die sie gleich erstachen, waren vielleicht am glücklichsten dran; gewiß sind sie jetzt im Paradies. An mir vergriffen sie sich nicht. Derlei Menschen sind meist sehr abergläubisch. Weil ich schielte, meinten sie wohl, ich stünde unter dem Schutz des Bösen. So fesselten sie mich nur mit Lederriemen an unseren Webstuhl im Taubenhaus, wo ich stundenlang hilflos die Schreie ihrer Opfer anhören mußte, unter denen auch meine Tochter war. Nachdem sie noch ein paar Häuser in Brand gesteckt hatten, zogen sie endlich ab. Zum Glück löschte ein Gewitterregen das Feuer, und nach stundenlangen Mühen konnte ich mich befreien und den Überlebenden zu Hilfe kommen. Thérèse war schlimm zugerichtet und fast verblutet; daß sie überhaupt noch lebte, war ein Wunder. Den anderen war es kaum besser ergangen. Zwei starben, die übrigen erholten sich in den kommenden Wochen wieder etwas. Mein Kind aber ist von der Hüfte ab gelähmt, kann nicht gehen und nicht sprechen, nur noch weinen.

Mit dem Geld, das Mr. Croft mir schickte, konnte ich sie auf einer Trage nach Amarante bringen lassen, wo wir uns zur Zeit befinden. Wir hoffen, daß wir nach Vila Real weiterreisen können, dort soll es einen Arzt geben. Schon von der Reise hierher aber war sie so geschwächt, daß ich wieder um ihr Leben fürchtete. Einer der Priester hier meint, das Übermaß an Angst und Schrecken, das Thérèse durchleben mußte, halte sie in einer Starre gefangen, aus der nur eine jähe Überraschung, eine unerwartete Freude sie befreien könne. Ich denke, daß er recht hat, aber obschon ich nichts unversucht ließ, hat sich bisher kein Erfolg eingestellt.

Ich weiß, meine liebe Eliza, daß ich sehr viel von Dir verlange – vielleicht etwas, was Du gar nicht leisten kannst. Womöglich bist Du ja inzwischen verheiratet oder hast eine Beschäftigung, die es Dir nicht gestattet, kurzfristig Deine Zelte abzubrechen und nach Portugal zu reisen. Doch ich glaube wirklich, daß Du allein mein Kind aus diesem schrecklichen Gefängnis befreien könntest, und darum bitte ich Dich sehr.

Wie will ich wissen, ob dieser Brief Dich je erreicht? Oder ob nicht, ehe er bei Dir eintrifft, der Tod den Kerker meiner armen Thérèse geöffnet hat? Ich vertraue so sehr auf Deine Zuneigung zu ihr, daß ich fest an Dein Kommen glaube und daran, daß Du ihr wirst helfen können.

Wir wollen, wie gesagt, zunächst nach Vila Real. Sollten wir dort nicht mehr sein, erkundige Dich bitte bei den Nonnen in Oporto, die Klöster sind untereinander in Ver-

bindung und wissen, wo Ausländer untergekommen sind. Wenn Du nach »der Engländerin mit ihrer kranken Tochter« fragst, weiß man gewiß, wer gemeint ist.

Ich verbleibe
Deine getreue Freundin
Hariot Vexford

Diesen Brief las ich an einem schwülen Julinachmittag im Rosengarten des Herzogs. Um mich war der betäubende Duft voll erblühter Rosen, es roch nach Katzenminze und heißen Steinplatten. Aus den Wiesen hinter mir kam das schläfrige Zirpen von Grillen.

Seit meiner Kinderzeit, dachte ich, führen wir Krieg gegen die Franzosen, aber was weiß ich persönlich eigentlich vom Krieg? Schlachten werden geschlagen – Trafalgar, Vitoria, Salamanca –, Schiffe gehen unter, Matrosen ertrinken, Soldaten werden von Kanonenkugeln zerfetzt, um dieses Eiland zu schützen. Aber wie berührt das alles mich, Eliza Williams? Ich höre von diesen Dingen, als wären sie Teil eines Stückes von Shakespeare oder Sophokles. Lady Hariot und Triz aber haben den Krieg am eigenen Leib erlebt. Und dann fielen mir Oberst Brandon und Marianne ein. Ich hatte sie insgeheim so manches Mal kritisiert, weil sie sich so wenig um mich gekümmert hatten. Woher aber wollte ich wissen, ob sie nicht in Indien oder auf der Reise von dort nach Portugal selbst in schwierigen Situationen, in höchster Gefahr gewesen waren?

Ich brannte darauf, dem Herzog meinen Brief zu zeigen, aber er war in London, um das große Fest zu Ehren von

Sir Arthur Wellesley – inzwischen Herzog von Wellington – in dem eigens dafür von Mr. Nash entworfenen Pavillon von Carlton House mitzufeiern.

Tags darauf kehrte der Herzog müde und für seine Verhältnisse recht mißmutig nach Zoyland zurück.

»Ein einziges Tollhaus, dieses London«, sagte er verdrossen. »Der Hyde Park steht voll orientalischer Tempel, Pagoden, Brücken und Türmen. Milch gibt es nicht, die Kühe mußten alle aus den Parks weichen, und nicht einmal seine Wäsche bekommt man gewaschen, die Wäscherinnen kümmern sich nur noch um Fürsten und ausländische Besucher.«

»Lesen Sie diesen Brief, Sir, ich bitte Sie!«

Er las stirnrunzelnd, die Lippen zu einem lautlosen Pfiff gespitzt, die Augen unsichtbar unter den buschigen Brauen.

Als er fertig war, stieß er zunächst einen tiefen Seufzer aus, dann las er den Brief noch einmal langsam und sorgfältig, drehte das Blatt um und sah nach dem Datum.

»Es ist dir wohl klar, daß das arme Ding inzwischen gestorben sein könnte?«

»Ja…«

»Aber du bist vermutlich trotzdem entschlossen, dort als rettender Engel zu erscheinen. Das weiche Herz von Miss Lizzie kann sich so einer Bitte nicht verschließen. Als ob ich das nicht wüßte… Bettler, Schnorrer, Anreißer, Höker, Vagabunden und Zigeuner landauf, landab kommen unterwürfig zu dir und bitten um Almosen.«

»Ich weiß eben, wie es ist, allein und ohne Freunde zu sein…«

»Hm… Und die Hoffnung, womöglich Mrs. Marianne zu sehen, hat nichts damit zu schaffen, was?«

»Wie soll ich das verstehen, Sir?«

»Dieses Postskriptum…«

Ich hatte den in eine Ecke geklemmten Nachsatz noch gar nicht entdeckt. »Wie ich höre, soll sich Mrs. Marianne Brandon, die Witwe deines Vormundes, zur Zeit bei den Schwestern des Klosters Santa Clara in Oporto aufhalten.«

»Gütiger Himmel!« Ich sah den Herzog groß an. »Demnach ist… ist Oberst Brandon verschieden.«

»Wird wohl auf dem Schlachtfeld geblieben sein, der arme Teufel.«

»Deshalb also ist er nicht nach Delaford zurückgekommen!«

»Na, hoffentlich hat Mrs. Marianne ihre Anwälte verständigt«, sagte der Herzog trocken. »Aber wenn du nun wirklich diese närrische Reise nach Portugal antreten willst, Kind, stelle ich eine Bedingung…«

»Natürlich«, erwiderte ich etwas zerstreut, denn meine Gedanken waren noch bei Marianne Brandon. Würde sie in Oporto bleiben oder nach England zurückkehren? Hatte Willoughby, mein Vater, sie aufgespürt? War es denkbar, daß die beiden jetzt, da Oberst Brandon nicht mehr war, doch noch zusammenkamen?

»Ich bestehe darauf, dich nach Portugal zu begleiten. Mein Schiff, die ›Miranda‹, geht in zehn Tagen mit Stockfisch und Tuchen von Bristol ab, so daß uns eine leidlich bequeme Überfahrt sicher ist. Und während du deine Erkundigungen einziehst, können wir in der Faktorei in

Porto wohnen. Bliven, mein Verwalter, wird uns begleiten und alles Nötige veranlassen. Und Enrique Morton, mein Agent am Ort, kann sich inzwischen schon mal für dich umhören.«

»Aber –«

Ich muß gestehen, daß ich ziemlich entsetzt über diesen Vorschlag war. Die Hochachtung, die man dem Herzog entgegenbrachte, würde uns überall Tür und Tor öffnen, aber so hatte ich mir ehrlich gesagt meine Reise nicht vorgestellt. Ich hatte mich darauf gefreut, endlich einmal frei und unabhängig zu sein.

»Es war schon lange meine Absicht, Bliven hinzuschicken«, fuhr der Herzog behaglich fort, »weil ich wissen will, wie es der *quinta* unter der französischen Besatzung ergangen ist, aber er hat es immer verstanden, die Reise aus diesem oder jenem Grund aufzuschieben. Nun kann ich dort selber nach dem Rechten sehen, und das ist mir allemal lieber. Ich freue mich schon darauf, wieder über die Rua Nova des Ingleses zu schlendern. Porto ist eine sehr angenehme Stadt.«

Ich brachte keinen meiner zahlreichen Einwände vor, worüber ich später heilfroh war, denn Dr. Swinton verbot seinem hochmögenden Patienten strikt, diese Reise anzutreten.

»Euer Gnaden sind in letzter Zeit ein wenig angegriffen, und ich sehe Sie hin und wieder stolpern. So ein Unternehmen wäre sehr unklug. Schlagen Sie es sich nur gleich aus dem Kopf.«

»Aber vielleicht würde gerade eine Seereise mich wieder auf die Beine bringen«, wandte der Herzog ein.

»Nicht in der Biskaya, wo schon im August die Herbststürme einsetzen können. Es wäre eine unverzeihliche Torheit!«

Der Herzog hätte gewiß versucht, den guten Doktor umzustimmen, wenn er nicht am gleichen Tag auf den Stufen zur Terrasse ins Straucheln gekommen wäre. Lamb, sein getreuer Diener, konnte ihn im letzten Augenblick noch auffangen, sonst hätte er einen bösen Sturz getan.

»Meiner Seel, was bin ich doch für ein Tattergreis geworden«, jammerte der arme Herzog. »Bald wird sich keiner meiner Freunde mehr bei mir sehen lassen.«

Da er ehrlich betrübt war, neckte ich ihn liebevoll.

»Das glaube ich Ihnen aufs Wort, Sir. Jedermann weiß ja, wie verdrießlich und reizbar Sie sind, wie kärglich es bei Ihren Gastereien zugeht und wie wenig sie über die Scherze Ihrer Gäste zu lachen vermögen.«

»Mutwilliges Kind!« Er zog mich am Ohr. »Ich sehe schon, du wirst den barmherzigen Samariter ohne mich spielen müssen. Aber tu mir den Gefallen und halte dich nicht länger als nötig in Portugal auf. Du weißt, daß dein armer alter Freund dich sehnsüchtig auf Zoyland erwartet, sobald du deine Mission beendet hast.«

»Ja, gewiß, das versteht sich von selbst«, sagte ich hilflos, und das Herz tat mir weh. Wie konnte ich ihm so ein Versprechen geben, da ich doch nicht wußte, wie sich alles ergeben würde, wenn ich Lady Hariot und Triz gefunden hatte. Aber es hatte keinen Sinn, dieses Thema weiterzuführen.

»Ehe du dich ans Packen machst«, fuhr der Herzog fort, und seine Stimme klang jetzt bedeutend munterer,

»möchte ich dich bitten, eine Gans oder ein paar Kapaune oder Wachteln zu bestellen. Morgen erwarte ich wieder Mr. Nash, und Sir John Middleton will, nachdem seine liebe Frau glücklich entbunden hat, auch vorbeikommen. Übrigens wird Mr. Nashs junger Mann ebenfalls mit von der Partie sein.«

Das war mir neu und nicht sehr willkommen, aber ich knickste, lächelte und gab die notwendigen Anweisungen.

»So«, sagte Pullett, als ich mich zum Abendessen umzog, »Sie wollen also nach Portugal. Und mir verraten Sie davon keine Silbe? Was ist denn das für eine Art?«

Ich flocht Federn in mein Haar. »Ich hätte es dir schon noch gesagt, aber in diesem Haus verbreitet sich ja jedes Gerücht schneller als ein Waldbrand.«

»Ich komme mit«, erklärte sie grimmig.

»O nein!«

»O ja!«

»Du fürchtest dich doch vor Schiffen! Und die Biskaya ist angeblich das gefährlichste Gewässer, das es überhaupt gibt.«

»Trotzdem... Ich muß doch aufpassen, daß Sie in diesem fremden Land nicht zu Schaden kommen. Weiß der Himmel, was Sie ganz allein dort anstellen würden. Und überhaupt... Warum Sie nicht einfach hierbleiben und den netten Mr. Hobart heiraten, ist mir ein Rätsel.«

Ich ritzte mir versehentlich mit einer Haarnadel die Kopfhaut und biß die Zähne zusammen. »Sehr einfach: weil er mir keinen Antrag gemacht hat.«

»Das tät er schon noch. Sie müßten ihm nur richtig die Hölle heiß machen. Und er hat einen schönen, klaren gelben Ring. Dann würde Seine Gnaden ihm Zoyland vererben, und wir wären alle fein raus.«

»Das genügt! Gib mir die Haarbürste und verschwinde.«

Sie zog einen Flunsch und ging.

Hoby war diesmal viel stiller. Vorwand für den Besuch war ein Sommerhaus, Labyrinth oder Aussichtstürmchen, das der Herzog bei Mr. Nash in Auftrag geben wollte, und fast den ganzen ersten Tag verbrachten die drei Männer damit, nach einem geeigneten Standort zu suchen. Abends kam Sir John Middleton und hatte viel von seinem Nachwuchs zu erzählen.

»So ein vergnügter kleiner Bursche, zehnmal soviel wert wie sein sauertöpfischer älterer Bruder, der meiner ersten Frau wie aus dem Gesicht geschnitten ist. Verdammtes Pech, daß man durch diese vermaledeiten Erbgesetze mit seinem Besitz nicht machen kann, was man will. Wenn es nach mir ginge, bekämen die Nachkommen meiner ersten Frau, dieser trübsinnigen Person, keinen roten Heller.«

Der Herzog nickte verständnisvoll und leerte seufzend einen großen Pokal mit Burgunder.

»Sie haben mir doch versprochen, beim Wein enthaltsam zu sein, Euer Gnaden«, beschwor ihn Dr. Swinton.

»Ach, hol's der Henker! Nicht mal ein Schluck Wein wird einem gegönnt... Lizzie jagt irgendwelchen Hirngespinsten in Portugal nach... und McPhee sagt mir, daß die Raupen über die Glashäuser gekommen sind, so daß es dieses Jahr keine Aprikosen geben wird...«

Ich spürte Hobys erschrockenen Blick.

Als sich nach dem Essen die älteren Herren auf einen

Portwein zusammensetzten, kam er in den Salon, wo ich Cimarosa-Sonaten spielte.

»Warum willst du nach Portugal? Und wann?« fragte er ohne Einleitung.

»Erinnerst du dich noch an Lady Hariot und Triz?«

»Ja, natürlich.«

Ich erzählte ihm von Lady Hariots Brief.

»Aber das ist doch eine haarsträubende Narretei! Zunächst mal wirst du die größte Mühe haben, sie überhaupt zu finden. Außerdem ist vielleicht, da der Brief so lange unterwegs war, das arme Ding längst tot. Wie alt ist sie?«

»Sechzehn oder siebzehn.«

»Verlaß dich drauf, sie ist gestorben, und du hast die Reise umsonst gemacht. Weißt du überhaupt, welchen Gefahren du dich aussetzt? Das Land ist jetzt, so kurz nach dem Krieg und der französischen Besetzung, noch nicht zur Ruhe gekommen, es wimmelt dort von gesetzlosen Horden … du beherrschst die Landessprache nicht … warst noch nie im Ausland … Was soll das alles, Liza? Man könnte denken, Lady Hariot hätte Gott weiß was für dich getan.«

»Sie war wie eine Mutter zu mir.«

»Und außerdem sagt man, daß Napoleon auf Elba gar nicht so sicher aufgehoben ist, daß er womöglich irgendwann entwischt und die Franzosen wieder auf seine Seite bringt. Überleg es dir noch einmal, Liza. Laß diesen unbesonnenen Streich.«

»Der Herzog hat nichts dagegen«, sagte ich frostig. »Ich muß dich bitten, deine Ratschläge nur dort anzubringen, wo du etwas zu sagen hast. Ich habe mit dir nichts abzumachen.«

Und weil er mich noch immer finster ansah, ohne sich vom Fleck zu rühren, stand ich auf und ging zur Tür.

»Da ihr neuerdings so gut Freund miteinander seid, du und der Herzog«, sagte ich über die Schulter, »kannst du ihn ja hin und wieder besuchen, wenn ich nicht da bin.«

14

Den Abschied vom Herzog hatte ich mir nicht so schmerzlich vorgestellt. Aus seinem Sessel sah er kummervoll zu mir hoch wie ein alter Hund, der nicht begreifen kann, warum er seine Herrin nicht auf ihren Spaziergang begleiten darf. Die Augen unter den buschigen Brauen standen voller Tränen. Er brachte kein Wort heraus.

»Ich komme so schnell wie möglich zurück«, versicherte ich gegen meine Überzeugung. »Ganz bestimmt.« Sein Blick traf mich tief. Warum müssen die Menschen einander immer so weh tun, dachte ich.

Auch Zoyland zu verlassen fiel mir schwer. Die Bediensteten waren sehr bekümmert und baten mich eindringlich, nicht allzu lange in Portugal zu bleiben. »Ohne Sie kommen wir einfach nicht zurecht, Missie, wir und Seine Gnaden«, sagte der alte Tark.

Pullett war schon Tage vorher in düsterster Stimmung. Der Blick, mit dem sie bei unserer Abreise jedem Busch, jedem Baum, jeder Wegbiegung Lebewohl zu sagen schien, war ein einziger Vorwurf an mich. Aber es kam noch schlimmer. Die Seereise auf der *Miranda* verlief von Anfang bis Ende erbärmlich. Ich war nur froh, daß der Herzog seine Absicht, mich zu begleiten, nicht wahrgemacht hatte.

Durch widrige Winde waren wir über vierzehn Tage auf See. Die Wellen gingen so hoch, daß selbst die Matrosen seekrank wurden, und die arme Pullett war, nachdem sie sechs

Tage lang nur kaltes Wasser hatte zu sich nehmen können, da ihr Magen noch gegen den kleinsten Brotkrümel rebellierte, mehr tot als lebendig und schwach wie ein Säugling.

Und so geschah etwas sehr Betrübliches. Eines Abends hielt Pullett es in unserer winzigen Kabine, die kaum größer war als eine Hundehütte, nicht mehr aus. Ihr sei, als müsse sie darin ersticken, sagte sie und schleppte sich auf Deck.

Ich war wohl die einzige an Bord, die nicht seekrank geworden war, aber nachdem ich mich sechs Tage lang unablässig um Pullett gekümmert hatte, war ich am Ende meiner Kräfte und legte mich in meine Hängematte – was fast dem Kunststück gleichkam, sich auf ein bockendes Pferd zu schwingen – mit der Absicht, zehn Minuten zu ruhen und dann nach Pullett zu sehen. Statt dessen schlief ich tief und traumlos, bis der Morgen dämmerte, und stellte dann bestürzt fest, daß Pullett nicht in der Kabine war. Ich ging an Deck, aber niemand hatte sie gesehen. Es stürmte noch immer; die Ärmste mußte wohl, schwach, wie sie war, in der Dunkelheit über Bord gefallen sein. Sie konnte nicht schwimmen; es schien ausgeschlossen, daß sie überlebt hatte.

Wäre ich mit ihr an Deck gegangen, sagte ich mir immer wieder, wäre es nicht zu diesem schrecklichen Ende gekommen, und sie hätte noch viele schöne Jahre vor sich gehabt. Pullett war um die Fünfzig, aber gesund und drahtig; oft brüstete sie sich damit, daß sie in ihrem Leben noch keinen Tag krank gewesen war. Sie hatte keine Angehörigen und keine Freunde außer Rachel und Thomas.

Ihr unzeitiger Tod lag mir lange schwer auf der Seele, um

so mehr, als mich ihre selbstgewählte Aufpasserrolle nicht belustigt oder gerührt, sondern oft genug verstimmt hatte. Jetzt aber fehlte mir ihre herbe Kritik mehr, als ich je für möglich gehalten hätte. Und wie sehr fehlte mir erst der Herzog, der mich ganz unkritisch liebevoll einfach so genommen hatte, wie ich war!

Endlich nahm das Schiff Kurs nach Osten, und wir fuhren, der gefährlichen Sandbank an der Flußmündung ausweichend, den Douro hinauf bis Oporto. Der Herzog hatte mir schon von dieser schönen alten Stadt mit ihren steil ansteigenden Straßen und stattlichen Häusern und Kirchen erzählt, in der ich manche Ähnlichkeit mit Bristol entdeckte. Wir legten in der Nähe des Lagerhauses oder *armazem* an, von dem aus der Wein des Herzogs nach England verschifft wurde, und ich betrat, frei wie ein Vogel, eine neue Welt.

Interessiert betrachtete ich meine Umgebung. Die Frauen waren klein und füllig, aber nicht ohne Anmut, die meisten hatten blasse Gesichter und schwarze Augen, trugen enge Leibchen über weißen Leinenblusen, Unterkleider aus Serge, Musselinkopftücher unter schweren schwarzen Hüten, Zierat aus Gold und Seidenfäden, schwarze Spitzenschals und Sonnenschirme. Bei den Männern sah man kurze Jacken, enge Kniehosen und breitkrempige Hüte. Männer wie Frauen trugen meist Schuhe mit Holzsohlen und manche Bauern aus Binsen geflochtene Umhänge. Die Luft war voll von Glockenklang – Ziegenglocken, Kirchenglocken, Maultierglocken – und roch nach Fisch und Dung. Die Straßen waren unbeschreiblich schmutzig, Pullett wäre entsetzt gewesen.

Bliven, der Verwalter des Herzogs, ein mürrischer Mensch, dem es offenkundig lästig war, sich meinetwegen zu strapazieren, brachte mich von den Lagerhäusern, die meist englischen Portweinhändlern gehörten, zur Englischen Faktorei, einem stattlichen Granitbau, der während der französischen Besetzung leergestanden hatte und leicht beschädigt worden war, aber jetzt wieder seinem früheren Zweck diente.

Dort lernte ich Enrique Morton kennen, den dortigen Beauftragten des Herzogs am Ort, einen schwarzhaarigen Halbportugiesen, der sich erbot, mir ein Nachtquartier in einer Herberge und für den nächsten Tag einen Platz auf einer *barco rabelo* zu besorgen. Diese flachen, zum Transport bestimmten Kähne waren in großer Zahl auf dem Fluß zu sehen. Sie haben quadratische Segel und außerdem noch Ruder, an denen jeweils drei Mann sitzen, und können zwanzig bis achtzig Pipen Portwein aufnehmen. Die portugiesischen Straßen sind so jämmerlich, daß der Weintransport hauptsächlich auf dem Wasserweg vonstatten geht.

Ich beschloß, den Tag in Oporto zu einem Besuch im Kloster Santa Clara zu nutzen. Vielleicht waren ja Lady Hariot und ihre Tochter inzwischen dort eingetroffen.

Ich kaufte mir, um unter den anderen Frauen nicht allzusehr aufzufallen, einen schwarzen Hut und fragte mich zu dem Kloster durch, das nicht allzuweit vom Quai und der Englischen Faktorei entfernt war. Das Portugiesisch klingt so kehlig, daß ich zuerst recht hilflos war, aber allmählich gelang es mir, mich mit einer Mischung aus dem in der Schule und bei den Privatlehrern des Herzogs erlernten Französisch und Spanisch verständlich zu machen und erhielt die Auskunft, in Oporto gebe es ein Mönchs- und ein Nonnenkloster. Das Nonnenkloster liegt auf einem Hügel mit herrlichem Blick über den breiten, kurvenreichen Douro. Wenn ich die große Stadt zu meinen Füßen so sah, konnte ich nur darüber staunen, wie der kühne Sir Arthur Wellesley es fertiggebracht hatte, seine Truppen unter dem Geschützfeuer der Franzosen auf das nördliche Ufer des rasch dahinströmenden Flusses zu bringen.

Ob wohl Oberst Brandon an diesem Gefecht teilgenommen hatte?

Im Kloster erklärte ich der hinter einem Gitterfensterchen verschanzten Schwester Pförtnerin mehr schlecht als recht mein Anliegen, und sie hieß mich in einem weiß getünchten Raum warten, in dem nur ein paar hölzerne Hocker standen.

Nach einer Weile erklang – auch wieder hinter einem Gitterfenster – eine sanfte Stimme, die zunächst auf Portugiesisch einen Segen sprach und mir dann eröffnete: »Ich spreche Englisch.«

Ich fragte, ob sie mir etwas über den derzeitigen Aufenthaltsort einer englischen Dame und ihrer kranken Tochter sagen könne.

Sie würde sich erkundigen, versprach sie und verschwand. Nachdem ich mich abermals eine Weile in Geduld gefaßt hatte, kam sie zurück und berichtete, vor längerer Zeit hätten sich die Dame und ihre Tochter in dem Kloster von Vila Real aufgehalten.

»A que distancia?«

Etwa zwanzig Meilen.

Ich dankte ihr für diesen nützlichen Hinweis und hinterließ eine Spende für das Kloster. (Der Herzog hatte mich großzügig mit Reisegeld versehen. »Wenn du schon reisen mußt, will ich wenigstens sichergehen, daß es dir an nichts fehlt«, hatte er gesagt.)

Als ich wieder an der Pförtnerloge vorbeikam, holte dort ein hochgewachsener Mann mittleren Alters, der nach Stimme, Statur und Kleidung nur Engländer sein konnte, Erkundigungen ein.

»Und Sie haben keine Nachricht?« sagte er gerade. »Fragen Sie noch einmal nach.«

»Ich erkundige mich, *Senhor*.«

Der Fremde trug ein langes Reisecape und einen tief in die Stirn gezogenen schwarzen Hut, so daß ich nur einen Teil seines Gesichts erkennen konnte. Über mich sah er gleichgültig hinweg; ich trug Schwarz wie die portugiesischen Frauen und hatte ebenfalls den Hut ins Gesicht gezogen, und er war ganz von seinen eigenen Angelegenheiten in Anspruch genommen. Flüchtig erblickte ich ein Paar tiefliegende dunkle Augen, graumeliertes wirres Haar und ein von Krankheit, Kummer oder Ausschweifung gezeichnetes Gesicht. Er schien verstimmt zu sein und klopfte mit seinem Stock ungeduldig auf den Steinfußboden, als sei er das Warten in zugigen Vorzimmern nicht gewohnt, was mich angesichts seiner abgetragenen Kleidung und der schmutzigen Schuhe ein wenig verwunderte.

Der Herzog hatte mich auf die Unbequemlichkeit portugiesischer Herbergen vorbereitet, und seine pessimistischen Voraussagen bewahrheiteten sich gleich an meinem ersten Tag in diesem Land in vollem Maße. Während ich mich von Flöhen geplagt auf meinem schmalen Bett hin und her warf und dem Regen lauschte, der an die Scheiben in den klappernden Rahmen schlug, sah ich immer wieder das Gesicht des Fremden vor mir.

Und wenn ich gerade nicht überlegte, weshalb die Portugiesen bei ihrem doch zweifellos vorhandenen guten Geschmack – hätten sie sonst ihre Häuser mit diesen wunderschönen blauweißen Bilderkacheln geschmückt? – die Ratten ungehindert auf der Straße herumlaufen und ihre Besucher von Flöhen drangsalieren ließen, versuchte ich darauf zu kommen, an wen der unbekannte Engländer mich erinnerte.

Nein, nicht an Mr. Sam, auch wenn die blitzenden schwarzen Augen eine gewisse Ähnlichkeit mit denen meines verlorenen Helden hatten. Es war jemand, der mir viel vertrauter war, den ich erst kürzlich gesehen hatte, der mir häufig begegnete. Aber wer?

Der nutzlosen Überlegungen müde, schlief ich endlich ein, nur um schon früh vom Klang der allenthalben läutenden Kirchenglocken geweckt zu werden. Es regnete in Strömen. Auch darauf hatte der Herzog mich vorbereitet.

»Portugal liegt am Atlantik«, hatte er gesagt, »und neben dem Boden und dem Klima, das im Sommer heiß, im Winter kalt ist, tragen sicher auch die atlantischen Stürme dazu bei, daß am Douro so vortrefflicher Wein gedeiht. Die Douro-Trauben haben in der Welt nicht ihresgleichen. Es war ein glückliches Zusammentreffen von Unternehmergeist und günstigen Umständen, das die Engländer vor zweihundert Jahren veranlaßte, an den Ufern des Douro Stockfisch aus Neufundland gegen Wein zu tauschen.«

Da ich nicht viel auf Portwein gebe, konnte mich das Regenwetter nicht recht glücklich machen – ebensowenig wie das Frühstück: Tee, hartes Brot und etwas, was ich für Kürbismarmelade hielt. Danach brachte Mr. Morton mich zum Boot.

Vila Real sei nicht schwer zu erreichen, hatte er gesagt. Die Weinberge des Herzogs lagen östlich des Dorfes Peso da Régua am Douro, bis dahin würde mich das Boot bringen, und von dort sollte ich mir für den Weg durchs Gebirge ein Maultier nehmen.

Der Herzog hatte mir fürsorglich alle möglichen Utensilien für meine Reise mitgegeben – eine Mahagonikiste mit metallenen Eßtellern, einen Topf zum Abkochen von Wasser, Löffel, Messer, trockene Kekse, Rosinen, eine mit Blei ausgeschlagene Kiste Tee und einen wasserfesten Umhang. Mit Ausnahme des Regenschutzes überließ ich angesichts des knappen Raums auf der *barco rabelo* all diese nützlichen Dinge schnöde dem Pförtner der Englischen Faktorei zur Aufbewahrung. Wer in Bankertheim aufgewachsen ist, sagte ich mir, kann sich wohl auch ohne derlei Hilfsmittel durchschlagen.

Auf die *barco* hätten sie ohnehin nicht gepaßt, dort stapelten sich bereits die leeren Weinfässer, denn wie Morton mir sagte, würde sehr bald, schon Anfang September, die Weinlese beginnen.

»Der Zeitpunkt ist von einem Weingut zum anderen verschieden. Die Quinta dos Rosas, der Besitz des Herzogs, liegt an einem sehr warmen, geschützten Hang, so daß sie dort früher dran sind. Die Lese werden Sie sich gewiß ansehen wollen«, fügte er grämlich hinzu und war sichtlich erleichtert, als ich ihm sagte, das käme darauf an, ob ich Lady Hariot fand, denn dann würde ich vermutlich bei ihr bleiben.

»Was geschieht denn bei der Lese?«

»Wir dingen *gallegos*, spanische Wanderarbeiter, eine Art Zigeuner, zum Stampfen der Trauben in den *lagares*, großen, steinernen Trögen. Das ist eine elende Schinderei, die nur die stärksten Männer aushalten, die erste Schicht dauert achtzehn Stunden, und deshalb finden sich für diese Arbeit auch nur diese rohen, schmutzigen Gesellen.«

»Und warum dauert die erste Schicht so lange?«

Er hielt es wohl für überflüssig, auf diese müßige Frage einer unwissenden Frau zu antworten, und erklärte nur nachdrücklich: »Der Anblick ist für Damen ungeeignet. Beim Stampfen werden auch sehr unschickliche Lieder gesungen.«

Gleich Bliven fand er es offenbar sehr ärgerlich und lästig, daß ich ausgerechnet jetzt ins Dourotal gekommen war und er mich betreuen mußte (was er aber vermutlich auch zu jeder anderen Zeit nur ungern getan hätte).

Die Flußfahrt dauerte mehrere Tage. Wir hatten zwar Rückenwind von Westen, aber die Strömung war stark, so daß sowohl Segel gesetzt als auch die Ruder benutzt werden mußten. Nachtquartier fanden wir bei den *quintas* am Fluß. Das Wetter war weiter miserabel. Man konnte vage ahnen, daß die Landschaft wunderschön sein mußte, häufig aber war sie so gut wie unsichtbar. Durch ziehende Nebel- und Regenschleier zeichneten sich an den Ufern hohe, grüne, terrassierte Hügel ab, manche mit senkrechten, andere mit waagrechten Streifen durchzogen, je nach Geschmack des Winzers. Noch nie hatte ich bei einer Landschaft so eine Mischung aus wildromantischer Größe und mathematischer Akkuratesse gesehen und überlegte wehmütig, was wohl Mr. Sam davon gehalten hätte.

»Ich möchte meine Notdurft verrichten, Mr. Morton«, sagte ich am ersten Tag. »Wie ist das hier an Bord geregelt?«

»Überhaupt nicht«, versetzte er kurz angebunden.

»Dann sagen Sie bitte den Bootsleuten, sie sollen wegschauen.«

Offenbar fand er das albern und zimperlich. Die Bootsleute ihrerseits nahmen keinerlei Rücksicht auf mich, wenn sie ein menschliches Rühren ankam.

Mittags bekamen die Bootsleute Schwarzbrot und *bacalhau* (getrockneten und gesalzenen Fisch). Für mich gab es die gleiche Kost; ich setzte mich damit auf eine Sardinenkiste, wobei ich sehr aufpassen mußte, daß mir die Männer beim Hin- und Herlaufen nicht auf die Füße traten.

Unter dem Regencape des Herzogs zusammengekauert, beschloß ich, ihm sobald wie möglich zu schreiben, wie nützlich mir dieses Kleidungsstück war. Pulletts Tod würde ich noch nicht erwähnen, damit hätte ich ihm das Herz nur noch schwerer gemacht.

Da es auch während meiner Mahlzeiten unentwegt regnete, wurde das Essen gründlich eingeweicht, was aber sowohl für das harte Brot als auch für den sehr salzigen Fisch eher von Vorteil war.

Am dritten Tag trafen wir bei Einbruch der Dämmerung in Peso da Régua ein, einem größeren Dorf, das sich über eine halbe Meile am Fuß der Steilhänge hinzog und in dem wegen der guten Ankermöglichkeiten viele Weingutsbesitzer Lagerräume und Landhäuser hatten. Nachdem wir festgemacht hatten, brachte Mr. Morton mich zu einer sehr einfachen *pousada*. Die Kammer, die man mir zuwies, hatte einen gestampften Lehmboden und ein Holzbrett als Lager mit einer Ziegenfelldecke, die so dünn und ungezieferverseucht war, daß ich mich wieder einmal dankbar in das Cape des Herzogs wickelte. Auch in den Dachsparren wimmelte es von Krabbeltieren. Doch das Abendessen – eine Suppe, in der Hühnerstücke, Speck, Reis, Bohnen, Brot und weiß der Himmel was noch schwammen – war nicht übel. Ich hätte gern das Dorf erkundet, aber da es noch immer in Strömen regnete, verzichtete ich darauf und ging zu Bett. Für den nächsten Morgen hatte mir Mr. Morton das Maultier für den Weg nach Vila Real zugesagt.

»Ein Maultier und zwei Mann?« fragte ich zweifelnd nach dem Frühstück (Schwarzbrot und ein Becher Milch). »Und das Tier sieht aus, als sei es nur noch gut für den Abdecker.«

»Maultiere sind noch immer knapp.« Morton wirkte heute noch verdrossener. Er konnte es offenbar kaum erwarten, mich loszuwerden. »Während der Franzosenkriege waren Maultiere und Ochsen um Geld und gute Worte nicht zu haben. Und zwei Führer sind sicherer. Kann sein, daß Sie Gruppen von *gallegos* begegnen, die nach Süden ziehen. Es sind wilde, gesetzlose Burschen. Die beiden hier sind zu Ihrem Schutz da. Sie heißen Manuel und João.«

»Danke.« Ich dachte, daß die *gallegos* kaum schurkischer aussehen konnten als die beiden Männer, die Mr. Morton mir präsentierte, sagte es aber nicht laut. »Kennen die beiden den Weg nach Vila Real?«

»Natürlich. Es sind etwa sieben Meilen. Die Pfade sind sehr steil und nicht markiert. Sie dürften aber noch vor Anbruch der Dunkelheit am Ziel sein.«

»Danke«, wiederholte ich, setzte meinen Fuß in den hölzernen Steigbügel und schwang mich in den Sattel. Meine beiden Führer postierten sich rechts und links von mir und hielten ohne Mühe Schritt mit dem Maultier, das sich in müdem Zuckeltrab vorwärts bewegte.

Die Straße stieg zunächst in steilen Serpentinen zwischen den Weinbergen hoch. Der Regen hatte aufgehört; es war ein strahlender Tag geworden. Trotz allen Kummers ging mir das Herz auf beim Anblick der leuchtenden, wie frisch gewaschenen Bergketten, des Flußtals und der terrassierten Hänge. Die Wege waren bessere Ziegenpfade und gingen, als wir die Höhe über dem Flußtal erreicht hatten, auf verwirrende Weise kreuz und quer. Wenn man bei Nebel oder Regen nicht die Sonne als Orientierungshilfe hatte, konnte man sich hier leicht verlaufen.

Manuel und João waren wortkarg, um nicht zu sagen mürrisch, und brachten in einer halben Stunde nicht mehr als ein, zwei Worte heraus. Als die Sonne ihren höchsten Punkt erreicht hatte, sagte Manuel etwas, was ich als »Essenszeit...« verstand.

Inzwischen waren wir schon hoch in den Bergen, in einer nur spärlich besiedelten Gegend. Einige Felder waren bebaut, aber die meisten Häuser lagen in Trümmern, denn hier waren die Franzosen durchgezogen. An den Hängen wuchsen Pinien, und in den Schluchten standen dich an dicht die Kastanien.

Ich zügelte das Maultier und saß ab.

Wir waren in einem Tal am Fuße einer Klippe. Morton hatte uns ein Proviantbündel mitgegeben, das am Schwanzriemen meines Maultiers befestigt war. Ich gab den Männern ihren Anteil an Brot und Rauchwurst und setzte mich zum Essen auf einen Stein.

Meine Begleiter schlangen ihre Ration hinunter, dann entfernte sich João – ich nahm an, daß er austreten wollte –, und als ich zufällig zu seinem Gefährten hinübersah, weiteten sich plötzlich dessen Augen, und seine Lippen wurden schmal. Er winkte mir und rief: *»Senhora...«*

Ich folgte seinem Blick, der nicht auf mich gerichtet war, und warf mich zur Seite, so daß der Schlag von hinten nur meine Schläfe streifte. João hatte sich hinterrücks angeschlichen, um mir mit einem Stein den Schädel zu zerschmettern.

Ich zog das lange Messer heraus, das in meinem hohen Reitstiefel steckte, und stieß es ihm mit aller Kraft in die Brust.

»Jesus Maria!« stöhnte er und stürzte blutüberströmt zu Boden.

Inzwischen hatte Manuel sich mein Regencape gegriffen – ich hatte es abgelegt, weil mir zu warm geworden war – und wollte sich an das Maultier heranmachen, aber obgleich mein Kopf von dem Schlag dröhnte und mein Herz raste, kam ich ihm zuvor, griff nach den Zügeln und drohte ihm mit dem Messer.

Ohne seinen Bundesgenossen konnte Manuel mir nicht mehr gefährlich werden. Er floh mit meinem Cape und ließ den Gefährten liegen.

Ich wollte schon wieder aufsitzen, doch dann zögerte ich. Was sollte aus João werden? In dieser verlassenen Gegend – wir waren auf unserem Weg bisher noch keinem einzigen Menschen begegnet – verblutete er womöglich, wenn ich ihn einfach liegenließ.

Ich ging, noch immer die Zügel in der Hand, vorsichtig näher heran. Bestürzt stellte ich fest, daß er tot war. Mein Messer mußte ihn ins Herz getroffen haben. (Es war sehr scharf und ein Geschenk des Herzogs, ebenso wie die kunstgerecht gearbeiteten Stiefel; in dem einen ließ sich eine Waffe, in dem anderen eine Geldkatze verbergen.)

Nachdenklich steckte ich das Messer wieder ein. Ich konnte noch immer nicht ganz fassen, daß ich einen Menschen in einer einzigen Sekunde vom Leben zum Tode befördert hatte. Als ich plötzlich eine Stimme hörte, wäre ich fast umgesunken vor Schreck.

»Hola, Señora! Sie haben sich Ihre Reisebegleiter aber nicht sehr sorgfältig ausgesucht.«

Hinter dem Maultier und dem Toten waren zwei große, dunkle, abgerissene Männer mit schwarzen Locken aufgetaucht, die Cordsamthosen und breitrandige, staubige Hüte trugen.

»Wir haben von dem Felsvorsprung dort oben alles mit angesehen«, sagte der eine. »Wie der Schuft den Stein aufhob, um Ihnen den Kopf einzuschlagen – *Dios*, das wäre ein Schlag geworden! –, wie Sie zur Seite sprangen, Señora, und ihn mit einem geschickten Stoß erledigten gleich einem Matador – *brava!* – und der andere Schurke die Flucht ergriff. Den einen sind Sie damit los. Und was ist mit dem hier?«

»Er ist tot. Aber ich wollte ihn nicht umbringen.«

»*Morra!* Die Welt wird auf ihn verzichten können. Sie sind keine Portugiesin, Señora?«

»Nein, Engländerin. Und ihr seid auch keine Portugiesen, nicht wahr?«

»Nein, wir sind Erntehelfer aus Spanien, die sich hier ein paar ehrliche Reales verdienen wollen. Zu Hause sind wir Köhler.«

Sie lächelten freundlich.

»Ich denke, *gallegos* reisen immer in Gruppen?«

»Das tun wir auch. Unsere Gefährten warten dort oben, wir sind nur heruntergekommen, um Ihnen zu helfen.«

»Das war wacker. Und wenn ihr ein übriges tun wollt, sagt mir bitte, ob das der richtige Weg nach Vila Real ist.«

»Ja, Señora. Sie müssen nur darauf schauen, daß Sie immer die Sonne im Rücken haben, dann sind Sie in drei Stunden da. Sollen wir Sie begleiten?«

»Nein, nein, das ist sehr freundlich, aber ich komme gut allein zurecht.«

»*Bueno!* Wie die Señora wünscht. Was sollen wir mit diesem Abschaum machen?« Sie deuteten auf den toten Joao.

»Ich weiß nicht recht… Werfen wir ihn in einen Graben?«

Sie verbargen ihn in einer mit Dorngestrüpp überwucherten Felsspalte. Vorher aber durchsuchten sie sorgfältig seine Taschen und förderten ein paar Silbermünzen zutage, die sie gerecht untereinander aufteilten, nachdem sie das Geld zuerst mir angeboten hatten. Ich lehnte erschauernd ab.

»Die Señora weiß offenbar nicht, wie's im Krieg zugeht. Die Beute gehört dem Sieger.«

»Nein, wie es im Krieg zugeht, weiß ich wirklich nicht«, bestätigte ich. »Nehmt das Geld! Ich bin sehr froh, daß ihr vorbeigekommen seid.«

Froh war ich besonders deshalb, weil ihre selbstverständliche Herzlichkeit und Hilfsbereitschaft mir ein wenig über die beklemmende Erkenntnis hinweghalf, daß ich einen Mord begangen hatte.

»Die Señora wird Glück im Leben haben«, sagte der eine und betrachtete interessiert und ohne falsches Mitleid meine rechte Hand, mit der ich noch immer die Zügel des Maultiers hielt. »Sie ist eine *d–*.« Er benutzte ein mir unbekanntes spanisches Wort.

»Trotzdem sollte sie auf der Hut sein«, wandte der andere ein. »Viele Bauern in dieser Gegend glauben, primitiv und rückständig, wie sie sind, jemand mit Händen wie die Señora müsse ein *l–* sein.« Auch dieses Wort war mir unbekannt, und ich fragte nach seiner Bedeutung.

»Solche Wesen sind tagsüber Mann oder Frau und nachts reißende Tiere, die Schafe oder Kinder verschlingen.«

»Werwölfe meint ihr. Vielleicht wollten mich meine beiden Führer deshalb umbringen.«

»Nein, nein, sie haben einfach so gehandelt, wie es in ihrer Natur lag. Wenn wir den anderen finden, soll es ihm schlecht ergehen. Können wir Ihnen sonst noch irgendwie zu Diensten sein, Señora? Möchten Sie unsere Gefährten kennenlernen? Es sind brave Burschen«, sagte er treuherzig. Beide waren ungeachtet ihres abenteuerlichen Aussehens offenbar sehr gutmütig, ganz anders, als ich mir nach Mr. Mortons Schilderung die *gallegos* vorgestellt hatte.

Ich dankte ihnen herzlich, sagte aber, ich sei auf der Suche nach einer kranken Freundin und müsse mich deshalb gleich wieder auf den Weg machen.

»Adios, Señora. Vaya con Dios.«

»Vaya con dios«, gab ich zurück.

Ich werde die beiden nie vergessen.

Ein wenig getröstet setzte ich – die Sonne immer im Rücken – meinen Weg fort, und bald sah ich in der Ferne über bewaldeten Hügeln Kirchtürme aufragen. Das mußte Vila Real sein, die Königliche Stadt.

Das Maultier schleppte sich immer mühsamer dahin. In Vila Real würde ich versuchen, es zu verkaufen und ein anderes zu erstehen. Nur gut, daß João und Manuel nicht geahnt hatten, wieviel Geld ich besaß, sonst hätten sie mir noch viel entschlossener nach dem Leben getrachtet. Mein Hut, in den ich einen falschen Boden aus schwarzem Leder eingebaut hatte, war mit Banknoten gefüttert und enthielt auch meine Reisedokumente, und im linken Stiefel steckten dank der Großzügigkeit des Herzogs genug goldene Moedore, um ein ganzes Weingut zu kaufen.

Irgendwann würde ich dem Herzog erzählen, wie João zu Tode gekommen war. Niemandem sonst.

Meine Gedanken waren noch immer bei dem Tod, den ich verursacht hatte, und ich bemühte mich, den Vorfall in meine Erinnerung einzuordnen, ohne ihn mit allzu viel Grauen oder überflüssigen Schuldgefühlen zu belasten. Am meisten bedauerte ich merkwürdigerweise, daß ich den Mann nicht besser gekannt hatte, daß es ausgerechnet einen beliebigen Fremden hatte treffen müssen. Wäre es Dr. Moultrie, Squire Vexford oder dessen Bruder oder einer der Stutzer von Bath gewesen, hätte ich das Gefühl haben können, daß Sinn und Zweck darin gelegen hatte, die Menschheit von ihm zu befreien. Über diesen Mann aber wußte ich nichts. Nicht einmal, ob er Frau und Kinder gehabt hatte.

Vila Real ist eine ziemlich große, verlotterte Stadt mit großen, verlotterten Häusern und breiten Straßen, in der man immer meint, auf einer windigen Hochebene zu stehen, und in der eine dumpfe, bedrückende Stille herrschte. Die älteren Männer liefen alle mit dicken Schals herum. Ich fragte mich zum Nonnenkloster durch und mußte zu meiner Enttäuschung erfahren, daß Lady Hariot und ihre kranke Tochter – *Eu! la doenta!* – in der Tat längere Zeit dort Station gemacht, sich dann aber einem Kaufmannszug angeschlossen hatten, mit dem sie bis Lamego gereist waren, einer Stadt südlich des Douro. Dort befand sich Nossa Senhora dos Remédios, eine auf einem Hügel gelegene berühmte Kirche, zu der man viele Stufen hinaufsteigen mußte und in der angeblich schon Wunderheilungen geschehen waren. Inzwischen, sagten die Nonnen hoffnungsfroh, konnte die arme Kleine gewiß schon wieder gehen.

Die frommen Schwestern waren gern bereit, mich für die Nacht aufzunehmen, und führten mich in eine blitzsaubere, weiß getünchte Zelle, wo ich auf einem Strohsack zu schlafen versuchte. Doch Manuels Gesicht, sein Blick, der sich auf den Gefährten mit dem Stein in der Hand richtete, das Wissen, daß ich mein Leben einer einzigen schnellen Bewegung verdankte – das alles hielt mich wach oder plagte mich in gräßlichen Träumen, von denen ich nach Luft ringend auf dem nackten Fußboden aufwachte.

Als ich mich am nächsten Morgen in dem kaum münzgroßen Spiegel besah, den mir Pullett (arme Pullett!) vergangene Weihnachten geschenkt hatte, sah ich, daß mir Joãos Schlag ein prächtiges blaues Auge beschert hatte.

»Ay, ay«, klagten die Schwestern. »Was ist Ihnen zugestoßen?«

Auf dem Weg durch die Berge habe sich ein Stein gelöst und mich getroffen, erklärte ich, und damit gaben sie sich zufrieden.

Sie redeten mir zu, ein paar Tage in Vila Real zu bleiben, und das tat ich gern, denn ich war schwach und zitterig und litt unter heftigen Kopfschmerzen.

»Es trifft sich gut, daß Pater Soeiro in Kürze nach Lamego will, da können Sie sich anschließen.«

Als ich wieder einmal in dem kleinen Spiegel mein übel zugerichtetes Gesicht betrachtete, fiel mir ein, wem der unbekannte Engländer in Oporto ähnlich gesehen hatte: mir selbst!

15

Pater Soeiro war ein überaus munterer, gesprächiger Reisegefährte, der sich die Bequemlichkeit zweier berittener Bediensteter und eines Gepäckmaultiers leistete. Was vierbeinige Beförderungsmittel anging, hatte der gute Pater offenbar bessere Beziehungen als Enrique Morton. Mit seiner Hilfe tauschte ich mein klägliches Reittier gegen ein kräftigeres ein, und so verlief meine Rückreise nach Peso da Régua sehr viel zügiger als der Hinweg.

Als wir an die Stelle kamen, an der João so unvermittelt den Tod gefunden hatte, wandte ich den Blick entschlossen von der Felsspalte ab, in der die Leiche lag. Pater Soeiro hatte nichts bemerkt. Er ließ sich weiter über die Engländer aus – eine erstaunliche Rasse, diese großen, hellhaarigen, närrischen Menschen, die begeistert Hasen hetzten und die bedauerliche Gewohnheit hatten, ihrem Portwein Holunderbeersaft beizugeben. »Aber in Portugal haben wir ein Edikt erlassen, das diesem Treiben ein Ende machen wird«, erklärte er zufrieden.

»Mein Vormund, der Herzog von Cumberland, läßt solche Panschereien auf seinen Gütern ganz gewiß nicht zu«, sagte ich.

»Das wollen wir hoffen. Aber kämpfen können die Engländer, das muß man ihnen lassen. Dieser Wellington!« Er sprach es ›Velington‹ aus. »Was für ein Mann! Ich habe ihn in seinem einfachen grauen Waffenrock gesehen, *nosso grande lorde!* Tausend Lafetten mit Kanonen schickte er den halbsbrecherisch steilen Hang vom Dourotal nach Lamego hinauf. Vor dem Sturm auf Ciudad Rodrigo war das. Den müssen Sie sehen, diesen Hang, Sie werden staunen. Drei Armeen hatte er, die zog er heimlich zusammen und trieb die Franzosen nach Osten. Und als er den Fluß überschritt, da, wo er die Grenze zu Spanien bezeichnet, richtete er sich in den Steigbügeln auf und rief: ›Leb wohl, Portugal!‹ Was für ein Mann...«

Pater Soeiro trug einen dunkelblauen Umhang und einen Schlapphut. Wem wir auch begegneten, dem Köhler, der Pinienzapfen in einen Korb sammelte, dem Bauern, der mit einer Astgabel sein Feld pflügte, oder dem Fischer, der in einem Forellenbach seine Angel auswarf, alle knieten sie nieder und grüßten ihn mit *»Bom dia, Senhor Padre!«*. »Gesegnet sei Jesus Christus unser Herr«, erwiderte er, worauf sie antworteten: »Gelobt für immer und ewig.«

Er hatte die Reise aufs beste vorbereitet. In Peso da Régua erwartete uns eine *saveira*, ein schmales Boot, mit dem wir ans andere Ufer übersetzten. *»Aqua de Douro, caldo de pollas«*, zitierte Pater Soeiro liebevoll und sah in die strudelnden Fluten. Ein Wasser so voller Fische wie Hühnerbrühe voller Fleisch, hieß das frei übersetzt.

Drüben warteten schon ausgesuchte Maultiere.

»Nada, nada«, sagte der fromme Pater, als ich ihm meinen Anteil bezahlen wollte. »Gebt das Geld statt dessen der Nossa Senhora.«

In der Stadt hatte ich nach Manuel und Mr. Morton Ausschau gehalten. Waren Morton meine beiden Begleiter von früher her bekannt gewesen? Oder hatte er nur für das lästige Frauenzimmer, das sein Herr ihm angehängt hatte, die ersten besten Halunken gedungen, die ihm über den Weg gelaufen waren?

Aber ich entdeckte weder Manuel noch Mr. Morton... Letzterer hatte inzwischen sicher alle Hände mit der bevorstehenden Weinlese zu tun.

Was würde wohl Pater Soeiro sagen, falls ich ihm gestand (was ich aber nicht vorhatte), daß ich die Schuld am Tod eines Menschen trug? Jetzt, da ich auch Pullett verloren hatte, gab es außer dem Herzog niemanden, dem ich mich anvertrauen konnte. Mrs. Jebb hätte ich die Geschichte erzählen können, sie hätte nüchtern – und wahrscheinlich kommentarlos – zugehört. Elinor Ferrars kam nicht in Frage, sie wäre als pflichtgetreue Ehefrau damit sofort zu ihrem Mann gelaufen.

Im Zusammenhang mit Elinor fiel mir ihre Schwester Marianne ein. Nicht ausgeschlossen, daß ich sie irgendwann und irgendwo hier in Portugal traf, in diesem merkwürdigen Land mit Straßen, die von Rechts wegen nur für Maultiere taugten und über die dennoch erst vor drei Jahren englische, französische und spanische Heere gezogen waren, mit Städten, die so klein waren, so einsam und verstreut lagen. Wo hatte wohl Marianne Brandon Zuflucht gefunden? Und war ihr Mann, Oberst Brandon, wirklich tot? Und – die quälendste, aufregendste Frage von allen: Wo steckte Willoughby?

Während meiner Ruhetage in Vila Real hatte sich meine Vermutung zur Überzeugung gefestigt: Der Mann, den ich in Oporto im Kloster gesehen hatte, mußte Willoughby, mein Vater, gewesen sein. Diesen einen blitzartig kurzen Eindruck von ihm trug ich noch immer mit mir herum wie das Bild einer in grelles Licht getauchten Szene, das sich den geschlossenen Lidern aufprägt.

Sein Gesicht – soviel war mir inzwischen klargeworden – hatte denselben Schnitt wie das meine, die Augenstellung war die gleiche, nur waren seine Augen im Gegensatz zu meinen schwarz. Auch die ziemlich rauhe, volltönende Stimme hatte ich von ihm. Daß meine Züge nie einen so leidvoll unzufriedenen Zug bekommen würden, konnte ich nur hoffen, aber auszuschließen war es natürlich nicht. Kein Wunder, daß er mir bekannt vorgekommen war: Ich sah sein Gesicht täglich im Spiegel.

Er suchte jemanden, zog Erkundigungen in Klöstern ein – genau wie ich. Durchaus denkbar, daß wir einander noch einmal begegnen würden.

Lamego liegt hoch in den Bergen südlich des Douro. Wenn man sich der Stadt nähert, erblickt man sofort die schier endlose Treppe, die zu der Kirche Unserer Lieben Frau von der Heilung führt. Wahre Pilger erklimmen auf den Knien eine Stufe nach der anderen und sprechen auf jeder ein Gebet. Für die Bequemen und Gottlosen gibt es einen Pfad, der sich in Windungen hügelan zieht. Unten in der Stadt gibt es einen schönen Dom und etliche andere Kirchen, einige stattliche Herrenhäuser und die Reste einer fünfhundertjährigen Burg.

All meine Hoffnung aber richtete sich auf das hinter der Kirche Nossa Senhora gelegene Kloster, das wegen seiner guten medizinischen Versorgung weit und breit bekannt war.

Ich verabschiedete mich von dem gütigen Pater Soeiro,

dessen Ziel der Bischofspalast war und der mir eine gesegnete Reise wünschte, und trieb mein Maultier hügelan. Oben band ich es an einen Pinienstamm, klopfte an der Pforte und stellte die übliche Frage.

»Eine Dame und ihre kranke Tochter? Meninha Teresa?«

Ja, sagte die Schwester Pförtnerin, die seien hier. An schönen Tagen wie heute säßen sie meist draußen im Klostergarten. Die Senhora möge sich rechts, links und wieder links halten und geradewegs durch den Orangenhain gehen, vermutlich seien die Damen auf der Terrasse, weil es dort am luftigsten sei.

Gewissenhaft diesen Anweisungen folgend, gelangte ich durch einen Gemüsegarten, wo zwei Ordensschwestern zwischen Kohl, Kürbissen, Artischocken und Tomaten Unkraut jäteten, und den Blumengarten, in dem der Duft von Rosen und Geranien hing, in den Orangenhain. Aus seinem Schatten trat ich auf eine breite, gepflasterte Terrasse, die einen herrlichen Blick auf die Dächer und Türme der Stadt und das mit Wein bewachsene Land dahinter bot.

Die Terrasse lag in voller Sonne. Hier werden sie sich kaum aufhalten, dachte ich, dann aber entdeckte ich die beiden weiblichen Gestalten unter dem ballsaalgroßen Schatten der alten Pinie, eine auf einer steinernen Bank, eine zweite in einem Korbsessel.

Mein Herz schlug so schnell und dumpf, daß ich kaum mehr atmen konnte. Langsam ging ich auf die beiden zu.

Ja, es waren Lady Hariot und Triz.

Ich will nicht sagen, daß ich sie nicht erkannt hätte, dazu waren sie mir zu vertraut, aber beim Anblick von Lady Hariot mußte ich an die krumme Astgabel denken, mit der jener Bauer heute vormittag seine Furchen gezogen hatte: So dünn war sie, so vertrocknet, braun und schiefgezogen. Ihre Augen aber waren ganz wie früher – das eine sah streng in meine Richtung, das andere blickte in die Ferne, auf etwas, was nur sie allein zu sehen vermochte.

Und konnte das Triz sein, meine hübsche kleine Spielgefährtin? Dieses matte, hagere, zusammengegangene Geschöpf, das mit schlaff herabhängenden Armen und Beinen und schiefem Mund im Korbsessel hockte, die Augen starr auf irgendeine Schreckensvision gerichtet? Das Herz tat mir weh bei diesem Anblick.

Und doch erkannte sie mich. Weil ihr Gesicht so leer, so unbewegt war, hatte ich zunächst gedacht, ihr Verstand habe gelitten. Doch als ich näher kam, zuckte sie zusammen, die Hände faßten die Sessellehnen fester, sie stieß einen leisen Schrei aus, dann fing sie an, unverständliche Worte zu plappern, und der arme schiefe Mund bemühte sich um ein Lächeln. Jetzt konnte ich auch verstehen, was sie sagte:

»Alize. *Alize, Alize, Alize*…«

»Triz! Meine geliebte kleine Triz…«

Ich kniete neben ihr nieder, nahm sie in die Arme und küßte das schiefe Gesichtchen, auch wenn mich das – zu meiner Schande muß ich es gestehen – große Überwindung kostete. Sie war so schrecklich verändert. Nicht mehr mein sanfter, blonder kleiner Schützling, sondern jetzt wahrhaft ein Wechselbalg, ein seltsam verrunzeltes Koboldwesen, das die Erdgeister der Mutter anstelle des geraubten Menschenkindes dagelassen hatten – krank, hilflos, verwirrt. An der Wurzel zerstört.

Jetzt aber faßte Lady Hariot meine Hände – wie gut ich mich an ihren kräftigen Griff erinnerte! –, und durch ihre warme, wohltönende, teilnahmsvolle Stimme fühlte ich mich mit einem Schlag zurückversetzt nach Kinn Hall, nach Growly Head, zu den Gartenanlagen, die in Terrassen nach Bankertheim hin abfielen.

»Liebste Eliza! Du bist gekommen! Du hast uns gefunden! Wie lieb von dir. Siehst du, Thérèse hat dich sogar mit deinem portugiesischen Hut erkannt. Nimm ihn ab, ich bitte dich, und laß dich anschauen.«

Ich nahm Hut und Kopftuch ab und legte den Hut (der meinen ganzen Besitz enthielt) sorgsam unter die steinerne Bank.

»Du hast dich überhaupt nicht verändert«, stellte Lady Hariot fest. »Im Gegensatz zu uns. Ich glaube, das will Thérèse dir auch gerade sagen.«

Triz plapperte, die Hände faltend und wieder lösend, wieder Unverständliches und ließ mich nicht aus den Augen.

»Sie hat seit… seit damals kein Wort mehr gesprochen«, sagte Lady Hariot leise zu mir. »Vielleicht ist dieses Wiedersehen wirklich ein… ein…« Ihre Lippen zuckten, und sie legte rasch die Hände vor den Mund. Ich nahm sie in die Arme.

»Ich bin so froh, daß ich Sie gefunden habe, Lady Hariot.«

Sie hatte sich schnell wieder gefaßt. »Hoffentlich war die

Reise nicht allzu beschwerlich?« fragte sie ein wenig zerstreut, während sie ihrer Tochter über das strohige Haar strich und sie mit einem Auge ansah, während das andere auf den Horizont gerichtet war.

Ich dachte an den schmerzlichen Abschied vom Herzog. Dachte an Pullett, die ich in der Biskaya verloren hatte, und daran, wie mein Messer João zwischen die Rippen gefahren war, ohne Widerstand zu finden.

»Nicht allzu beschwerlich«, antwortete ich.

»Dann wollen wir hoffen, daß du recht lange bleiben kannst. Jetzt, da sie sich wieder bewegt, wieder gesprochen hat, glaube ich fest, daß es dir gelingen wird, sie ins Leben zurückzuführen. Schau, sie hat sogar das Knie ein wenig bewegt.«

»Alize«, wiederholte Triz. Und dann: »Karthur, Karthur ...«

»Was kann sie meinen?« fragte Lady Hariot ratlos.

»Ich glaube, sie denkt an etwas, was wir früher zusammen gespielt haben. Das Stück von König Arthur und Sir Bedivere.«

»Bedvir, Bedvir«, wiederholte Triz glücklich. Die stumpfen Augen öffneten sich weit. Und plötzlich gähnte sie, der Kopf begann zu pendeln, die Augen fielen zu. Ich sah Lady Hariot erschrocken an, aber sie beruhigte mich.

»Sie ermüdet rasch, und dann schläft sie ganz unvermittelt ein. Wir müssen sie mit Brei füttern, das Schlucken macht ihr Mühe, und ich denke, die Nonnen mischen ein wenig Mohnsaft darunter, um sie ruhigzuhalten. Zuerst hatte sie schreckliche Zustände, die sehr beängstigend waren.«

»Was haben Sie durchgemacht, Lady Hariot! Für Sie muß es noch schlimmer gewesen sein als für Triz.«

»Wer will das entscheiden? Aber ich denke, jetzt wird es besser werden.«

Eine würdige Schwester in blauem Habit kam auf uns zu.

»Das ist Schwester Euphrasia, die Oberin«, sagte Lady Hariot auf Französisch zu mir. »Sie ist unser guter Engel. Die Gefährtin meiner kleinen Tochter ist aus England zu uns gekommen, Schwester. Und meine Tochter hat sie erkannt, hat gesprochen. Jetzt glaube ich, daß sie genesen wird.«

Schwester Euphrasia lächelte gütig. »Seien Sie herzlich willkommen bei uns. Jetzt werden wir mit doppelter Kraft für die arme Kleine beten, denn nun wissen wir, daß Gott unsere Gebete erhört.«

Eine jüngere Schwester eilte herbei. »Es ist Zeit zum Essen für unsere Kleine. Soll ich sie ins Haus bringen, Senhora?«

»Danke, Schwester Luisinha, das ist sehr lieb von Ihnen. Dann kann ich mit Senhora Eliza zehn Minuten von alten Zeiten reden. Du mußt mir ausführlich erzählen, was du seit unserer Trennung erlebt hast.«

Ich dachte an jenen Tag in Ashett, als ich sie zum letztenmal gesehen hatte, wie sie mit Triz und der Zofe so gedrückt an Bord des spanischen Schiffes gegangen war. Seither war viel geschehen. Eigentlich zu viel für einen ausführlichen Bericht.

»Übrigens, das wird dich interessieren: Kürzlich ist noch eine Engländerin ins Kloster gekommen. Sie erwägt, dem Orden beizutreten, hat aber die Gelübde noch nicht abgelegt. Und denk dir: Es ist eine Verwandte von dir!«

»Ach ja? Wie heißt sie denn?«

»Marianne Brandon. Ihr Mann war dein Vormund, nicht wahr? Er ist beim Sturm auf Ciudad Rodrigo gefallen.«

Mrs. Marianne Brandon war eine sehr elegante Dame, deren Kleidung man auf den ersten Blick für das Habit einer Ordensschwester halten konnte; wenn man genauer hinsah, erkannte man, daß Gewand und Schleier aus dunkelblauer, fast schwarzer Seide waren und das silberne Kreuz, das sie um den Hals trug, an einer Kette erbsengroßer Saphire hing.

Wir begegneten uns vor dem Abendessen. Die Klostergäste – etwa ein Dutzend – speisten an einem getrennten Tisch zusammen mit Schwester Euphrasia. Sie selbst aß nur Erbsen und Reis, für die Gäste gab es Erlesenes: gebratenen Hammel, Fleisch mit Reis, Meeräschen, Seehecht, Gurkensalat, Gelee aus Quitten und Rosenblättern, kleine Kuchen und Kekse.

»Wir sind stolz auf unsere Küche«, bemerkte Schwester Euphrasia, die mir meine Überraschung angesehen hatte. »Und hier, liebe Senhora Brandon, stelle ich Ihnen eine junge Landsmännin vor, Meninha Eliza Williams.«

Mrs. Brandon wurde leichenblaß und ließ den Suppenlöffel fallen. Sie schien einer Ohnmacht nahe.

Lady Hariot, die neben ihr saß, griff rasch nach Mrs. Brandons Glas mit trübem *vinho verde* und sagte leise: »Hier, trinken Sie einen Schluck, das wird Ihnen guttun.«

›Und reißen Sie sich gefälligst zusammen‹, stand unausgesprochen hinter diesen Worten.

»Wie geht es Ihnen?« sagte Mrs. Brandon kühl.

Mir ginge es gut, sagte ich und fügte hinzu, um die nachfolgende peinliche Pause zu überbrücken, ich hätte vor einigen Jahren das Vergnügen gehabt, Elinor Ferrars kennenzulernen (daß ich sie gesundgepflegt hatte, erwähnte ich nicht), und könne ihr die erfreuliche Mitteilung machen, daß in Kürze fünf Romane ihrer Schwester erscheinen würden.

»Romane? Fünf?« sagte Mrs. Brandon benommen. »Von Elinor?«

»Ja. Niemand wußte davon. Vielleicht hat sie mit dem Schreiben ja auch erst angefangen, nachdem Sie und Ihr Mann ins Ausland gegangen waren. Vor einiger Zeit bekam die Romane ein Verleger zu sehen, der großen Gefallen daran fand.«

»Und Edward... Mr. Ferrars... war damit einverstanden?« Mrs. Brandons Stimme war noch immer fadendünn. Zum Glück waren inzwischen einige der anderen Gäste miteinander ins Gespräch gekommen.

Ich hielt mich mit meiner Antwort wohlweislich zurück. »Er soll zunächst nicht sehr erbaut gewesen sein, aber da der Verlag sich so positiv äußerte und man in Delaford in etwas bedrängten Umständen lebte... besonders seit der Überschwemmung...«

»Überschwemmung?« wiederholte Marianne unbestimmt. »In Delaford war eine Überschwemmung?«

»Ja, inzwischen ist das aber schon zwei oder drei Jahre her.«

»Leider hat uns die Post aus England nicht immer erreicht. Und wenn die Briefe glücklich ankommen, sind sie meist so alt, daß sie mich kaum mehr interessieren. Und meinem Mann hatte der Krieg in letzter Zeit wenig Zeit gelassen, um...«

Ihre Stimme erstarb. So, wie sie mich ansah, hätte man meinen können, ich sei ein giftiges Reptil, das den Weg in ihr Boudoir gefunden hatte.

Marianne Brandon mußte früher einmal sehr schön gewesen sein. Sie hatte einen bräunlichen, aber zarten, fast durchsichtigen Teint und regelmäßige Züge, und die großen dunklen Augen hatten noch etwas von dem Glanz, mit dem sie seinerzeit wohl Willoughby bezaubert und meiner Mutter abspenstig gemacht hatte.

Zumindest äußerlich war sie viel weniger verändert als mein Vater – wenn es denn mein Vater gewesen war.

Und doch schien mir, daß ihr etwas sehr Wesentliches abhanden gekommen war. Sir John, Mrs. Jebb, Bewohner von Delaford hatten sie als lebhafte, leidenschaftliche, poetische junge Frau beschrieben. »Ein Teufelsweib«, hatte Sir John gesagt. »Bei der konnte man ordentlich die Funken sprühen sehen.« Und hatte dann, selbst überrascht von dieser bildhaften Beschreibung, herzlich lachen müssen.

Jetzt sprühten keine Funken mehr, das Feuer, das sie entfacht hatten, war erloschen. Mrs. Brandon war noch immer eine gutaussehende, gepflegte Frau, doch das Hoffnungsvolle, Hellwache in ihrem Wesen, der Hunger nach neuen Erfahrungen hatte sich verloren. Sie konnte kaum älter als vierzig sein, in ihrem Aussehen und der Art sich zu geben aber wirkte sie wie eine gesetzte Frau. Eine Frau, die es gewohnt ist, sich bedienen zu lassen. Während Lady Hariot die Ordensschwestern so wenig wie möglich in

Anspruch nahm und auch noch die niedrigsten Dienste für ihr Kind selbst verrichtete, gerierte Marianne Brandon sich als würdige Witwe, die erwartet, daß sich alles um sie dreht.

Mit mir wollte sie offenbar nichts zu tun haben; ihre Abneigung war unübersehbar. Ich hatte überlegt, ob ich ihr erzählen sollte, daß ich kürzlich ihre Mutter, die alte Mrs. Dashwood, gesehen hatte, da aber die greise Dame nicht ganz richtig im Kopf war, kam mir das denn doch etwas taktlos vor. Wer läßt sich schon gern an eine so betrübliche Tatsache erinnern?

Nach dem Abendessen setzte ich mich zu Triz. Das Zimmer, das sie mit ihrer Mutter bewohnte, war ein kühler, im Erdgeschoß gelegener Raum mit Steinboden, von dem eine Tür in den ummauerten Kräutergarten führte. Die junge Schwester Luisinha, die ihr gerade sorgfältig abgemessene Medizin einflößte, lächelte mir zu. »Da kommt jemand, der dir so lieb ist wie deine Mutter, *cara crianca.*« Die armen verlorenen Augen glänzten, aus dem schiefgezogenen Mund quälte sich ein Gruß.

»Wir wollen das Abnehmespiel spielen, Triz, so wie früher. Wenn Schwester Luisinha uns ein Stück Schnur bringen könnte...«

Damit war die fromme Schwester schnell bei der Hand, und eine Stunde führte ich die schwachen Finger, die steif und dünn wie Hühnerknöchelchen waren, erzählte munter von den Spielen, mit denen wir uns vergnügt hatten, den Gartenanlagen auf Kinn Hall, erinnerte sie an ihr Kinderzimmer, ihr Pony, an Jeff Diswoody, den Reitknecht, die Gedichte und Geschichten, die sie von mir gehört hatte.

»Der *Alte Seemann*, Triz, weißt du noch? ›Und masthoch trieb das Eis vorbei smaragdengrünen Scheins...‹«

So flüchtig wie ein Windhauch über eine Wasserfläche ging Erinnerung über ihr Gesicht, und dann schlief sie wieder ganz unvermittelt ein.

Inzwischen war Lady Hariot hereingekommen, um ihre Tochter zu Bett zu bringen. »Gehen wir in den Obstgarten, Eliza«, sagte sie danach. »Es ist ein lauer Abend und noch früh. Die anderen sitzen gewiß alle im Gästeraum. Hier draußen können wir freier reden.«

Langsam schlenderten wir unter den Bäumen dahin. Lady Hariot hinkte und mußte sich auf einen Stock stützen. Das Leben hatte sie hart angefaßt.

»Das Atlantikklima ist nicht allzu günstig für meine rheumageplagten Knochen«, sagte sie lachend. »Und die zwölf Stunden an diesem vermaledeiten Webstuhl sind an meinem Körper nicht spurlos vorübergegangen. Doch wir entstammen einem zähen Geschlecht, Triz und ich. Wir kommen durch.«

Ich fand, daß Lady Hariot – vielleicht nicht körperlich, wohl aber seelisch – bedeutend besser durchgekommen war als Marianne Brandon.

»Erzählen Sie mir von Mrs. Brandon«, bat ich.

»Ich habe noch nicht viel mit ihr gesprochen, sie gibt sich nicht gern mit Fremden ab. Aber ich weiß, daß sie sehr erzürnt über den Tod ihres Mannes war. Ihm waren beim Sturm auf Cuidad Rodrigo jene Männer unterstellt, welche die Franzosen ›*les enfants perdus*‹ nannten, weil sie vorgeschickt wurden, um das feindliche Feuer auf sich zu lenken und die Franzosen zum vorzeitigen Zünden ihrer

Minen zu verlocken. Es waren alles Freiwillige, und auch Oberst Brandon hat sich offenbar freiwillig für den Einsatz gemeldet, obgleich das von ihm als Offizier nicht verlangt wurde. Das kann seine Frau ihm – oder dem Schicksal – nicht verzeihen, und es hat sie wohl verbittert.«

»Sie hat demnach ihren Gatten sehr geliebt?«

Lady Hariot überlegte. »Nein, so würde ich es nicht sagen. Meine Base Bess lernte die beiden in Lissabon recht gut kennen (nach seiner Verwundung in Indien war er dort auf Genesungsurlaub) und bezeichnete Mrs. Brandon als eine sehr bestimmende, autokratische Ehefrau. Er war ihr sklavisch ergeben und unterwarf sich all ihren Launen. Es war ihre Entscheidung, nicht nach England zurückzukehren, sagte Bess, er selbst hätte wohl gern seinen Abschied genommen und sich auf sein Gut zurückgezogen. Sie wohnten in Dorset, wenn ich nicht irre. Aber dann kam die französische Invasion, und er meldete sich unter seinem früheren Befehlshaber zum aktiven Dienst zurück.«

Demnach war es also durchaus nicht so, daß Marianne an Heimweh gelitten und sich nach friedvollen Stunden mit ihrer Schwester in dem Zimmer mit dem Gartenblick gesehnt hatte. Ich hatte mir ein falsches Bild gemacht.

»Vielleicht war er es leid, ihr Sklave zu sein, und flüchtete sich in den Krieg?«

»Vielleicht. Und nun ist er ihr für immer entkommen.«

»Und sie fühlt sich betrogen.«

Aber sie hat ja noch ein Eisen im Feuer, dachte ich, ihren früheren Verehrer Willoughby. Weiß sie überhaupt, daß er sie rastlos sucht, sich überall nach ihr erkundigt? Nun ist Willoughby, der Bankrotteur und Emigrant, gewiß keine so gute Partie mehr wie früher, aber wenn sie ihn wirklich liebt, dürfte das eigentlich nicht ins Gewicht fallen. Sie selbst ist doch sicher auskömmlich versorgt.

»Oberst Brandon muß recht begütert gewesen sein. Erbt sie sein Vermögen?«

»Nicht alles, soviel ich weiß. Irgendwelche Verwandten bekommen das Haus und den Besitz in England. Schwester Euphrasia hat mir erzählt, daß Mrs. Brandon Wertpapiere besitzt, die sie als Mitgift ins Kloster einbringen würde, aber kein Land und keine Immobilien. Ich habe den Eindruck, daß Schwester Euphrasia sie sich nicht so recht als Ordensschwester vorstellen kann.«

»Ein so verbitterter Mensch ist für das Klosterleben wohl auch kaum geeignet. Warum war sie wohl so erzürnt über den Tod ihres Mannes, wenn sie gar nicht so sehr an ihm hing?«

»Vielleicht trauert sie verlorenen Chancen nach. Aber jetzt erzähl von dir, Eliza!«

In den nächsten Wochen verlief mein Leben im Kloster in einem ruhigen, gleichmäßigen Rhythmus. Zwei- oder dreimal am Tag beschäftigte ich mich etwa eine Stunde mit Triz, redete, spielte, scherzte mit ihr, versuchte ihre arme Seele so weit zu kräftigen, daß sie das Leben ertragen konnte, ohne ständig das Grauen der Vergangenheit vor sich zu sehen.

Dabei – und auch zwischendurch – dachte ich sehr viel an die Männer, überlegte, wie gewalttätig sie doch miteinander – und mit Frauen – umgehen und warum der Allmächtige ihnen nicht nur diese gefährlichen, zerstörerischen Triebe mitgegeben, sondern ihnen auch die Fähigkeit geschenkt hatte, erhabene Gedichte zu schreiben, heldenhafte, aufopferungsvolle Taten zu begehen und den Begriff eines gütigen Schöpfergottes zu ersinnen.

Aber – wie stand es denn wirklich um Seine Güte? Ich hatte da gewisse Zweifel. Manchmal schien mir sein Schöpfungswerk erschreckend böswillig zu sein.

Wenn ich in meinen Überlegungen so weit gekommen war, richteten mich die Ordensschwestern wieder auf. Sie schienen sich über derlei Fragen nie den Kopf zu zerbrechen, sondern waren unermüdlich damit beschäftigt, Kranke zu heilen und den Armen zu helfen. In ganz Portugal und Spanien war Nossa Senhora als Krankenpflegeanstalt berühmt. Ich beobachtete die Nonnen aufmerksam bei ihrer Arbeit und lernte viel von ihnen. Sollte ich einmal etwas Ähnliches wie die Auswirkungen der Überschwemmung in Delaford erleben, dachte ich bei mir, wäre ich bedeutend besser gewappnet.

Eines aber schien mir im Kloster entschieden verbesserungsbedürftig. Das Wasser, das die Nonnen für ihre Absude und Arzneien brauchten, war nicht allzu sauber, denn sie holten es aus einem großen Behälter, in dem sie das Regenwasser auffingen und in den sie überdies einen trüben kleinen Bach geleitet hatten, der von einer Anhöhe im Süden des Klosters kam.

Schüchtern fragte ich Schwester Euphrasia, ob ich mich einmal daran versuchen dürfte, auf dem Klostergelände nach einer Quelle zu suchen, die ihnen zu frischerem und reinerem Wasser verhelfen würde. Sie überlegte, gab gnädig ihre Erlaubnis und fragte, wo ich denn suchen wolle.

Vielleicht im Obstgarten, sagte ich, denn er lag ein wenig oberhalb von Kloster und Kreuzgang.

Fünf, sechs jüngere Nonnen hatten sich interessiert zu meinem Versuch eingefunden. Lady Hariot brachte Triz in ihrem Korbstuhl mit und stellte ihn in den Schatten eines duftenden Zitronenbaums.

Ich hatte mir (heimlich, um mein bedrohliches Messer nicht herzeigen zu müssen) eine Astgabel geschnitten und ging systematisch den Obstgarten ab. Lange Zeit passierte gar nichts, und Schwester Euphrasia, die zwischendurch einmal herausgekommen war, um nach uns zu sehen, sagte freundlich: »Es wäre auch ein Wunder, wenn es hier unentdecktes Wasser gäbe. Bis zum 12. Jahrhundert waren die Mauren in dieser Gegend, und die hatten bekanntlich eine besondere Gabe, Wasser zu finden und zu nutzen.«

Ich nickte höflich. Doch in sechshundert Jahren, dachte ich mir, kann eine Quelle sehr wohl ihre Lage ändern oder verschüttet werden. Und so war es denn auch. Nachdem Schwester Euphrasia wieder zu ihren mannigfachen Geschäften zurückgekehrt war (ihr Gang erinnerte mich ein wenig an den von Mrs. Jebb), zuckte die hölzerne Gabel in meiner Hand unvermittelt – wie damals auf Zoyland – und wies nach unten. Ich machte kehrt, ging die Strecke noch einmal ab. Und noch einmal und noch einmal.

Die bezeichnete Stelle lag zum Glück genau zwischen vier Bäumen.

»Ay, ola!« riefen die Nonnen. »Es ist, als habe der Finger Unserer Lieben Frau auf die Stelle gewiesen. Und was geschieht jetzt?«

»Jetzt graben wir«, sagte ich beherzt, wenn auch insgeheim etwas bänglich. Wenn wir nun nicht fündig würden?

Die Schwestern, die für den Garten zuständig waren, machten sich eifrig an die Arbeit, und ich tat mit. Auch Lady Hariot bot ihre Hilfe an, aber ich sagte, für ihren kranken Rücken sei das nichts. Auf Kinn Hall hatte sie sehr gern im Garten gearbeitet, und Triz auch. Wir gaben Triz eine Handvoll feuchter Erde zum Spielen, die sie vergnügt plappernd zwischen den Händen knetete. Je tiefer wir gruben, desto nasser wurde die Erde, und am Boden der Grube sammelte sich eine schlammige Wasserlache. Jetzt nahm der alte Jorge, der den Nonnen beim Weinbau half, die Sache in die Hand. »Einen prachtvollen Brunnen gibt das«, sagte er zufrieden. »Wir werden ein schönes, großes, steingefaßtes Becken bauen und seitlich ein Speirohr einfügen. Zu Lebzeiten meines Urgroßvaters soll es hier irgendwo eine Quelle gegeben haben, sie ist wohl durch das schlimme Erdbeben versiegt.«

»Dann war also das Erdbeben nicht nur in Lissabon, sondern auch hier zu spüren?«

»O ja, allerdings war es bei uns nicht ganz so arg.«

Jetzt ließ sich auch Schwester Euphrasia wieder sehen, die mit Lob nicht geizte. »Wir werden heute abend bei der Messe ein Danklied singen. Jetzt brauchen wir uns mit den Winzern im Tal nicht mehr um das Wasser zu streiten. Sie haben uns einen großen Dienst erwiesen, Meninha Liza.«

Angelockt von unserem Treiben, war auch Marianne Brandon im Obstgarten erschienen, aber als sie sah, daß ich meine Hand im Spiel hatte, verzog sie den Mund und entfernte sich wieder. Ich sah von weitem, wie sie leicht hinkend im Pinienhain auf und ab ging und einen Brief las, der offenbar ihren Unmut erregte, denn als sie zum Schluß gekommen war, zerknüllte sie ihn und warf ihn weg.

»*Pai dios!* Seht euch dieses Kind an«, rief Schwester Luisinha, denn Triz hatte sich inzwischen von oben bis unten mit Schlamm beschmiert und lächelte glücklich. Lady Hariot brachte sie weg, und auch die Nonnen gingen ins Haus.

Mich trieb die Neugier zum Pinienhain, den Marianne inzwischen verlassen hatte. Ich hob den weggeworfenen Briefbogen auf und las:

Meine geliebte Marianne, denn das wirst Du immer für mich sein, wiewohl mir durchaus klar ist, daß ich nicht den Hauch eines Anrechts oder Anspruchs auf Dich habe. Ich weiß, daß ich Dir einst ein nicht wiedergutzumachendes Unrecht antat, ich weiß, daß ich für Dich der größte Schuft auf Gottes schöner Erde sein muß. Ich habe dich herzlos verlassen, um eine reiche Frau zu heiraten, an der mir nichts lag. Geliebt habe ich immer nur Dich, immer war es Dein Bild, das mir vor Augen stand – und steht! O Gott, was für ein grausamer Schurke ich war. Es gibt nichts, was ich zu meiner Verteidigung vorbringen könnte. Und doch bitte ich Dich, flehe ich Dich an, Dich meines Elends, meiner Reue zu erbarmen. Ich hörte, daß Du jetzt wieder frei bist, da Dein wackerer Gatte, der Dich verdiente wie kein anderer, das Zeitliche gesegnet hat. Könntest Du Dir vorstellen, zu einem Manne zurückzukehren, der ebenfalls frei ist, der ständig an Dich denkt, Dich betrauert, sich nichts anderes wünscht, als der Deine zu sein? Man sagte mir, daß Du erwägst, Dich ins Kloster zurückzuziehen, daß Du Dich zur Zeit in Nossa Senhora dos Remedios aufhältst. Ich bitte Dich, überlege es Dir gut, ehe Du endgültig der Welt ade sagst. Denke an einen, der Dich liebt, der überglücklich wäre, Dir den Rest seines Lebens widmen zu dürfen. W.

PS. Ein an die Englische Faktorei in Oporto gerichteter Brief wird mich schnellstens an Deine Seite eilen lassen.

Dies war nun wirklich ein überraschender Fund im Pinienhain eines stillen, gottesfürchtigen Ordenshauses – um so überraschender, als der Erguß von meinem eigenen Vater stammte. Staunend las ich das Schreiben immer wieder und überlegte, wie ich wohl so einen Appell aufnehmen würde. (Vergeblich versuchte ich mir einen Brief von Hoby vorzustellen, in dem solche Sätze standen.) Marianne jedenfalls hatte sehr ungnädig reagiert, und ich konnte ihr im Grunde keinen Vorwurf daraus machen. Meine eigene Mutter hatte er ja noch schlimmer behandelt, hatte sich nicht einmal nach ihr erkundigt, keinen Versuch gemacht, für die Folgen seiner leichtsinnigen Verführung einzustehen. Nur aus eigener Kraft und dank des Glücksfalls, daß der Herzog sie kennen- und lieben lernte, hatte sie zum Schluß ein sorgenfreies Leben führen können. Und an mich hatte Willoughby überhaupt nicht gedacht...

Allerdings trug an meiner trüben Kindheit Marianne Brandon wohl mehr Schuld als er. Gewiß, er hatte nie nach mir gesucht, aber möglicherweise wußte er gar nicht, daß es mich gab. Marianne Brandon hingegen hatte in ihrer völlig unbegründeten Eifersucht auf meine Mutter tatkräftig verhindert, daß der Oberst mich je besucht oder sich näher für mich interessiert hatte. Und wenn Briefe wegen des Schulgelds oder der Not in Delaford ohne Antwort geblieben waren, ging das wohl auch auf Mariannes Konto. Im Schlachtengetümmel von Salamanca oder Ciudad Rodrigo hatte der Oberst vermutlich von diesen Dingen nie erfahren.

Ich ging auf eine Stunde zu der inzwischen vom Schlamm gereinigten Triz, sang ihr ein wenig zerstreut ein paar Lieder und zeichnete Schafe und Ochsen und Männer mit Spaten für sie. Triz nahm mir den Stift aus der Hand und setzte Reiter hinzu. Es überlief mich kalt, denn zunächst dachte ich, es wären vielleicht Bilder ihrer Peiniger. Aber dann erklärte sie lächelnd:

»Karthur ... Gal-had ... Bidver ...«

»Ja, Liebchen. König Arthur, Galahad, Bedivere. Das hast du schön gemacht.«

»Wie schade, daß wir so wenig Zeichenmaterial haben«, sagte Schwester Luisinha. »Es tut ihr gut, Erlebnisse in Bildern zu verarbeiten.«

Mir kam eine glänzende Idee. »Ich könnte mit dem Boot nach Oporto fahren, Zeichenpapier, Farben und Pinsel kaufen und sie dem Kloster zum Geschenk machen. Dann hätten auch die anderen Kranken einen Nutzen davon. In wenigen Tagen könnte ich wieder dasein.«

Die Schwester griff den Gedanken begeistert auf. »Und wir haben noch mehr Aufträge für Sie. Ich sage gleich Schwester Euphrasia Bescheid, sie klagt immer darüber, daß niemand da ist, der solche Besorgungen übernehmen könnte. Stickseiden für Altardecken ... Arzneien ... Nadeln ... Gewiß, Teresa wird Sie vermissen, aber wie Sie sagen, sind Sie ja in wenigen Tagen wieder da.«

Lady Hariot war nicht im Zimmer, und deshalb fragte ich: »Wird sie je wieder ganz gesund werden, Schwester?«

»Nein, Meninha«, sagte sie ernst. »Daß Sie gekommen sind, war ein großer Segen. Ihre Seele wird langsam frei von dem, was sie vergiftet hatte. Sie lebt nicht mehr in einer Welt des Schreckens. Daß sie aber jemals wieder ein normales Leben führen wird, glaube ich nicht. Sie war wohl immer ein wenig anders als Sie oder ich. Körperlich schwächer – und damit dem Ewigen näher.«

Ein Wechselbalg.

»Gut, dann reise ich nach Oporto und besorge die Farben.« Zuerst aber ging ich in meine Zelle und schrieb an den Herzog. Es wurde ein langer, liebevoller Brief, in dem ich ihm ausführlich berichtete, was ich erlebt hatte. Es würde noch Wochen, ja Monate dauern, schrieb ich, bis ich es wagen könne, Lady Hariot und Triz allein zu lassen – es sei denn, der Herzog sei bereit, ihnen auf Zoyland Gastfreundschaft zu gewähren, was für alle Beteiligten die glücklichste Lösung wäre.

Beim Abendessen übergab mir Schwester Euphrasia eine lange Liste mit Aufträgen. Lady Hariot bestellte Musselintücher, ihre hatte sie alle als Wischtücher und für Verbände verbraucht. Harmlos fragte ich Mrs. Brandon, ob ich etwas für sie erledigen könne, ich käme auch in die Englische Faktorei. Sie dankte mir frostig. Nein, sie habe nichts zu besorgen. Ihr Gesichtsausdruck war so sauer wie der Wein, den uns die frommen Schwestern kredenzten.

»Tragen Sie es ihr nicht nach«, sagte Schwester Luisinha später zu mir. »Sie hat große Schmerzen in ihrem eiternden Bein.«

»Die Ärmste! Das wußte ich nicht. Ist es eine Kriegswunde?«

»Nein, ich glaube, sie hat sich das Bein verletzt, als ein Maultier mit ihr gegen einen Felsen lief. Die Wunde will nicht heilen.«

Inzwischen war die Weinlese in vollem Gange. Als ich zum Douro hinunterritt, kam ich an dem großen granitenen *lagar* vorbei, in dem siebzig Männer in Zehnerreihen – jeweils mit den Armen auf den Schultern des Vordermannes – unter wildem Geschrei und Gejuchze »Links! Rechts! Links! Rechts!« skandierten und dabei aus Leibeskräften stampften.

»So geht das noch viele Stunden«, sagte der Aufseher.

Ich hielt nach meinen Rettern Ausschau, aber in der Menge waren sie nicht auszumachen. Jetzt stimmten sie ein Lied mit einem sehr eingängigen Refrain an, der Text mußte über die Maßen unzüchtig sein, denn mein Führer machte ein ganz entsetztes Gesicht und zog mich rasch weiter.

Um diese Jahreszeit herrschte lebhafter Verkehr auf dem Fluß; Ruder-, Paddel- und Segelboote und gondelartige Gefährte fuhren hin und her. Die *barco* des Klosters legte sogleich ab, und günstige Winde und eine rasche Strömung brachten mich schnell ans Ziel. Da wir am nächsten Tag noch vor Anbruch der Dämmerung in Oporto eintrafen, konnte ich die Hälfte meiner Besorgungen gleich erledigen und meine Bündel im Kloster Santa Clara lassen, wo ich auf Schwester Euphrasias Empfehlung auch um ein Nachtquartier nachsuchte.

Als die Schwester Pförtnerin – eben jene, die bei meinem

ersten Besuch Willoughby nichts über Mrs. Brandons Aufenthaltsort hatte sagen können – meinen Namen hörte, bat sie mich zu warten, sie wolle die Englisch sprechende Schwester holen. Diese kam auf lautlosen Filzsohlen rasch auf mich zu und rief: »Welch ein Glück, daß Sie noch einmal hergekommen sind, Meninha! Vor einigen Tagen haben wir Nachricht über eine Bekannte von Ihnen erhalten. Eine Dame wurde – sicherlich dank der Hilfe des heiligen Jakob – halb tot aus dem Meer gefischt.«

»Doch nicht etwa... Senhora Pullett?« stammelte ich.

»Ja, so lautete der Name.«

»Ist sie hier? Kann ich zu ihr?«

»Nein, sie ist viele Meilen weit weg, in der heiligen Stadt Santiago de Compostela, wo sich eins unserer Schwesterklöster befindet. Aber sobald die Ärmste wieder bei Sinnen war und sich verständlich machen konnte – was erst nach geraumer Zeit der Fall war –, bat sie dringend, man möge Sie verständigen, Sie seien auf dem Wege nach Porto. So wurde eine Botschaft hierhergeschickt. Da wir nicht wußten, wo Sie sich zur Zeit aufhielten...«

»Und sie lebt, sagen Sie?«

Eine schwere Last war mir von der Seele genommen.

»Ja, Sardinenfischer brachten sie zu den frommen Schwestern in Santiago. Die Senhora sei noch sehr schwach, aber auf dem Wege der Besserung, schreibt die Schwester Krankenpflegerin, und warte sehnsüchtig auf Ihr Kommen.«

»Kann ich ihr schreiben? Könnten Sie einen Brief nach Santiago weiterleiten?«

»Ja, gewiß.«

Ich setzte mich hin und schrieb Pullett einen langen, freudigen Brief. Ich berichtete, wie ich Lady Hariot und Triz gefunden hatte (was mir bei der Suche nach den beiden widerfahren war, verschwieg ich wohlweislich) und daß ich die beiden nicht ohne weiteres allein lassen konnte, aber sobald Triz sich ein wenig erholt hatte, gewisse Pläne mit ihnen hätte, bei denen auch der Herzog eine Rolle spielte. Ich bat Pullett um Geduld, wiederholte, wie sehr ich mich freute, sie am Leben zu wissen, riet ihr dringend, bei den Nonnen Spanisch und Sticken zu lernen, und versprach, sie auf dem Rückweg nach England in La Coruña oder sonst einem günstig gelegenen Ort abzuholen.

Die Schwester versprach, meinen Brief der nächsten Sendung des Klosters nach Compostela beizugeben.

Sehr erleichtert ging ich zur Englischen Faktorei und lieferte meinen Brief für den Herzog ab, den am nächsten Tag das Postschiff mitnehmen würde. Nach dieser günstigen Wendung, dachte ich, müßte das Glück mir eigentlich noch ein zweites Mal hold sein. Entschlossen fragte ich nach der Adresse eines gewissen Mr. Willoughby.

»Die können Sie haben, Senhora. Er wohnt in der Rua dos Flores, bei den Silberschmieden.«

Der Weg dorthin führte über viele Stufen und durch viele schmale *ilhas* oder Gassen, die in dieser hügeligen Stadt die breiteren Durchgangsstraßen verbinden.

Ich fand die Tür. Ich klopfte. Und war auf die verschiedensten Möglichkeiten gefaßt: daß der Mann, den ich suchte, nach Lamego weitergereist war, um Marianne näher zu sein; daß es nicht jener Mann war, den ich suchte; oder daß er schlicht und einfach nicht zu Hause war.

Aber er war zu Hause, und er war derjenige, den ich suchte – eben jener Mann mit den wirren Locken und dem hageren Gesicht, der im Kloster nach Marianne Brandon gefragt hatte. Nur trug er jetzt weder Hut noch Umhang, sondern Hemd, Samtweste und Pantalons. Alle Sachen sahen sehr mitgenommen aus. Sein Gesicht leuchtete für einen Moment auf und erstarrte dann vor Enttäuschung, als er sah, daß ich nicht die Frau war, die er erwartet hatte.

»Das muß ein Irrtum sein, Senhora«, sagte er und wollte die Tür schon wieder schließen. »Ich erwarte niemanden.«

Wie ungeniert er lügt, dachte ich.

Er hatte Portugiesisch gesprochen, ich antwortete auf Englisch.

»Nein, Sir, es ist kein Irrtum. Sie haben mich nicht erwartet, aber gestatten Sie, daß ich mich vorstelle. Ich bin Ihre Tochter Eliza Williams. Oder Eliza Willoughby, wenn Ihnen das lieber ist.«

16

»Ich bin Ihre Tochter«, wiederholte ich, als er wortlos unter der Tür stehenblieb.

»Was soll das?« fuhr er mich an. »Ich glaube Ihnen nicht. Gehen Sie! Der Teufel soll Sie holen!«

»Nach dieser langen Reise lasse ich mich nicht so abspeisen«, versetzte ich. »Zehn Minuten Ihrer Zeit sollten Sie mir schon gönnen. Übrigens...« Ich zog den zerknüllten Briefbogen hervor. »...komme ich aus dem Kloster Nossa Senhora. Wenn Sie möchten, erzähle ich Ihnen, welche Aufnahme dieses Schreiben gefunden hat.«

Er riß mir den Brief aus der Hand und funkelte mich böse an. Seine Augen waren rot und blutunterlaufen. »Was hat sie gesagt? Haben Sie eine Nachricht für mich?«

»Lassen Sie mich herein!«

Ungnädig trat er einen Schritt zurück, und ich folgte ihm in ein großes, verwahrlostes Zimmer mit abgetretenem Bastteppich, Holzdecke und dunkelrot tapezierten Wänden, in dem ein Tisch mit einem verfleckten roten Damasttuch und zwei Stühlen stand. Auf dem Tisch lagen Zeitungen und ein paar Bücher neben einer Flasche Wein, einem Glas und einem Teller mit hartem Brot und einer Scheibe Wurst.

Es roch nach Schmutz und kaltem Rauch.

Ich setzte mich. »Ich bin Ihre Tochter«, sagte ich noch einmal.

»Was schert das mich?« Er warf einen letzten Blick auf

den Brief und ließ ihn dann aus spitzen Fingern in die Kohlepfanne fallen, wo er aufflammte und beim Verbrennen einen beißenden Geruch verströmte. »Was wollen Sie von mir? Geld? Ich habe keins.«

»Geld? Natürlich nicht. Dann wäre ich gewiß nicht zu Ihnen gekommen. Ich wollte Sie nur kennenlernen. Ist das so erstaunlich?«

Für ihn wohl. »Was dann? Hat… hat Marianne Sie geschickt?«

»Nein. Ich glaube, sie verabscheut uns beide gleichermaßen. Ihnen trägt sie den Verrat nach, den Sie an ihr begangen haben, und mir, daß ich Ihre Tochter von einer anderen Frau bin.«

»Kommen Sie von Ihrer Mutter? Von… wie hieß sie gleich… Eliza?«

»Nein!« Ich hätte ihn am liebsten angespuckt. »Meine Mutter ist tot. Wie oder wo sie starb, geht Sie nichts an. Niemand hat mich geschickt. Ich… ich wollte nur meinen Vater kennenlernen. Aber jetzt weiß ich, daß es ein vergeblicher Gang war.« Obschon ich insgeheim wohl geahnt hatte, was mich erwartete, schnürten mir Zorn und Enttäuschung die Kehle zusammen. »Was für ein Segen, daß ich gute Freunde habe.«

In dieser elenden Umgebung waren sie wie leuchtende Leitsterne: der Herzog, Lady Hariot, ja sogar Hoby und die arme kleine Triz.

Willoughby kam mir vor wie eine leere Hülse, ein Mann ohne Antrieb, ohne Ziel. Lebensmut und Lebenskraft waren geschwunden – genau wie bei Marianne.

Seine Feindseligkeit hatte sich ein wenig gelegt. Er setzte

sich, rieb sich die Stirn und sagte ohne viel Hoffnung: »Sie hat also meinen Brief nicht beantwortet? Läßt mir nichts sagen? Gar nichts?«

»Sie hat Ihren Brief weggeworfen. Aber ich glaube«, setzte ich gerechterweise hinzu, »daß sie sehr unglücklich ist. Wenn Sie ein wenig warten und es dann noch einmal versuchen...«

»Unmöglich. Ich bin hier bereits zwanzig Milreis Miete schuldig. Selbst dieses klägliche Quartier kann ich mir nicht mehr leisten. Ich muß fort aus der Stadt und mir eine Hütte in den Bergen suchen. Sie war meine letzte Hoffnung.«

»Dann machen Sie ihr nur den Hof, weil sie Geld hat, eine reiche Witwe ist?«

»Nein, verdammt. So gehen Sie doch endlich! Hol Sie der Teufel!«

Er sprang so ungestüm auf, daß meine Hand instinktiv zu dem Messer in meinem Stiefel ging. Gleich darauf aber ließ er sich kraftlos wieder auf seinen Stuhl sinken. »Es ist schließlich gleich, was Sie von mir denken«, sagte er entmutigt. »Jetzt gehen Sie. Ich habe Ihnen nichts zu bieten.«

»Das sehe ich«, sagte ich kalt. »Aber vielleicht ich Ihnen...«

Ich legte vierzig Milreis auf den Tisch und ging.

Es überraschte mich nicht sonderlich, daß draußen ein Mann an der Wand lehnte, der aussah, als habe er schon geraume Zeit dort gestanden und gelauscht, aber ich fuhr doch ein wenig zusammen, als er sich an mich heranmachte und sagte: »Ah, das ist die junge Senhora, die meinen Freund João umgebracht hat. Was geben Sie mir,

Meninha, damit ich nicht die Obrigkeit verständige und sie zu der Stelle führe, wo Sie die Leiche versteckt haben?«

Zu einer anderen Zeit hätte mich so eine Drohung vielleicht erschreckt, aber der Mann, in dem ich jetzt Manuel erkannte, war ein so kläglicher kleiner Wicht, und ich war von dem Gespräch mit Willoughby noch derart aufgewühlt, daß ich ihm drohend die Hand hinstreckte.

»Siehst du diese Hand, Freundchen? Weißt du, was sie bedeutet? Ich habe die Macht, mich nachts in einen Werwolf zu verwandeln. Wenn du die Obrigkeit verständigst, wie du sagst, wirst du nie wieder ruhig schlafen können, denn irgendwann falle ich, wenn es dunkel ist, mit Klauen und Zähnen über dich her, und es wird dir so ergehen wie deinem Freund João.«

Ich zeigte die Zähne und rückte ihm noch ein Stück näher auf den Leib. Er wurde leichenblaß, stieß einen jämmerlichen Schrei aus und rannte wie gehetzt durch die dunkle Gasse davon.

Müde und ohne jedes Triumphgefühl stieg ich zum Kloster Santa Clara hinauf, zog mich aus und legte mich auf mein schmales Bett. Dort erst wurde mir bewußt, daß ich kein Abendessen gehabt hatte. Aber ich hätte ohnehin keinen Bissen heruntergebracht.

Am nächsten Morgen erledigte ich die restlichen Aufträge für Schwester Euphrasia und ging noch einmal in die Englische Faktorei, um meine Einkäufe vom Vortag abzuholen. Der Verwalter begrüßte mich sehr liebenswürdig und sagte, er habe Briefe aus England für mich.

Dankend nahm ich sie entgegen und beschloß, sie auf

dem Boot zu lesen, das ich gestern vorausbestellt hatte. Ich hatte es eilig, die Stadt zu verlassen. Wäre ich nur nie hergekommen!

Während sich das Boot zwischen den hohen, terrassierten Hängen stromaufwärts kämpfte, öffnete ich meine Post.

Der eine Brief war von dem Hausarzt des Herzogs.

Verehrte Miss Williams,

zu meinem allergrößten Bedauern muß ich Ihnen eine traurige Nachricht übermitteln. Seine Gnaden sind nicht mehr. Nach Ihrer Abreise verfiel er in Schwermut, und nichts vermochte ihn aufzuheitern. ›Ich werde sie nie wiedersehen‹, sagte er immer wieder, und damit sollte er leider recht behalten.

Aber machen Sie sich bitte keinen Vorwurf, liebe Miss Williams. Seit seinem letzten Anfall befürchtete ich das Schlimmste, und ich glaube, Ihre Abreise hat nur beschleunigt, was ohnehin unvermeidlich war. Es mag Sie trösten, daß er ein sanftes Ende hatte. Eines Abends schlief er ein, um morgens nicht mehr aufzuwachen.

Er hat sehr viel, ja fast ununterbrochen von Ihnen gesprochen. Wie die Advokaten Ihnen noch genauer erläutern werden, hat er Sie finanziell sehr großzügig versorgt. Eigentlich hatte ich erwartet, er würde Ihnen Zoyland hinterlassen, da er ja wußte, wie sehr Sie es lieben. Zu meiner Überraschung aber hat er es dem jungen Mr. Hobart zugedacht unter der Bedingung, daß Sie auf Lebenszeit dort Wohnrecht erhalten (der Herzog hegte wohl die Hoffnung, Sie und Mr. Hobart könnten einmal ein Paar werden, und wollte mit dieser Verfügung offenbar dieses Vorhaben fördern). Mr. Hobart war in der letzten Zeit häufig bei ihm.

Ich übermittele Ihnen und Miss Pullett meine besten Grüße und hoffe, daß Ihre Mission in Portugal einem glücklichen Ende entgegengeht. Alle Bediensteten auf Zoyland und ich wünschen Ihnen nur das Beste und hoffen, Sie in nicht allzu ferner Zukunft wiederzusehen.

Ich verbleibe, verehrte Miss Williams,
als Ihr gehorsamer Diener,
Elijah Swinton.

Der zweite Brief war von Hoby und ärgerte mich dermaßen, daß ich ihn zerknüllte und über Bord warf. Und in diesem Moment sah ich Marianne Brandon vor mir, die im Pinienhain auf und ab ging und Willoughbys Hilferuf las, und konnte ihr nachfühlen, was sie empfunden hatte. Wofür halten sie uns eigentlich? Für Pakete, die man sich nach Gutdünken nehmen und auspacken kann?

Doch für solche Gefühle war neben der aufrichtigen Trauer um meinen alten Freund und gütigen Gönner bald kein Raum mehr. Den Rest der Bootsfahrt verbrachte ich reglos auf meinem Platz, den Kopf in die Hände gestützt, ohne den bewegten Fluß, den frischen Wind, das bunte Bild an den Hängen zu beachten, wo die Trauben sich türmten und Ochsenkarren hin und her rollten.

Schwester Euphrasia hatte versprochen, mir zwei Maultiere zum Transport meiner Einkäufe zu schicken. Zu meiner Überraschung erwartete mich, als wir anlegten, auch Schwester Luisinha, die blaß und besorgt aussah.

»Sie haben es also schon gehört?« stieß sie hervor, als sie mein verweintes Gesicht sah. »Aber nein… wie wäre das möglich?«

»Gehört? Was denn, Schwester?« fragte ich voll böser Vorahnungen.

Aber konnte es denn noch Schlimmeres geben als das, was ich gerade erfahren hatte?

»Die kleine Teresa hat uns verlassen. Die Heilige Muttergottes hat sie zu sich genommen.«

»Verlassen? Was soll das heißen? Ihr war doch ganz wohl, als ich abreiste. Hatte sie einen Anfall? Was ist passiert?«

»Es geschah gestern nachmittag.« Schwester Luisinha wischte sich die Augen an ihrem Schleier, während wir den Serpentinenweg bergan ritten. »Das Wetter war so schön, daß wir sie zum Brunnen im Obstgarten brachten, wo sie sich, nachdem Sie die Quelle gefunden hatten, immer am liebsten aufhielt. Da saß sie und summte vor sich hin, wie es ihre Gewohnheit ist… war. Schwester Maria ging kurz zu Jorge, um ihn etwas wegen der Reben zu fragen, und Lady Hariot war auf dem Weg zur Quelle, als die Kleine plötzlich aufstand und anfing zu laufen – was sie, seit sie in Nossa Senhora ist, noch nie getan hatte –, und dann stürzte sie in den Brunnen. Vorher sagte sie noch etwas, aber das soll Ihnen Lady Hariot erzählen. Schwester Maria lief herbei, und gleich darauf war auch Lady Hariot bei ihrer Tochter, sie war nicht länger als einen Glockenschlag im Wasser, aber das genügte, um das nach ihren schrecklichen Erlebnissen geschwächte Herz zum Stillstand zu bringen.«

»Die arme Lady Hariot…«

»Lady Hariot ist eine starke Frau«, sagte Schwester Luisinha. »Sie ist wie ein Eschenzweig, der sich biegt, aber nicht bricht.«

Das merkte ich, als ich Lady Hariots Zimmer betrat. Triz lag, in duftigen Musselin gehüllt und mit weißen Rosen bedeckt, auf dem schmalen Bett. Ihre Mutter, die davorgekniet hatte, stand auf, als sie mich sah, und nahm mich in die Arme.

»Warum war ich nicht hier, als es geschah?« klagte ich.

Das Gewissen schlug mir um so mehr, als ich bei meiner Reise nach Oporto so eigensüchtige Motive gehabt hatte. Ich hatte mit Willoughby sprechen wollen; die Erledigung von Aufträgen für die frommen Schwestern war nur ein Vorwand gewesen, um der Expedition einen tugendhaften Anstrich zu geben.

»Du darfst dir keinen Vorwurf machen, Kind«, sagte Lady Hariot. »Ich glaube, daß Thérèse nicht mehr leben wollte. Du hattest ihre Seele aus der Nacht, die sie umfangen hielt, so weit zurückgeholt, daß sie erkannte: Es gibt einen Weg für mich. Den Weg aus dieser in eine andere Welt. Nur mochte sie – und nimm das nicht zu schwer, liebes Kind – diesen Weg nicht gehen, solange du bei ihr warst, das wäre ihr undankbar vorgekommen. Ich war nur wenige Meter entfernt und sah sie aufstehen – sie, die sich drei Jahre lang nicht aus eigener Kraft von ihrem Sessel erhoben hatte! Sie tat ein paar Schritte, streckte die Hände aus und rief ganz deutlich: ›Kommt wieder, geliebter Herr und König Arthur, kommt wieder!‹ Und dann fiel sie kopfüber in das Brunnenbecken. Wir waren gleich bei ihr und zogen sie heraus, aber ich glaube, da hatte ihr Herz schon aufgehört zu schlagen.«

Lange sah ich schweigend auf das bleiche, reglose Gesicht hinunter, aus dem die Spuren von Leid und Krankheit getilgt waren, so daß es aussah wie das elfenbeinerne Abbild eines herben jungen Engels.

»Kommt wieder, mein geliebter Herr und König Arthur… Das haben wir als Kinder immer gespielt.«

Und ich hörte die kleine Triz im Garten von Kinn Hall fragen: »Wohin mag Sir Bedivere sich danach gewendet haben? Ob er seinen König Arthur je wiedergesehen hat?«

Auf der Flußfahrt den Douro hinauf hatten sich neben der Trauer um den Herzog auch Zorn und Enttäuschung in mir geregt. Ich hatte so sehr gehofft, Lady Hariot und Triz nach Zoyland bringen zu können, der Herzog hätte sie gewiß freundlich aufgenommen. Aber dieses Vorhaben ließ sich nun, da Hoby Herr auf Zoyland war, nicht mehr verwirklichen.

Der Tod von Triz aber zeigte mir, wie müßig all unser Planen und Trachten ist. Wie der Herbstwind die welken Blätter verweht das Schicksal unsere Pläne.

»Thérèse soll hier begraben werden, auf dem Friedhof des Klosters«, sagte Lady Hariot und schneuzte sich energisch. »Morgen ist die Beerdigung.«

»Ich werde Schwester Euphrasia fragen, ob ich im Chor mitsingen darf.«

»Ja, natürlich. Ich hatte gar nicht mehr an deine schöne Stimme gedacht.«

»Was werden Sie jetzt anfangen, Lady Hariot?«

»Ich weiß nicht recht... Meine Schwester ist noch immer in Brasilien, das portugiesische Königshaus scheint sich dort wohl zu fühlen und macht keine Anstalten, nach Lissabon zurückzukehren. Vielleicht gehe ich wieder nach Porto.«

Beim Trauergottesdienst sang ich ein Gloria, und danach sprach Marianne Brandon mich an. Ich hatte sie mehrere Tage nicht mehr gesehen, sie hatte offenbar ganz zurückgezogen in ihren Räumen gelebt. Die Schwestern besaßen für ihre kleine Kapelle keine Orgel, sondern nur ein Klavier, auf dem Marianne spielte. Sie spielte wunderschön; meine eigenen Fähigkeiten kamen mir dagegen recht kümmerlich vor.

»Würden Sie mich ein paar Minuten in den Obstgarten begleiten?« fragte Marianne, als wir aus der Kapelle kamen.

»Ja, gewiß.«

Ich folgte ihr ein wenig verwundert und sah, daß sie heute noch stärker hinkte. Sollte ich ihr von meiner Begegnung mit Willoughby erzählen?

Wir gingen bis zu der Bank an der Mauer mit dem herrlichen Blick auf Lamego und schwiegen uns minutenlang an.

Dann sagte Marianne: »Der Tod verhilft uns zu klarerem Denken, finden Sie nicht? Er lehrt uns, unser unwichtiges Tun im richtigen Verhältnis zu sehen.«

Ich dachte seufzend an meinen lieben Herzog, und sie fuhr nachdenklich fort:

Gleich einem Faden wird des Menschen Sein gesponnen:

Gezwirnt, zerschnitten – und auch schon zerronnen.
Die Rose welkt, die Blüte verweht,
Die Blume verblaßt, der Morgen vergeht.
Die Schatten fliegen, die Sonn' geht bergab,
Die Flasche leert sich, der Mensch sinkt ins Grab.

Kennen Sie diese Zeilen?«

Ich verneinte und streifte sie mit einem verwunderten Blick. Es überraschte mich, von der modisch-eleganten Mrs. Brandon solche Verse zu hören. Dann fielen mir die Bücher in ihrem Boudoir in Delaford ein.

Doch da kam schon die nächste Überraschung.

»Ich muß mich bei Ihnen entschuldigen. Lange war ich böse auf Sie, was Ihnen vielleicht nicht entgangen ist.«

Allerdings nicht, dachte ich. Um das zu merken, braucht es keinen überragenden Verstand.

»Von Anfang an habe ich Ihnen das Interesse nicht gegönnt, das mein Mann Ihnen entgegenbrachte, zumal ich kinderlos war. Ich habe ihn stets daran gehindert, Sie zu besuchen oder nach Delaford zu bringen. Und deshalb war ich wie vom Donner gerührt... empört... unsagbar gedemütigt und erzürnt, als ich nach seinem Tod erfuhr, daß er Ihnen das Herrenhaus hinterlassen hat. Gewiß, finanziell bin ich gut versorgt, ich habe keinen Grund zur Klage. Aber dieses Haus zu verlieren, die Haine, die Gärten, den Maulbeerbaum...«

Einen Augenblick konnte sie vor Erregung kaum sprechen, sie murmelte etwas von ›Norland‹, womit ich nichts Rechtes anzufangen wußte. Man kann sich vorstellen, daß es mir vor Staunen zunächst die Sprache verschlug.

»Das Herrenhaus hinterlassen?« wiederholte ich nach einer Weile stupide. »Sie meinen Delaford?«

»Ja. Wußten Sie das nicht?«

»Nein. Woher denn?«

»Wahrscheinlich liegt irgendwo ein Brief der Anwälte für Sie, denen offenbar Ihre derzeitige Anschrift nicht bekannt war.«

»Das scheint mir eine sehr ungerechte Verfügung«, sagte ich mit belegter Stimme. »Das Herrenhaus war Ihr Heim. Sie haben es eingerichtet und gepflegt, Sie lieben Delaford...«

Ich dachte an das schöne Zimmer mit dem Blick auf den Rosengarten, die Bücher, die Bilder an den Wänden, Willoughbys Porträt zwischen den Buchseiten.

»Nein«, widersprach Marianne. »Männer bauen solche Häuser. Frauen bewohnen sie auf kurze Zeit. Wir kommen und gehen, Kind, wie die Schwalben. Das Herrenhaus von Delaford war vor mir da und wird mich überdauern.«

Das gilt auch für Zoyland, dachte ich. Es war zur Zeit von Königin Elisabeth entstanden, ich war darin nur ein flüchtiger Gast gewesen.

Und jetzt brauchte ich es nicht mehr.

Eine ganz neue Empfindung regte sich in mir, fast so etwas wie ein Glücksgefühl oder zumindest so etwas wie widerwillige Anerkennung für eine Macht, die so gewissenhaft auf gerechten Ausgleich bedacht war: Das eine Heim wird einem genommen, dafür ein anderes geschenkt.

»Wenn das Herrenhaus wirklich mir gehört, Mrs. Brandon – was mir immer noch völlig unwahrscheinlich vorkommt –, bitte ich Sie sehr, es stets als Ihr Heim zu betrachten. Dieses Zimmer... Ihre Bücher, Ihre Bilder...«

»Sie waren dort?« fragte Marianne peinlich berührt. »Das wußte ich nicht.«

»Einmal. Im Auftrag Ihres Schwagers.«

Jetzt mußte ich fast lachen. Würde Edward Ferrars seinen Stolz überwinden und mich als Nachbarin, als Herrin auf Delaford akzeptieren?

»Sie sind großherziger, als ich es war«, sagte Marianne. »Aber mir bleibt jetzt wohl nur noch, meinen Frieden mit Gott zu machen und meine Angelegenheiten zu regeln. Das schwärende Bein spricht auf die Behandlung nicht an. Ich habe nicht mehr viel Zeit.«

»Armer Willoughby!« entfuhr es mir.

Sie sah betroffen auf. »Sie haben ihn gesehen? Hier in Portugal?«

»Ja, gestern. Ich reiste... ich wollte immer... schließlich ist er mein Vater...«

»Kein sehr fürsorglicher, soviel ich weiß«, sagte sie mit leichtem Lächeln.

»Ich hatte ihn noch nie gesehen, und da wollte ich wenigstens einmal...« Ich setzte neu an. »Im Grunde bin ich froh, daß es so gekommen ist. Sonst wäre immer eine Frage offengeblieben. Zumindest kenne ich ihn jetzt. Er kommt mir vor wie ein Mensch, der schon vor Jahren gestorben ist.«

Marianne erhob sich seufzend und hinkte zurück zum Kreuzgang. »Ich hoffe nur, daß Willoughby Ihnen nicht auf immer die Männer verleidet hat. In seiner Jugend war er anders.«

Ich überlegte, ob ich mich für ihn verwenden sollte. Aber wozu? Sie würde ihm nie gehören.

Sie wandte sich noch einmal um. »Ich werde aber dafür sorgen, daß er nicht verhungert«, versetzte sie trocken.

Ich mußte lächeln und dachte an die vierzig Milreis, die ich ihm auf den Tisch gelegt hatte. Es würden sich wohl immer Frauen finden, die dafür sorgten, daß Willoughby nicht verhungerte.

Ich folgte Mrs. Brandon ins Kloster.

»Ich habe soeben erfahren, daß ich ein Haus geerbt habe, liebe Lady Hariot. Wollen Sie mit mir darin wohnen? Für eine alleinstehende Frau ist es entschieden zu groß.«

»Aber ich bitte dich, Kind, dafür sollte sich doch wohl ein Mann finden...«

»Da bin ich nicht so sicher. Zumindest werde ich mir mit so einer Entscheidung Zeit lassen. Ich halte es aus vielerlei Gründen für recht unwahrscheinlich, daß ich je heiraten werde. Und Delaford ist von den Orten, die Sie so lieben, von Ashett und Growly Head, nicht gar so weit entfernt. Im übrigen habe ich vor – schließlich bin ich jetzt eine reiche Erbin –, mich um die Kinder von Bankertheim zu kümmern. Sie sollen es in Zukunft besser haben und nicht Menschen wie Hannah Wellcome in die Hände fallen. Oder Dr. Moultrie.«

»Ja, dann komme ich gern. Ich bin nicht für den Müßiggang geschaffen.«

»Zu tun gibt es gewiß genug.«

Ich beschloß, noch eine Weile zu warten, bis ich – vielleicht in einer ruhigen Stunde auf der Schiffsreise nach Coruña, wo wir Pullett abholen wollten – Lady Hariot meine zweite Neuigkeit mitteilte: daß ich im nächsten Jahr ein Kind zur Welt bringen würde.

Nein, geneigte Leserin, geneigter Leser, wer der Vater ist, werde ich nicht verraten; das mögen Sie, so Sie Lust dazu haben, selbst zu enträtseln versuchen. Derlei unwichtige Dinge sind etwas zum Zeitvertreib für Mußestunden.

Nur soviel will ich sagen: Mein Kind wird frei und ungebunden sein. Alles, was es von seinem Vater mitbekommt, alles, was es von ihm braucht, ist Freiheit. Und um ihm diese Freiheit zu sichern, werde ich es, solange es in meiner Macht steht, vor den Ambitionen, Eifersüchteleien und Rankünen der Gesellschaft schützen.

Ich hoffe und glaube, daß es ein Mädchen sein und meine Hände haben wird. Die Zigeuner und Pullett haben mit ihrer Voraussage recht behalten: Die Hand hat mir Glück gebracht. Doch ob Mädchen oder Knabe – ich werde es selbst stillen und aufziehen, kein Kind von mir soll nach Bankertheim abgeschoben werden.

Und noch eins: Ich werde Hoby nicht heiraten; er hat seine Chance verspielt.

Vielleicht verlege ich mich aufs Schreiben von Romanen – wie Base Elinor.

Vielleicht ist das hier schon einer.

Bitte beachten Sie auch die folgenden Seiten

Joan Aiken im Diogenes Verlag

Die Kristallkrähe

Roman. Aus dem Englischen von Helmut Degner

»Als ihr Krimi *Die Kristallkrähe* erschien, verglichen die Kritiker sie mit Patricia Highsmith, Celia Fremlin und Margaret Millar.« *Titel, München*

Das Mädchen aus Paris

Roman. Deutsch von Nikolaus Stingl

Wohin sie geht, zieht Ellen Paget Liebhaber an: den ambivalenten Professor Bosschère in Brüssel, den unberechenbar-eigenwilligen Comte de la Ferté in Paris, ihren Stiefbruder Bénédict. Ihre gebieterische Patin, Lady Morningquest, bereitet einer zarten Romanze ein rasches Ende und schickt Ellen nach Paris…

»Wieder einer der bestrickenden, aufregenden Romane, die Joan Aiken seit vielen Jahren zu einem Publikumsliebling machen.«
Publishers Weekly, New York

Tote reden nicht vom Wetter

Roman. Deutsch von Nikolaus Stingl

Jane, Graham und die beiden Kinder sind eine ganz normale Familie. Graham ist Architekt, Jane hat ihre Arbeit bei einer Londoner Filmfirma aufgegeben, seit sie in das neue, teure Haus auf dem Land gezogen sind. Geldprobleme zwingen Jane bald dazu, ihren alten Job wieder anzunehmen und dem finsteren Ehepaar McGregor tagsüber Haus und Kinder anzuvertrauen…

»Joan Aiken präsentiert uns rabenschwarze, schaurigschöne Geschichten.« *Die Welt, Bonn*

Der eingerahmte Sonnenuntergang

Roman. Deutsch von Karin Polz

Lucy reist nach England, um herauszufinden, was mit ihrer alten Tante Fennel und deren Freundin geschehen ist. Was wie ein ganz normaler Verwandtenbesuch beginnt, entwickelt sich rasch zu einem gefährlichen Abenteuer für Lucy…

»Das Beiwort ›unterhaltsam‹ ist für diesen Psycho-Thriller von Joan Aiken schlichte Tiefstapelei. Die Lektüre dieses Buches ist ein hochgradiges Vergnügen.« *Frankfurter Rundschau*

Ärger mit Produkt X

Roman. Deutsch von Karin Polz

Als Martha Gilroy den Auftrag bekam, eine Werbekampagne für ein aufregendes neues Parfüm zu starten, hatte sie keine Ahnung, worauf sie sich einließ.

»*Ärger mit Produkt X* ist der Titel eines herrlich spannenden Krimis, dessen Autorin einen Hang zur Satire hat. Dies macht die Lektüre so amüsant.«
Frankfurter Rundschau

Haß beginnt daheim

Roman. Deutsch von Nikolaus Stingl

Nach einem Nervenzusammenbruch ist Caroline zur Erholung bei ihrer Familie: der Mutter Lad, Trevis, der älteren Schwester Hilda und einer alten Tante. Doch statt zu genesen, wird sie immer verwirrter…

Der letzte Satz

Roman. Deutsch von Edith Walter

Willkommen in Helikon, dem eleganten Insel-Sanatorium, das seine Gäste vor allen Bedrohungen schützen kann. Außer vor sich selber…

»Dieses Buch ist eine Wonne!« *The Times, London*

Du bist Ich

Die Geschichte einer Täuschung
Deutsch von Renate Orth-Guttmann

Man schreibt das Jahr 1815. In einem feinen Mädchenpensionat in England stellen Alvey Clement und Louisa Winship fest, daß ein einzigartiges Band sie eint. Zwar stammen sie aus sehr unterschiedlichen Gesellschaftsschichten und sind vom Temperament her ganz verschieden, aber vom Aussehen her *sind sie sich völlig gleich*. Dieser überraschende Zufall paßt der verwöhnten Louisa sehr gut ins Konzept.

Fanny und Scylla oder Die zweite Frau

Roman. Deutsch von Brigitte Mentz

In ein englisches Spukhaus des 18. Jahrhunderts und das bunt-grausame Indien der Maharadschas führt Publikumsliebling Joan Aiken in ihrem aufregenden Roman *Fanny und Scylla*...

»Joan Aiken besitzt ein seltenes Erzähltalent, in dem sich psychologischer Scharfblick mit der Gabe vereinigt, den heutigen Leser in Spannung zu halten, obwohl die Handlung in eine ferne Vergangenheit führt.« *Die Furche, Wien*

Schattengäste

Roman. Deutsch von Irene Holicki

»Eine Meisterin der Schauerromantik? Mehr noch, eine begnadete Erzählerin, die das Un-Begreifliche, das Un-Faßbare aus vergangenen und modernen Zeiten in mitreißende Geschichten packt, die ohne große Sentimentalität und falsches Spektakel auskommen. Joan Aikens *Schattengäste* ist ein wunderbares Buch über die unheimlichen Dinge des Lebens und wie man über einen Verlust zurück ins Leben findet.«
science fiction media, München

Wie es mir einfällt

Geschichten. Deutsch von Irene Holicki

Ein Reihe gruseliger, romantischer und phantastischer Erzählungen sind mit der gewohnt sicheren Hand und dem makabren Sinn für Humor geschrieben, die man an Joan Aiken so schätzt.

»Joan Aiken erweist sich als Meisterin im Darreichen süßer Pralinen, die mit Arsen gefüllt sind.«
Frankfurter Rundschau

Angst und Bangen

Roman. Deutsch von Renate Orth-Guttmann

Bei Außenaufnahmen auf einem Landsitz in Dorset lernt die Schauspielerin Cat den Besitzer kennen. Die beiden verlieben sich, heiraten und machen eine Hochzeitsreise nach Venedig. Die Idylle scheint perfekt. Doch als Cat ihrem Mann sagt, daß sie sich erinnert, ihn vor vielen Jahren als liebevollen Begleiter eines dahinsiechenden Greises gesehen zu haben, ändert er plötzlich sein Verhalten ihr gegenüber.

»Joan Aikens *Angst und Bangen* handelt von geheimen Untaten, von Habsucht, Verrat und Mord. Es kombiniert geschickt das Genre Liebesgeschichte und Thriller.« *London Review of Books*

Die Fünf-Minuten-Ehe

Roman. Deutsch von Helga Herborth

»*Die Fünf-Minuten-Ehe* ist eine Räuberpistole, die mit allen Formen des Kitsch-, Grusel- und Romantic-Romans spielt. Sie hat einen Sog, in dem meine literarischen Bedenken untergehen: Ich muß zu Ende lesen, bis Friede, Freude, Liebe den erwarteten Sieg antreten über Erbschleicher, Komplotte und Duelle.«
Brigitte, Hamburg

Jane Fairfax

Roman. Deutsch von Renate Orth-Guttmann

Jane Fairfax war musikalisch, vielseitig begabt und elegant. Soviel wissen wir aus Jane Austens *Emma.* Aber wie verliefen ihre Jugendjahre als Waise, was war mit ihrer Kinderfreundschaft zu Emma Woodhouse, und – was noch wichtiger ist – was passierte bei ihrem Sommeraufenthalt in Weymouth?

»Ein sehr unterhaltender Roman im Stil Jane Austens, den auch der versteht, der *Emma* nie gelesen hat.«
Kieler Nachrichten

»Ein Lehrstück, eine Ermunterung für deutschsprachige Schriftsteller!« *Der Standard, Wien*

Anderland

Roman. Deutsch von Ilse Bezzenberger

Ein junges Mädchen, deren Mutter früh an einem Herzanfall stirbt, findet in der Musikerfamilie Morningquest ein neues Zuhause. Sie wächst in diese Wahlfamilie hinein, bekommt durch sie die Kraft, ihr künstlerisches Talent zu entfalten – und verläßt sie schließlich als reife Persönlichkeit.

»Im Zentrum jedes der wundervollen ›Unterhaltungs‹-Romane von Joan Aiken steht eine abenteuerliche Liebesgeschichte, die jene unausweichliche Spannung des Wartens, des Verfolgtwerdens erzeugt, die wir aus den Momenten beginnender Liebestaumel kennen... Und am Ende dann, darauf können Sie sich immer freuen, klappt's.« *vogue, München*

Stimmen in einem leeren Haus

Roman. Deutsch von Hans-Christian Oeser

Der herzkranke Gabriel haut von zu Hause ab. Seine herrschsüchtige Mutter und sein Stiefvater machen sich aus unterschiedlichen Gründen auf die Suche nach ihm.

Immerhin hat der sechzehnjährige Gabriel bei seiner Volljährigkeit eine große Erbschaft zu erwarten. Und wenn er gar nicht freiwillig verschwunden wäre?

»Man legt das Buch nicht mehr aus der Hand.«
Daily Telegraph, London

Mitternacht ist ein Ort

Roman. Deutsch von Ilse Bezzenberger

Als das Schloß Mitternacht abgebrannt ist, müssen sich Lucas Bell und seine junge französische Freundin Anna-Marie in der winterlichen Welt von Blastburn ganz allein durchschlagen. Ein Roman um Kinderarbeit im England des 19. Jahrhunderts, geschildert mit dickens'scher Intensität.

Der Geist von Lamb House

Roman. Deutsch von Renate Orth-Guttmann

Tony Lamb und seine Familie waren im 18. Jahrhundert die ersten Bewohner von Lamb House, dem alten Backsteinhaus, das noch heute im südostenglischen Rye steht, direkt neben der Dorfkirche. Dort hat sich eine unheimliche Geschichte zugetragen, die der verkrüppelte Toby, der einst Schriftsteller werden wollte, aufgeschrieben hat. Jahre später übernimmt der große englische Schriftsteller Henry James das Haus, oder vielmehr – so kommt es dem Poeten von Anfang an vor – das Haus übernimmt ihn. Doch scheint das Gemäuer keinen schlechten Einfluß auf ihn ausgeübt zu haben: Hätte er sonst kurz nach seinem Einzug das berühmte *The Turn of the Screw* (Die Drehung der Schraube) geschrieben? Doch von dem Moment an, als Henry James auf Tobys Manuskript stößt, läßt ihm Tobys Geist keine Ruhe mehr. Auch dem nächsten Bewohner von Lamb House, dem spätviktorianischen Schriftsteller E.F. Benson (1867–1940), ergeht es nicht anders.

Barbara Vine im Diogenes Verlag

Die im Dunkeln sieht man doch

Roman. Aus dem Englischen von Renate Orth-Guttmann

Der Fall der Vera Hillyard, die kurz nach dem Krieg wegen Mordes zum Tod durch den Strang verurteilt und hingerichtet wurde, wird wieder aufgerollt. Briefe, Interviews, Erinnerungen, alte Photographien fügen sich zu einem Psychogramm, einer Familiensaga des Wahnsinns. Schicht um Schicht entblättert Barbara Vine die Scheinidylle eines englischen Dorfes, löst zähe Knoten familiärer Verflechtungen und entblößt schließlich ein Moralkorsett, dessen psychischer Druck nur noch mit Mord gesprengt werden konnte.

»Barbara Vine ist die beste Thriller-Autorin, die das an Krimi-Schriftstellern nicht eben arme England aufzuweisen hat. Ein Psycho-Thriller der Super-Klasse.« *Frankfurter Rundschau*

Es scheint die Sonne noch so schön

Roman. Deutsch von Renate Orth-Guttmann

Ein langer, heißer Sommer im Jahr 1976. Eine Gruppe junger Leute sammelt sich um Adam, der ein altes Haus in Suffolk geerbt hat. Sorglos leben sie in den Tag hinein, lieben, stehlen, existieren. Zehn Jahre später werden auf dem bizzaren Tierfriedhof des Ortes zwei Skelette gefunden – das einer jungen Frau und das eines Säuglings…

»Der Leser glaubt auf jeder zweiten Seite, den Schlüssel zur Lösung des scheinbar kriminellen Mysteriums in Händen zu halten, doch – der Schlüssel paßt nicht, sperrt nicht, klemmt… Keine Frage, dieser Roman ist ein geglückter Thriller, ein famos geglückter, wofür diese Autorin auch bürgt.« *Wiener Zeitung*

Das Haus der Stufen

Roman. Deutsch von
Renate Orth-Guttmann

Eine der großen Lügnerinnen der Welt, nennt Elisabeth die junge Bell. Und trotzdem, oder vielleicht deswegen: noch nie zuvor war Elisabeth von einer Frau dermaßen fasziniert. Selbst als Bells kriminelle Vergangenheit offenkundig wird, kann sich Elisabeth nicht aus ihrer Liebe zu Bell lösen. Immer wieder findet sie Erklärungen und Entschuldigungen für das unglaubliche Verhalten dieser mysteriösen Frau.

»Barbara Vine alias Ruth Rendell ist in der englischsprachigen Welt längst zum Synonym für anspruchvollste Kriminalliteratur geworden.«
Österreichischer Rundfunk, Wien

Liebesbeweise

Roman. Deutsch von
Renate Orth-Guttmann

»*Liebesbeweise* ist Barbara Vines bisher eindringlichster Exkurs in die dunklen Geheimnisse der Obsessionen des Herzens. Dieser Roman betrachtet und prüft mancherlei Arten von Liebe: die romantische Liebe, die elterliche Liebe, die abgöttische Liebe, die besitzergreifende Liebe, die selbstlose Liebe, die erotische Liebe, die platonische Liebe und die kranke Liebe.«
The New York Times Book Review

»Wer die englische Autorin kennt, weiß, daß es in *Liebesbeweise* wieder um ein veritables Verbrechen geht, daß dieser Kriminalroman aber in Wirklichkeit wieder ein Reisebericht über eine zerklüftete Landschaft emotionaler Verstrickungen ist. Die Landschaften wechseln bei Barbara Vine, gleich bleibt die suggestive Verführungskraft, mit der sie ihre Leser in immer neue Abgründe zieht. Man wird süchtig...«
profil, Wien

König Salomons Teppich

Roman. Deutsch von Renate Orth-Guttmann

Welcher fliegende Teppich trägt uns – wie ehedem Salomon – heute überallhin? Die Londoner U-Bahn! Von ihr aber gibt es Geschichten zu erzählen, die alles andere als märchenhaft sind. Hart und verwegen geht es zu in den Tunneln der Tube, wo die Gesetze der Unterwelt gelten. Eine Geschichte der U-Bahn schreibt der exzentrische Jarvis. Und gleichzeitig steht er einem Haus vor, in dem die unterschiedlichsten Außenseiter Unterschlupf finden, wenn sie nicht gerade in der U-Bahn unterwegs sind.

»Zum geheimnisvollen, bedrohlichen Labyrinth werden die Stationen, Tunnels, Lift- und Luftschächte der Londoner U-Bahn in *König Salomons Teppich*. Barbara Vine, die Superfrau der Crime- und Thrillerwelt, ist in absoluter Hochform. Ergebnis: hochkarätige , bei aller mordsmäßigen Spannung vergnügliche Literatur.« *Cosmopolitan, München*

Astas Tagebuch

Roman. Deutsch von Renate Orth-Guttmann

Einsam im fremden England, vertraut Asta, eine junge Dänin, die Freuden und Nöte ihres Familienalltags einem Tagebuch an: Erziehung der Söhne, Probleme mit dem Mann, ihre Bemühungen um Eigenständigkeit in der anderen Umgebung, das Nahen des Ersten Weltkriegs... Kein leichtes Schicksal, wäre nicht Swanny, ihre Lieblingstochter, die der Mutter treu zur Seite steht. Doch ob Swanny überhaupt Astas Tochter ist? Und könnte es Verbindungen geben zu dem skandalösen Mordprozeß im Fall Roper? Barbara Vine kombiniert meisterhaft ein Familiendrama mit einer Kriminalgeschichte.

»Das bislang Beste aus der Feder von Barbara Vine alias Ruth Rendell.« *Literary Review, London*

Keine Nacht dir zu lang

Roman. Deutsch von Renate Orth-Guttmann

In einem gespenstisch stillen Haus mit Blick auf die graue Weite der Nordsee will sich Tim Cornish, 25, vielversprechender Absolvent von Englands angesehenstem Studiengang für Kreatives Schreiben, seine Erinnerungen von der Seele schreiben, die ihn wahnhaft bedrängen. Sie geraten ihm immer mehr zur Beichte, einer Beichte, die nicht er vollenden wird… Zwei Jahre sind seit der Tat vergangen, als er anonyme Briefe erhält und täglich mit der Aufdeckung seines Verbrechens rechnen muß. Dabei begann sein Eintritt in die Erwachsenenwelt so verheißungsvoll, als er in den Bannkreis eines einige Jahre älteren Mannes geriet. Sein Begehren nimmt ihn in Beschlag – bis seine Liebe von Ivo Steadman erwidert wird. Und wer hätte ahnen können, daß Tim gewissermaßen am anderen Ende der Welt, in Alaska, einer Frau begegnen würde, die sein Gefühlsleben abermals völlig umkrempeln sollte, ihn ins Verbrechen treibt?

»Ganz normaler Undank, normale Selbstsucht, Liebe und Angst, ganz normales Versagen – das ergibt unter gewissen Umständen eine explosive Mischung. Das Genie von Barbara Vine besteht darin, uns vor Augen zu führen, was für ein wackliger Zustand die Normalität ist, daß der Durchschnittlichkeit das Böse nicht fremd ist. Es ist nicht etwas, das irgendwo und irgendwem geschieht, sondern sich in uns und an uns vollzieht.« *The Sunday Times, London*

»Barbara Vines/Ruth Rendells virtuosestes Werk.«
The Times, London

»Ein Thriller im Zeitlupentempo.«
The Mail on Sunday, London

Jane Austen im Diogenes Verlag

Bei Joan Aiken wurden sie zu Hauptfiguren, doch wir finden sie schon bei Jane Austen: *Elizas Tochter*, das uneheliche Kind der schönen Eliza in *Gefühl und Verstand;* und *Jane Fairfax*, das Waisenkind, das mit *Emma* eine zarte Kinderfreundschaft verbindet.

Gefühl und Verstand

Roman. Deutsch von Erika Gröger

Teezirkel, Bälle und Reisen über Land , das ist das Leben der feinen Leute in der englischen Provinz um 1800. Den Rest ihrer müßigen Tage verbringen sie an Kartentisch und Zeichenbrett, bei Musik, Literatur und Klatsch. Das spannendste Gesellschaftsspiel aber ist die Jagd nach der besten Partie und das Verkuppeln. Lohnende Beute sind Vermögen und Ansehen. Herz und Geist zählen nicht, sogar Schönheit ist nur eine angenehme Zugabe.

»Als schöpferische Realistin ist sie von keinem Autor je überboten worden.« *John Cowper Powys*

Emma

Roman. Aus dem Englischen von Horst Höckendorf
Mit einem Nachwort von Klaus Udo Szudra

Emma Woodhouse, kapriziös, ein wenig arrogant, aber sympathisch, will Vorsehung spielen und versucht, ihre Bekannten miteinander zu verheiraten. Auf diese Weise wirbelt sie das eintönige Highbury gründlich durcheinander. Schließlich kommt auch sie, die nie heiraten wollte, zu Vernunft und Ehemann.

»Der virtuos charakterenthüllende Dialog und der auf Dekor verzichtende, disziplinierte Erzählstil sind kennzeichnend.« *Kindlers Literaturlexikon*